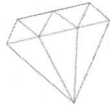

第一章

相遇

当黎雪那双漂亮的眼睛怒气冲冲看过来时，我真是愧不敢当。论名气，我比她稍大那么一点；论财富，我的代言费和片酬，又恰恰比她高那么一些。所以今晚慈善晚会拍卖的这串钻石项链，即使黎雪拼了全力想跟我抢，仍然惨败。当然，更主要的原因则是，黎雪的男伴没有帮她。

　　娱乐圈就是这样一个地方，光鲜亮丽，来势汹汹。我也不能幸免，早早被冠上绯闻女王的称号，争议颇多。摸摸鼻子，实际上，我的人生目标一直是成为影后，做位受人尊敬的表演艺术家。从没变过。可为什么人们更信哗众取宠的八卦，听信我们做演员的心中没有信念，眼中只有金钱？

　　也许这就是现代女性的悲哀，太容易被物化。就连经纪人阿Ken都道："当影后？我以为你是随便喊喊，竟然是认真的？"我微笑地赏了他一记大白眼。

　　这段时间，黎雪成为我的东家——品优娱乐公司太子爷的新绯闻女友。如果他肯博美人一笑，这串项链也就轮不到我了。原本这些掌权者不会被人轻易驾驭，黄锦立更是盛名在外，全球财富媒体认证的30岁以下最杰出的企业家之一，资产预估值超百亿，在娱乐圈更有着地动山摇般的影响力，是公认的"太子爷"。他似乎更乐意看美人斗法，于是就有了刚刚黎雪气得牙痒痒的一幕。

　　当然，是背着黄锦立的。所有人都知道黄先生只喜欢气质干净的女性。他易接近，难相处。富有个性，偶尔又神秘得难以捉摸。她们匍匐在他脚下，有时会耍耍小性子，不让自己快速失去新鲜感。但再爱、恨、骄、纵，都不会傻得显露真容，也不敢。因为太多人前赴后继，想取代她们。生活面前，人人都是戏霸。四百多年前，有位伟大的戏剧家说了类似名言，他是莎士比亚。

摸了摸鼻子。

要是我的背景也干净一些，也许也能这样上位。可惜近两年运势太背，娱乐版上尽是些负面绯闻，完全不符合要求，只好高冷地死了这条心。

我的经纪人阿 Ken 嘲笑我，说我只敢嘴上喊喊上位，一遇到这事，早跑得没影了。要是敢真刀真枪，何止现在这个资源？他曾不止一次地问我："你到底是铁打的，还是钢汁铸？这么多丑闻，公司企宣部都放下狠话，再不收敛，他们就不保你了，你居然还打算继续留在这个圈子里？"

当时我刚做完高空瑜伽，把喝了两口的矿泉水瓶塞到他手上："记得丢进垃圾箱。可回收的分类。"顺便拍拍他的肩，"还有，我的眼中只看得到我想做的事。"

将他苦口婆心的规劝，诸如圈子太难熬，女人还是回家做贤妻良母之类的话，通通抛到耳后。

男人太唠叨，我们女人只好左耳进右耳出，这是我的生活哲学。

跟黎雪的这笔糊涂账还没算清，一个震翻全场的消息来得惊天动地。这串钻石项链，居然是传奇影后林萱的心爱之物！在场的各位，连同我，一瞬间嘴巴惊讶得合不拢。

不可思议，我竟拍到了这么宝贵的藏品？

林萱扬名海内，国外封后后，一生神秘低调。然，天妒红颜。佳人虽逝，但她在影坛和观众们心中仍备受推崇。这就是影后的影响力。

要是早早泄露项链是林萱的，在场嘉宾想必你争我夺，但不知主持这场慈善晚会的两位影帝出于什么心理，之前竟半丝风声都没透。导致在场的名流误以为这款设计简洁的项链来源寻常，竞拍者寥寥。

直到一锤定音，项链归我后，身为举办人之一的杜云修才淡淡宣布："之所以事先没有透露，是因为希望拍得它的人，有着跟林萱同样的眼光，是发自内心地喜欢这条项链，而不仅仅因为它曾属于林萱。"

影帝杜云修的声音如清风吹过山岚。他温柔的眼睛透着一些忧郁，有种难以言喻的动人。气质清雅、沉稳，是浮躁奢华中的一股清流。

我心神一动，如获殊荣，又紧张万分。暗中用力，捏了阿 Ken 的胳膊一下："听见没？影帝在夸我。"

阿 Ken 被我捏得痛不欲生，脸憋成奇怪的形状："我怎么没听出？"

我惆怅哀怨地瞥他，佯装伤心："夸我眼光跟林萱一样好。身为我的经纪人，怎么可以对跟我有关的评语这么不敏感。我要开了你。"

"……"阿 Ken 目瞪口呆，欲辩已忘言。

算了，影后的潜力不是每个经纪人都看得出的。就像不是人人都能辨得出钻石的真假。我厚道地决定，不跟阿 Ken 一般计较。

金色手包里的手机突然振动了。

打开一看，没有号码。

有趣。大人物不想与我们凡人有纠葛时，总爱用这套。不知，现在找我的是哪个位高权重？

点了点，只见手机屏幕上显示的几个字："两千万求割爱。黄。"

清晰明了，目的明确。单落一个"黄"字。

嗯，不错。

以我读剧本、做人物分析的经验，此人必定擅长谋而后动，对目标势在必得。是个人物。

我朝着黎雪的方向看去。放眼整个娱乐圈，除了我们品优娱乐的太子爷，还有谁能有这份笃定？黎雪果然小鸟依人地靠在黄锦立的肩上，眼神颇为得意。昏暗的光线下，黄锦立姿态闲适，瞟了我一眼，似笑非笑。只是一眼，那双桃花眼像越过空间，袭击上人的心尖。

我敛了眼，轻笑。

"别违背黄总的意思。"阿 Ken 提醒。

我把玩着手机，漫不经心："嗯？"

"别看黄总一副纨绔子弟的样子，实际是匹深藏不露的狼。当年皇冠荣耀新总裁上任，手段凌厉，挖了不少艺人，黄老先生都没法对付。那时，是还没接掌公司的黄锦立私下联手 ESE，狠狠重创对方，弄得皇冠荣耀至今都恢复不了元气！此前大家以为他满世界旅行，只爱游艇超模，航海出帆。这事一出，黄老先生全权放手，品优娱乐从此由他掌舵。"

那边的黄锦立朝我点了点头，一双桃花似的美眸里泛着冷光。身处气场强大的巨星之中，他的存在感不但丝毫不减，甚至还彰显着精英与贵气。如果此时摄影师拿长焦摄影镜头拍摄黑白大片，他一定是众多俊男中犹如意大利教父般的地位。先天上层社会基因与国际名校教养，培育出了他非凡的气质，是演艺圈其他人无法拥有的。

暗暗惊艳。

收回视线，轻抿了一口香槟。

点到为止，我懂。

慢条斯理地晃晃杯子，恢复了一些闲适感，我打趣阿 Ken 道："这么了解内幕八卦，我们家阿 Ken 果然业务能力很强。"

阿 Ken 扶额，恨铁不成钢："宋微，给我认真点，不要总是无所谓。"

我严肃地纠正："我一直很有心计和抱负的。"

我觉得我很真诚，但阿 Ken 似乎遭遇挫败，他有点纠结痛苦，眉头皱成波浪线，最后只是道："算了，我们先想想那串项链，建议你不要跟黄锦立争。"

"可我喜欢。"

"惹他不高兴，小心被封杀，他可是太子爷。"

"有道理。那我选择委曲求全。"

"你可真善……良。"临门一脚，在我眼神的威慑下，善变的"变"字被他吞掉。

"女人的特质。"我满意点头，撩一撩头发，阿 Ken 更加无语。

忍痛割爱，心头总有点小小的不爽。

一不留神"手误"，等醒悟过来，短信已显示发送完毕。

偷瞄黄锦立，大概我魅力太大，他竟回头，撞上我的视线。黄锦立从容不迫，姿态潇洒，朝我眯眼一笑。

笑，你笑。

我笑吟吟，内心：希望待会儿你也笑得出。

"你怎么鬼鬼祟祟的？"阿 Ken 看出了蹊跷。

阿 Ken 这么问了，我也不再遮掩，大大方方把这个惊心动魄分享给他。

"没什么，就是打错字了。"

"不要紧。意思看得懂就行。"

"嗯……好像打成了免费赠予他。"

阿 Ken 倒抽一口气，两眼一黑，简直想把我掐死。他差点跳起来："什么？免费？！那串项链你可是花了 500 万拍下的！2000 万对黄总来说只是小意思，但你要拍大半年的电视剧。"

"是啊，我也心痛，所以又在后面加了一个小小的条件。"

"加了什么？"他突然紧张起来。

"愿将此项链免费赠予任何一位配得上林萱小姐之名望的女艺人。P.s. 知名不具。（一个微笑表情）"我将手机展示给他看，"说起来，莫名有点为黎雪担心。万一她配不上，咱们太子爷该怎么办？不过这个跟我们无关，对不对阿 Ken？"

阿 Ken 呆若木鸡，呆滞道："你怎么不掐死我得了……"

这次他真的两眼一黑，企图撒手人寰。我摇摇头，心理素质得锻炼啊。

那串项链最终有没有戴到黎雪脖子上，不得而知。不过我可以神算出，今天将会有很多人知道，我和黎雪昨晚大打出手。因为今天无论哪条娱乐新闻都出现了我的名字。

"慈善晚会宋微黎雪翻脸。"

"两女星撕破脸，只为争抢林萱项链。"

"宋微颇有心计，夺黎雪项链。"

……

我趴在阿Ken的办公桌上，看得打哈欠。太屈才了，这般才华，写新闻干吗，写剧本吧，还能卖影视版权呢。

我只是个二线小明星，到底是哪点让独具慧眼的你们青睐？走哪儿哪儿就有新闻，总拿大牌明星的待遇对待我，会受宠若惊的。

阿Ken不太高兴，我安慰他："就当增加曝光率嘛。"他回我："丑闻多的女星没未来。"

阿Ken脸色一如既往不好。

"又上报纸了，待会儿企宣部又要找你了。唉，明明不适合演艺圈，你却偏偏……让我怎么说你好？"

"你不觉得用实力证明他们错了更酷吗？"我伸了个懒腰。被颠倒黑白，这的确不公平，但我也不想就此认输。

"他们说得那么难听，你能忍？"

"拼命解释不是我的风格。我宋微的字典里，只有我美、我强、演技好，这几个词。"

"还有自大、自恋和暴力。"阿Ken哀伤呻吟。

"不过，这个你打算怎么解决？"打趣完了后，他将一份报纸摊在我面前，标题赫然写着：宋微赠林萱项链，讨男人欢心。

"嗯，这样写是不对的。"我沉思了片刻，阿Ken扬眉，我继续道，"用项链是讨不到男人欢心的，因为男人不喜欢钻石项链，戴着也不好看。"

"微微！"阿Ken几乎要抱头鼠窜，他着急地指着标题朝我说道，"事到临头，严肃点。被媒体这样一写，简直在打封景、云修的脸。他们动动金口，你在演艺圈就毫无立足之地了。黄总那边，就算其他艺人明面上不说，私底下对你也未必没有想法。要是太子觉得是你故意炒作？他最讨厌女人借他炒作。"

这道消息一出，搞不好将两个影帝和黄锦立就全部得罪了，公司封杀，口碑更坏，最坏的结果就是无路可走。办公室一下子变得安安静静，好像被人按下了暂停键，正经得有点可怕。

"微微，你是个好姑娘，这几年来，我心里很清楚……"终于，阿Ken再次开口，"可你不愿豁出去，你明白我的意思吗？这个圈子不可能这么简简单单就能混成功。"

句句透彻。

可是阿Ken不知道的是，从很早开始，我就只有一个目标。

沉默了几分钟之后，我轻笑出声："所以，阿Ken，你又在劝我回家做贤妻良母了吗？"

我拉开椅子，椅子跟地板摩擦划出长长的响声。阿Ken仿佛被我这个动作干扰了，神情变了变。我踢开椅子，双手一撑，直接坐到了桌上。这下子我比阿Ken要高了，总算体验到了居高临下的感觉。

"若我想当贤妻良母……"我扬起唇，眼神却坚决有力，"何必等到现在，早几年就做了。追我的人没有八百也有一千。"

阿Ken被逗笑，他的眼睛显露出一些疲惫，那是喧嚣之后的真实："那你到底是在执着什么？"

我执着的……

其实在这个圈子里的人看来，会很幼稚，只是，它倾注了我所有的真心。我只是想站在，那个人能更清楚看见我的高度。

正准备回答，办公桌上的电话响了，我替阿Ken接了。那端的女声夹着一股怒火，我笑着将话筒拉远了一些，然后对阿Ken说道："恐怕我现在要去企宣部负荆请罪，执着的东西，只能下一次再告诉你了。"

"你就……真的一点都不害怕？"他眼睛闪了闪。

我对着阿Ken笑了笑："强者无愧于心。"

出门。

只是从没想到，这个下一次，会是遥遥无期。

企宣部照例把我大训一顿，训斥的次数太多害他们词穷，我觉得挺罪过。最后他们道："看清楚自己的身份，别借太子炒作，名气不大，歪主意倒是不少。"

我悠悠回了句："噢，说得他的曝光率好像比我低似的。"

对方顿时噎住，无言以对。

谁叫太子爷也不算省油的灯。我顶多上娱乐圈的头条热搜，他一惊动可是娱乐、财经两边的整个版面，算下来还是我比较善良。

我笑嘻嘻，没心没肺地回去了。

阿Ken不在。办公室只有文件夹、电话、笔记本电脑等枯燥的东西，我没耐心等他，径自打开他的电脑，准备玩玩网游。我可是打游戏的一把好手。

打开银色轻薄的笔记本，屏幕一亮，我有点愣神。我猜阿 Ken 的屏幕，不是风景就是自带的经典图案，没想到居然是一张我的古装剧照，一袭杏黄轻纱，如水软剑，回眸一笑。神态抓得刚刚好，一缕晨曦洒在我身上，后面背景虚化，浅浅绿色点点。整张图看起来竟有点初春桃花绽放的意境。

入这行就是这点好处，可以拍很多漂亮的照片。

这张还是两年以前的，有点婴儿肥，亏阿 Ken 有心了，保存到现在。这么一想，我倒是记起来，这是阿 Ken 给我接的第一部算得上是女主角的电视剧，拍摄资金不高，最后的收视率也就那样。只是之后，关于我的绯闻就渐渐开始多了。

阿 Ken 的桌面收拾得整整齐齐。我东点点西点点，过了会儿，右上角弹出一个窗口："你有一封新邮件……"

阿 Ken 回来时，见我在玩他的电脑，先是一惊，瞳仁极快地缩了缩，语气还是那样圆滑："企宣部那边怎么说？"

我但笑不语，只是望着他。

屏幕上传来厮杀的声音，我的游戏角色被人砍死了。

心疼。

阿 Ken 眼神闪了闪，神情倒是未变："我要办公了。"

"嗯，你办。"我起身，将电脑让给他。认识他这么久，只知道他精通各种内幕八卦，却不知他连演技都如此精湛。莎士比亚诚不欺我。

擦身而过时，我才笑了笑："我以为我的演技不差，原来有人的演技更厉害。也是，谁手上有媒体资源？谁能第一时间知道我身边发生的大大小小？林萱的项链我还以为是黎雪抖出去的，可她的智商哪有这么高？"

阿 Ken 身体狠狠一震，脸色一片苍白。

我笑得很温柔："阿 Ken，你看，我的强心脏就是这么炼成的。"

真金火炼，淬以背叛。

东窗事发，他自然不再是我的经纪人，人事部向我推荐过几个新的，我没有中意的。经纪人和艺人之间也是场博弈，双方都想挑选最好的，艺人想挑能帮助自己开拓事业的，而经纪人亦想带有升值空间的。我当然不是他们看中的绩优股。相比之下，阿 Ken 真的不错，除了他喜欢采用非常手段关爱我。直到现在我还时不时想起他。

这样想着的时候，门被敲开了。

来人墨黑的眉，鼻梁挺直，嘴唇的线条有点冷漠。第一眼我还以为是安排的新经纪人，第二眼我就觉得，这应该是哪个走错地方的新人吧？

难以接近。

看上去是寡言少语的类型。

"有点面熟？"我抿了口英国红茶，随意打着招呼。颜值高的小哥哥有被特别对待的福利。

"我是你的新经纪人。谭寒。"

"太帅了，不放心。"我没动，都懒得示意他坐，只是笑着拖长尾音。

"媒体那边我来处理。"他冷静自若。

"你长得太高，我有压力。"

"以后企宣部找你，你不用去，我会承担。"他井井有条，毫不慌乱。

句句刁难，他见招拆招。还说出连阿 Ken 都没说过的话，让我一瞬间有种被保护的错觉。只是完全无视我的意思，是几个意思？

"实际上，你真的长得太帅了，所以我想遗忘也很难。

"没记错的话，你之前是黎雪的经纪人吧。"这句不是疑问句，而是陈述。话说到这份上，应该会知难而退吧。

我怎么可能用她用过的人。

没想到谭寒眼眸黑如幽潭，只是直直看向我："你在忌惮她？因为她的绯闻男友？如果是这个原因，勿用担心。"他垂了垂眸，"因为这是我离职的原因。"

我微微挑眉。

因为想做太子爷的正牌女友，怕这么帅的经纪人在身边被误会？

这个理由也解释得通。

不过，这也打消不了我的想法，正准备做最后一次拒绝，谭寒却比我先发话。

"除了我，你觉得公司现在还有谁，愿意做你的经纪人？"

我的笑容僵了。

算你赢。

"寒寒，水。"

"寒寒，中午订下盒饭。"

"寒寒……"

这么帅的经纪人跟在身边，如果白白放弃蹂躏的机会，那简直是暴殄天物，对此我使唤得乐不可支。

"别这样叫。"谭帅哥皱了皱眉。

"不这样叫，难道叫阿寒？小寒寒？寒……"我吃着剧组的快餐，随口调侃。

"谭寒。"他纠正。

"谭寒？会不会太生疏，黎美人也是这样叫你的吗？"

他黝黑的眼眸定定地看了我一眼。

"我现在是你的经纪人，就不会再惦记以前的艺人。"

我干笑两声："我也没说什么嘛。"

谭寒不再看我，低头端杯喝茶，他喝茶的样子端正极了。袖口的褶皱整整齐齐，他吃饭很静，动作有股古典雅之美，讲究寝不言食不语，但是速度并不慢。我的午饭还剩大半，他就已经吃完。

他挽起袖子，开始清理。从我的角度看过去，人高腿长，宽肩窄臀。白衬衫越发显得他的后背流畅完美。他收拾东西利落干脆，一会儿就把桌子收拾得干干净净。

我一边看他清理着桌子，一边慢吞吞扒了几口饭，百无聊赖地感叹："真是好男人啊。" 下一刻，我的手便一颤，心爱盒饭被谭寒抽走，"啪嗒"一声进了垃圾袋，动作同样利落干脆。

我瞬间就震惊了。

我的饭就这样没了？这是报复，这绝对是报复。他刚刚不是不说话吗？他不是乖乖收拾桌子的好男人吗？真是……会咬人的狗不叫。

"我还没吃完。下午还要拍杂志硬照。体力不支，会饿死。"

严重抗议，必须申诉我的人权。

"体力不支跟饿死没有必然联系。"谭寒优雅地扣上袖口，吐出一句话，"而且，下个月《美人香》要开拍，你得减肥。"

"……"我刚才的腹诽很有先见之明！

下午杂志拍得我累死累活，饿得前胸贴后背。穿着十几厘米的高跟鞋，摆出各种神态与姿势，化妆、卸妆，站到两腿发软，快不是自己的了。

拍摄一结束，我立马把鞋一脱，瘫趴在化妆间。谭寒走了过来，眼眸幽深，看着我若有所思。我懒得管他，两脚能挨着地的感觉太好了，舒服得好像天堂。没想到他弓腰下来，半跪在我身边，握住我的脚踝。

我吓了一跳，急忙道："喂，喂，别动手动脚……"难道我的脚生得太美，我的新经纪人是恋足癖？

"别动。"他沉声命令，神情淡淡的，手指修长，"只是帮你把腿抬高。消水肿。"

原来是这样，怪我日本文化知道太多。

有些不自在。我开始胡思乱想。

他的手很凉，握着肿肿的小腿，仿佛涂上了冰柳的凉意。他的手指一下一下按捏着，有点痛，其实，但我憋着没说。这样按摩了十几分钟后，突然，他一个用力，我差点叫出声。

"你……"我怒目瞪他。

"好了。"他垂着眸，站起，表示结束，把我的腿轻轻搁在坐椅上，"晚上回去再泡泡热水。"嘴边若有若无拂过一抹笑意。

我微微一动，酸胀感竟已好转很多。这下轮到我不好说什么了。

这小子，哼。

"我也很想休息，可惜有个制作人要请我吃饭。也许会弄个适合的节目给我。"谭寒一时没有说话，只是皱了皱眉。也许他是个反对艺人私下交际派。

空气沉默了一下。

我知道他可能想歪了，但并不想解释。毕竟他不是跟了我那么多年的阿Ken，他在我身边才一个月不到。人心，一个月是看不出的。

我把腿放下，重新穿好高跟鞋，Chanel包一拎，准备去赴饭局。

谭寒开口："我去开车。"

我笑了笑："不用。我自己过去就行。"

"小心被记者拍到。"

"知道了。不会让你为难。"

我笑了一声。他在担心什么呢，无非上上热搜、媒体开扒。原来跟其他的经纪人也没什么两样。

饭局效果不错，对方果然安排我上了谈话节目。这个谈话节目找的是美女主持人，说是有深度的访谈。制作人关照我，提前将节目流程和问题给我看了，我扫了一眼，前面很常规，就是爆爆料，跟娱乐节目差不多。

直到中间部分，我视线顿了顿。难怪对方找我，林萱项链的事情正是热点。我作为事件的主角之一，的确具有话题性。

我内心快速勾勒了一番。竞拍可以谈，黎雪可以稍谈，帮节目上热搜、引发讨论、制造热点。但项链、影帝、黄锦立，是绝对不能碰的。

谭寒也看了台本，建议我把黎雪那条也划掉。划掉？我笑。制片人为什么请我上节目？这个划掉，爆点可真是全无。

我没管他，谭寒皱了皱眉。

我看在心里，但不想理会。大不了，到时再找一个经纪人。虽然这是第一个会抬高我的小腿，帮我消除浮肿的人。

编导拿着节目单跟主持人沟通了一下，访谈节目正式开始录制。也不知道这位主持人刚调来，还是怎么回事，节目进行了五分钟，我就有点无奈了。这个美女主持，口齿倒是清晰，但水准堪忧，问题一个接着一个地抛，转换生涩得像是楼梯，一坎一坎，没个转折衔接。

"从你出道到现在，几乎没什么代表作。有人说你是花瓶，还是个负面消息众多的花瓶，这点你怎么看？"

我记得问题单上只问，关于负面新闻怎么看吧，没有这样的延伸。不过也无所谓。

"我的代表作有《雪中情》《民国烽火》《大唐风云录》等。实际上，并不少。有的人是花，有的人是花瓶，我则是花枝。衬托花的存在，但也不能少。坏女二演多了，观感是不太友好。"

我对着镜头，从容一笑："所以再次提示大家，我所演的角色，都是反派，是反面教材，切勿模仿。"

美女主持一愣，低头看了下手中提示卡。

没有代表作？不存在的。

谁让她不好好做功课，我可是圈子里的敬业劳模，演技好，片酬不高，还自带话题流量。影视方的优选。

美女主持暗暗咬唇，不太甘心，有点想找回场子。证明不是自己的失误。

她很锋利地接着问。

"这个月举办的慈善晚会上，据说你和黎雪争抢项链？你为什么要抢黎雪的项链？"

这问法有趣，我都忍不住笑了。

瞟了眼站在三号摄影机旁的谭寒。要我划掉这题，是因为你很早就看穿了这姑娘的把戏？

谭寒向我看了过来，只是，他只看了我两秒，目光就落回到主持身上。

也是，这种事处理起来比较麻烦。就算以前说得好听，但事到临头，他未必愿意为我得罪节目组，也是人之常情。

我垂眸，了然地一笑，幸好我并不爱寄希望于他人。

"这串项链的前任主人是林萱小姐。举办方把它拿出来拍卖，为慈善事业做出贡献，意义重大。我很荣幸能够拍得它，为慈善尽一份力。未来更会以林萱小姐为榜样，演好作品，做名好演员。"

"是吗？可是报纸上说这串项链是黎雪拍的，被你抢先了。"

对方不理会我，语气开始挑衅。

我继续微笑。

"既然是拍卖，自然有竞价。大家胸怀慈善之心，不存在争抢。"

"既然这样，"女主持眼中闪过一抹光，"那你为什么要把林萱的项链送给其他人，送给你们老板？"

"你明明知道这是慈善拍卖，知道这是林萱的，还口口声声为了慈善，这样做，不觉得很虚伪吗？"

对方的脸有些扭曲。我敛起微笑。

"偏听并不是最好依据。错误有一千只眼睛，但没有一只眼睛会承认自己错误。"

我转过头，暗示谭寒找编导跳过这段。

"那报纸上为什么会这样写？还牵扯到其他人？为什么你的绯闻一直这么多？"编导示意了一下，但对方依旧不依不饶。

我自黑："也许我改行当娱记后，就会明白了吧。"

"慈善晚会这件事其实是你的一种炒作吗？

"这是你背后的宣传团队为你设计的方案吗？

"其实你是想借着林萱的项链增加你的曝光率吧……"

问题一道一道抛出来。

每个问题刻意又恶意，对方明显有备而来。

编导没有喊停。三台摄像机反而对着我，从各个方向记录着我的表情、眼神。争议，就是收视。他们厉害了。

冷笑。不录了。

就在我准备强行离场的刹那，一个高大身影先一步掠到我的眼前。摄影棚炽亮的灯光将对方周身氤氲成淡淡的大光圈。现场所有的制片、摄影师、主持人齐齐看着他犹如天神而出……

最先靠近的，是他修长的腿。

其次是分明的喉结，再往上，是一贯冷漠的脸。

眼眸沉稳，眉毛浓黑。

他的动作轻且快，小心地执起我的手，只那么一刻，便将我带下了摄影台。主持人和周围的工作人员一脸惊讶。

谭寒朝制片点点头，极有礼貌。

"之前签约的合同中，我们有过条例。如果出现不属于节目流程上的提问，身为经纪人有权带走艺人。毕竟我们也要向公司交代。"

我这才记起，节目是我搭上的，但合同是谭寒在办。

他留了一手。

全体工作人员震惊地看着谭寒牵着我的手，把我带出录制大楼。直到眼前视线暗了下来，我才发现自己已被他牵了出来。咄咄逼人的提问没有了，呼吸到的都是自由空气。深吸一口，像薄荷糖，神清气爽。

我默默打量他。今晚给我的震撼有点多。

谭寒目向远方，顿了顿，开口："阿 Ken 跟了你这么多年，在你心里，我比不上他。"

心神微微一动。

有丝被揭穿的愧疚。原来我之前对他的抵触，他竟是知道的。

"但是，"他低头看我，"我会成为最优秀的经纪人。"

我站在风中，仰头。

"为了我？"

谭寒良久没说话，最终，微微点头。

漫天繁星，夜风温柔。我和谭寒走在夜幕之中，两人影子交织在一起。这条通向星光彼端的路，不知他能陪我走多远。

过了几天，便听到其他人嚷嚷，我去过的那个谈话节目，有女星愤然离席。该来的总要来，我心中早有准备。对待这种事情，我很熟练了，不用人通知，就主动去了企宣部。没想到他们见到我，先微微一愣，然后夸奖道："不错，这段时间负面新闻少了不少。继续保持……"

我惊愕得下巴快掉了。难道不是我？这还是我第一次进企宣部不是被训出来，而是被笑脸送出来的。没在做梦吧？

我迷迷瞪瞪走回谭寒办公室。

"企宣部竟然没有骂我？谭寒，来，让我捏一下，我是不是穿越到平行世界了？"

谭寒才不像阿 Ken 那般任我胡来。

他隔着办公桌，姿势不变，只是难得地露出一抹笑。"那次节目不是你的错。企宣部当然不会责怪你。"

我睫毛闪了闪，敛下眼帘。

跟阿 Ken 在一起，阿 Ken 每次都会对我说，"宋微，你又惹绯闻了。""他们又写你了。""你怎么又跟其他艺人发生矛盾了？"

这种提醒是一种恐怖。若不是早就打定主意，我一定会听阿 Ken 的话，退出这个是非之地。

可是到最后，我学会了微笑回击。

"反正奈何不了我。"

只是，我以为的刀枪不入，现在突然听到谭寒这句"并不是你的错，当然不会责怪你"，一时竟不知该怎样反应。

这样的安慰陌生得好像是上辈子的事情了。

我有些不自在地轻咳了一声。感谢这种肉麻的事，我才做不到。正准备离开，我眼尖地发现谭寒胳膊下压着张报纸。

难道说……

大步飞快前跨，谭寒来不及阻挡，我抽出报纸，打开一看——赫然写着《惊爆！离席门内幕》。

我神色一变。

果然，还是写了吧。

"宋微，别急。跟你无关。"谭寒在身旁提醒。

别急？怎么可能跟我无关？

我快速往下读，越看却越惊奇。节目还是那个节目，主持还是那个主持，主角却是另外一名情商不高，却很有脾气的女星。整篇文章讲述了那名女星是如何爆发矛盾，又如何黑脸离席的。到了末尾，也没有找到我的名字，或是影射我的文字都没有……

我看了看报纸，又多看了几眼。甚至恨不得一个个字拆开来找。

这才抬起头，瞅瞅谭寒，像不认识他一样。

心中充满惊奇。

我捧着报纸，嘴角想扬起，又憋着。这可是我第一次没有负面报道，但为了这点小事开心，会不会太没出息？

估计是觉我这样子有点呆，不符合一贯的冷艳，谭寒居然也轻轻笑了笑，柔声道："都说了，跟你无关。"

有他在，果然一切都不一样了。

"嗯。"我拉长语调，傲娇了一下，"做得还不错。"

"所有经纪人该做的事，我都会为你办好。"

很感动，但我才不会表现出来。

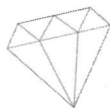

第二章

涟漪

我俩一起回到我的休息间。一个香水纸包装的圆形礼盒被送了进来，雪白的绸缎系了个优雅的礼结。

　　谭寒望了我一眼，我耸了耸肩，也不知情。打开卡片，格式十分眼熟："7点半。我来接你。黄。"

　　"太子爷，他今晚约我。"

　　谭寒眼神复杂，皱了皱眉。

　　回到家，我洗了个澡，打开礼盒。是某奢侈品牌的新款设计，深红色晚礼服，对身材要求极高，稍有不适，效果就搭不出来，幸好我穿得刚刚好。没告诉过黄锦立我的住址，但他这么胸有成竹，约莫是自有渠道。

　　约的是7点半，黄锦立却迟到了十分钟。

　　还好我不是小菜鸟，不会就此焦虑、坐立不安。我慢悠悠地喷着香水，甚至还站着看了几个宠物搞笑视频，才不急不缓地下楼。

　　正好，7点50。礼尚往来。

　　黄锦立靠在车边，透着一股子慵懒的雅痞味道。

　　见我迟迟才出现，他也不恼，反而微微一笑，春风般令人沉醉。黄锦立极有风度，为我打开车门，那双修长有力的手，执起我的手，道："今晚你是最美的女神。"

不上钩。

径自坐到他的副驾，黄锦立微微挑眉。

徐徐的夜风吹在脸上非常清爽。

"你是带刺蔷薇的薇？"他率先开口，试探，又打压。

"怎么，想被刺刺看？"

"我对白玫瑰的温柔更感兴趣。"话中有话。

"那得防微杜渐了。我是防微杜渐的微。"

"防微杜渐？"他似乎对这个成语有点感兴趣，低声重复了一遍。

没错，防微杜渐，扼杀一切不好开端。傻白甜，是担不起大风浪的，绝不走错，才最重要。

"中国字博大精深，危险的危，也很适合你。"黄锦立别有深意地看了我一眼。车子停稳，他下车，再次替我拉开车门。

月色下，黄锦立的侧脸很英俊，他示意将手递给他。微风吹拂着夜晚的树，有夜鸟低低叫着。我们挽着手臂前行。

别墅位于半山腰，前庭花园有绿色长叶植物，还有孩子们玩耍的滑梯和秋千，让整个别墅多了几分温馨与活泼。

树枝伸得有点长，一不注意，勾住了我的头发。

"你的头发散了。"黄锦立只是笑，笑容有点顽劣，却并不动手帮忙，似乎想看看我会怎么应对。我心知他的坏心思。

如果我是危险的危，那他便是顽劣的顽。

女人，尤其是女明星，通常可以化妆两三个小时，发型更是气质的重心。曾有位女明星，也被树枝勾住长发。她性格一直很清冷，所以她没动手，身边的男士就已小心翼翼帮她解下，宛如对待最珍贵的珠宝。

我朝黄锦立微微一笑，用力将头发甩了两三下，慵懒的卷发像海浪一样跳跃着，转眼间变成了随性的披肩长发。月光随着暗香浮动，有不知名的花蕾静开。

黄锦立脸上闪过一次诧异，月光下，他的眼底多了一份新奇。

我用下巴朝他点点："拿枝花给我。"

他顿了半秒，转身摘了朵柔白的花，树影颤动。我伸手接过，抚了抚长发，斜插入发间。黄锦立再次新鲜地打量着我："你一向这么随意？"

"曾经，有个人，让我模仿一位很优秀的女性。成为她那样。"我意味深长地说，"你猜，我当时怎么回答的？"

他挑了挑眉，示意我继续。

"我说，不学她，我也会很棒。"

黄锦立大笑。

"野心家。"

我看着他，笑而不语。

"正好，我有礼物要送你，不过，只送一晚。"他卖着关子。黄锦立从车里拿出一个长形礼盒，他的态度很小心，星光下，深色盒身泛着温润的光泽，极有质感。

我微微诧异。

珠宝首饰？难道有什么不寻常的？

"闭上眼。" 黄锦立命令道。他绕到我身后，拂开我颈间长发。他修长的手指拨弄着项链。因为合着眼，细小的声音变得十分清晰，我脑海中浮现出黄锦立的手。他的手指很长、很瘦，搭在黑色方向盘上，显露出一丝挑剔的感觉。内心莫名一阵战栗。突然，脖颈一重，凉凉的，项链戴了上去，调了调位置，最后被轻轻扣好。我和他挨得很近，我几乎闻得到对方身上好闻的男性冷香。黄锦立的指尖划过我的脖颈，带来一点点电流。我尽力让呼吸平缓，告诉自己，没什么，心却跳个不停。我太过忽视他的男性魅力。晚风吹拂花枝，远处小提琴悠扬。树林发着沙沙细响，夜露侵袭肌肤，他的男性气息却包裹着我。

"好了。"他迷人的手指放下。

我的心几乎同时松了一口气。挨得太近了，刚刚。

摸了摸项链，我低头一看。

钻石在月光下璀璨动人，这，这不是林萱的那串吗？我抬眼望他，有些惊讶。

不知道是不是我的错觉，银辉下，黄锦立眉眼少了几分玩世不恭，多了抹温柔。黄锦立怀念地凝视着钻石吊坠，细长挑剔的手指划过最下面的那颗钻石，它的形状犹如一滴眼泪。

我听到他低低呢喃。

"云修说，你跟林萱很有缘分，不知道是不是真的……"

我无声地抚摸了下项链。

那位影后吗？

金漆铁艺大门打开，悦耳的音乐声就清晰地印入耳中，天使雕像喷着清澈的泉水。黄锦立让我挽着他的手臂。我们踩着红毯，缓缓步入。在场的皆是名流，衣香鬓影，黄锦立盛名在外，还不到一会儿，我就收到了无数揣测的"大礼包"。

我一边露出演艺圈中的职业微笑，一边同黄锦立低语："如果能够开启弹幕模式，我肯定早就被刷了满屏。"

"你不是绯闻女王吗？"黄锦立在我耳边道，"应该习以为常了吧。"

"承让承让，有你在，我甘愿屈居。"

"我以前怎么没发现你这么有趣？"黄锦立低头一笑，看着我，黑若点漆的眼眸容易瞅得人心猿意马。当然，我没有。

穿着燕尾服的服务生从旁边经过，我端了一杯红酒，晃了晃："是没发现我，还是没发现我有趣？"

"这是道送命题。"他桃花眼眯一眯，低低笑，"我们男人是不会上当的。"

我假装遗憾，摇摇食指。

"那也就失去了得分的机会。"

黄锦立大笑，又吸引了一群视线。

突然，他伸手，搂住我的腰身就是一带，我一怔，连忙快速跟上。我们和着音乐跳了几步，尽管我一只手里还拿着红酒，但我俩配得很不错。马上又有许多人诧异羡慕地看着我们。黄锦立毫不在意他们的目光，反而狡黠一笑："现在能得几分？"

我同样笑了笑。

"你看你自己的表现，觉得能给几分？"

黄锦立再次笑了起来，他大大方方牵着我的手，笑声爽朗。我被他带着走。他天生就具有雄性领袖魅力，众目睽睽下，反而越发慵懒而优雅。很多男明星都被他秒杀。人未走近，已先声夺人："云修，看我带谁过来了？"他音量不大不小，周围的人却正好都听得到。

我心口一震，好像察觉到了什么。

黄锦立无论是权势地位还是圈中身份，本就充满了传奇色彩，极具话题性，现在他这一句"看我带谁过来了"，更是引起所有人的好奇。

顿时，我成了全场焦点。

"这女的是谁？颜值好高。"

"怎么让黄锦立这么重视？"

"难道是黄锦立的新女友？还是未婚妻？以前从不见他向其他人介绍。"

"哼，什么未婚妻，不就是那个一向喜欢炒作的宋微吗？虽然人是挺漂亮的。没想到这么快就搭上了太子爷……"

这些窃窃私语……

我面带微笑，在一片议论声中，落落大方地向云修道谢："又见面了，谢谢上次慈善晚会，你们让我拍得这串项链。"

杜云修就是上次慈善晚会的主持人，多次获得影帝荣誉，他与封景并肩而行、不离不弃的关系更被大众所知。

"欢迎前来，"杜云修没有给我难堪，反而尔雅一笑，他的目光落到了我颈间，眼底多出了几分怀念与感慨，"你也给了我很深的印象。"

不知道为什么，一瞬间我被这种眼神打动了。影后林萱，最值得骄傲的，不仅仅是这些年被粉丝念念不忘，还有在这个圈子里能有如此挚友吧。

"真让人怀念。"黄锦立见缝插针，"云修，你觉得林萱的这串项链宋微戴起来如何？"

影帝，太子爷，我，我们几人在一起就是一个核反应堆。所有的人关注着我们的一举一动。黄锦立上一句话挑起了在场人的好奇心，这句则如同一滴水滴进了油锅，全场哗然一片。

"居然是林萱的项链？慈善晚会上的那串？"

"不是说送人了吗？怎么还在宋微那儿？"

"报纸上说她送的就是黄锦立啦！没看今晚黄锦立带她过来了吗？"

"可是黄少这个大男人要项链干吗？项链都是送女人的吧。既然这样，为什么还戴在宋微脖子上？"

"这，我也不清楚了。也许报纸上乱写的？"

声音比刚才还要强烈，几乎变成公然的讨论。直到这一刻，我才明白，原来黄锦立不是随意邀请我，将我带至私人party，他实际上，步步为营，精心策划。

无论挽着我进场，还是佯装亲密私语，先前的种种，都是故意引人注意——为了现在这一刻，让在场所有的嘉宾做个见证，林萱的项链还在我手上。媒体爆料我将从云修那儿拍得的林萱项链，特地赠送给他讨其欢心。现在，黄锦立就让大家在云修面前，亲眼做个见证！

我禁不住打量了黄锦立一眼，不禁想到一句话：有手段的男人尤为性感。

黄锦立脸上还挂着玩世不恭的笑，人群虚化在他周边，金色的光打在他优雅的礼服上。得天独厚的天之骄子。他的袖扣古董而别致。眉毛浓黑，眼尾压出风流的线条。

英俊得不像话。

我快速敛下眼帘，心却莫名跳快了几步，握着红酒杯的手紧了紧。

"我相信林萱的眼光。会喜欢上同一串项链，说明你们有缘分。"云修缓缓开口，暖流一样流进我的心里，"你戴着，很好看。"

林萱是何等人，我怎么敢和她相比？

从没被人这样评价过。

可是，当那双清雅的眼睛看着我时，一瞬间，我的内心迸发出一种被真正信任和被尊重的感动。

周围一下子安静了，之前那些闲言闲语彻底消失。

突然明白云修为何会被人敬佩。

在这个圈子这么多年，他何尝不知道，刚才黄锦立的那一番话就是为了用他的回应来反击不实报道，彻底推翻先前误解。

我不过是个二线艺人，云修却是影帝。他本不用为我解围，可他做了。因为他明白，可能对他来说，只是短短一句话，对我演艺生涯的影响却很大很大。

小提琴声再次响起，在大厅中轻轻流溢。

"你要好好努力，连同林萱的份。"云修微微一笑，"Enjoy。"他做了一个请的姿势，宣布此事告一段落。

会的，我会的。

我用力点头，抚摸着颈间那串钻石项链。心中有什么东西热热的。

"别在云修面前哭噢，我会吃醋。"黄锦立插声进来，他低头看了我一眼，"当然，真哭了，我会悄悄用外套帮你掩饰。"

我被他弄笑。

胸口的感动化作一圈圈涟漪。这个夜晚是有意义的。

我抬头，撞见黄锦立的眼眸，墨眉下他的瞳仁很深邃。不怎么说话都动人。

"项链是不是很漂亮?

"不过，只借你一晚。"

这人，幸好我刚才没点头。

黄锦立懒散着眉眼靠近我，手指漫不经心地将我耳边垂落的花捋回去："就像你说的，我只能把它送给任何一个配得上林萱的女明星。"

呼吸紊乱了一下，有点无法与他对视。

强压着抿了一口红酒。

我可不可以理解为：黄锦立，你其实在费心思，帮我澄清那些不实报道?

不过下一秒，这个幻想就被打破了。

"别多想，我这么做，只是为了这串项链。"他收回艺术家般的细长手指，"因为是林萱的项链，所以我不想被报纸乱写。"

入喉的红酒突然涩了些。

"那么，你显然不及我。"

我吞下红酒，仰头一笑，红酒的涩味残留唇齿。

"一开始，我就知道它的真正价值。"

黄锦立望进我的眼睛，若有所思。

一道清脆的女声传来，语气透着几分亲昵："锦立，我还以为你不来了。"一位大美女朝我们走来。对方穿着一件斜肩长裙，一举手一投足间，呈现出长久被镁光灯追逐后的大牌气场，给人留下深刻印象。

我立刻便认出——她是品优娱乐现在的一姐，楼夕之。无论名气，还是人气，都让众多女星难以望其项背。

"可以借你男伴五分钟吗？"楼夕之朝我一笑，那个笑容有点意味深长，透着一种天生的优越感。

话是对我说的，她的眼睛却盯着黄锦立。妩媚挑衅的眼神中，又糅合着令人无法忽视的气场。

我浅浅一笑，退开一步。

默许了她的要求，在圈子里，对前辈和大咖要敬重。

我无意中瞥见，黄锦立抬了抬眉毛，似乎对我随意处理他的归属权有点不满。

"挺上道的。"楼夕之上妆精致的脸蛋微微扬起，雪白的手挽上黄锦立的手臂。

黄锦立顿了一顿，楼夕之眼神闪了闪。他伸出好看的手指，朝我点了点。我意识到，他在指林萱的项链。

"好好保管。"

"当然，我还要向你收保管费。"

我打趣，黄锦立随即笑出声。他今晚笑的次数有点多。楼夕之不懂我们在打什么哑谜，眉梢有点不耐烦地拧了拧。她直接迈步拽走黄锦立，两人的身影渐渐淹没在大厅的宾客中。

我重新端了一杯红酒，来到阳台，远方黑沉沉的一片。夜色一点点下沉，只有半只星。等了很久，黄锦立却再也没有出现。被他带到这半山腰的我要怎么回去？的士未必叫得到。即使叫得到，到我的公寓也要一个小时。最近偶有午夜乘车被猥亵的社会新闻，虽然我绯闻不少，却也不希望自己以这种方式最后一次上报。

我边在内心吐槽，边快步踱出会场的金边大门。突然想起很多年前，同样一个夜晚。

也是看一扇大门在我眼前渐渐关闭，光线逐渐被吞噬，而对方的背影逐渐消失。

夜晚温度很低，我搓了搓手臂。把手机通讯簿从头翻到尾，这么晚，还有把握把对方从床上叫起来的，除了阿Ken，一时半会儿竟找不到其他人。

抚了抚额头，又翻了翻，视线勉强定格在"谭寒"那一行。

我挣扎了一下，按下呼叫键。

"喂？"没想到才两声，谭寒就接了电话。半夜里，还能听得到沙沙的电流声，他的嗓音跟他的人一样，有点冷冽的味道。

"我在云修别墅，过来接我一下。"故意说得理直气壮，遮掩我的不好意思。

那边一时没了声音，心跳慢了一拍。我也知道自己不是很厚道，抱住冒出鸡皮疙瘩的胳膊，打算放弃。谭寒的声音再次响起："查到路线了。四十五分钟后到。"末了，补了一句，"山上冷。小心着凉。"

我的心，被暖了一下。

谭寒的车没有黄锦立的车张扬。就像他的人，也跟黄锦立不同。他只是沉默地开着车，黝黑的眼眸看着前方的路。手指修长，侧脸俊美。

"怎么这么快就接了电话？24小时待机？"我找着话题，想打破车里的沉默。

谭寒默默看了我一眼。

"我是你的经纪人。"

"所以随传随到？"答案真官方，我干笑了两声。

谭寒轻轻"嗯"了一声，好像再普通不过，我反而有点过不去。我不太喜欢依赖他人，麻烦对方总让我不自在。可能，我害怕依赖变成了习惯，一个人就无法再勇敢。

一时无话。

"你脖子上戴的是？"他从后视镜瞟了一眼。

"林萱的项链。"难得他好奇，我挑起项链给他看。

"林萱的？"谭寒侧过脸，盯着项链看了下，眼眸闪过一丝惊讶，"不是给黎雪了吗？怎么……"

他怎么知道？噢，他之前是黎雪的经纪人。原本想告诉他，这只是黄锦立今晚借给我的，但谭寒刚刚的语气，不知道为什么让人有一点点在意。话到了嘴边就变成："怎么，很在意？"

女人的敏感总是复杂的。

谭寒半晌没有说话，直到车快开到我家门口。

"他不适合做情人。"

我们都明白他指的谁。

回到家，我还是禁不住打了个寒战。给自己泡了杯红茶，希望明天不要感冒。坐下时，才发现身上还披着谭寒给我的西服。是他开到我公寓楼下给我的。刚笑了笑，就瞥见镜子中的自己。脖颈上的钻石项链闪着光。

黄锦立、谭寒……

两人的名字在我脑海里转了转。

《调香·香满楼》开机仪式就在今天。剧组一大早就在拍摄地点架起了香炉台案，准备拜一拜，讨个吉利。所有人准时到场，唯独女主角楼夕之迟到了。一行人都在等她，导演有些气。

"大牌嘛，都是这样，哪有不迟到的大牌。"工作人员半开着玩笑。

作为昨晚的知情者，我也跟着笑笑，没多说什么。

两个多小时后，楼夕之才姗姗来迟。身后跟着两个保镖、一个助手、一个经纪人。算得上轻装上阵了。只是那经纪人，我看着眼熟……阿 Ken ？

阿 Ken 朝我点点头，笑了笑。

楼夕之瞥了瞥他，眼尾不甚在意地扫了我一眼，旁若无人，扬长而去。

见一姐驾到，导演喜笑颜开。

"点高香，拜一拜。"工作人员连忙给楼夕之递香。我也拿了一束，准备等着她弄完，我再上。楼夕之看了导演一眼，慢条斯理地发话："人也太多了吧。"

此话一出，大家自然就相互看了一下。

上香的人有：导演、楼夕之、男主、男二、我。这戏是品优娱乐投资的，大家都是一家公司旗下的艺人，本不存在什么有的没的。只是按照角色重要性排的话，我的确是女二。

"你们先，"我和和气气地笑了笑，"不差那么一会儿。"

楼夕之一笑，戴着墨镜，大牌架势十足地将香插入了香炉。导演也跟着上香，三只大红色高香竖立在香炉中。楼夕之参加完开机仪式，周围一群记者，前前后后围了过来。

跟在她身边的阿 Ken 不知道从哪儿溜到我身边，仿佛不经意地说："现在真是忙死了。你最近如何？"

我轻轻瞟了他一眼。

"还不错。"我慢悠悠地开口，指了指不远处的谭寒，"我新经纪人。"

"他？"阿 Ken 盯着看了半晌，摆出一副瞧不起的样子，"他之前可一直围着黎雪打转。"

"人家比你帅多了。嫉妒可不好。"

"我嫉妒他？哈。"阿 Ken 嬉皮笑脸，"你不是一直认为，我精通娱乐圈内幕。那我再告诉你一条，你那个帅气的新经纪人啊，不仅是黎雪的前任经纪人，还是她前任男友。"

"八卦。"我"哼"了一声，懒得再理他。

倒是楼夕之见我和阿 Ken 在一起，一声勒令把他叫了回去。

"楼夕之跟你有过节？"谭寒走过来。

他容貌沉静，看上去还是那么可靠。

我朝他笑了笑，想了想。

"如果借男伴算的话，那应该是吧。"

对方眼底掠过一抹迷惑，我捕捉到这一点。想到谭寒在我面前，从来都是一副严肃模样，如今他的脸上第一次闪现这种神情，我一下子有些乐了，用力拍了拍谭寒的肩膀："刚刚阿 Ken 来过了，朝我显摆呢。你猜，我怎么回他的？"

"我说啊，我的新经纪人，不光比他帅一千倍，还比他厉害一千倍，他的脸都绿了。"

谭寒微微摇头，也忍不住跟着低笑了几声。那双眼眸的温度也暖了几分。

我看得心一动，情不自禁开口。

"谭寒，"我轻轻念着他的名字，顿了顿，开口，"你不会……"背叛我吧？

"不会什么？"他有些疑惑。

不会像阿 Ken 那样背叛我吧？

话到舌尖，又转了一个圈，最终没有说出"背叛"两个字。

"不会令我失望吧？"

谭寒垂眸，睫毛遮住眼帘，过了几秒，他慢慢道："我不会让你失望的。"

我笑了笑。

"要是真有那么一天，我可饶不了你。"

手机响了，无号码显示。对方明显才睡醒，声音慵懒中透着些性感："昨晚怎么走了？"

"怕打扰你。"我打着哈哈，漫不经心。

"打扰我？"他顿了顿，明白了，轻笑起来，"又没发生什么事。楼夕之喝醉了，让我送她回家而已。"他无辜极了，"等我回去，连个人影都没见着。你倒是挺会放我鸽子。"

电光石火之间，一些线索连上了。敢情楼夕之今天对我这样，是认为黄锦立是为了我而抛下她？我扶了扶额，不过黄锦立似乎丝毫没把女人间这些微妙的心情放在心头。

"林萱的项链收好了吧？"

"幸不辱命。"原来他关心的是这个。

电话那端的黄锦立笑笑："找个时间送过来。"

"行。"我从善如流,半开玩笑,"不过保管超时,得加收费用。"

"改天请你吃饭。"黄锦立低声一笑。

尽管开机仪式上,楼夕之对我耍大牌,但晚上的开机宴,她和阿 Ken 像什么事没发生过,让其他工作人员喊我们一道吃饭。不去倒是显得小家子气了。见我和谭寒到场,楼夕之身为东道主,笑笑,算打过招呼。没同我们说话。楼夕之名气如虹,多少人想借此认识她。一顿宴请,被抢着埋单。阿 Ken 说什么也不肯,圆滑地推拒着,自己把钱付了。

"以后我要是这样请客,埋单的事情就归你了。记住,动作得比阿 Ken 快。"我一边吃了块鱼片,一边打算从现在就开始培养谭寒的埋单意识。

谭寒看了我一眼,没说话。默默帮我挑了鱼刺,夹到我的盘碟之中。

居然不信?

我内心轻哼一声,几杯红酒之后,微醺,对着谭寒大放厥词。命运就是个未知数,指不定哪天我真的成了影后,呼风唤雨。谭寒一边喝茶,一边淡定点头听我瞎掰。

《调香·香满楼》开拍将近一个多月。楼夕之演的是位大家闺秀,端庄娴静,嫁入了调香世家,却没有想到自己的夫君另有所爱。不被夫君喜欢的楼夕之仍然恭敬地伺候婆婆,待她如同自己亲生母亲,打理家族事务,还对研香提出自己的看法,真真贤良淑德。丈夫逐渐被她吸引,然而又误会她钟情于其他男子,一气之下醉娶小姨娘,也就是我的角色,向楼夕之示威。

楼夕之演技的确老道。剧本一放下,就能立刻进入角色。即使戏外大牌架势,但只要一入摄像机镜头,俨然一股仪态端庄的大家闺秀气韵。开拍到现在,几乎全部一条过。

我也快拍了四年的戏,虽不如楼夕之沉着自信,但对角色的领悟也算游刃有余。我认为,一个角色只有有情有爱时,才能有灵有性。

剧本中的小姨娘美艳却狠毒,暗地里处处针对楼夕之。可这个世界上,没有无缘无故的爱,也没有无缘无故的恨。这个角色,为什么对楼夕之狠毒,为什么处处针对她?

导演没时间给我讲解角色,我稍稍做了下功课,按照自己的理解推演。比如,她也喜欢上了夫君。只有喜欢一个人到了深处,才会将对方的一切放在心尖尖上。看得比自己还重。也才会留意到,连对方自己都不知道的事。

就像夫君其实已从初恋阴影走了出来,对楼夕之情愫暗生。她不愿点破,不愿承认,于是变成一个为爱扭曲的人。

我跟楼夕之的对手戏不少，拍得还算顺利，导演十分满意我们的表现。大抵是黄锦立那事，我与她之间隐隐有种暗涌，倒也恰好合乎剧情的张力。

因为要拍戏，那串钻石项链我让谭寒带回了公司。过了几天，黄锦立派人探班，让人送来一束白玫瑰。身为艺人，我自是收过不少花，虽不见得多惊喜，但雪白花束的确美丽。

我的心情也不由得变好，捧着花往化妆间走。没想到转角碰到楼夕之，她也抱着一束白玫瑰。我们同时微微一愣。

想来，黄锦立没忘公司一姐楼夕之也在剧组，还是女主，所以送花给我的同时，也给她送了一束。抑或送给楼夕之时，顺带了一束给我。不管哪种，都够让人尴尬。

我打了声招呼，准备离开，演好自己的戏就够了。

不过显然，楼夕之不这么想。她眼角眉梢原本透出的愉悦，瞬间冷了下来，一把把我堵住，带点质问的口吻："谁送的？"

"影迷。"

我想将这事模糊带过，却被楼夕之一只手逮住了手腕。看不出她人很纤细，力气却挺大。

"是吗？"她的尾音上滑，"拿你一朵花不介意吧。"

楼夕之神情非常微妙，她丢开我的手，去拿花。

"不介意"还没说完，手中就察觉一道猛劲。花束被一股力道拽过，接着它们被狠狠摔在了地上，花瓣顷刻间七零八落。雪白得像一场落雪。

破碎的花瓣柔弱地躺在地上。

我有些震惊。

"我还以为是锦立送你的呢。"楼夕之慢悠悠开口，从她怀中的花束抽出一枝，嗅了嗅。

下一秒，我脸上轻轻一痛。

楼夕之笑容轻佻，手中握着白玫瑰细长的青色花茎，刚刚就是用它，甩了我一记轻轻的耳光。像只是一场玩闹。

我忍住痛，敛了敛眼眸，空气静默了几秒。

"怎么会？反正是别人送的。你喜欢，给你就是。"头发顺着我的脸颊垂落，我抬头，笑了笑，对视楼夕之的眼睛，"大不了，我让他再送十束过来就是。"

我拍拍手，把残剩的花随意丢在她面前。

楼夕之脸色微变："不过是些中看不中用的白玫瑰而已。"

"是啊，就是些玫瑰而已。就看送花之人，是真心还是假意。"

楼夕之脸色大变。

"姐姐，借过。"

我从她旁边擦肩而过。

谭寒提醒我楼夕之最近很生气，让我谨言慎行。我说："我明白。但是谭寒，如果这次我退缩，下次她就不是用花打我的脸。而是直接让我给她下跪。以后每个场合都是如此，我做不到。"谭寒沉默了下，不再逼我。

果然，此后只要有我和楼夕之同台，必然少不了一些磕磕碰碰。不是我刚入镜，楼夕之就说"导演，她挡到了我的光"，就是我好不容易酝酿出来的苦情戏，刚拍到一半，楼夕之就笑场，导演只能喊 NG 重拍。而我不得不重新酝酿情绪。她自己的化妆师不用，抢我的化妆师，等她磨磨蹭蹭弄好，我的时间通常不够用了，只能让其他工作人员等。

谭寒私下有些担心。我说没事，她喜欢折腾就让她折腾好了。

这日，又是我和楼夕之的对手戏。剧中夫家是调香世家，擅长调香研香，经营胭脂水粉香囊熏笼。

楼夕之自嫁过来后，改良了画眉用的七香丸，密封香粉用的青窑瓷盒，并用丁香、沉香、青木香等名贵香料混合桃花、红莲等香花一起捣碎，加以珍珠粉、玉粉调制出一种花露，深受女眷喜爱。

我在戏中出身青楼。本身身份低贱，又得不到夫君的真心喜爱，见楼夕之调香都能被众人喜爱，积压已久的情绪已经达到最大。嫉恨之下，自己凭借昔日习得的奇技淫巧，研得飞雪香一盒，分散装入金制雕缠莲枝的香粉盒送给家中姐妹夫人。

此粉香气怡人，细腻滑嫩，其白胜雪，涂上之后肌肤特别富有光泽。众人赞不绝口，还决定将此香投入到各地香粉屋贩卖。

就在我享受着众人的赞誉时，额前留着一绺尖尖刘海，身穿一件正红色对襟绣银纹牡丹，胸前悬挂着一把银心锁的楼夕之带着小婢女过来，一脸认真地反对："此香不能贩卖！"

"姐姐你研的香可以贩卖，为何我研的就不行？同为夫君的妻妾，应齐心协力为夫家着想才是啊。"

我一边轻言细语，一边配合镜头，丢了记锐利眼神给楼夕之，大有挑衅之嫌，呈现出小姨娘表里不一的形象。

楼夕之扮演的大家闺秀，美丽的眼睛里闪了闪，最终还是留了几分情面，只是说："这香不适合涂抹。"

"姐姐说的是何意？这香，大家用得甚好。如何不适合涂抹？我这香，跟姐姐研的相比，粉末更细，粉质更华美，雪白光润，更不容易脱落。"

此话一出，大宅女眷纷纷点头。

楼夕之研制的妆粉是以紫粉为底，取落葵子蒸过，烈日下暴晒，然后褪其皮取其仁，与白蜜丁香珍珠粉玉屑一起细细研磨而成，涂在脸上不仅鲜华立见，还兼有护肤掩瑕之效，只是跟其他粉一样容易脱落。

楼夕之看了我一眼，神色有些犹豫，欲言又止。

摄像机的镜头伸到我附近。

我立刻开始酝酿眼泪，其他人纷纷帮腔。

"妾身虽书读得不多，可也知道嫁于夫君，便是夫君的人。凡事更是应为夫家着想，如今妾身尽心尽力研制出这香粉，没想却不能被大夫人所容……"

"不，不是的！"楼夕之终于再次开口，她柳眉轻蹙，一副为大家着想却不被大家信任的矛盾心情，"这个香不能涂——它是铅粉制的！"

"铅粉？！"

"竟然是铅粉！"

"不可能吧？！"

其他女眷顿时议论纷纷。铅粉可是香中大忌。

"我们怎么看不出？"

"是啊是啊，不都说铅粉用着脸色会发青吗？我用了快半盒，没发现这回事呀。"

"大夫人，你这话是真是假？"有人开始质疑。

即使面对这样的情景，楼夕之大家闺秀的风范仍然不减，她剪水双瞳中流露出一抹镇定。

"铅粉质入丹青，则白不减，若以铅粉妆面，日子久了则会令脸色发青。一般的铅粉会先将铅熔化，化为铅粉，然后按照比例加入豆粉蛤粉，浸泡在水缸里搅拌均匀，澄去清水。再在下面垫起香灰和宣纸，待到湿粉渐渐阴干便以制成。这种铅粉，虽然也能让肌肤变白，但长期使用就会像你们说的，会使脸色发青。

"然而，还有一种铅粉制法方子。它直接将铅粉吹入空鸡蛋壳中，以纸封缄，上火蒸，直到里面的黑气全部蒸出以后，剩下的铅粉便可妆容。这样不仅脸色不会发青，反而会雪白光泽。可是，即使去除了脸色发青的不足之处，铅粉还是铅粉，长期使用还是可能会导致身体中毒……"

楼夕之这样一说，那些女眷立刻就明白了。形势顿时倒戈。

"这是铅粉？！"

"难怪这么白，这么好心，原来是想害我们啊。"

"就是，亏我们信了，幸好有大夫人在！"

"是啊是啊，多亏了大夫人，以后我们就只用夫人研调的香粉！戏子无义，婊子无情，青楼出来的就是青楼出来的……"

剧中小姨娘辛辛苦苦想跟楼夕之抗衡，却没想到自己会落得这样难堪的下场。一时之间，嫉妒，羞愤，夜夜独眠的凄凉和恨意，全部涌上心头。

按照剧本，悲愤相交之下，我双手作势掐向楼夕之的脖子。其他女眷尖叫一片，椅子翻的翻，撞的撞。混乱之下，终于有几人记起叫人过来制止我的行动。

"为什么？为什么？！为什么你要存在在这个世上！"我泪流满面，声嘶力竭，想要表现出一种伤心欲绝之后的疯狂，但实际上，手上注意着分寸，没用什么力道。

楼夕之似乎被我掐得难受，可脸上仍然一副悲天悯人的模样，美丽贤淑的脸上满是为我难过的神色，她沙哑着嗓子，艰难开口："不要这样……妹妹，不要这样……"

我充耳不闻，继续"掐"着她。

楼夕之呼吸困难，终于开始反抗起来，然后，一个巴掌扇向了我，似乎想把我扇醒。

"啪"的一声！

耳朵一阵轰鸣。

脸上立刻火辣辣地痛，一瞬间世界像被隔了一层纸，什么都听不清了。疼痛中，有些地方更像被什么锐利的东西划开了……

我完全愣住了。

剧本中是有这场戏，没错，但我没想到楼夕之会这么用力，这么货真价实。摄影师不知所措地望向导演，只剩下摄影机还在转动着。

空气停滞了。脸如火烧，掺杂着剧痛与羞辱。

谭寒浑身寒气森然，修长的腿大步迈开，急匆匆想要往我这里走。他脸色冷得像块冰。楼夕之被骇住了。阿 Ken 眼疾手快，连忙拦在楼夕之身前。楼夕之站在阿 Ken 身后，脸上又神气起来。

谭寒愤怒地看了眼导演。

导演侧过头，干咳了一声，对着旁边的工作人员："去看看演员伤得怎……"

"继续往下拍！我们都等着呢。难道一点小辛苦都不能忍受？要我们一群人陪着她？"楼夕之却直接截住导演的话。

摄影棚安静到了一种诡秘的地步。

楼夕之的声音带着一种不容拒绝的锐利、轻蔑和挑衅。

导演没有同意，却也没有反对。他和其他工作人员都看着我，他们不敢得罪楼夕之，所以希望我能识大体一些。

被扇过的地方烫得惊人，半张脸肿了起来，隐隐感到有血渗出。

地上滴绽出一两滴血花。

我用力挺直了背脊，逞强地笑了笑，咬着牙忍痛，道："那就继续。"

这一耳光，我现在受得住，但我以后绝不会再让人敢这样待我。

"继续什么？"谭寒的厉眸突然凝向阿Ken，然后一拳狠狠揍在对方脸上，"脸都被毁了。拍什么拍。"

阿Ken摔得狼狈不堪。

楼夕之气得脸色难看极了，连忙过去扶起阿Ken，指着谭寒发飙："打人！区区一个小经纪人竟敢动人打人。果然有什么样的艺人就有什么样的经纪人。不要以为别人不知道你那点破事！"

她说我不要紧，可她不能这样指桑骂槐地说谭寒。

我可以忍受别人冲着我来，但我不能忍受他们伤害我身边的人。我一个箭步跨上前去，把谭寒挡在身后，脸上被楼夕之指甲划开的口子犹如火燎。

"说得没错，有什么样的艺人就有什么样的经纪人。"

"你！"楼夕之明白我在暗讽她。

我也冷笑着，无所畏惧地瞪回去。

在场导演和其他工作人员看着我们争执起来，被吓得不敢说话，最后反而是阿Ken拉了拉楼夕之的手臂。

"算了算了，难道你还指望她在这里待多久？"

阿Ken一边说，一边看了我一眼，有点让我认命的意味。他这样一说，楼夕之倒不怒反笑了。她高傲的红唇重新勾起一抹笑："说得对。既然你和你的经纪人对剧组这么不满，那我倒要看看，你能寻得什么高就！"

心头一震。身后的谭寒一把扶住我。

"不拍了。"楼夕之一声冷笑，甩手而去。阿Ken跟在后面，对着我无奈摇头。

她一走，导演便喊"解散"，散场的散场，离开的离开。关系稍好点的，拍拍我的肩，算是同情打气。只是想必大家都清楚，楼夕之这话一出，怕是要赶尽杀绝，把我踢出去了。

"没事的，别担心我。"我表面上笑笑闹闹，跟平日无二。虽然我自然明白有什么后果等着我。

谭寒拿来药水给我擦，痛得我龇牙咧嘴，微微一牵动唇角，被楼夕之划破的伤口就作痛不已。谭寒皱了皱眉，手上的动作更小心了。

"如果黎雪的脸这样，她会哭晕过去。"谭寒突然道。

"是说我脸皮很厚吗？"我有意想将气氛弄轻松，但他没有流露出笑意。

他没有说话，修长的手指只是握着棉签，蘸着药水，一一涂在我脸上。

"你太坚强。应该找个人保护你。"

这下，轮到我没有话说了，顿了顿，我才低低说道。

"我也怕疼，怕被毁容。可我不敢依靠别人，我怕他们一走，就什么都没了。"

我知道，逞强是虚张声势，可是好过失去。

对外，我闭口不言，直说没事，不用担心，但这短短的一两天里，脸上被楼夕之划破的地方，结出几条长长疤痕，甚是骇人。而楼夕之显然是跟品优娱乐那边联系过了，走路带风，碰到我笑得极轻蔑。

没过多久，副导演就找了我和谭寒，说要支付片酬。合同签订的时候是按两期支付片酬，人到剧组，一周内先支付第一期定金，等全部七十多场戏拍完之后，再结算剩下的部分。

脸被划破前，我才拍了一半不到的场戏，第二期片酬最多领二分之一，副导演却爽快，要支付全部的片酬。

"小宋啊，你脸上的伤是意外。这段日子辛苦了，回去好好静养，以后有机会再合作。"

我笑了笑。

离开剧组的时候，阿 Ken 站在外面等我。我目不斜视，装作没看见他。他拦住我，笑嘻嘻。

我绕开他。他又拦住我。

"哟，真把我当仇人了？"

"你说呢？"

把我踢走不是你当场建议楼夕之的吗？

"不把你踢走，等着每场戏被她弄成这样？"

我没应声。

这句倒是大实话，就算接着拍，也难保我和楼夕之没有矛盾发生。但阿 Ken 此人八面玲珑，什么话到他嘴中，都是为你好。

阿 Ken 点了根烟，吸了一口，吐了个烟圈。他看向我，这一刻他精干老到，像个真正老练的经纪人。

"要是还想留在这个圈子，就让黄锦立介绍你去找杜云修吧。

"在品优娱乐，你，出不了头。"

这是在给我建议？

阿 Ken 弹了弹烟灰，望了望天："就当是，对之前所做的一点补偿。"

我了然地笑了笑。

离开我后，转眼便成为楼夕之大影后的经纪人。这样的人，我不认为他没有实力，他只是以前不肯用在我身上。

但他现在打算补偿我。

我道了声谢。

"还有，如果我是你，我就不会相信谭寒。"

阿Ken最后道。

他的声音从背后传来，被风吹得有些冷。

第三章

转机

行李被整理得好好的，不用吩咐，谭寒就替我打开车门。有他在身边，我从不用担心时间延误，行李遗漏。谭寒没有多问一句，也没有试探阿 Ken 到底对我说了什么，只是道："回家？" 车窗上映出我的脸，容貌姣好，只是褐色疤痕纵横脸上。

我定了定神，开口道。

"回公司。"

坐以待毙不是我的风格。

谭寒安静地开着车。我从化妆包里取出镜子，细细看了看脸上的伤，结了疤的情形比血痕看起来更加骇人。擦了点粉，将伤衬得更加明显。既然阿 Ken 肯指点我，那我更要好好计划一下，怎样才能达到目的。

下了车，我找出一副墨镜带上，尽量遮住这些疤痕。

品优娱乐公司大厅铺着大理石地板，非常有艺术感，走道的墙壁上挂着旗下投资制作的影视海报。

经过企宣部的时候，部门助理黑着脸喊："宋微，你又上新闻了！"

没有理睬，直接从她手上抽走报纸。不好意思，这次赶忙，下次再听。

低头看了看，果然跟楼夕之有关。

娱乐版大肆报道着《香满楼》，说剧组觉得我耍大牌，没演技，因此一致决定将我替换下场，而楼夕之则是演技精湛的敬业女艺人。

冷冷一笑。

陈年往事的丑闻多了去了，就算再加上这一条也无妨。

黄锦立的助理将我拦在外面，说要先通报。我一边点头，一边在她拨通内线时，强硬推开办公室的门，助理心惊肉跳，同时心惊肉跳的还有坐在黄锦立扶手椅上的黎雪。

罪过罪过。

我站在门口，内心掌心合十，但没打算离去。

助理诺诺道："黄总，她直接闯进来的，我没拦住……"

黎雪赶紧站直，拂了拂裙角："真是的，不通报也不敲门，当这总裁办公室的门是摆设吗？"

黄锦立倒是饶有兴趣地朝我投来一眼。

无视掉一切。

助理的不满，黎雪的挑拨，黄锦立的气场。

生活才是一场大戏。我故作愤愤然，将刚刚到手的报纸摔在黄锦立的办公桌上，像是刚刚演过电视剧里那个角色，弄出一番惊天动地的架势。刚在车上酝酿出的一片哭腔，正好物尽其用。

"这是为什么？难道就因为她打了我的右脸，而我没把左脸也伸过去让她打吗？

"我只是一个小艺人，没背景没后台，每天拍戏四五点起，大半夜才能睡。结果却被说耍大牌，不敬业……我只想好好演戏，难道这样也不行吗？"

说得急且快，但是字字清晰，最后声泪俱下。

看来苦情戏演多了也不是坏事，现实中这类台词张口即来。

黄锦立似笑非笑，摆了摆手："你们先出去。"黎雪不甘心，背地白了我一眼，同助理悻悻然离开。

我悄悄抬起眼皮，瞥了瞥形势。

对于黄锦立，有时就要剑走偏锋。之前跟楼夕之，是没法子，她名气大，人脉广，没人会拂了她的情面为我说话，秉正处理。但现在，到了绝境，反而可以置之死地而后生。

我在车上，已将此番剧本在脑海里预演了无数遍。

这是我赌的第一把。

"别伤心。"黄锦立抽出一张纸巾给我，"好好的一张脸，哭花了就不好看了。"

"你们这些女人啊，个个都是影后。"他好笑地摇摇头，"你的事，夕之跟我提过。她当时太入戏了，不小心伤了你，她也很自责。剧组那边汇报过你的受伤情况，他们只是觉得你的伤会延误进度，所以不是跟你算了全片酬吗？"楼夕之那边的说辞竟是这样？

做事果然滴水不漏。

我接过黄锦立递的纸巾，沉默了片刻，默默取下墨镜。露出略显骇人的伤疤。

黄锦立明显一怔，有些吃惊地看着我。据说他看不得女人受伤。

"怎么伤成这样？"他眉头立刻皱了皱，眼底闪过一抹恼意，可能没料到楼夕之的措辞，跟实际情况差这么大。

"当年公司为楼夕之一双腿做了几千万的保险，一道小口子都紧张得要命。我们女艺人羡慕得不得了。我伤得不重，就是不巧伤到脸而已。

"说到底，也就是误会一场。你送了我玫瑰，而她也收到同样的花。"

"疼吗？"黄锦立突然飞来一句。

啊？本来准备说清原委，结果他突然关心起我疼不疼。

有些呆住，陡然不知如何回答。大抵是精神上忍受了许多，所以身体上这种伤口，反而就理所理当地承受下了。这么多年来，一直是这样。从没考虑过疼不疼。

"是不是很疼？"见我没回答，黄锦立又询问了一遍。

我微怔。

黄锦立在我面前展现的，玩世不恭的一面居多，他没有想要让人靠近，你也靠近不了，然而他现在的眼睛里，浮现出一种令我意想不到的关切。

"不、不疼。"

我别扭地侧过脸，手指有些不自然地捏着墨镜腿。

本来是想找他申诉的，现在被他问着伤势，突然间就忘词了。

"真的？"黄锦立挑高了眉峰，似乎清楚我在逞强。

被他看得浑身不自在，我突然不再利索。像是一同演对手戏的那人，突然脱离了剧本，即兴发挥，直戳你的软肋，而你丝毫没有预备台词。

我可以一个人忍受疼痛，可我还没准备好，对他人剖开内心。那是我的铠甲，我害怕卸下之后，就不再拥有防线。

我只想保护自己。

是回答"疼"，还是回答"不疼"？

过了半晌，我仰起脸，望进他的眼眸："我想演戏。"

黄锦立没有立刻许诺，而是微微挑了眉峰。他关切的颜色淡了几分，我意识到，可能有太多的女演员这样向他求过角色。

我带着他的手指，一寸一寸，抚摸着我脸上那几道长疤。

"我想更努力一些。

"云修曾说过，我跟林萱的项链有缘。我不想被报纸写，林萱的项链落在一个不敬业的演员手中。"

这是我赌的第二把。

黄锦立最在意的林萱。

黄锦立不再关切，他敛着一双桃花眼，目光逐渐变得冷静而理智。他的目光久久地凝在我脸上。我不移分毫。他衡量了一会儿，道："我会跟云修说，公司这边的程序也不会为难你。但他用不用你，我不能打包票。

"还有，以后不准再提林萱。"

一针见血，毫不留情。

我的心像突然被一只大手捏了一下，有些发酸，竟比那记耳光还痛。过了几秒，我朝黄锦立淡淡笑了笑，取过桌上的墨镜重新戴上。

"那就谢谢了。"

我也并不想提她。

曾主持过慈善晚会的影帝云修和封景拥有自己的影视工作室。当初云修受到东星娱乐公司力捧，红遍亚洲，巅峰之际，圈内爆出公司总监封景的丑闻，传言此事与东星总裁有关。众人缄默，封景孤立无援，这时，是云修第一个站出来，力挺封景。为此，他被封杀了好几年。谁能想象一度风光无二的云修，从此只能出演些奸角小龙套。但是这样的落差并没有消磨他的意志，有种才华，就算被深埋海底，也注定会被全世界尊重。而云修，无疑是这种人。

几番沉浮之后，云修和封景另辟星途，从好莱坞红回国内，一举创造出不可思议的票房、收视率，如今的他们，就是娱乐界的半壁江山。他们的封云工作室，每年会拍一定数量的电视剧和电影，在大荧幕和小屏幕之间找到一种稳定平衡，凡是封云工作室出品的作品，必属精品，轰动热映。

若我能在其中担当一个重要角色，也许真能打破现有的局面，突围而出。从这点看，阿Ken指点的方向，毋庸置疑是非常正确的。

在黄锦立的默许之下，谭寒拿到封云工作室那边的消息，他们正在低调筹备一部新电影《当年明月在》。我被黄锦立推荐，终于有了试镜的机会，据说女主原定是楼夕之，可惜她的档期冲突了。

《当年明月在》讲的是一场仙界战争，主演云修、封景在凡尘长大，两人从小情如兄弟，然而几千年前的一场因果，云修被仙界使者找到，成为仙尊，一袭白衣胜雪。而封景自坠成魔，红唇乌发，如净水红莲。宿命迫使其中一方杀死另一方，仙尊魔殿最后双双沉入忘川，不复生还。

女主则是找到云修的仙界使者，清丽脱俗，婉约善良，背负苍天重任。我将剧本读了好几遍。不得不承认这角色很适合楼夕之，大方美丽，气质如兰，是她经常饰演的类型。我并不太喜欢这种温婉的，但眼下唯有奋力一搏。

试镜的前几日，我努力回想楼夕之在《香满楼》中的种种表现，然后将她的诠释纳入《当年明月在》的这个女主里，婉约，大方，背负使命……

云修虽与我有几面之缘，但并没有给我一些特别的对待，我感到有些紧张，除了最初踏入影坛时，我很少有这种感觉。或许是这个机会很宝贵，或许是因为可能会与云修和封景，这两位我崇拜的前辈搭戏。

参加试镜的女演员一共有七位，试镜当天，我发现黎雪也在。她是怎么知道的？难道……黎雪一贯清丽乖巧的样子，倒也符合人设。试镜的结果我有点拿不准。单看颜值，我还是有信心的。楼夕之的那套温婉，我也学了个七七八八，然而，还是有点心神不宁。我似乎有些刻意，失去了最宝贵的自然。

谭寒在一旁陪着我，黎雪出来后，向我这边微微一笑。原本我是很相信自己的演技。可是这一刻，突然有种不好的预感——如果没有通过试镜，拿不到这个角色，会是怎样？

两天后。

结果出来，获得女主角的，是黎雪！

一同知晓试镜结果的黎雪，在其他人的恭喜声中心花怒放。有几秒钟，我忘了呼吸，忍泪欲走。黎雪见状，来到我面前："咦？这不是连楼夕之都不放在眼里的宋微吗？怎么，也来参加试镜了，哪个角色？"

不想搭理她，我直直走向出口。

"这样就生气了？不过也是，实力就是实力。我可不比某人，只会在黄总那儿哭哭啼啼……"

我停住脚步，回过头。谭寒想拉我，却没有拉住。

"黄总的大腿，坐起来是不是很舒服？"

黎雪顿时哭了出来。她还只能坐坐椅子扶手。

直到快走回房间，谭寒才道："这次试镜，她没有靠关系。"

我自嘲："你真应该去当她的经纪人。"

"什么意思？"

"你觉得是什么意思就是什么意思。"

谭寒深深看了我一眼，第一次没有打招呼就自行离去。我咬了咬唇。

将自己狠狠抛向床，翻出剧本，看了一遍又一遍，然而心里难受得很。剧本上的台词渐渐模糊，眼泪凝在眼眶快要蓄不住。没有得到角色，对我来说是个很大的打击，连带对自己的演技都快没了信心。是不是我真的不够好，才得不到这个机会？

我翻着其他角色，希望还能有别的机会。然而这部戏除去云修、封景和黎雪，其他配角的戏份都太少，恐怕无法引起观众的注意。

下一步到底该怎么办，泪水欲夺眶而出，又被我使劲憋了回去。

会有办法的。一定会有办法的。

我是宋微。

不会被打倒的宋微。

无号码先生又打来电话，我心烦意乱，连带语气也不怎么友好。

对方倒是几分戏谑：“怎么，没拿到女主角，在抱着被角啜泣？”

我无精打采，却强颜欢笑，不想让他发现我的沮丧。

“哈哈，我绯闻女王宋微会哭？”

黄锦立却像感受到了我的失落，语气变得正经些：“其实，无号码先生觉得你演技不错。”

“他还说过，女人都是影后。”我自嘲，低落地说，开心不起来。

“你演的电视剧我看过。”他低笑了一声。

真的？

“15部里面，6部打酱油，还有4部作为花瓶展示好身材。”

“以为我一入圈，就能演女主吗？能那样的，是有金主爸爸。”他触动我的逆鳞。

黄锦立没有被我影响，反而继续道。

“不过嘛，你擅长立人物。你属于用感性演戏的女演员，情绪细腻，非常有感染力，难得的是，还很有爆发力。”

玩世不恭的黄锦立，突然说出专业的评价，居然多了一股魅力。

不得不承认他说到点子上。

难不成，他不是随口说说，是真的看了我演过的电视剧？可是，就算是安慰也好，被这么肯定，让我心头一暖，驱散了刚刚的挫败感。

“怎么，当我这种影视产业的掌舵人对演技一窍不通？还是你太低估自己了？”

低估？我苦笑了一下。

当人们只会讨论你的绯闻，对你用心揣摩过的演绎视而不见，我偶尔，也会觉得有点失落的。我是名演员，我天生渴望演戏，我希望得到与演技有关的解读与评析，与观众们心意相通。

没想到这种正式的认可，居然是从黄锦立口中最先听到。

"真的不错？"我吸吸鼻子，有点狐疑。

"你在怀疑我的诚信？"他自傲起来，"当我黄锦立什么人？为了一个二线女星，干出这种事吗？"

哼，偷偷贬低我，但我终于平复了沮丧，相信了他的话。

"宋微？"他叫着我的名字。半天没回复，大概以为我断线了。

"我当然相信你的诚信。我可是连试镜都没过啊。"故意用着轻快的语调，我终于能正视这件事了，望了望天花板，自己给自己打气，"不过我不会放弃的。"

"这个不行，那就换一个。"黄锦立安慰道。

我沉默了一下。

"对于有很多选择的人，这个不行，可以试试那个。而很多人是没有其他机会的。他们连站稳脚跟都要花上一辈子的力气。"

我有种很强烈的预感。

如果这次能在电影中出演一个比较有分量的角色，说不定我真的有机会改变现状，朝着我的目标更进一步，可是现实是……

"是吗？"黄锦立在那边停顿了一会儿，"但你不是向来擅长创造机会吗？"

我是吗？我是擅长给自己创造机会的人吗？

"不要疑惑。你不是对我说，你很喜欢演戏？"黄锦立的语气变得认真起来，"那就向我证明——你，宋微，不是一个试镜被刷下，就走投无路的女艺人！

"敢不敢和我赌？"

这也能赌？

但他这种不按牌理出牌的风格燃起了我的斗志。

原本思绪繁杂，现在却如醍醐灌顶，心中清明了很多。是的，这么多年，我从未被困难打倒，我总能想出办法，一次又一次朝着我的目标前进。

我想成为影后，当初我对阿 Ken 说着这句话时，绝对不是说说而已。

"赌就赌！"

黄锦立那端传来低低的笑声，像是欣慰："很好。赌注是什么？"

"输的人胖 20 斤？"我实在想不出。

他笑得更厉害，声带震动起来，大提琴一样迷人。

"微微，这个我可亏了。你胖了，能接的戏少了，亏本的是我这个老板。"

竟然是这理由。奸商的脑袋就是不一样。

"那你说吧。"

"赢的人要替输的人做一件事。"

"行。"我想也没想，爽快地点头。

等等，应下之后，才察觉似乎有哪里不对。

第二天起床，我对着镜子一看，差点被自己吓到。头发凌乱，双眼透着血丝，眼底却是种豁出去的强烈决心。原来，我比我想象中还要在意这个角色。还要在意这个机会。

我找到了杜云修。

他有些意外，然而依旧有礼貌，他请我进了他的办公室，神态自然而亲切，没有故作大牌的刻意："什么事？"

我细细看他。

杜云修很温柔，很沉稳，他的气场已丝丝入扣，缠绵入骨，离他越近，才越能感受到自己的步调，已轻而易举地被他带走。

我定了定心神，果敢地对视着他的双眼。

我对他说。

"以前我看过一份杂志，说有部电影，导演并不看好你，甚至中途还有换角的消息。那时，你找到了导演，对他说了这样一句话，'这个角色，只有我能演——只有我才能把它诠释得最精彩'。"

我凝视杜云修的眼睛，把《当年明月在》的剧本推到他面前。

"现在，我也要对您说同样一句话。这个角色，我能把她诠释得更出色。"

我不知道我是如何说出这句话的，但是我内心深知，其实我并无十足的把握。我看过杜云修的戏，他是真真正正，极有天赋，极有感染力的演员。他的演技精湛而纯粹。他的容貌清隽出色，但他就是可以做到，即便让所有人忘记这张脸，也仍旧会被他所饰演的角色深深打动，让人明白——这就是演技。

我没有杜云修那样强大的演技。我也不知道当初杜云修对着导演说出那番话时，是否是基于这种无人可以匹敌的自信和演技。然而，我无路可退！

良久。

杜云修淡淡开口："不，你并不适合这个角色。"

他的神色平和，我却狠狠一震，不自觉大声："可我需要这个角色！我需要它！"

云修不说话，只是静静地看着我。

过了一会儿，我努力抑制住沮丧，道歉道："对不起，刚刚失态了。让你见笑。

可是，请给我一个角色。我真的很需要这个机会。"

失去了阿 Ken，常年坏女配，口碑一直不好，与楼夕之结下梁子。

演艺之路似乎越来越暗淡。

我想，并不是我演技不好，只是我需要一个更能证明自己的机会。

云修没有拒绝，也没有立即答应，他十指交叉，搁在桌上："给我一个理由。"

我深呼吸了一下，脑海里下意识地反射出杜云修那时对导演说的那句："因为我爱演戏。因为我喜欢演戏。"

这是最真切的一句话。

我几乎就要脱口而出，然而，这是云修的答案，并不是我的。

我没有这种大仁大义，有的只是身为女性的感性。演戏于我，是无比热爱，也是自我独立的证明。我想争一口气。我想让自己的存在富有意义。

我的答案跟云修的相差甚远，我能这样告诉他吗？我挣扎，害怕一旦回答，要是不符合他的心意，连最后一个希望也会马上失去。

脑海中，陡然想起黄锦立的那个电话，他说，宋微，到了这个地步，那你敢不敢再赌一把？敢不敢向我证明——你不是一个试镜被刷下，就走投无路的女艺人。

半晌，我盯着杜云修的眼睛，咬了咬牙。

选择坦白。

我说，因为，我的人生目标就是做影后。

云修微微一怔。

然后，他温柔的眼睛淡淡荡开笑意。

"你很有抱负。"

我胸口一热。

谢谢他用的是"抱负"二字，而非"野心"。谢谢这样的尊重。

"我喜欢有抱负的人。"一道低沉的嗓音从门口传来。

我回头一看，只见封景倚靠在门边，他气场强大得惊心动魄，只是一个简单的动作，便让整个房间恍如镁光齐聚。

他怎么也来了？

我的心怦怦直跳，在所有传奇明星中，我看过最多的是林萱的电影，我最尊敬的是云修，我最崇拜的却是封景。

"有人对我说，这里有个有趣的女孩，让我过来看看。"

封景意味深长地瞥了我一眼，唇角扬起。

有人……

有点迷惑，是谁？封景在向我暗示什么吗？

"你觉得她如何？"

杜云修同封景对视了一眼，一股难以言喻的默契包裹着他们。

"不错。"

我的心怦怦直跳。

封景勾唇一笑，望向杜云修："你是不是也想赌一把？"

杜云修笑得很软，眼睛温和地看着我。

"我已经在赌了。"

封景勾起一抹妖异的笑容，对着我打了个响指："很好，那我和云修就给你一个机会。"

朝阳透过落地窗，在封景肩上铺上一层薄薄的金辉。他神情妖艳而肆意，犹如绽放在黑色深渊的烈火红莲。

那一刻，我感到他就是《当年明月在》中的魔殿堕天。

我心中顿时燃起一抹强烈的情绪。

热血在胸腔里澎湃流动，我突然大胆开口。

"我想要一个新角色——我想要一个誓死追随你的新角色！应该有这样一个角色，她被你所折服，她同样邪气，却誓死追随！"

云修和封景似乎就是有这样的能力，跟他们在一起，你会被他们的自信感染，会被他们的人格魅力感染，会觉得这个世界上，只要你敢想，你就能获得无可匹敌的勇气。

封景云修再次对视一眼。

"她果然很有趣。"

编剧听云修说完缘由，打开笔记本，"啪啦啪啦"敲着键盘，热火朝天讨论着。

编剧一号："仙界这边有个仙界小使者，魔界这里是可以添加一个人设！主线不需要大动。"

编剧二号："定成什么性格？爱上魔殿怎么样？"

编剧三号："美艳，凛冽，心狠手辣……"他一边看了看我，阴恻恻地沉吟，一边在纸上写着什么。

编剧们一讨论起来，原本挂着黑眼圈的脸上立刻闪现出异常生动的激情，像把全身心都投入在最有成就感的事情中，被这样火热的气氛感染，我也变得跃跃欲试。

"把你对角色的想法告诉他们。"封景看出了我的心思，"反正你的角色总逃不过我这个魔殿的手心。"

似乎因为跟他们一起，我也放开不少："我不打紧。不过魔殿也逃不过仙尊啊。"在场编剧先是一愣，接着全体爆笑。

"哈哈哈，妹子好样的！"

"微微你太勇敢了！我们会记得你的！"

"封总，连人家小姑娘都知道了，你真是太……啊啊啊啊，我刚才什么都没听到，云大哥，救命！仙尊，救命！"

我们一伙人讨论得狂热而积极。

中途叫了快餐和几扎啤酒，我们围成一圈就地而席，喝得很是痛快，编剧们纷纷叫好。

"爽快！"

"妹子，不错！"

我抬手一抹，大笑："那是！我可从没被放倒过。"

好久都没这么轻松和爽快了。直到晚上，这个角色和剧情有了大体轮廓，我才拎着一袋啤酒往房间里走。夜风吹在脸上十分舒服，原来这个圈子竟还有这样融洽的地方。

从后花园小径经过时，有声音隐隐约约随风传出。

"还不承认！难道你不是在等宋微？！"

"别否认了，助理都告诉我了，她看见你昨晚去求杜云修了。

"你有没想过我的感受？你明明知道我不喜欢她。为什么不说话，她有什么好，你竟然这样关心她，你不是答应要帮我的吗……"

黎雪的小脸在月光下楚楚动人，她仰着下巴，望着谭寒，眼神看上去是那么委屈。然而，谭寒只是道："黎小姐，请你放手。我的事跟你没有关系。"他转身欲走，黎雪像只柔弱的小鸟，一下子扑过去。从后面紧紧抱住他，她把脸贴在他的后背："回到我身边吧，阿寒，回到我身边吧。"

谭寒想走，她开始哭泣，压抑的啜泣在蒙蒙阴影中很模糊。我离得很远，看不清谭寒的表情，却感觉到他背脊开始僵硬。

"我不想你对那个女人这么好。你说过要一辈子对我好的。"

没想到会看到这样一幕，我屏住呼吸，回到房间，只觉得胸口有点闷闷的。我对着夜风吹了一下。黎雪所说的，昨晚谭寒去求杜云修是指什么呢？今天突然出现的封景，嘴里说我有趣的那个人又是谁？

说曹操曹操就到。

谭寒敲了门，他鼻梁挺拔，依旧一脸冷峻，仿佛刚才在后花园跟黎雪在一起的不是他。

"听说你又去试镜了。"

若不是刚才听到那些，我恐怕真以为他的生活波澜不惊。我盯着他的脸，想看出一些蛛丝马迹。

谭寒黝黑的眼眸淡淡扫了我一眼："有什么问题？"

我摇头。

只是想起后花园，谭寒背对黎雪的最后一句话，他说："可你并不稀罕。"

我看了他眼睛好一会儿，然后朝他一笑，拿出两罐啤酒，将其中一罐扔给他。

谭寒伸手一接。

我拉下扣环，向他举了举："那么，为我干杯吧。"

谭寒有点不明所以："干杯？"

我微笑："我去找了云修，他和封景愿意给我一个新角色。我可以跟他们搭戏了。"

谭寒眼底划过一抹惊讶，过了一会儿，才开口："微微，你有时，真令人吃惊。"

《当年明月在》顺利开机，黎雪得知我扮演魔殿堕天的护法后，变着法子想要编剧给她加戏。云修当然不是那种主动赶女生的人，但封景的脸色渐渐不好看了："干脆你来演魔殿。"此话一出，吓得黎雪连忙噤声，再也不敢提。

黄锦立过来探班，黎雪抱怨了一番。黄锦立慢悠悠道："你对封景有意见，你自己去对他说。"黎雪又快被噎哭了。

封景那天的话时常盘踞在我心里，我想问黄锦立，是不是他后来跟封景又说过什么，但看到他和黎雪在一起，便不想上前。有时他朝我看过来，我也装作没有看到。如果我太喜欢一样东西，我一定舍不得与人分享。所以在它不是我的之前，我宁愿拿出最好的演技忍住，也不想泄露这个秘密。

拍摄有序地进行着，场景、道具、服饰，投入了极大的工夫。每到云修和封景的戏份，我一定会到场观看偷师。他们两人的演技浑然天成，炉火纯青，相互飙戏更是格外精彩。

双方交战的那场，封景饰演的魔殿堕天手持万魔幡，带领魔界千万军马逼向仙界。他一袭绛紫色长袍，妖冶贵气，精致袍角凛冽飞扬。

封景仰头朝着仙尊云修一笑。

那一笑，竟是极妖，极邪，极绝，仿佛一卷山水泼墨画，层层水墨晕染之中，唯独他那一滴明艳，浓墨重彩，令整个天地陡然间黯然失色。

他剑尖一指，千山剑气，刹那间三千红莲孽火漫天！

而由云修扮演的仙尊云闲，御剑而行，分庭以对。他一袭胜雪白衣，飘逸到了极点，闪着珍珠般莹莹的清丽光华，身后跟着数百名着白色道袍的修仙子弟。

魔殿堕天刚才那一笑惊艳天下，是充满妖魔般堕落而引诱的笑容。

仙尊云闲只是投以一道无声的眼神，就已经狠狠在你心中投下一记重创，仿佛盛世繁华落幕之后的万籁俱静，梵音四起，悲悯众生。他不用说一句话，但是在场所有人都从心底感受到一股悲怆、脆弱和不忍……

是啊，他们凡尘长大，两人从小情同手足。多少次堕天顽劣不堪，惹是生非，云闲就多少次为他收拾烂摊子。他打架，他就为他道歉；他偷鸡蛋，他就悄悄在后面塞窝窝头补偿；他不小心把月老的雕像打破了，被村民和狗追，他就把兔儿神庙的兔儿神给搬了过来……

他知道，这一生，只有他会对他这么好。他在黑夜里，对他发誓，绝不与他为敌，若违此誓，便是他死。魔殿堕天，叱咤风云，这世间没有他不敢做的事。他一统魔界，踏平人间，挑衅仙界，一个法诀便能山崩地裂。而仙尊云闲，拈花一笑便能使万山横卧，望着早已遗忘种种过往的堕天，唯有一道无比心疼的悲伤目光。

这两人，将演技发挥到了极致！

我在监视器里也看过黎雪的表演，黎雪的美，很能激起男生的保护欲。她的粉丝也以这个年龄段的男生居多，这部电影中她发挥了一贯的柔美，配上灯光师打的光，剔透得仿佛不食人间烟火的仙子。尤其是从暮雪云霭走下的那一幕，她仰着白皙纤长的脖颈，半跪望向仙尊云修，袅袅仙气浮动，她单手放在左肩上，行了一个仙界最恭敬的问候礼。那是无怨无悔，最纯最初的信念。

不得不承认，云修真的很有眼光，懂得将最适当的演员放在最恰当的地方。在他的电影里，各种情节悬念迭起，环环相扣，高潮一波接着一波，看得人屏气凝神，而牵动着情节快速发展的主演们更是浓烈、生动、鲜明。

仙尊云闲的义，魔殿堕天的妖，仙使千无瑕的纯，那么魔界护法呢？她是什么特质？美艳、凛冽，还是心狠手辣？

在云修、封景和黎雪那组顺利拍摄时，我这边却有点不顺，我找不准魔界护法的感觉。封景太妖孽太肆意了，在他身边我要怎样演才有我自己的闪光点？

有个词叫作人剑合一，封景云修就是这种境界，每个角色都是他，又不是他。我想达到这种程度，但是不管怎么努力和尝试，仍旧感觉跟这个角色之间隔了一层薄薄的纱。

导演又"cut"了一次，喊暂停，让所有人先休息一下。

我走到一旁，闷闷地拿了瓶矿泉水。

我觉得自己演得不够精准，有些气馁。

"这瓶是我的。"刚与我演完对手戏的封景伸手一捞，将矿泉水捞了过去，他戏谑道，"右护法要跟魔殿抢吗？"

我喃喃低语："哪敢跟你抢？跟你这样演技一流，气场强大的影帝对戏，小小的右护法想死的心都快有了好吗？"

"是吗？那让我看看。"他细细长长的眼睛凝视着我。

漂亮的食指点中我的额心，睫毛之下，他的目光锐利如刀。

"你，杂念太多。"

我眼睛睁大。

杂念？

"右护法！"封景眼神一变。

"在！"我反射性喊道。

"当年忘川崖上，弑血起誓，誓死效忠本殿，效忠魔界。吾在汝在，吾亡汝亡！万灭不殇，万死不辞！汝等所言，是否当真！"

"当真"二字极为凛冽，一瞬间钉穿了我的灵魂。

他站在那里。

我的脑海里就唯他一人，从此，我的生命中就唯他一人。纵然这天地间英雄无数，枭雄无数，豪杰无数——然，魔殿堕天于右护法杀舞陌，是这三千世界中，独此一人。

茅塞顿开！

全身的血液像不再是我自己的了，却又是我自己的，它们冷冽流动，从胸口到四肢百骸，一双冷眼看这个世间凡尘，任它殇，任它灭，凡是魔殿堕天之谕，无人可以阻挡！

第四章

幻夜

自此以后。

我的戏份拍得非常顺利，我仿佛有用不完的劲。真真切切明白，该如何诠释这个角色，如何塑造这个人物。当年的我不懂，杜云修如何可以对导演自信地说，那个角色，只有我能演，只有我才能把它诠释得最精彩。

然而现在，我可以同样笃定地对云修说："魔界右护法就是我。我就是杀舞陌。"

摄影机在360度环绕轨道上运行，镜头对准了我。我闭上眼，再睁开，这个世上已再无宋微，有的只是杀舞陌。她美艳、肆意、凛冽、心狠手辣，她可以一夜之间杀光整个村子的人，一身决绝黑衣从熊熊烈火中走出。黑色的纱罩遮住了她的脸，独留一双漂亮的眼睛在外——任何人只稍稍一眼，就能感觉到那带着杀气的笑意，艳丽得令人遍体生寒。

她也可以冒着千万箭雨亲手砍死一个奸淫妇人的贪官，倾盆大雨之中，雨水淋湿了她的发，她的衣，她随手拔掉射入骨中的利箭。生铁铸成的箭头扔在地上，掷地有声，血水跟雨水混在一起，满是浓烈的血腥味。

她拉下黑纱，显露出一张绝色容颜，然后她笑了，毫不在意地笑了。妖娆的唇在蒙蒙的雨中似艳色食人花。一片灰蒙蒙的天地间，只剩下黑衣的她和不断流淌的猩红血色。腐朽的尘世，她跟芸芸众生背道而驰，繁华落尽的三千世界，她誓死追随的，唯魔殿堕天一人。

　　然而，凛冽如她，肆意如她，残酷如她，却不得不一剑杀死自己才刚刚喜欢上的修仙小道士，那个真心对她，怜她，爱她，即便在她恶意之下说自己喜欢的是吃人的花朵时，这个傻傻的小道士依旧会在丛林深处，差点丢掉性命，也想为她寻一株食人花的幼苗。

　　那一晚，苍穹清澈，可她的世界大雨滂沱，从修仙小道士身体飞溅而出的心头血还是热的，热滚滚地溅到了她的脸上，手上，身上……

　　她的眼睛，就那样望着小道士。先是陡然之间的狠意杀气，接着眼神微变，是恍惚，再接着是不忍，是震惊，是内疚，然后是浓浓的悔恨和爱意，泪水眼看就要从眼眶之中掉落下来，她甚至就快要情不自禁地伸手去捂他心口上那被一剑刺穿的伤口……

　　然而，树枝一颤，她知，左护法来了。一瞬间，她记起当年在银月之下，忘川崖上的那个誓言。那时，夜风吹起她不羁的黑色长发，黑衣红唇的她眉眼冷绝，她一刀划破掌心，鲜血飞溅。她对着魔殿堕天弑血起誓，誓言响彻长空——

　　"我，杀舞陌，在此立下死誓，誓死效忠魔殿堕天！从此之后，他在我在！他亡我亡！万灭不殇！万死不辞！"

　　这就是杀舞陌。仙尊云闲的义，魔殿堕天的妖，仙使千无瑕的纯，魔界杀舞陌的绝。

　　她逼回一滴一滴眼泪。悔意、爱意、内疚、震惊、不忍、恍惚，一点一点，犹如无声的潮水慢慢退去，最后，连那抹强迫自己痛下杀手的狠绝竟也不见半分。

　　她站起来，重新将黑纱覆上自己的面容。从此之后，她还是那个心狠手辣的杀舞陌，肆意凛冽的杀舞陌，这三千世界中只誓死追随魔殿堕天一人的杀舞陌……

　　没有人发现她变了。

　　没有人觉得她杀了那个修仙小道士之后有什么变化。

　　除了，她偶尔会将食指，放入那盆食人花花苞中，她想尝尝那种剜心之痛。那个被她一剑穿心的人，当初是不是就是这种痛。

　　……

　　似乎有人在喊"cut"，肩被撞了一下，我左手那盆"食人花"被撞落在地上，跌了个粉碎。对方急忙道歉："对不起，我不小心……"

　　我眼睛一眯，右手利落挽了一个剑花。

　　"啊！"黎雪花容失色，吓得尖叫。

　　"她一下子入戏了，不是有意的。"谭寒连忙过来解释。黎雪被扶了两次才站起来。黎雪眼眶都快红了，咬着唇，声音有点发颤："宋微，你、你太过分了。"

黎雪频频对着片场旁的黄锦立求助，黄锦立没怎么动，只是用眼神示意我，我跟他的视线在空中交锋。黄锦立做了一个头疼的无辜动作，竟然想卖萌。

哼，关我什么事？

我收起剑，带着杀舞陌残留的心情离去。

背后传来封景的声音，隐隐含着得意："我这个右护法怎么样？"

编剧一号感叹："凌厉！那个美艳那个绝啊！"

编剧二号星星眼："简直把仙界使者的气场比下去了。"

编剧三号握拳："谁拍了她的剧照？快，通通打包一份。"

很久以后。

当无数媒体问，我最满意最重视哪部电影时，我告诉他们，我永远都最喜欢我正在拍摄的这一部。

得益于命中的贵人和恩师，他们让我明白：摄影机一旦启动，那么，你就是那个角色，那个角色就是你。但跟云修封景搭戏的那部《当年明月在》是我一生中最重要的电影，是我此生第二重大的转折点，因为它让我变成了这个世上独一无二的宋微。

《当年明月在》的拍摄持续了将近大半年。此剧杀青时，所有演员都冲上前去紧紧拥抱云修和封景。那么不舍，那么发自心底的敬爱与崇拜，因为从他们身上学到的东西实在太多太多，无论是演戏、做事还是做人，很多人泪洒当场。

我也上前拥抱了他们二人。

我抱住云修："你是我的终生偶像。你给的不仅仅是一次机会，一个角色，你的恩情我无以回报。"

我抱住封景："魔殿堕天大人，我右护法杀舞陌今生仍然誓死追随您。还有就是，你和仙尊云闲一定要千秋万代，百年好合，哈哈哈……"

编剧们听到也跟着鼓掌大笑，"微微说得对！""微微说得好！"

封景扬起下巴，长发束在背后："看来你们是活得不耐烦了。今晚的杀青宴你们没份了。"

我和编剧连忙佯装害怕地躲在云修身后。几番嬉闹之后，我也跟编剧们拥抱了一下，真诚地对他们说。

"谢谢你们写了这个角色给我，为我量身定做这个角色，这样的杀舞陌一生演一次都值了。"

他们拍了拍我的肩膀："不不，是你让这个角色真正地活了过来。"

"一开始，只是抓了你的一些特质，比如美艳，但这些很容易流于脸谱，是你的演技让这个角色更加鲜明更加凌厉。"

"是啊，从监视器看到你的表演后，杀舞陌才真正立体了，应该说，你的表演给了我们更多的灵感。杀舞陌被你演才是真正的值了。"

"完了！被你们这样说，万一我开心得睡不着了怎么办。"在得到封景和云修的肯定之后，再次被编剧们肯定，我真的很感动，"今晚这酒我是一定要敬，不醉不归。"

"为妹子干了。"

"以后有机会再给妹子你写本子。"

"干了！不醉不归，把魔殿堕天喝穷了！"

"哈哈哈！"

杀青宴上，一片欢声笑语，大家兴高采烈，其乐融融。这个团队，从幕前到幕后，都紧紧地、有力地拧在了一起，每个人是那么可爱，那么团结，在这样的剧组待过一次，终生难以忘怀。

我对谭寒说，无论这部电影票房怎么样，我都会很自豪能出演这个角色，因为我遇到云修封景他们这些人。

酩酊大醉。

梦里，我赤着脚独自走在一条透明光滑得像镜子一样的路上。漫天繁星尽在我的头顶，又全数洒落在我的脚下。璀璨漂亮的星光犹如大海，我走在上面，身体轻盈如风，但我很坚定，很清楚，我心中想要的是什么。

以往的无数次，我都忍不住回头，想看看，那人是否在朝我笑。我总是那么希望，能留给他一个漂亮勇敢的背影。

让他凝视。

然而这一次，我走得很坚定，仿佛天地间一身黑衣红唇的杀舞陌，肆意而凛冽，已无须顾及他人是否在意。

楼夕之的《调香·香满楼》在电视台正式开播。一时之间，她的消息几乎霸占所有媒体，宣传攻势铺天盖地，每日热点搜索都离不开"香满楼收视率""楼夕之""楼夕之绯闻"这样的字眼。

她的粉丝骤增，广告代言频频出现在大众视线，品优娱乐一姐之名当之无愧。

跟她风头正劲的气势相反，我回到公司之后，却并没有接到什么好的角色。这毫不奇怪。我的电影还没上映，真正肯赏识我重用我的，这些年来也只有云修、封景这二人。

我没有气馁，继续保持冷静，暗中蓄力。谭寒只替我接了一些商业性质的活动，跟阿 Ken 的广撒网相比，他建议我不要接烂片，宁可精而少，提升口碑，一切等《当年明月在》出来再说。我相信他的判断力。

5 月，关键时刻来临。在封景的指示下，《当年明月在》宣传正式启动。所有车站、地铁、杂志报纸、微博视频预告暑期强档上映！封云一出，谁与争锋，媒体焦点全部锁在他们身上。只要跟他们有关的消息就会登上头版头条，仅仅几天，风云变色，天下突变，其他艺人通通靠边，就连楼夕之也无法避免地受到猛烈冲击。

在众人热情如火的期待下，官方发布的预告片、海报和剧照成了最热门的话题。第一波长达 2 分 43 秒的预告片，在网站上成了最火的流量视频，大家纷纷发言讨论。

"不愧是云修的片子，这演技，一双眼睛就突显出影帝的功力。"

"为了封景 boss 包场！"

"那仙女不错，是我喜欢的类型。"

"魔界女很漂亮，看着眼熟，演过什么片子？"

渐渐地，一些男观众开始注意到《当年明月在》中的黎雪和我，开始搜索我和她的资料。影视方很懂得利用时机，趁热打铁，又发布了第二波和第三波视频。在这两个版本中，一个我的剪辑多一些，一个黎雪的剪辑多一些。果然，预告片一发布，又引发了新的话题议论。

"黎雪好可爱啊，黎美人，黎美人！"

"杀舞陌好帅啊。"

"喊，杀舞陌才是真正的美好不好。黎雪假得要死，哪能跟她比。"

"你们那个宋微还想跟黎雪比，那么戏精的女人，一天到晚只知道炒作，只有脑残才会喜欢她……"

我和黎雪的粉丝开始为谁的角色更重要引发了一场大战，据说黎雪很生气，影迷居然把我跟她相提并论，偷偷大哭了一场。在公司大楼碰到，不是假装没看见，就是给我脸色看，好像受了很大的委屈。

我看到后一笑了之。

有次我和谭寒正好有事去找黄锦立，看到她又趴在黄锦立肩上哭。见状，黄锦立和谭寒虽没有说话，却都看了我一眼。

我笑着道："看我干什么？我又没哭。"

黎雪偷偷剜了我一眼。

"黎雪，别伤心。你一哭，这两个帅气英俊的男人都会为你伤心。"

黄锦立和谭寒："……"

我道："我说错了什么吗？"

黄锦立瞥我："我没伤心。"

黎雪听了一下子哭得更大声，干脆从黄锦立转到谭寒怀里，谭寒面色一怔，随即冷淡地将黎雪推了回去。

黄锦立："……"

封景和云修在漫天绯闻之下相当淡定。而我这边，曝光率剧增，邀请我出席的活动渐多了起来。有女星背地讥讽我，说我就是自炒自黑，借封景云修上位。她们不知道，即便我真的很想红，有些事也不屑去做。

这日，商场开幕，保安维持着秩序，阻止骚动的人群往前挤。粉丝们有的抱着花，有的举着印有"宋微"的手幅，激动地叫着我的名字。虽然无法近距离握手，但我还是尽可能向他们挥手，点头，表示我都看到了、听到了。就在这时，突然有个女人凶狠地冲过来："毁你容！"

她手一扬，一瓶透明的液体朝我泼来！

我整个人瞬间手脚冰凉，心跳到了胸腔外。一切仿佛慢镜头，唯独身旁的谭寒眼疾手快，异常迅速将我一带。我重重撞到他怀里，惊魂未定，心脏狂跳，而谭寒已用整个背部护住了我。我的手臂沾到了一些，谭寒大半个背部被全部淋湿。

事情发生得太快，粉丝们惊叫一片，现场立刻骚乱起来。很多人害怕自己也被波及毁容，四处逃窜躲避了起来，那女人趁着混乱溜得不见踪影，保安们拼命维护，然而很快就被慌乱的人群淹没……

"你有没有怎么样？有没有怎么样？"我担心地尖叫着，发狂地要看谭寒背部。里面装的是硫酸还是什么？谭寒会不会有事？！

泪水肆意从我眼眶滚落，我好怕谭寒因我而受伤。连手臂是否被灼烧也感觉不到。

"别动，别动。我没事。"在这场混乱中，谭寒搂住狂乱的我，紧紧搂住我的肩，"没事。我真的没事。应该只是水而已。"

我这才发现自己竟急出了眼泪。谭寒用手指擦去我的泪水。

"你怎么那么傻？！"我高声激动道，心情根本平复不下来，"万一是硫酸，你怎么办？"你的背部会被烧烂！

"我不重要，你才重要。"

他的黑眸看着我。

"你是女演员，脸不能受伤。"

我的胸口像哽咽着一口气，说不出来是什么。既感激他奋不顾身保护我，又不想他不爱护自己。我胸口起伏着，顿了顿，默默道。

"虽然你是我经纪人，但是没有义务拿命保护我。

"我也不想你受伤。"

谭寒微微一怔，眼眸闪了闪，好像我的这番话也给了他极大的震动。我略微不自然地低头，发现我的手指，在刚刚的慌乱中，无意中与他扣在了一起，连忙撒手松开。

谭寒也别开眼，轻咳了一声。

"但现在人群暴乱，小心被踩踏。"他手臂护在我的头前、身前，带着我走往安全渠道，防止有人撞到我。

人实在太多了，谭寒每一步都走得艰难，但他的步伐沉着有力，没有退却。有时我都能感到对方狠狠撞到了他，谭寒却什么都没说，只是闷哼一声，抿了抿坚毅隐忍的唇角，继续将我往安全出口那里送……

我和谭寒艰难地回到车上。我们这才松了口气。我们的发型和衣服都有些凌乱。幸好，那瓶不是硫酸，一切只是虚惊一场。

回到公司，工作人员见我们衣衫不整，有些惊讶。谭寒把这场意外轻描淡写说了说。电梯里碰到黎雪，见我这样，她有些看好戏般笑了笑，然而看到谭寒的西装背后全湿了之后，她神情明显一愣，像是明白了什么，随后脸上浮现出一股怒气。

"谭寒，你对宋微可真是好。任何时候都不忘保护她，你以前可从没对我这么好过……"她说着说着，眼眶就渐渐泛红了。

谭寒面无表情，黎雪像被刺激到了，一下子哭了起来。她不顾形象，红着眼，对着谭寒又踢又打："我当时说的气话难道你不明白吗？我爸爸妈妈不赞同，我有什么办法，难道要我做不孝女？"

谭寒一脸沉默，可是面对黎雪的拳打脚踢，从没有还过手。好像从前就已经习惯了她这样。他没有说话，只是一下一下地忍着她高跟鞋的袭击。在她又一次踢向谭寒的小腿时，我一把抓住她的胳膊："够了。"她单脚没有站稳，谭寒连忙伸手，我先他一步抓稳黎雪。

黎雪可怜兮兮，瞅向谭寒："阿寒。"

我淡淡地说："黎雪小姐，谭寒现在是我的经纪人。我这个人脾气不怎么好，以后再对他拳打脚踢，别怪我对你不客气。"

电梯到了十八楼，"叮"的一声，电梯门开了，门外站着略显着急的黄锦立，楼夕之步子略踉跄地追着他，还有身后急急跑来的阿Ken。

我这边还什么都没说，黄锦立已抓过我的手。他平日的调笑神情不见，取而代之的，是担忧和紧张。他上上下下仔仔细细打量了我好久，足够确认了之后，才恢复成一贯的懒散，他望向谭寒，挑眉："听说你们差点被泼硫酸，有没有受伤，怎么回事？"

好像在对谭寒问罪。

我有点诧异。

没想到黄锦立这么快就得知消息。

站在后面的阿 Ken 补充说明："太子爷一听到你被硫酸袭击，脸色都变了，正要去找你。"

楼夕之立刻扫了他一眼，纠正道："任何一个女艺人被硫酸袭击，公司都要承担责任。换成其他人，锦立也会这样。"

阿 Ken 做出一个不会再乱讲话的表情。

电梯内外，两排，六个人。一时之间，就这样对峙着。楼夕之动人地笑了笑，刻意站到黄锦立身边，宛如一对璧人。她看向一脸可怜兮兮的黎雪："你们几个，怎么坐个电梯都能弄成这样？大家都是品优娱乐的艺人，还是要友爱一些啊。"

话里有话，黎雪更加委屈，看向黄锦立："锦立……"紧接着，又可怜兮兮地看了看我。

其中意味，不言而喻。仿佛她是被我和楼夕之联手欺负的小可怜。

懒得再待下去。

我直接道："我和谭寒先去换身衣服。"

黄锦立在背后吩咐："待会儿来我办公室一趟。"瞬间感到背后有两道目光，死死盯着我。

我耸耸肩，留给他一个背影，看情况。

商场活动发生了这样的事件。媒体顷刻间炸开了锅。媒体轰炸再次来袭，隔天报纸和网站头版头条全部都是：

"宋微被泼浓硫酸，面部毁容。"

"宋微已被送往医院，伤势严重，可能退出娱乐圈。"

"宋微毁容前最后一部作品《当年明月在》将于 7 月 20 日隆重上映……"

……

谭寒的手机和电话几乎接爆了。他不停否定："没有，宋小姐没有被毁容，谢谢您的问候。""不，没有毁容，没有受伤。""一切只是意外。多谢关心。"

甚至连封景当天都打了电话过来："黄锦立说你没丑啊，怎么外面都传你毁容了？"

居然说我没丑，会不会说话。

报复我那天没去他办公室吗？

我哭笑不得，调侃道："你也信了？丑没丑，没感觉。反正昨天提前收工睡了个美容觉，也就比前天漂亮点。"

"那就好。"他笑起来，道，"我的右护法要是最美的。"

我感受得到封景言语之中的关切，微笑："公司正准备安排一个记者会，澄清一下。"

"记者会？"封景停顿了一下，"现在吗？"

"对，有什么不妥吗？"

"倒是没有不妥，不过……"电话那头的封景拖长了声线，我在这边闻到一股恶作剧的味道，"既然我们都被他们'写'了整整两个月，那不如直接让他们'写'到《当年明月在》的首映。

"写我封景，不付出点什么，可不行。

"还有十天。

"这十天，你不要参加宣传。

"他们'消费'了我们这么久，现在就让我们好好'消费'他们一次。你说是不是？"他尾音上滑。

"我什么都不知道。"我眯起眼，从善如流，"你说什么就是什么。"

密谋而笑。

我就喜欢封景狐狸式的狡猾与神秘。

自此，品优娱乐公司对外正式发出通告。

旗下艺人宋微发生意外，已取消余下安排。宋微本人并无毁容，特此通告，谢谢各界关心。

官方发声，粉丝将信将疑。

媒体却不怎么相信，他们推测，我肯定是受伤了正在整容修复。整个事件愈演愈烈，最后十天的宣传，更是频频在问我到底是否受伤，是否会参加首映礼。

当初在《当年明月在》宣传前，黎雪赌气地在公司说，电影宣传，有我没她，有她没我，再也不会与我同场。我倒是没那么多顾虑，他们安排我去我就去，不安排就不去，结果黎雪反而生气了，觉得自己不被重视。现在最后几场重要的宣传，我没来，她是唯一重要的女主人。黎雪开心极了。只是据说，现场关于她的提问不痛不痒，反而都在问没有到场的我，令黎雪再一次气极。

我看到她在采访中对着镜头努力微笑。

"微微姐呀，她没事，真的没毁容。

"她经纪人跟她的关系非常好，当天就是她经纪人保护她的……是啊，她男性朋友很多，她跟他们关系都很好。可能她绯闻多，心疼她吧。我也很心疼微微。"

"我也不清楚她为什么不来宣传。可能是没安排吧，或是她自己有事。"

我瞥了瞥谭寒，"哼"了一声。

"她说我们关系很亲密。"

自从被舍身相救，我对谭寒就有一种特别的心情。

"当然。"

我一口水差点喷出，谭寒从容不迫地递给我纸巾。

"你睡觉爱流口水，爱吃红烧肉，每次减肥哭天喊地，化妆室一定要喷大马士革玫瑰香氛，对自己的大长腿和白皙皮肤最满意。"

"Stop，stop！"我连忙制止他，伸手捂住他的嘴，"我可是女明星，我有偶像包袱的。爱吃红烧肉这种事，请不要随便说出口。"

谭寒幽深的眼眸望着我。

直到他浅浅的呼吸喷在我的掌心上，我才惊觉，连忙抽回了手，眼珠子乱瞟："今天天真热啊……"

首映礼前一天，封景戴着墨镜和杜云修罕见地一起出现在了宣传上！粉丝们激动得惊喜尖叫，采访老调重弹。最后一分钟，一直没说话的封景，突然接过了话筒："想知道宋微小姐是否被毁容？那就期待明天的首映吧。"

无数媒体和在场粉丝立刻明白，明天将有大爆料。

《当年明月在》正式首映，高贵的红毯一路从主厅铺到了电影院300米开外，两旁是精致的金色栏杆，栏杆与栏杆之间是柔亮的红绸。四周布置了激光灯，整个夜晚亮如白昼，万众瞩目。

前来观影的明星足够大牌，他们跟封景云修私交甚密，有乐坛传说级别的歌神裴清、人气爆棚的亚洲小天王裘洛，还有著名娱乐节目主持人秦永……每位大明星的到来都让久等在外的粉丝们眼前一亮。媒体记者们更是不放过这种绝佳的机会，扛着摄影机拍个不停，几乎不亚于一场颁奖典礼。

明星们走过红毯之后，终于迎来了《当年明月在》的主创人员。首先出场的是黎雪，她今晚穿了件春季新款雪白长裙，轻盈唯美的剪裁勾勒出细细的腰肢。与电影里仙界使者的气质如出一辙，不少粉丝喊着她的名字："黎雪，黎雪！"

几分钟之后，一阵阵惊喜尖叫，碾压黎雪粉丝的呼喊。栏杆外的粉丝们狂热地往前涌动，高举横幅、荧光棒，刹那间，漫天欢呼声淹没了一切。

只见云修清澈的眼睛微微弯起，他如玉般的脸，有种迷人温雅的光芒。紧挨在他身边的封景长发束在身后，张扬而不羁，所有人被他蛊惑般的特质倾倒。

黑压压的人群朝着他们二人疯狂挤去，不断有人激动叫着"封妖孽，我爱你！""云修！云修！""封云一出，谁与争锋！"……

媒体记者也异常激动，将长枪短炮往他俩面前探去。镁光灯闪烁不停，封景和云修眯着眼，一个朝大家点头微笑，一个唇角微勾，两人回答着记者的提问，默契十足，人群中时不时爆发出兴奋的尖叫声。

媒体记者也不甘落后。

"封总，你跟云修一块儿来了？"

"之前说首映礼上会说明一切，那宋微到底情况如何，有没有毁容？"

"关于宋微的问题，当然是让她自己回答。"

封景微扬下巴，细长的眼睛朝人群中看了一眼。可能很多人不明白他的意思，但是我懂，这是封景今晚特地为我安排的——我，宋微，作为今晚《当年明月在》首映礼红毯上的最后大戏。

我托着裙摆，正准备下车，突然记者再次涌动，巨大的灯光下，楼夕之一身名家设计晚礼服，佩戴红宝石首饰套组，挽着品优娱乐公司太子爷黄锦立，对方一袭银色西服，在夜幕之下闪耀如星辰。

两人徐徐而来。

楼夕之高贵地朝粉丝们挥着手，宛如女神降临。

一个是影后巨星，一个是娱乐公司老总。人气加上权势，这样的机会并不多见，几乎让所有记者忘了刚才的目的，纷纷调转镜头，对着他俩拼命猛拍！

我坐在车内，如坐针毡。

纵然想过无数种意外，却唯独没有想过这一种。这大半年来，楼夕之的事业一直如火如荼，曝光频繁，直到两个月前才被我的新闻打断。现在，楼夕之竟在这个时刻，带着黄锦立前来。到底是无意，还是故意为之？

所有媒体记者围绕着她。我出去也不是，不出去也不是。楼夕之抢走了所有风头。

我保持耐心，继续在车内静等。准备等她红毯走了一段再出去，然而楼夕之并未按照规则走完红毯，而是挽着黄锦立，在记者面前停步不前。她似乎也知道我在车内，偶尔会朝我这边扫一眼，五分钟之后，仍在红毯上与媒体聊聊笑笑。镁光灯照在她的身上，红宝石发出璀璨的光。

我被逼坐在车内，情况极为煎熬，若再过一分钟，还是这样，那么，我打算不顾章程，直接上红毯了。就在我下定决心之际，人群再一次骚动起来。这一次动作更大，无数影迷大规模移动着。一些媒体记者甚至丢开了楼夕之，而他们的方向，似乎是我的车？

黑压压的人群朝着我走来。

怎么回事？

我心存疑惑，待定睛一看，只见封景和杜云修，肩并着肩，步伐帅气。千万星光之下，他们反走红毯，竟是为了我。

杜云修来到车边，替我拉开车门。他微微弯腰，优雅地做了一个请的动作，我心弦一动，抬眸，皎洁的月光下，他的笑容清雅迷人："可以请你跟我们一起走红地毯吗？"再看看封景含笑的眼，他们的目光里流露着同样一个信息——宋微，相信你自己！

一时之间，我只觉得心中大定。

胸口忽然涌出无限的信心和力量，仿佛踏上红毯，我便是这璀璨星光之下的女王。任何人，不得挡道。

我同样优雅地伸出手，轻轻放在云修的掌心上，再踏出车门："荣幸之至。"

无数镜头对准这一时刻，无数镁光拼命闪烁。

我站在红地毯上。

我微仰下巴，对着那些镜头生动而笑，露出的脖颈上空无一物，没有红宝石项链，也没有当初林萱的那串钻石项链，甚至连晚礼服颜色都与楼夕之相撞。

然而，云修在左，封景在右。

他们就是红毯之上最尊贵的象征。我一手挽着一人，在两个影帝巨星之间，优雅而行。漫天星光之下，我的深红长裙迤逦在地。

不远处楼夕之吃惊地看着我，黄锦立更是深深凝视着我。

无视她们。

我面向这些媒体记者们。

"你们不是想知道我到底有没有被毁容？

"对此，我只有一句话送给各位，如你们所见。"

封景和云修轻笑出声，传出这漆黑璀璨的幻夜。

第五章

骄傲

《当年明月在》在雷鸣般的掌声中结束了它的首映，成片比我想象的更精彩。所有观众的情绪都被电影一步一步牵引，上一秒哄堂大笑，下一秒无声恸哭。每个角色是那么栩栩如生，那么鲜明，信任与背叛，爱情与毁灭，欲望与野心，每个人都在为自己的信念而战。

　　这繁华落尽的三千世界，有人自坠成魔睥睨天下，有人杀身成仁消失天际，有人一剑穿心爱意不灭，有人万年不殇却身心已死。

　　黑色凛冽的忘川崖下，一剑天下惊的少年就此陨落。昔日锋芒毕露的宝剑，自沉湖底，誓死追随的少女抱着妖娆的食人花纵身一跃，迎向最初也是最后的曙光。

　　颓靡哀艳的清水红莲在沉舟湖畔，开了又谢谢了又开，留下一池凋零岁月，三千年时光，三千年漫长，而夜夜长风依稀如昨。

　　　"泼墨苍穹／红色火莲漫天绽放／千山剑气／你凛冽的眼……

　　　"御剑而行／行不过心底过往／剑锋轻颤／颤不动那些心悸容颜……"

　　当歌神裴清那极具洞穿力的天籁之音在《当年明月在》片尾响起时，播放厅灯光哗然而亮，在场观众情不自禁站立起身，每个人眼中饱含感动，他们噙着眼泪用力鼓掌，掌声与歌声在大厅回旋，久久不散。

我随着封景、云修再次踏上主台，向观众鞠躬，掌声又一次热烈如潮。我看见有人眼眶通红，朝我的方向哭喊："杀舞陌——"声音破碎而悠长，她说不出一句完整的话，但她已将她从心底迸发的情绪传递给了我。

巨大的掌声之中，我望向她的方向，扬起一个微笑。这是杀舞陌从忘川崖跳下，迎接天地之间第一抹曙光时，露出的那个笑容。那时，所有的离别都已不再，所有的悲伤都已不再，最终的最终，她迎向崖底白雾，独留一抹干净笑容。

从 VIP 通道经过，一些媒体记者依旧围追着我。不知是否是我的错觉，他们看我的目光似乎发生了些改变。

在此之前，他们关心的，只是我有没有毁容，我有没有同其他女星不合。而今晚，当他们看完《当年明月在》后，这些问题被提及的次数好像少了。

终于，有个戴着黑框眼镜的记者问道："之前很多人说你是花瓶，在这部电影中，你的角色可以说是美艳的，可以说是很绝情的，你给自己打多少分？"他探究的目光胶着在我脸上，似乎仍不确定今晚上映的这部电影里，那名一脸决绝的魔族少女，是否就是现实中一身绯闻的我？

这个问题一问，周围的娱记们也安静了许多，大家纷纷望向我，也许心底也有同样的疑惑。

我停下脚步，优雅地对他笑了笑。

"你觉得我给自己多少分合适？

"满分会不会显得太骄傲？"

他一愣，好像有点走神，过了一两秒才诺诺道："不、不，你的杀舞陌，演得很棒。"

保安和保镖围了上来，将我和娱乐记者隔开，我们这才成功进入了地下车库。谭寒先行了几步，很绅士地替我打开车门。一双黝黑的眼睛，温柔看着我："连娱乐记者都承认了你的演技。"

"你是在为我骄傲吗？"我笑了笑，伸了伸懒腰，红裙在夜色中闪着光，像是漂亮的釉质。

今晚真累，在他面前，我好像越来越不顾及形象了。

谭寒没有说话，只是看着我。英俊的脸部线条却柔和了很多，微微抿着的唇角漾起一丝笑意。

我逗他："赞美的话都不肯说？"

他幽深的黑眸看着我："我送你回家。"

我点点头。

虽然谭寒仍旧寡言少语，可是不知道为什么，好像有种安稳而温馨的气氛环绕在我和他之间。

我快要跨进车内，一辆跑车冲了过来，"唰"地一下停在了旁边。车窗渐渐降下，显露出一张俊美的脸，一双桃花眼斜飞。

"微微，上车。"他吩咐我。他向来是高高在上的。

我没有动。

灯光明亮的车库。一边是沉默寡言的经纪人谭寒，一边是公司太子爷黄锦立，他们很快意识到了对方的存在，两人的视线在空中开始交战。

谭寒不动声色，黄锦立似笑非笑。我站在看不见硝烟的战场上。

"微微，过来。"黄锦立挑了挑眉峰，有些意味深长地命令。

我似笑非笑，眯起眼眸。

他以为他是品优娱乐太子爷，于是所有人都要对他言听计从吗？

我转过头，踮起脚尖，在谭寒耳边耳语了几句。谭寒先是一怔，接着点点头，耳根好像浮了层薄薄的红。

谭寒发动车子，直接开出了车库。我这才慢慢走到黄锦立车旁，唇边扬起一抹笑："怎么，不送楼姐了？"

黄锦立笑了一声，只是示意我上车。

我站着不动，抱着双臂。

"这样可不行，上次在山上把我丢下，这次把楼姐丢下，会犯众怒的。"

黄锦立没有正面回答，反而勾起唇角，一双桃花眼盯着我："所以你故意顾左右而言他，就是不上车是吧？"

我不上钩。

"给我一个上车的理由。"

这一次，他终于明白我不好对付，无辜地眨眨眼，主动承认错误："我真不知道，你当时还没走红毯。"看样子，是想明白了楼夕之今晚故意用他对付我。

不得不承认道歉有点好用。最起码这个态度我能接受。

我心软了点，毕竟这部电影还是他把我推荐给封景的，他当时是唯一肯定了我演技的人。

见我态度有些松动，黄锦立站在灯光下，幽幽道："之前很多人说你是花瓶，现在你用实力为你自己平反了。"他的眼眸，在白炽灯下，反着光。像是能看穿人的心底。

黄锦立靠过来，拍了拍我的头。

"那时我就说过,有个女星很有潜力,你还不相信。"

他的眼神、声音,迷人极了。几乎令人发颤。

我拢了拢手臂,才克制住自己。

黄锦立唇角弯起一个性感的弧度,眼神更加深邃:"微微,你要站在车外一整晚吗?"

我的目光不经意落在他的手指上。

他瘦长有力的手指,跟他现在的声音一样,释放着点点蛊惑。

黄锦立丝毫没有尴尬,反而低声笑了笑。

"如果我说,你演技精湛,杀舞陌演得入骨三分,我很欣赏,故而想送你回家呢?"

过了三秒,我开口。

"我和封景云修三人,一起走红毯的效果怎样?"

黄锦立微微一怔。

他的眼里划过了一抹恍惚与追忆,虽然很快,但被我捕捉到了。

黄锦立忘记了我的身份,纵然他深藏不露,但在我面前,他只是一个演技不错的同行而已。而我,能精准地看出他演技的破绽。

黄锦立的脸遮藏在阴影里:"那一次,她也跟他们一起……"

我浅浅笑,伸出食指,制止他继续往下说。

并不是我演得好,并不是你因楼夕之对我愧疚,才想送我回家。而是封景云修,陪我一起走了红毯。这样的待遇,只有那个女人才有过。

我不过是勾起了你的回忆而已。

黄锦立眼神有些诡异,不明所以,挑了挑眉头。

我继续道:"我的微字,怎么写?"

"不是防微杜渐的微吗?"他带着点试探,又有点疑惑、奇怪。

我站直了身体。

看来他真的是一点印象也没有。

我微微一笑:"什么时候真正记起我,再真正对我说这句话。"

转身离去。

我做个了潇洒挥手的姿势。

走出车库,谭寒的车早已恭候多时。见我出来,他的唇角漾起一丝笑意。

《当年明月在》全球正式上映,票房高开高走,创下国内电影史上最高票房纪录,无数观影者狂写观后感、影评。整个网络都是关于《当年明月在》的话题,连学校、公司都在谈论它。

在滔天巨浪般的讨论中，我成为继封景云修后最受关注的艺人。很多人认为我演技成熟，颜值惊艳，连带对我以前的印象也有了改观。很多大牌代言、时尚杂志、商业活动找上门来，谭寒处理得很谨慎，我的口碑形象咸鱼翻身。

虽然除了这部电影外，我没有更多强有力的代表作，但这股势头极其凶猛，完全压倒黎雪，甚至一度压过了楼夕之。

同年金柏奖，我获得了两项提名。一个同时和黎雪被提名最佳新人奖，一个竟与楼夕之一起，被提名为最佳女主角。最后我毫无意外地获得最佳新人奖，而楼夕之连任影后，我和她的名气再次双双大涨。

10 月，品优娱乐公司和封云工作室再次合作，《当年明月在·莲》开机。这是《当年明月在》的续集，讲述仙尊云闲和魔殿堕天双双战死的三千年后，七星会合，天下再次大变，魔殿堕天复活的故事。影视方启用原班人马，而我也再次成为黑衣红唇的杀舞陌。

能再次与封景云修合作，我满怀激动，跃跃欲试。然而，就在开机前的最后三天，剧组一连传来两个消息，一是黎雪因伤退出，二是楼夕之空降，她将饰演复活后，失去前世记忆的小道士的今生暗恋之人，龙莲。也就是，我杀舞陌、小道士，以及楼夕之饰演的龙莲，将有一场爱恨纠葛。

我忽然想起金柏奖，她那时与我对视一笑的眼神。原来，她投射的，是一封战书。

云修、封景、楼夕之、我，以及小道士的扮演者顾羽，我们这几个人不是天王巨星，就是人气极高的当红艺人，被粉丝称为绝对豪华阵容，所以从开机第一天起，就引来很多媒体的强烈关注。

我和谭寒一到剧组，就看到楼夕之和阿 Ken 跟编剧们有聊有笑。楼夕之落落大方，瞥见我，她笑得别有深意。

编剧正在感谢："一来就让楼姐破费了，真是不好意思。"

楼夕之优雅从容："一点小心意罢了，又不贵，我知道你们经常熬夜写剧本，正好当夜宵。"

下午剧组开会，所有演员到场。当初饰演傻里傻气、朝气可爱的小道士的顾羽，一炮而红，又接演了一个收视率超高的电视剧，因此深受大众喜爱。顾羽是皇冠荣耀娱乐公司的艺人，当初熬了两三年都没什么作品，直到跟了现任经纪人柴谨之，才逐渐有了出头之日。

我和顾羽比较熟，毕竟一同经历了上次的合作。楼夕之一来，坐在我和他之间，将我和顾羽隔开。她朝顾羽笑着："我们马上就有对手戏了。"既有影后的架子，又有大牌的风范，"我看过你演的小道士，还有你男扮女装的样子，我都惊艳了。"

顾羽是个活泼俊俏的少年，他有些羞赧，抓了抓头："都是我经纪人逼的，说要是不穿，就把我卖到泰国去，太坏了！"话音刚一落，就被他经纪人敲了一下脑袋，顾羽脸上的表情顿时委屈了，"当初明明说好，穿上就……"他经纪人作势又要敲。顾羽连忙捂住头，仿佛狗狗耷拉下耳朵。

楼夕之柳眉一扬："依我看，你的经纪人对你倒是挺不错的。柴谨之是吧，真是缘分，跟我的名字一样，也有个'之'字。我很看好你，小羽，非常期待这一次的合作。"

顾羽像自己被夸了似的，在那儿傻笑，直到被他经纪人提醒，才连忙道："哪里哪里，我也很期待跟影后合作。"

楼夕之朝柴谨之动人地笑了笑，她的视线离开顾羽，跟我的对上，道："宋微，我们又要演对手戏了。"

我定了定心神，同样微笑着扬起唇角："我也很期待。"

三个经纪人站在我们各自身后，阿Ken、柴谨之、谭寒。跟说着期待合作的我们不同，他们只是简单地打了个招呼，要么嬉笑倚墙，要么懒散抽烟，要么沉默寡言。

会议之后，接着就是拍定妆照。按照名气辈分，楼夕之被安排在第一个。

她的服饰跟之前黎雪的差不多，以仙界的雪白为主，突出纯洁无瑕的气质。楼夕之对着镜头，露出惯有的清雅笑容。墨黑的长发散落在肩上，颊边有两束发较短，斜斜地插着一支玉石海棠钗。

楼夕之这副扮相比黎雪更有气质。如果说黎雪好比仙界的小使者，那么楼夕之就是瑶池边的九天玄女。

不过我的杀舞陌也不比她们差半分。

精致黑纱的罩面，手腕处是黑色绑带，勒出腰线的黑色腰封，衬着化妆师特地给我画的妆容，乌眉红唇，隐隐透出一抹杀气般的妖冶，仿佛暗夜下的艳丽食人花。跟楼夕之款款而行的定妆照不同。我驾轻就熟地摆了一个破势的剑招，剑花一挽，黑衣、乌眉、红唇、银剑，凛冽妖魅的眼神，杀舞陌在此。

摄影师镜头对准我，"咔嚓"一下按下快门。前来看我定妆的楼夕之若有若无地蹙了蹙眉。

一个月后，正式开拍。

摄影机镜头拉了一个远景。金乌西坠，枫林尽染，小道士转世成一名小童。他被楼夕之收养，玉雪可爱，穿着雪白的小道袍，跟在楼夕之身后。抄手朱廊上，龙莲仙子手执玉笛，素手纤纤，银白宫纱拖在地上，如亭亭玉立的出水白莲，仙气飘飘袅袅。

小道士跟不上，眼巴巴地看着楼夕之越走越远，不由得着急喊了一声。

"等等我。"

在各方位摄影机的镜头特写中，楼夕之温婉回眸，翩然一笑，天地之间仿佛无数琼花簌簌盛开。

所有的惊鸿一瞥源自于此。

我站在原地，心里陡然一顿。

这是楼夕之，然而，又并非那天的楼夕之。

那日定妆时，她一身雪白，美则美矣，却少了一些动人气魄。今天的她，虽同样插着一支玉钗，同样周身雪白，可是，她雪白衣襟内多了一层生动朱红，外罩成了件银丝绞成的宫纱，银光点点，泛着低调的贵气。

虽然只是几个细节的改动，却将人物清雅形象加深了好几倍。楼夕之这样的妆容服饰，几乎将我那袭黑色劲装比了下去。

一些细微的线索被穿到了一起。

难怪那天楼夕之看到我的定妆照时微微蹙眉……

我抬眸看去，只见远处的楼夕之也正看向我，她眯了眯眼，朝我一笑，那样漂亮含笑的眼神仿佛在说：还没完。

楼夕之的戏份跟我相当。她是影后，美丽足够，演技足够，名气足够，擅长刻画角色的编剧给她写了不少戏份。楼夕之一个眼神，阿 Ken 就知道她要的是什么。阿 Ken 客气老练，手腕高超，摄影师和编剧不怎么拂他面子。

玉人手执横笛，临风而立。一瞬年华相思引，恰时年少闲落花。

镜头再切近。

只见楼夕之蛾眉轻蹙，亲眼看着自己收养的可爱小童，一日日成长为丰姿玉冠的翩翩少年，满心欢喜地叫着自己"师父""师父"，从最开始脆生生的童音，到现在让她面红心跳的少年嗓音。

在小道士最初的惊鸿一瞥中，心绪日渐纷乱的还有她。一曲到了最后，楼夕之那双清水般动人的眼眸对准镜头，流动出一种让所有男人都舍不得拒绝的眼神，美人相思，相思美人。

这样的美人，谁能拒绝？这样的美人，小道士如何能够拒绝？

楼夕之显然要在演技上与我一争高下。

纵然有《当年明月在》第一部的感情铺垫，但如今小道士记忆全无，我拿什么跟楼夕之饰演的这样一个有情有义、冰清玉洁的龙莲仙子比？

凭杀舞陌的绝吗？

可忘川崖上纵身一跃的杀舞陌，在小道士再次复活后，夜夜夜夜看着曾经深爱自己的小道士，对别的女人扬起熟悉的笑脸，她就再也不是过去那个决绝狠心的她了……

两人夜下吹笛、情窦初开，是另外一人的黯然神伤。

剧本里，杀舞陌就是这样，在暗处窥探着小道士和龙莲。想靠近，又不敢。她想对他好，却又怕他记起，前世亲手杀他之人便是自己。

小道士不畏艰险为龙莲摘下那朵天山雪莲，她明亮的黑眸漫天炉火，她不顾自身复活的诅咒，恨不得一剑杀了龙莲，却被两人合击得身受重伤。

那是爱过她的小道士啊。

她将他一剑穿心，所以如今他的这颗心就全数给了别人，她再也得不到了吗？死的人是他，现在心痛如死的却是她。

我按照剧本去演。

心痛、伤心、嫉妒、想接近却不敢的彷徨无措。种种复杂心境是表现出来了，可是回到导演的监视器一看，没有了凌厉之气的杀舞陌，只是一个为情所困的平凡女子。没有了傲然眼神的杀舞陌，不过是一个平庸无奇的配角。一袭暗淡黑衣的她，完全被冰雪聪明的龙莲抢去了风头。

在我不功不过的表演中，楼夕之微笑着扬长而去。跟上次在《香满楼》的对手戏不同，这一次，她不用任何言语，单单凭一个似笑非笑的眼神，就将我逼入一个压力巨大的地步。

任何创造过票房奇迹的电影拍续集，本身就背负着比以往更沉的重担。而在第一部成功塑造过经典角色的演员，也会对自己的角色更紧张、更看重。

我时时刻刻都在提醒自己，一定要演绎得更精彩！对着剧本苦读，做了一大堆人物分析。

阿 Ken 走了过来，环抱着双臂："怎么样？这就是影后，你以前不是总向往着吗？如今有什么感想？"他懒洋洋地笑着，又施施然地走了。

我握着剧本的手指更加用力。

谭寒一直陪在我身边，对我说："不要给自己太大的压力。"

我点点头。

虽然我让他不要担心，但我的内心不是这样想的。

有些时候，谭寒不懂。我不是黎雪，没有那么娇弱，我愿意去承担挑战。一个演员的使命，就是要不断创造出更精彩的角色。在这一点上，我绝不会输给楼夕之。

我拿起剧本看了又看，想了又想，拼命思索。

杀舞陌，杀舞陌，该如何增强这个角色的存在感？无数种念头在我脑海中激烈碰撞，它们纷杂乱闪，似乎碰撞出一些火花，然而又快得难以抓住……

突然，一道灵光一闪而过。

也许，这样可行？我顾不得化妆，抓过一件外套就匆匆朝导演编剧那边冲去。

等再次出现在楼夕之和顾羽面前时，楼夕之漂亮的瞳仁狠狠收缩，而顾羽一脸迷惑。

"小微，你这身是怎么回事？要变装吗？"顾羽琥珀色的眼眸之中划过一抹好奇之色，他拉扯了一下我的衣角，笑得奸奸的，"扮相这么帅，不过我喜欢。"

顾羽口没遮拦，他的经纪人又敲了他几记。顾羽佯装委屈地抱着头，他的经纪人好无奈，只好又摸摸他的脑袋。

楼夕之的脸色有点难看。

我直视着她的眼睛。没错，跟《当年明月在》第一部的那身黑色劲装截然不同，现在这套有着黑色华丽的小高帽，配一身色泽艳丽的东瀛改良版武士装。朱砂色揉进点点灿金，内襟绚丽大气，跟过去的凛冽妖冶不同，端的是豪放霸气。

黑亮的鬓角修得整整齐齐精致无比，春山般的墨眉，斜飞入鬓。

暗含邪气似笑非笑的眼角微微上挑，只有偶尔低头不语时，才依稀可辨杀舞陌当年的凛绝。

一折泥金纸扇在手，如今在世的杀舞陌，男女莫测，扑朔迷离，飞眉侧目谈笑风生之中，樯橹灰飞烟灭。

我手腕帅气一翻，泥金纸扇"唰"的一响。十六节金丝竹扇骨，峥然有力，露出雪白碎金扇面，上面泼墨写意，恍如一扇春风，几行草书——江月何年初照人。

导演喊了声"准备开拍"。

我眼神坚定地点点头，我前几天的戏份全部重拍。

在小道士穿着小道袍，眼巴巴地跟着楼夕之时，我懒洋洋地斜卧在树枝上，漫不经心地斜睨他们，华丽的朱红衣摆散落下来，尽管脸上的笑容色如春花，但是眼神幽深。

在小道士被楼夕之严厉教导，一个人在深夜辛苦练剑，泪水可怜兮兮地泡在眼眶时，我手执纸扇，从树下一跃而落，在夜幕明月之中，翩然出现，朱砂泛金的武士装潇洒而风流。

哭得惨兮兮的小童，睁着眼睛，扬着小下巴微怔。

我来到他身边，摇扇，抿唇，轻笑，半蹲在小小的道士面前，伸出一只手，蛊惑着他将软绵绵的小手放入我的掌心。

"我带你看月亮去，可好？"

巨大银月之下。

满城黑压压的屋顶之上，一袭华丽贵气的身影牵着一个穿着小道袍的小童，踏着清辉月色，在疾风长空中肆意跳跃，留下一串串笑声。

明月当年，当年明月。

小童渐渐成长为一名丰神俊朗的少年，少年看向仙子龙莲的眼神越来越真挚，在他将我当成挚友兄弟，倾吐对龙莲的倾慕时，他没有看到我幽深微妙的眼神。

他甚至不明白，为什么在告诉我他对龙莲仙子的爱意之后，满庭院的海棠花会如狂风暴雨来袭，被剑气伤得遍地凋零。

可是尽管如此，当得知他要冒险去摘天山雪莲后，匆忙之间逃脱另外一派势力追杀的我，还是满身风雪地帮他摘得那株雪莲。他将雪莲递给龙莲仙子，却不知我身上深可见骨的伤口。

他为龙莲清雅的微笑着迷，却不知那浓浓血腥味已渗出我的朱砂色劲装，天山雪莲的香气弥漫整个闲花阁，而在我渐走渐远的脚步下，是一串歪歪斜斜的惨色血迹。

少年道士对月当空，与仙子龙莲，笛箫合鸣，情意绵绵。

与此同时的另外一个镜头。

头戴华丽小高帽，身着艳丽男装的我，在最大的妓院，搂着当红头牌，醉生梦死！我斜卧美人膝，喝着最烈的酒，拥着最娇的美人，听着最调情的小曲，纵情高歌，然而我笑得越是大声，脸上的笑容就越是空洞。尽管任何人都看不见。

身边满座倒酒劝酒的美人们看不见。那个正在深夜仰望心中仙子的少年小道士看不见。就连我自己也看不见。

隔江的妓女抱着琵琶在那星星渔火中弹唱："日日思君不见君，共饮一江水，此水几时休，此恨何时已……"

此水几时休，此恨何时已？

我仰天长笑，纸扇一丢，跳入最有名的鼓阵之中！

九朝鼓。

九面大鼓为乾，铮亮的水牛皮鼓面，黑色肃杀的鼓腰，奢华贵气的金色鼓钉，一面紧挨一面摆成一弯半月形。九面小鼓为坤，鼓面紧绷，鼓腰呈赤，在半月形的乾鼓之中横卧于地，凌厉无匹，流露着一种天地间的霸气。

相传此地有个叫九朝的名妓。

她以一支鼓上舞一举成名，艳惊四座，无数文人骚客拜倒在她的石榴裙下，但她的心全数给了一名在战场上英勇厮杀的大将。她的心上人没有战死，却在重伤失忆后娶了一位异国和亲的公主，将当年的海誓山盟全数忘尽……

伤心断肠的九朝穿着一袭红衣，在这九朝鼓上舞尽最后一支曲，最后喋血而亡。

昔日征战沙场的大将，到最后也不曾记得她，唯有当年这阵赫赫有名的九朝鼓，随着那位名妓的逝去，就此沉默伫立在黑暗中，仿佛一声长长幽叹。

"咚——"

九朝坤鼓一声响！犹如一记闷雷，响彻夜空。

十几盏羊角八棱宫灯骤然亮起，莹莹照在这十八面鼓上，鎏金鼓钉，闪亮如星。

将怀中那坛酒往空中一抛。

脚踩流云靴，足尖点在坤鼓之上。咚咚咚，几串铮然鼓声，九朝坤鼓四声响，声音激昂，击打在众人心头。

小道士，你可曾记得前世，你在倾盆大雨之中，救下浑身是伤的我。

宽大朱色衣袖一卷，那坛香气四溢的烈酒稳当当地回到我的右臂之中。仰头灌下一口酒，七分酿成月光，三分啸成剑气。

我敲昏了想要替我疗伤的你，你却在醒来之后还要救我……

屈膝一跃，倾身飞起，凌空横斜，侧踢乾鼓，朱砂色衣摆翻飞，黑色流云靴在铮亮水牛皮鼓肚间重重一击！厚重的九朝乾鼓发出一记浑厚的鼓响。

"咚——"

小道士，你可曾记得你曾伤痕累累来到我面前，只为送上那一株小小的食人花花苗。

朱袖一收，再次纵身跃起，侧身半倾，长腿横踢，沿着半月形轨迹朝九朝乾鼓一记一记击去，正中鼓心。咚咚咚咚咚，鼓声激昂，在重重烛火的大厅激起一阵阵回声……

小道士，你真傻。

为什么我说的每一句话，你都信以为真，为什么我说的每一句话，你都深信不疑。

为什么明明知道我是仙界尘间，人人得以诛之的魔界右护法杀舞陌，还对我这么好？竟然还会望着我的眼睛说，只要是你说的，我就信……

身形扭转，脚尖一勾！

一面赤色鎏金的九朝坤鼓腾空而起，我侧身翻转，衣袂蹁跹，脚跟一带，小坤鼓在莹润的烛火中划过一条漂亮的弧线，直直朝着一面面九朝大乾鼓袭去。赤色小坤鼓击打在九朝乾鼓上，一击两响，发出一串串恢宏凝重的鼓声，浑厚悠长。

"咚——咚咚——"

小道士，小道士。

能不能不要对我这么好……

这天下，再也找不到第二个对我这么好的人。

但你怎么可以在对我这么好之后，又全数将这些忘尽？而你又怎么可以，将昔日对我的好，全数给了另外一个人？！

烈酒入喉，痛彻心扉。

满腔都是无处发泄的不甘、不情、不愿。

当年的九朝是不是这样绝望。当年的九朝是不是这样悲凉。

十八面黑赤交相辉映的九朝鼓前，侧身、翻转、横踢，小坤鼓狠狠击中九朝乾鼓，鼓点急促；我弯腰、斜挑、勾踢，小坤鼓在一面面九朝乾鼓之间凌厉飞撞，相互撞击，发出一声声绝望悲凉的鼓声……

小道士，你是不是怨我将你一剑穿心？

当年跳下忘川崖，原想自我了断，但得知你还有一线生机，我甘愿不见天日，自囚湖底，等了漫长的三千年……

三千年，不见日夜，唯有无尽的残酷与折磨。

可是……

那些曾经的曾经，再次与我相逢的你，一点都想不起来了吗？

为什么，想不起来？！

手一扬，那坛烈酒被我"啪"的一声掷向远处，摔得四分五裂，而我眼中的那抹湿润烫得触目惊心，几乎将我整个人焚烧殆尽。

> "三生石上望三生，
> 流水年年江月横。
> 曾是天家仙人客，
> 别来春月无数山。
> 春江山水难慰我，
> 生生相望不相识。
> 生生相望不相识！"

凌厉的鼓声中，我用力吟完最后一个字。弹入上空的九朝小坤鼓正要落下，我整个人腾空而起，膝盖弯起，重重一脚踢到赤色鼓腰上。

"咚——"

最后一声绝响，九朝小坤鼓狠狠击中半月形最大面的黑色乾鼓，"嗖"的一声，破鼓而出，决绝的鼓声响彻整座古城！色泽盈盈的灯火之中，仿佛一层一层清水红莲含苞怒放。

面画切换。

正在月下吹笛的龙莲仙子，以及不远处吹箫合鸣的少年小道士，同时被这道决绝含恨的鼓声惊动，笛声箫声骤停，龙莲仙子神情疑惑，而少年小道士不知道自己为什么会如此不安，如此心惊……

他离开了龙莲仙子的闲花阁，在妓院里找到了我。此时鼓阵一片狼藉，昔日辉煌闻名的九朝鼓，破的破，倒的倒，恍如一世山盟海誓，颓然轰塌。烛火燃烧殆尽，有的微弱残喘，半明半灭之间，十丈红纱层层翻滚，在夜风中摇曳涌动。

酒坛散落一地，酒香四溢。

我执着酒坛，居高临下地斜倚在几面叠架起来的九朝鼓上。

朱红色的武士劲装披在肩上，在珍珠般莹润的烛火中泛着点点金色，露出里面一袭杏黄长衫，那折十六根扇骨的泥金纸扇别于腰间，姿态放浪风流，肆意不羁……

清风四卷，红纱涌动，犹如魅影。

少年小道士掀开一层层纱帐，大声喊着我的名字，声音满是担忧："杀殿，杀殿，你在哪儿？"

杀殿，杀殿。

我不是什么杀殿，我是杀舞陌。

力道一下重了，酒坛被捏碎，酒水"哗啦"流出，滴淌在我的指间。斜斜将手指放在唇边，伸出舌尖，一点一点舔尽酒香，任凭小道士喊得声嘶力竭，一声也不应。

"杀殿，究竟是怎么回事？为什么不见我？！"他陷入这红纱迷魂阵犹不自知，反而使出内力大声道，"我们不是生死与共的兄弟吗？有什么话不可以对我说……"

手指一弹，一片碎瓷袭去。

小道士"啊"地叫了一声，他看不见我，我却能隔着层层红纱看见他的侧影。

"有埋伏，杀殿，你要小心——"

我等着他的反击，没想到他却如此对我说道。

是啊，有埋伏。

今晚这十丈红纱迷魂阵就是为你准备的，你我之间只能活一个！反正如今的你一颗心全数给了龙莲，反正如今的我站在你眼前，你也记不起我。

不如今夜一了百了！

杀了你，我的诅咒也能解开了。

前世已经杀过你一次，这一次，也可以办到吧。

再次拈起一块碎瓷，对准他的额间。

嗜血的红纱涌起，仿佛无数索命怨魂，只要射出，束缚我的诅咒就能解开，只要射出，我就再也不会因他对另外一个女人心动，而弄得自己痛彻心扉……

碎瓷激射而出。

然而下一刻，我又改变了主意，以更快的速度打落了前一片，碎瓷"哗啦"碎裂，在幽深寂静的夜晚尤为清晰。

还是，还是舍不得他死。

我，下不了手。

小道士一惊，直到现在，才察觉陷入了危险。

他还在那里嚷："杀殿，杀殿，是你救了我吗？你在哪儿，出来啊，为什么不出来？是不是遇到了危险？！"

笨蛋，我才没有救你。

我是想杀了你！

突然，四处涌动的红纱陡然收紧，以迅雷不及掩耳之势缠绕住小道士，一圈一圈裹在他身上，越收越紧。我心头一惊，不好，他踩到了死门。这些红纱最终会将他勒得窒息而亡。

小道士拔剑，想砍断这些红纱，可红纱是由无数亡魂之血浸泡而成，刀剑难割！他这样一动，反而加速了杀阵，红纱越缠越紧，勒了一层又一层……

情急之下，我飞身抱住他，一剑捅破屋顶，冲了出去。

无数红纱像血底深渊伸出的手，想将我和小道士拽入地狱，我咬破舌尖，自破杀阵，拉住小道士在疾风长空中快速跳跃，就像他很小很小的时候，我曾蛊惑他，牵着他的手那样……

阵法反噬，胸口血气翻涌，我再也控制不住，跟他双双坠落下来。幸好我们跌在了一堆干干的稻草上。

小道士垫在底下，我摔在了他的身上。他身上的红纱已经散落得差不多了，我连忙拍了拍他的脸："没事吧？没事吧？"

我焦急万分。

就像第一次看见他为了摘那株食人花而遇险时一样。

他悠悠转醒，咳嗽了几声，琥珀色的瞳仁这才渐渐对焦，见到是我后，才放心笑了笑，声音干哑地说："你没事，太好了。"

我跟着一笑，却不知道掉落了眼泪，几乎灼伤了我自己。

"笨蛋！"我眼眶发酸，骂他。

为什么即使到了现在这种情况，清醒之后第一句话仍然是——"你没事，太好了。"

"对不起。"他不知道我为什么骂他，一张俊俏的脸满是疑惑，却还是先乖乖地道了歉。

"笨蛋笨蛋笨蛋！"

我反而越骂越凶，眼泪也随之越滴越多。

差一点我就杀了你，你知不知道！差一点我就再次杀了你！为什么我那么狠心，为什么我那么坏？

"不要哭。"小道士伸出手，轻轻地、温柔地拭去我的泪水。

银色的月光倾泻在他年轻帅气的脸上，墨色的俊眉下，他琥珀色的眼睛里漾着微微的不解，却盛满了更多的心疼。

帽带突然断裂。

夜风吹动，附近青竹发出沙沙响声，弥漫在周身的是稻麦的香气，甘洌的、清香的。

头一扬，帽子掉落，我的头发在风中轻盈飞舞。

小道士明显一愣："你……"

我眼睛一眯，堵住了他的唇。

小道士紧张无措，浑身僵硬，不知道动弹，一双手可怜巴巴地抓着稻草。

我退出。

小道士瞳仁里仍是满满的震惊，他大口大口吸气，一边吸气，一边手脚不知道放哪里好，想把跨坐在他身上的我推下去，却又根本不敢用手碰我。

他双手在空中胡乱挥舞。

"杀殿不行的，杀殿，这样不行的！

"我、我们都是男的啊，我们亲如兄弟，情同手足。虽然你的唇很软，可也不能这样，啊，呸呸，我在说什么我……"

他懊恼极了，满脸羞红。

我心底却极其舒畅，连强压下的反噬都觉得不那么严重了。

凄离的月色下，我勾起一抹妖冶中透着侵略的笑容。前世，每次看到我露出这种笑容时，小道士都会脸红心跳，手足无措。

如今的小道士先是一愣，紧接着，俊俏的脸泛起同样的薄薄羞意，像小媳妇一样，双手环抱在胸前："不可以，我们真的不可以那样……"

我倾身往下，慢慢靠近。

他挣扎："别，不要，不要……"

"闭嘴。"

这招果然管用，小道士立刻就不反抗了。

"很好，很乖。"

我捧住小道士的脸，下一刻，亲了上去。我和他的唇齿之间，有芬芳，有甜蜜，有烈酒的辛辣与甘甜，有之前受伤的血腥气息，而更深的，是这三千年来的漫长想念与等待。

明明是凶狠的亲吻，一滴眼泪却从我的眼角滑落而出。与此同时，小道士却仿佛心有灵犀，有所感应一样，先是轻轻地搂住了我的腰，再是慢慢收紧。就像，这三千年的日日夜夜，他也在苦苦等待着杀舞陌。

"Cut。"导演一喊，场记打板。

周围的摄影灯、反光板开始撤，离我们二人最近的摄影机也沿着轨道退了回去。我从顾羽身上起来，他也连忙起身，"嘿嘿"笑了两声，我俩都有点不好意思。

今晚这场吻戏，我们向导演要求清场，除了工作人员之外，只有楼夕之、阿Ken、谭寒，还有顾羽的经纪人柴谨之在旁。虽然我和顾羽有几年演戏的经验，但是从没有像今天这样有点尴尬和心虚。

顾羽打着哈哈笑道："只是演戏，只是演戏啦。"

声音有些大，好像生怕什么人误会了一样。顾羽一边说，琥珀色的眼睛还一边偷偷瞥了瞥他的经纪人柴谨之。柴谨之三十多岁，人很瘦，慵懒地抽着烟，白皙的手指仿佛透明的脆生生的冰。

柴谨之挑了挑眉，看似无所谓，一旁抱臂的楼夕之却轻笑出声。

"真投入！嘴巴都亲肿了，宋微，人家小羽还是小孩子呢，你多少手下留情一点。"

谭寒和阿Ken的脸色瞬间变了变。

倒是柴谨之先向顾羽招了招手，顾羽乖乖跑到他身边，柴谨之道："楼姐说得没错，他年纪轻，尚需磨炼，不过演员的专业态度还是有的。以后还请大家继续多多照顾。这孩子连熬了几天，为了不影响明天的拍摄，我先带他下去。"

柴谨之也是个高手，谁都不得罪，抢先一步，带着顾羽远离这潭浑水。

谭寒正准备反驳楼夕之。

一道迷人的声音响起："宋微经验不足。夕之你吻戏、床戏无数，有空多教教她。"

声音如此耳熟，我顺着方向望去，竟是黄锦立。

他怎么来了，还这般毒舌，我感觉楼夕之尴尬症都要发作了。

只见黄锦立站在一处阴影里，那双桃花眼在暗处也是亮亮的。他逐渐从阴暗中走出，每走一步，气势就越强，待走到我们几人之间，已俨然是那位不可小觑的太子爷。

黄锦立长身玉立，桃花眼懒洋洋地，扫了我一眼。

楼夕之的脸覆上了一层薄薄的恼意。

"黄总您说得可真对。不过，有的人天生就擅长对男人热情，要好好学学的反而是我。"

阿 Ken 干咳了一声。

我低声跟阿 Ken 耳语："你跟的人，可真是有个性。"

阿 Ken 道："我之前跟的是你。"

我摸摸鼻子，谭寒不动声色地看了眼我和阿 Ken。阿 Ken 察觉到我的举动，凉凉地掠了谭寒一眼。

黄锦立不经意间瞪了瞪我。

谭寒出阵，声音稳重："宋微小姐只擅长专心拍戏，不擅长其他。她明天还有其他场次，我先带她回去。各位告辞。"

我目光欣赏地看向谭寒，这话说得真好。

黄锦立瞥见我的目光，脸上的神情微微不悦，他跟着不紧不慢道："何必这么慎重。夕之说的又不是宋微。"

楼夕之刚感觉自己扳回了一成，过了两秒，才察觉出这话不对劲。

楼夕之皱眉，对着阿 Ken 道："我们走。"

我朝谭寒打着眼色，刚拔脚，黄锦立就在背后幽幽地开口："怎么，大 boss 亲自过来探班，公司旗下艺人还准备开溜？"

"这、这不是连续通宵了几天，正准备回去休息？"我打着哈哈，把先前柴谨之的理由搬过来。

黄锦立似笑非笑看着我，似乎在说，编，继续往下编。

我摸摸鼻子。

黄锦立微微侧身，瞥了谭寒一眼："我跟宋微聊聊。"他想把谭寒支开。

"艺人现在需要休息。"谭寒站着不动，一点也不给黄锦立面子。

我拉了拉谭寒。

黄锦立流露出一点冷笑的意味，而谭寒依旧面不改色。

黄锦立皮笑肉不笑："宋微是我公司的艺人。"

谭寒不卑不亢："我是艺人的经纪人，要对艺人的身体情况负责。"

黄锦立"啊哈"笑了一声："说到身体，宋微的脖子可是又白又长，天鹅一样，手感很好。"

我去，你只是给我戴过一次项链。不要说得这么暧昧。

谭寒冷冷道："她的小腿纤细笔直，我为她按过不少。"

我羞愧地想像鸵鸟一样钻到沙滩里。明明只是按摩消肿，为什么说得容易让人想歪？

黄锦立不甘心，一个劲拿眼神瞟我，快要气炸。

我只好吩咐谭寒："你先回去吧。我不会待太久。"

黄锦立刚露出得逞的神色，听到后半句，又一脸被噎住说不出话。

谭寒点点头。

直到离去后，黄锦立轻哼："你经纪人跟你关系不错嘛。"

我道："你们俩的关系刚刚也很不错。"

明明时间不长，可一下子所有人都走光了。整个片场突然陷入一片安静之中，嘈杂声消失不见，只有点点碎星在夜幕上静谧闪烁着。我和黄锦立站在古装布景前。

"那个，楼姐应该在她的房间休息。"

"我特地来探班看你。你还把我推给别人。"月光下，黄锦立的睫毛长得逆天。

这男人简直作弊，明明脸蛋帅气得一塌糊涂，还卖萌扮委屈。

探班？看我？不是看楼夕之？

"噢噢，荣幸荣幸。你这么日理万机，还来看我。"

伸手不打笑脸人，我敷衍着。但是没想到，话刚一说完，肚子就传出"咕噜咕噜"的声音，在这幽静的夜晚竟异常清晰。

旁边的黄锦立先是一怔，接着非常不给面子地大笑出声："哈哈，微微你太诚实了，真是倍感荣幸！"

脸一下子就涨红了。

天啊，真是糗得想把自己埋起来。我羞恼地捂住肚子，禁止它再发出怪声。

"我可是从中午一直拍到现在，连饭都没来得及吃一口。像我这样敬业，拼命拍戏的好艺人哪里找。"

我佯装理直气壮，振振有词，虽然脸上依旧发烫。

不过黄锦立明显根本没听我在说什么，因为整个过程他都快笑弯了腰。

"是啊是啊，我们威风凛凛的右护法大人真可怜，敬业到肚子饿得咕咕叫。"黄锦立勉强挺直了腰板，语气揶揄，脸上还残留着笑意，跟我对视了一眼后，眼睛一弯，又差点笑出声。

我恨不得一个过肩摔把他丢出地球。

我瞪他。

他这才憋住笑："来来来，那就让我好好犒劳犒劳我敬业的艺人。太子爷请你吃夜宵。"

刚觉得他好心，就听黄锦立补了一句："毕竟你可是第一个在我面前饿到这么狼狈的女人。"

我可以揍他吗？

高处的月亮星辰好笑地看着我们，淡淡星光披在我们身上。

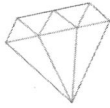

第六章

旋涡

虽然我在这座影城拍了不少戏，但显然黄锦立比我更熟，一下子找了家环境不错的店。

我要了碗小米线，热乎乎的东西在这个冬意渐浓的时节分外美味。小米线一端上来，我拉开筷子就开吃，等吃到一半，汤也喝不少之后，发现黄锦立正在看我，一双桃花眼闪亮亮的，笑意盎然。

"怎么笑得这么不怀好意。"我懒洋洋地又喝了一口汤。真舒服，浑身毛孔被烫熨过似的，肚子暖暖的，身体暖暖的。

"肚子不叫了？"黄锦立没有正面回答，我噘嘴"哼"了一声，继续埋头苦吃。

黄锦立见我不搭理他，自己拿了一双筷子，掰开，伸进我碗中。

"喂喂，这是我的！"我连忙护食，动作却慢了一拍。看着他挑起一些白白细细的小米线，慢条斯理地吞掉，俊美的脸上扬着一抹得逞的笑意。

要吃可以再去叫一碗嘛，伸到我碗里算什么。

"这碗米线怎么这么好吃？"黄锦立无视我的眼神，还厚脸皮地发出感叹。

"说不定因为是你点的，所以格外好吃。"

我倒吸一口气。

黄锦立见状："微微，你再远点，就坐到隔壁桌去了。"

"……"

吃了夜宵，我也有力气了，黄锦立却硬要我陪他散步，还美其名曰帮助公司女艺人消食，防长胖。我打着哈欠听他糊弄人。

"《后汉书》：'若敕政则躬，杜渐防萌，则凶妖消灭，害除福凑矣。'

"防微杜渐的意思，就是错误刚冒头就要及时制止，不要让它发展下去。我说得对不对？"

黄锦立突然开口。

我心中陡然一顿，人被夜风吹得清醒了一些。

他为什么突然提我的名字？我想在他脸上看出些什么，他的神色却告诉我，他并未想起来。

"古文不错。"我低下头。

"这算不算记住了你的名字？"

黄锦立靠近我，似笑非笑的眼中划过一抹微光，修长性感的手指挑起我的下颌。他缓缓俯下身，俊脸在我面前，越放越大。夜晚的风多多少少有点暧昧。"啪"的一声，我展开折扇，隔挡在了我和他之间。

可他的手仍顽固，玩弄着我的发丝，我移动扇子，将他那只不安分的手拍了下去。

"我记得，我当时说的是，记起我的名字，才有机会送我回家。

"不过，也仅仅是送我回家而已。"

黄锦立眯了眯眼："还有一个成语叫作欲擒故纵。"

一阵寒风吹过。

我看着黄锦立，眼睛渐渐弯起："刚刚你说对了，我就是防微杜渐的'微'。

"明明知道会是一场错误，所以最好的方法，就是从一开始就不要让它发生。"

我"啪"地收回折扇。

走了几步，后面一阵脚步声。

陡然而升的失望蔓延开来，我所期待的不是这样的，突然，一件风衣披到了我的肩上。

黄锦立的桃花眼在深夜里有些深沉。

"比起不想伤心，不要感冒更重要。我可舍不得让女人生病。"

我摸了摸风衣一角，莫名觉得有点暖。

第二天 5 点起来上妆，今天要拍的是河边追杀的一场戏。魔界中人要杀龙莲和小道士。得知此事，杀舞陌叛离魔界，为救他们身受重伤，却被龙莲拆穿真实身份……

乌云压日，杀声震天。小道士法术还不够高，此时全凭仙子龙莲一个人硬撑。白衣胜雪的龙莲手执玉笛，右手虚挥，半月形的黄光犹如弯刀闪过。

凡是被这片黄光击中的妖魔鬼怪全部负伤。一时之间，只见黄光不停闪烁。尽管龙莲仙子法术高强，但随着越来越多的妖怪前赴后继，她也渐渐力不从心。

不远处的魔界左护法狰狞大笑。

左护法目露凶光，强横魁梧的身躯绷紧，满是长毛的手臂肌肉纠结，他看准时机，以极快的速度拉开一张巨型赤色弓箭，挽弓射出，对准小道士就是夺命一箭！

这支血色骷髅箭是用九百九十九条冤魂怨气练成的，又狠又毒。

利箭"嗖"的一声，朝小道士噬血飞来。

血色骷髅箭一出，不见血不归！凡是被此箭伤者，三天之内必会魂飞魄散！

我和龙莲的眼睛同时张大。

眼看此箭就要射中正在跟妖魔厮杀的小道士。我正要冲上前，用身体为小道士挡住这支箭，没想到楼夕之竟比我快一步，已经飞身扑了过去。她身姿决然，没有一丝犹豫，仿佛为了小道士死也在所不惜。

顾羽一脸意外，眼眸里是全然的震惊。

他甚至还不知道怎么回事。

楼夕之却微笑地看着他，漂亮的眼睛盛满了含蓄的情绪，仿佛在说，不要担心，不要难过。她嘴角的微笑越来越虚弱，直到被一股揪心的疼痛代替……

导演叫停。

因为剧本没有这段，两人也没能配合好，最后双双摔到了地上。

阿 Ken 和柴谨之立即上前。一个扶起顾羽，一个扶起楼夕之。楼夕之的几个助理送水的送水，替她拍灰的拍灰。

"我正准备跟你说这事。"楼夕之开口，"先前看剧本，我就觉得龙莲其实是爱小道士的，只是以她清冷的性格不会表白。刚刚那一箭，明明龙莲离小道士最近，舍身一挡更合情理吧。宋微那么远，等她过来，小道士早就中箭身亡了。"

楼夕之说话有种其他人不得不听的气势。虽然演戏过程中的确有即兴发挥，但这个改动有些太大了。在原来的剧本中，此处替顾羽挡下此箭的人是我，这样我才身负重伤，以至被追兵逼到河边，又被龙莲拆穿身份后，神魂俱疲。

我为了这场戏，已经在内心酝酿过多次。现在，一切都被楼夕之打乱了。

尤其她刚才运用微妙眼神表现心情，将情绪渲染到一个极高的点，是我在《当年明月在》第一部亲手杀死小道士时，特创的一种演绎方式，现在被她复刻了过去。

楼夕之很强，很聪明。

导演揉着脸沉思着，楼夕之裹着御寒大衣，助理小心翼翼地替她捧着保温杯。她神情自若，似乎大风大浪见得太多。

时间一分一分地过去。

我在等待，顾羽也在等待，楼夕之突然站起身，椅子"哐当"一响，工作人员一惊，楼夕之笑了笑："怎么，难道我刚才的演技不够好？"

"不是这个问题。如果这里动了，后面的情节也要跟着改。"

楼夕之笑出声，语气轻松："原来是这个原因啊。"

"不过宋微改的戏还少？前面的部分几乎都重拍了吧。怎么她能改，我的就不能？难道不都是为了让剧情更合理，让角色更符合逻辑？"

现场的气压一时低到了极点。

导演板着脸，神色并不好看，却没有反驳。封景云修为了扶植新导，所以这位导演的资历并不深，处理这种情况很没经验。

过了许久，阿 Ken 终于出声缓和了下气氛。

"夕之姐刚刚的确演得不错，要不你们再看看，考虑考虑？夕之姐也是为了电影着想。她这人，就是责任心太强。但她的建议还是很有道理的，是不是？时间也不早了，不如大家先去吃个饭，再讨论一下？"

等了几天，没听到什么消息。倒是有次瞥见阿 Ken 竟在与黄锦立闲聊。再次通知开拍后，拿到新的剧本，楼夕之的戏改动不少，占了更多比重。回想那日情景，我心底大约明白了什么。

这一日，寒风瑟瑟，阴风邪邪。

我、小道士，以及中箭的楼夕之，仓皇之下逃进了河边树林。魔界妖魔追杀不休，惊心动魄。我们藏进了一个阴暗洞里，施了个敛息诀。

仙子龙莲脸色惨白，弱不胜衣，偎在小道士的怀里。小道士看着她，眼睛充满了担心。她和他的手紧紧握着，仿佛一放手，就再也寻不到彼此。

这一切被我默默看在眼中。

魔界左护法一边带着手下搜寻，一边放话恐吓，他狰狞大笑："杀舞陌、龙莲你们逃不了！赶紧交出小道士！"

"看到了！"他突然大喝一声，右手一挥，一团猛烈火球擦着洞口飞过。

小道士身一震，正要拔剑，仙子龙莲握住他的手，我一个清冷的眼神丢过去，兵不厌诈。

小道士冷静下来。

"轰隆"一声，地动山摇，燃着烈火的树木重重倒下。洞壁上方的泥土纷纷滑落，落了我们一身。洞中的我们也被震得东倒西歪，一个踉跄，龙莲和小道士牵着的手分开了，我不小心倒在了小道士身上。

他刚张开嘴。

我用手捂住了他的唇，禁止他发声。

"哈哈哈，杀舞陌，你什么时候杀小道士？杀了他，你才能活，不杀他，死的就是你。"左护法一计不成，又是一计，大笑着挑拨离间。

小道士琥珀色的瞳仁急剧收缩。

他无声的眼神盯着我，仿佛在问，怎么回事？

洞外，左护法仍在挑拨："这有什么难的，不跟前世一样简单？一剑穿心，不就得了。杀舞陌，你可是魔界右护法，赶紧杀了他，效忠魔殿！"

左护法说得有板有眼。

小道士脸上浮现出剧烈的困惑、怀疑。

毕竟，这就是真相。

他向来开朗活泼乐观，可这次，他的脸上第一次出现裂痕。那双总是信任我的眼睛，流露出一种难以置信的神色，像在质疑，这是不是真的？是不是？

重重画面切换，我神秘的身份，我对他内疚的眼神。

种种的欲言又止。

以及某个晚上，我和他坐在屋顶喝酒，他开玩笑说，我胸口有个胎记，像朵花。那时，我沉默久久后道，也许，是前世的你被人一剑穿心的印记。小道士，如果有一天，那人站在你面前，你会不会杀她，报一剑之仇……

他追问着我的眼神，想证明左护法在撒谎。我别开了眼。

他想松开我的手。

我不放，怕一放，他就会做出危险之事，可我更没勇气看他那双清澈的眼睛。

终于，左护法一句毁了一切。

"哈哈，傻道士，你以为杀舞陌真的爱你吗？她若爱你，为何前世要杀？告诉你，她今生接近你，也是为了杀你。她假装爱上你，这样才能骗你动情。在你情动之时，用你的心头血，解开她的诅咒！她从来没有爱过你，永远不会爱上你——因为她的心中只有魔殿堕天！她只爱堕天！"

我心中怒号，不是的不是的不是的！

然而，小道士比我更快一步。他一把挥掉我的手，眼满通红，抓住我的肩膀，伤心欲绝，狠狠摇动："他说的是不是真的？是不是真的？！"

他那么用力，仿佛用尽全身力气，快要把我骨头钳断。

敛声诀急速失效，防御的范围一圈一圈收缩……

痛。很痛。

看着他不敢相信的、受伤的眼神，我心里更痛。

我动了动唇，却一点声响都发不出来。

挥剑便可斩杀千人的杀舞陌，此时此地，竟嘴唇颤抖到一句话都说不出，天不怕地不怕的杀舞陌，竟懦弱到不敢承认自己做过的事……

我移开目光。

"你、你到底有没有爱过我？"声音艰难地从小道士嗓子里发出，像是沙砾磨碎了一般。

小道士惨笑。

一滴眼泪迅速从他绝望的眼中落下，滴落到了我的手背上，快要将我整颗心灼穿一个洞。

我正要回答。

"抓到你们了！"下一刻，洞口被炸开。

眼看一团火球直逼我和小道士，在一旁闭眼养神的仙子龙莲陡然睁开双眼，眼中是决然的冷静。她长袖一挥，一记寒冰诀对上，扑灭了那团火焰。

我立刻配合，撒出一抹鬼烟，黑雾顿时弥漫。

我们三人继续潜逃。小道士再也没有对我说一句话。龙莲的伤势越来越重。身后的追兵穷追不舍。

冷月、寒鸦、流水。

我们沿着河畔深一脚浅一脚走着。龙莲的伤势已拖了一日，若是余下两日没能找到魔殿堕天，她就真的要死了。

小道士紧紧搂着她，让她靠在他的肩头。

我沉默地跟在他们两人身后，一边勘察着四周地形，一边防止有妖魔从后面偷袭。

三人就地休息。

小道士提出我们先去睡，他来守夜。龙莲一边清雅点头，一边水袖一挥，小道士如中迷烟，倒地。

水静静地流着，清冷的月辉洒在我和龙莲的身上。

多么可笑。

一个是无欲无求的仙子，一个是杀人如麻的魔界护法，仙魔势不两立，而此时我们为了同一个男人，站在了一起。

"你就不怕我伤了他？"

龙莲站起，抬头，气度清华。即使在追杀中，也有种与众不同的清丽气质。

她是个聪慧的女人，如今，这危机重重之际，她的眼神依然冷静。也只有这样的她，才会在洞中我和小道士都方寸大乱之时，成功果断地阻挡了左护法那一击。

此刻，这个冷静聪慧的女人正审视着我，而我也同样审视着她。

这是两个女人之间的战争。

"如果你会伤他，我自然不会允许你出手。"我双臂环抱。

"他爱我。"龙莲眼睛微垂，说出令人无法反驳的话，"而我也爱他。"

胸口一阵翻腾。

这样的话，我永远也无法说出口。

"所以我们之间必有一谈。"但我不会展露我的弱点，强压住心中的痛楚，我语气冷静。

"明天，你们逃。"她冷冷说道。

我眼睛一眯，这个女人。

"我会去阻挡他们。"龙莲继续说道。

"反正我也时日无多，能拖住他们一会儿是一会儿。"龙莲冷冷开口，是生死置之度外的淡然，但是突然，她眼神陡然一变，"但你，一定要带着他活着离开！"

"要是你敢负他，就算我自堕成魔，也定要你死。"

她手一扬，那只上品仙器玉笛直抵我的脖颈，只要稍微一用力，我就会身首异处。

这样聪慧冷静的仙子龙莲，竟是深情至此，情深如许。

为了她最爱之人，她甚至可以将她交给她的情敌，只要他能活着……

没有一个男人不会为这句话情动。

没有一个人不会为这句话感动。

我身形未乱，但是手腕利落干脆地一转。

那把惯用的武器，泥金折扇翻飞，玉石相击，"铮"的一声，压下楼夕之那只玉笛。

我挺直背脊，以比她更凌厉的目光回望她。

"要不是看在你抚养他的分上，我早就杀了你。

"还有，就算你如此大义情深，我绝不因此就将他拱手相让，所以，你最好给我活着！"

风萧萧，易水寒。

我披着毯子，捧着谭寒给我泡的姜茶，趁工作人员还在忙着定轨和灯光测量，抓紧时间跟顾羽对台词。已经临近深冬，天气一天比一天冷。河边只剩下一些枯黄的草，孤零零的一片。河水"哗哗"流动着，没有一丝暖意，光听声音都让人觉得寒气直冒。

而我和顾羽还穿着单薄的戏服。

下一场是我跟小道士发生争执的戏。

当他得知龙莲独自一人，去拦截魔界左护法后，生气内疚到了极点，频频冲我发火，硬是要冲过去救龙莲。

我不准，纠缠之中，被他一掌击中。

直到小道士亲眼看见我吐出的血竟然是紫色时，这才明白我的诅咒也开始生效了。

是的，龙莲为了小道士飞身挡箭，三日后就会魂飞魄散。

是的，龙莲为了他，只身前去抵挡魔界左护法，能活着归来的可能性低到渺茫。

仙子龙莲这样为他牺牲，小道士痛苦、内疚。

所以他忘记了另一个女人的诅咒，若是杀舞陌不杀他，死的就是杀舞陌自己。

以死换生。

杀舞陌从一开始就没想过自己活！

她是没能替他挡箭，她是没选择去阻挡魔界。可是，自从为他叛离，小道士每在这世上多活一天，她杀舞陌的命就会急剧减少一年。

纵然被误会，纵然被忽视，即便心爱的人为别的女人牺牲，红着眼睛，冲自己发火，即使他大骂自己残忍冷血，她杀舞陌也绝不会哭。

跟龙莲仙子那种让人看得清清楚楚的付出不同，她杀舞陌从来都不会告诉他，自己为他做了什么，牺牲了什么。

哪怕早已决定魂飞魄散，成为三界六道的一缕青烟，连一点投胎转世的可能都不再有……

那么，小道士，你还会像前世那样，不管发生什么，不管我做了什么，都会深爱我不移吗？

真的很难过。

在你最爱我的时候，没有办法好好珍惜。

我不知道，今生你爱的，是我……还是她？

不会去问。

也许因为我太骄傲，不屑去问。也许，是我害怕知道结果。你看，即便我是众人眼中邪气凛然的杀舞陌，也有担心的时候呢。

尽管你永远都不会知道。

更或许，无论前世今生，我情愿只相信，你心中最爱的、一直爱的那个人，一定是我。

所以，好好活下去吧。

觉得我冷血也好，残酷，也许会是件好事。

这样，我就不必担心，在你以后的人生里，会因为我，耿耿于怀。

若是，我们能顺利找到魔殿，解开那支血色骷髅箭，而龙莲仍然活着的话，那你们，就好好在一起吧。

不用来找我。

前世看到你死去的那一刻，我的心也立刻跟着死去了。从没有那么痛苦。

所以我不想你也看到我死去的样子。

因为，那肯定，很难看。

"这么快就沉入情绪中了？"黄锦立又来探班，不知何时已来到了我身边。

我把头从剧本中抬起来。

心情沉重。

一想到杀舞陌的结局，心情就很难过。高傲凛然的她，心狠手辣的她，永远学不会坦率表达自己爱意的她，一想到她即将死去，可小道士仍然误解她，心里就万分难受。

这段时间，黄锦立探班频频，明明有楼夕之在，却要在我这边晃动一下才开心。

我习惯性朝谭寒的方向看了一眼，发现黎雪正围着他。

"白眼都可以翻一整个地球了。"黄锦笑嘻嘻地说，"到底谁惹你了？"

黄锦立拿过剧本一看，薄唇微微勾起。

"又是感情戏。三角恋就是这样，你爱我，我不爱你。杀舞陌看似洒脱，也不过如此。她为他做了这么多，不说，小道士怎么知道。不过，身为女人，就应该让男人疼。柔情且坚强，会顾家，偶尔撒撒娇，那才是好女人。何必拼得跟男人一样。"

谭寒和黎雪仍在聊天，我漫不经心地反问。

"为什么一定要告诉对方，你为他付出了多少？"

黄锦立摊手，脸上是理所当然的神情。

"这个世上的一切事物，都在进行无形的价值交换。

"只有对方知道你为他付出了多少，他才会更爱你一些。"

"是这样吗？

"爱情需要这样衡量？你先付出，于是我才对你付出？"

我的声音有点大。

"这是计算，不是爱。爱是，就算对你付出再多，我亦甘之如饴。"

黄锦立失笑，挑了挑眉。

"宋微，你今天这是怎么了？"

我看了他一眼，也跟着失笑，我怎么在跟他讨论爱情观。我与他，是两个完全不同世界的人，哪怕偶有交集。我曾相信天长地久的存在，而有的人，永垂不朽的真爱只属于那些已逝的人。

我不知道自己是替杀舞陌不值，还是别的什么原因。

我望着虚无的远处，声音淡了下来。

"有的人，不告诉对方，自己为他做了什么。可能只是出于她的骄傲。她不想用这种方式，让对方觉得亏欠，因此给予回报。不是出于真爱的，宁愿不要。

"不是每个人，都会把爱说出来，有的人，只会放在心底。纵然那是很深很深的地方。"

黄锦立看了我一眼，若有所思。

"所以，你不会对你所爱之人，表露爱意？"

良久，我嘴唇动了动，却仍然没有回答。

"就位——"场记喊道。

我冲黄锦立一笑，放下毛毯，向河边走去。不远处，黎雪和谭寒仍在拉拉扯扯。

"放开我！"小道士红着眼，用力挣扎，"我要去找龙莲！放开我，我要去找她！"

我一声不吭，只是冷冷拖着他走。

冰凉的湖水被冷风吹动，激起一圈圈的涟漪。

小道士衣衫凌乱，头发乱糟糟，完全没了昔日的俊俏。为了防止他半途挣脱，我用束仙绳缚了他的双手，而今他的手腕满是红痕，不少地方磨破了皮。

往日充满信任的眼睛里，如今是陌生，是愤怒。

"我不能眼睁睁地看着她去送死！

"你明知道她打不过那个左护法，为什么还让她去？她受了伤，受了那么重的伤！"小道士眼眶泛红，朝我大吼，"要逃你自己去逃！我不是懦夫，就算死，我也要跟龙莲仙子死在一块儿！"

他情绪快要崩溃，声嘶力竭。

整个人彻底陷入一种又痛苦又狂乱的状态。我不怕他吼，可他说的话，一刀一刀剜在我心口。

"别不说话！

"放开我，你这个骗子！你就是想龙莲死，对不对？为什么不一刀杀了我？！

让我跟她一起死！反正我前世也是被你杀死的……"

我陡然转身，一耳光扇在了他脸上，他被我打得一愣，震惊地看着我。

"龙莲是拼了她的性命来救你。"

我狠下心，厉声道。

"难道你就只会在这儿磨磨蹭蹭，等着被人追杀，让她白白送死？！要不是她求我，你以为我会带着你？"

我继续讥笑。

"想死？想死还不容易，这是江边，跳下去，不就死了吗？

"真正的懦夫是你。

"你要是有本事，何不留着你这条小命，去找魔殿堕天。找他解开那支血色骷髅箭，那才是真正救龙莲的方法！"

"你，你……你没有骗我？"

我打断他的话。

"总之，要想救她，就给我爬上忘川崖。"

救活她，你们就可以在一起了。

口中苦涩，混着诅咒反噬的血腥气。

小道士半天没有反驳。

不再像先前那样歇斯底里，他低垂着头，不知道在想什么。

过了好一会儿，才听见小道士开口："我明白了。我会跟你走，替我解开束仙绳吧。"

他语气平静。

就在我解开束仙绳的那一刹那，小道士忽然一掌向我袭来。

这遭变化着实太快。

小道士琥珀色的瞳仁盛满了愧疚："对不起，杀殿，你说得都对。可我、我还是不能眼睁睁，看着一个女人为我送命……"

他那一掌不重，只不过想把我击昏，可是这个举动，让我体内的诅咒生效更快。

血气翻涌，筋脉寸断，痛不欲生。

我咬碎嘴里血袋，正按照剧本，顺势往后一倒，没想到河边泥土湿润，脚下猛地一滑，整个人重心不稳往后倒去。下一刻，我就栽进了河里。

河水冰凉刺骨，瞬间把我淹没。我挣扎着，但是厚重的戏服让我直往下沉。"救我，救命！"奔涌的河水冲进我的耳朵里，鼻子里，模糊中，我看到好几个人影站在河岸。

"宋微落水了！"

"可我不会游泳……"

"天！这么冷……"

水灌进我的鼻子，嘴里，我艰难地呼救着，河底像有个旋涡，死死拽着我。

谭寒呢？谭寒在吗？

我开始呛水，肺部难受得要命……

谭寒，快来救我。

就在我觉得自己快要死掉时，一个身影冲了过来，不顾严冬之寒，没有一丝犹豫地跳入河里。他飞快地游过来。

"坚持！坚持住，微微！

"不要乱动，试着感受水的浮力。

"你可以浮起来的，不要乱动！"

他的话极有魄力，让人想要听从。河水还是"扑通扑通"往我鼻子冲，但心底已经没有之前那么惊恐。一只有力的胳膊把我托起："我就在你身边，感受到了吗？我现在就救你上去。

"我托着你往前游，顺着我划水就行，不要乱动，我一个人游，否则我们两人容易沉下去。"

我闭着眼，在水里猛点头，他怎么说我就怎么做，他的声音如此令我心安，我搂住他的脖子，河水十分寒冷，紧挨着他的地方却很温暖。

耳边是救护车的鸣叫声，我在车上浑身捂得严严实实。尽管如此，我还是不停颤抖着，冰冷的水滴从我头发上往下滴，我的意识有点模糊，又有点清醒。谭寒不在我身边，旁边有人小声交谈。

"还真看不出来，身为总裁，竟然亲自下水救人，都不担心自己。"

"那么冷，想都不想就跳下去了。"

"当时被河水冲得很远，整个人都失去知觉了。太子爷拼命给她做人工呼吸，才把她救活……"

我住在医院里，发烧了好几天，打着吊针。其他艺人陆续过来看望我，阿Ken 也来了："这地方，天高皇帝远。别说大型医院，就连专家都找不到一个。"

"剧组倒是带了退烧药，但太子爷还是不放心，坚持要送你去医院，幸亏送得及时，医生说，再晚一点就要转成肺炎了。"

我无声笑笑，捧着热茶。

谭寒沉默不语地背对着我们，背影有些僵硬。

眼角瞥了瞥。

谭寒，我一直觉得那人应该是你。

直到被救清醒后的那一刻，我仍觉得，那个会毫不犹豫跳进河里的人一定是你。为我得罪访谈节目的你，为我向企宣部解释的你，为我向云修争取角色的你，为我抵挡粉丝投掷"硫酸"的你，为我做了这么多这么多的你。应该是你才对啊……

我得救了。

可为什么那个时候你不在我身边？

"你昏迷了三天三夜，你醒了，黄锦立却倒下了……"

阿 Ken 在旁字字清晰地说着。

第七章

唯一

《当年明月在·莲》正式上映。

尽管遭遇了所有续集都会面临的问题，不可避免地被大众拿来跟第一部相比，毁誉参半，但是影片票房还是全面爆发，节节高攀，越来越多的观众在好奇心的驱使下走进电影院。

"原来'莲'是这个意思啊，我还以为是跟龙莲有关的说。"

"虐，太虐了，结局把我看哭了，哭得停不下来，小道士和杀舞陌太惨了……"

"楼夕之的戏份这么少？宋微才是女主吧。"

"有没有第三部？不忍心啊。"

自从上次获得最佳新人奖，公司高层开始对我另眼相看。而《当年明月在·莲》上映后，他们碰到我会打趣道："演得很不错，这次有没有可能再抱个影后回来？""得了影后，可别忘了请我们吃饭。""我很看好你。"

票房成绩越来越好，其他媒体人也开始预估，我极有可能因此斩获影后。就连影评人也纷纷表示，杀舞陌这个角色塑造得异常精彩，尤其是最后结局那段。

"如果说大家因为楼夕之而走进影院，那么当他们走出影院，满脑海就只剩下杀舞陌的身影了。"

"被这样的女人爱，被这样的女人杀死。也许也是一种幸福。"

谭寒借着这个机会再度替我宣传，他像是要全力弥补似的，通宵达旦，日夜不眠，到了拼命的地步。

一年一度的金柏奖再度来临，影视方将我报了上去，或许是我对这个角色投入了太多太强烈的感情，我也希望我的演技能被大家正式认同。在不安的等待中，喜讯传来，我顺利获得了最佳女主角提名。

大家纷纷为我祝贺，仿佛影后之位就在眼前。然而，兴奋之情还没消散，同样获得提名的楼夕之，忽然间高调出现在各种场合，声势极其浩大。在私人party中，更是作为黄锦立的女伴频频露脸。

黎雪还有黄锦立绯闻女友这个称号，楼夕之什么称号都没有。她只有一个头衔，就是品优娱乐公司的一姐。但这个头衔，让她拥有比黄锦立所有绯闻女友更多的权利。因为一姐是万中选一。没有十几年打拼，出不了这个成绩。这是她应得的。

随着楼夕之频频亮相，公司先前祝贺我的那些人齐齐收声。直到在阿Ken那儿，我才明白大概是怎么个情况。

"楼夕之也获得了最佳女主角提名。"

"这个我知道。"

名单出来时，我就看到了楼夕之，但我有自信，我的杀舞陌不比她的龙莲演得差。

可阿Ken看了我几秒，摇了摇头，轻笑了一声。

"那我再告诉你另外一件事，楼夕之的合约已经快到期了，目前还没有要续约的意思。"

"你是说，她……影后……"我微微一怔，这才反应过来。

阿Ken弹了弹烟灰，点点头。

谭寒曾给我分析过各个提名者的优劣势。唯独没有算过这种可能，今年的金柏奖会跟楼夕之的合同卡在同一时期。

合约满期对普通艺人可能只是件小事，但对跻身娱乐圈顶层的一姐而言，是件大事。任何娱乐公司的艺人架构，必是圈内公认的一哥一姐，再是几个准一线，再是下面一些二线艺人。

品优娱乐在黄锦立父亲手中时，一直秉持着不功不过的发展路线，总被ESE东星娱乐强压一头，直到云修封景出走。此后皇冠荣耀新继承人上位，作风激进，黄锦立和ESE总裁厉睿暗地联手将对方一军，格局才有了实质性的变化。从此，品优娱乐在黄锦立的带领下，一改过去保守方针，变得积极进取起来，未来一片看好。

但之前的动荡，造成品优旗下大牌明星不多，这是不争的事实。

目前能替公司撑场的，细细算来，竟只有一个影后楼夕之。像我和黎雪这样的二线反而较多。看似离准一线只差一口气，实际还有相当长的路要走。用一个词来形容，就是青黄不接。

难怪这段日子楼夕之频频挽着黄锦立露脸。看似楼夕之受宠不已，其实何尝不是黄锦立在向对方示好，否则一旦楼夕之跳去其他娱乐公司，不仅对品优是个沉重打击，更增添了竞争公司的实力。

若是，楼夕之要黄锦立助她拿下这次的影后桂冠，才肯续约品优娱乐。

那么，黄锦立会怎么做？

我该怎么办？

尽管不想承认，可我认得清事实。楼夕之出道十几年，积累的人气名气，并非资历浅薄的我能相提并论。

只是，难道这样，我就要甘愿认输，不战而退吗？不，哪怕只有一次，我也想堂堂正正，跟楼夕之PK一次。

我想看看，我的演技有没有进步，我想看看，我宋微是否能靠自己的实力登上影后之位。

"谭寒，帮我联系影院，我要包厅。"沉下心神，我思考了很久之后，终于对谭寒说道。

"包厅？"谭寒略显诧异。

"没错。包下一间放映厅。我要请人看《当年明月在·莲》。"

谭寒仍然疑惑却也照做，他效率极高，很快就敲定。我长吁了一口气，电视屏幕上，楼夕之又一次跟黄锦立站在一起，光彩照人，春风得意。

温柔的夜风托抚着华灯，我化了个淡妆，珍珠耳环在薄暮中柔美又不失大方。

黄锦立看到我后，勾起唇角："微微，你今晚美得我不知如何称赞了。"

黄锦立不是明星，却有本事穿得比时尚男模更有型。我挽过他侧过来的手臂，微微一笑："是吗？你这件衬衫也很不错。"

"我倒是觉得普通。"他话语一顿，弯眉，过了一两秒，含笑，"不过我现在喜欢了。因为被你夸了。"

我失笑。

"怎么今晚想起约我看电影？"

"答谢你的救命之恩。"

我们一边走进放映厅，一边聊。

放映厅的灯渐渐暗了下来，成了一座静谧神秘的岛屿，而我和黄锦立是这座岛屿的主人。整个大厅只有我和他两个人，我们挑了中间的两个位置，四周被空荡荡的座位包围着，仿佛与世隔绝的海水。

《当年明月在·莲》的片头曲徐徐响起，古筝流水，笛声悠远，中国风的词曲更是唯美，但他的注意力不在这个上面。

黄锦立低笑："救命之恩不是应该以身相许吗？"

他就坐在我旁边，一说话，就有微弱的气流从我颈间悄然拂过。

"那是旧时的做法。新时代的女性会请人看电影。"

黄锦立轻笑出声。昏暗静谧之中，他眉宇英俊，眼中有似明似暗的微光，空气的温度好像微妙地上升了起来。

电影正放了一个开头。

三千年之后的忘川崖。风起云涌，洪水滔天。

漫天大水过后，一朵巨大的火莲在冰冻三尺的沉舟潭悄然绽放，似火似晶的剔透花瓣一层一层盛开，又一层一层如冰般碎裂凋零。微风一卷，星星点点的冰屑在空中翻飞，闪着动人的微光。

最后一层花瓣绽开，只见一袭红衣、明艳动人的少年，侧卧花间，美得令人屏气凝神。

他额间的火莲纹一阵金光闪烁。

忽然，长长浓密的睫毛一颤，少年眼眸一睁，一双赤色瞳仁摄人心魄，与世无争的天真中又透着无端的邪佞。他扬起一抹慵懒的笑容，那混合着纯净与邪气的目光陡然看了过来，仿若一把利剑，穿透世间万物——魔王堕天复活！"封景真是太惊艳了，不是吗？"我感叹。

"我对男的不感兴趣。"黄锦立慵懒地笑了笑。他修长的手逗弄我耳朵下方的那串珍珠耳坠，珍珠耳坠被他拨得一摇一晃。

"比起来，我觉得你更有趣，我还记得那天给你做人工呼吸……"他微烫的目光在我的唇上胶着了一会儿，"很软。"

我的心跳快了一拍。

笑意沿着他嘴唇的弧度延开，我也跟着抿了一下唇，他的声音低哑了起来，道："再这样，我会忍不住。"

我的视线不自觉地投向黄锦立。

黄锦立修长的手指正支着下巴，上方一些的位置，是他的唇。他漂亮的指尖微动，唇也跟着动了一动。

我很少回忆那天落水的场景。

可是这一刻，记忆异常鲜明起来。无法想象，当时浑身湿漉漉的黄锦立是如何一边摁压我的心脏，一边给我做人工呼吸的。

我的心猛地一跳，往右侧移了移，想离他远一些，却被黄锦立一把拉住……

屏幕上，我饰演的杀舞陌正把小道士往稻草上一推。

小道士羞得满脸通红，小媳妇一样可怜兮兮："杀殿不行的，杀殿，这样不行的！我、我们都是男的啊。虽然我们亲如兄弟，情同手足。啊，呸呸，我在说什么啊我……"

杀舞陌摁住正在挣扎的小道士，邪气地勾着唇，笑得妖冶而极具侵略气息。

直到我快被吻得不能呼吸，黄锦立才放开我。我大口大口地喘着气，黄锦立的胸口也同样起伏着。他摸了摸我的脸，然后才仿佛不在意地问："我生病的那些天，怎么不来看我？"

原本想狠狠瞪他，骂他，可黄锦立这句话，将我的那些想法堵了回去。

他舍身救我，我却连看都没有看望过。

我不是没内疚过。

原来他并非不在意这点。

那天，我正来到他病房门前，就听见楼夕之的声音："你怎么这么不爱惜自己？导演都已经去喊专业的救生员了。还这么逞强，看吧看吧，英雄救美，也不见美人来看看你。"

黄锦立声音嘶哑，轻轻咳着，还不忘调侃："不是有你来看我吗？楼大美人，你一来看我，我的病就好了不少。"

楼夕之嗔笑："要是我来看你一次，你的病就能好一些。那我再累再忙，也是要来看你的。尝尝这碗汤，我煨了整整好几个小时……"

两人时而轻笑，时而低语，声音从门缝传到我的耳中。

而老天似乎还偏偏觉得这种情景不够狗血。正当我想改日再来，又在折回去的路上碰到了黎雪。

"微姐，你是来看太子爷吗？怎么不进去啊。你这么大费苦心，苦肉计都用上了，现在肯定心里乐开了花吧？"

我懒得跟她说什么，直接走人。据说楼夕之和黎雪后来像比赛似的去看望黄锦立，结果把黄锦立照顾得从医院里逃走了。

最终，我只给黄锦立发了条微信。

"果篮就在你门口。知名不具。"

"谢谢。"

"那么多人来看你，多我一个不多，少我一个也不少。"

"我一直在等你。"

他说得很动听，可是，这句话是真心的吗？

黄锦立似乎看穿了我的想法。

"难道你认为任何一个演员在深冬落水，我都会亲自跳下去？"他斜睨我，仿佛我践踏了他的一片心意。

要是我胆敢回一个"是"字，毫不怀疑，黄锦立当场就会把我掐死。

我不由得笑出声。

"笑？还笑得出来？我好心好意，你倒是个没心没肺的。"

我大笑出声，笑得他狠狠瞪了我一眼。我只好哄他："好啦好啦，现在不是专门请你看电影吗？"

黄锦立挑了挑眉，轻哼了一声。

"那也不早点。这电影我已经看了十几次，剧情能倒背如流。"

难怪提不起兴趣，竟看过这么多遍。

"那你还答应我的邀约？"给自己找罪受吗？

黄锦立一怔，微微别过头，后脑勺枕在双臂上，似不经意。

"有时，也得看陪看的人是谁。"

小道士深一脚浅一脚来到山下。他并不知道。自他离去的那一刻，杀舞陌五脏俱焚，吐了一地血，连站立的力气都没有了。她喜欢的男人，在她伤得最重之时，离她而去，为了去救另外一个女人。

而她这个人人惧怕的右护法，居然没一刀杀了他，还放他走。她自嘲一笑，杀舞陌啊，杀舞陌，你真是好样的。

脸上、唇边满是污秽黑血。

体内的诅咒侵蚀着她的体力，她用剑撑着自己，独自站在寸草不生的忘川崖头，整个背影孤单寥落。

永远得不到理解。

永远得不到心爱的人。

想起来了。

想起前世用转生之咒让小道士复活时，魔道最神秘的巫术师对她说过的那句话："他会爱上别人。你们注定生生世世都会错过。"

你将永世孤独，不得所爱！

这，就是换回他的代价。

三千夜风里，杀舞陌终于记起了这一幕。她在忘川崖上仰头长笑，嘴角的笑意越是艳杀逼人，眼中深渊的湿润就越是触目惊心。

她笑得艳丽而绝望。

那有什么。

就算恨我生生世世，只要他能活过来，一切都无所谓。只要他能活。

那时她漫不经心，回着巫术师。

仿佛毫不在意。

然而，那些没有说出的话语是：那是我欠他的。

反正我这样的人，也不值得被他所爱。

那样似笑非笑的痛苦眼神，那样痛彻心扉却轻描淡写着不痛的神情，终是让人不忍再看。

那是，即将死去的杀舞陌。

"你怎么会有这样的表情？"黄锦立突然问道，这是他主动问我跟演戏有关的事。

我顿了顿，望着屏幕，缓缓地说。

"为爱所困，却逞强着，不想让那人知道，这样的感情我能体会。"

很早很早以前，就想对那个人说，请好好看着我。我有用心在演戏，我会在这娱乐圈打下一片自己的天地。

我将光芒万丈。用我自己的方法。

请看到我最可贵的地方。

黄锦立停顿了两秒，若有所思。暗影下的他轮廓深邃。睫毛在他桃花眼上密密围了一圈，像是那些艺术殿堂充满美感的希腊雕像。

"而且除了绯闻，我演技本来就不错。不然怎么拿到金柏奖提名。"我企图让气氛轻松点。

黄锦立听前一句还没什么反应，听到我把绯闻和演技放在一起，情不自禁笑出声来。

"你这脑袋，怎么跟其他女星就是不一样？"他作势要捏我的脸。

跟其他女星不一样？

我可以理解成，独一无二的意思吗？

黄锦立的手指修长有力，覆盖在我的手背上。肌肤传来他充满男性气息的温热。

我们又闹了一会儿，重新进入电影剧情之中。

导演功力很好，整个剧情一气呵成，感情流畅充沛。几个戏骨的飙戏更是火花十足，非常有张力。如果不是我演了太久，黄锦立又看过很多遍，是不会这样短暂出戏的。

电影到了最后。也是整个电影最紧张的时刻。

真正的大 boss 并不是左护法，而是仙子龙莲。整个阵法被她利用小道士破坏，仙尊、堕天受伤极重，最后堕天拼尽全部修为，莲焚三界。欲与龙莲玉石俱焚。

"够了！你不是恨这苍天大地，恨这草木众生？够了！既然这样，何必为了他们牺牲自己！堕天，你回来！"一心向善的仙尊，此时此刻却说出大逆不道的话。

而堕天只是在怒火红莲之中一笑。

"因为，这是你一直守护的人界啊。"

因为这是你一直守护的人界啊。他恨了他千年万年，恨他为了这些凡人莽夫背弃他们之间的誓言，然而，最后关头，他只留给他这样一句话。

红莲孽火"砰"的一声大涨。

忘川崖上，红莲依次开放，此起彼伏。一朵朵火莲疯狂燃烧，莲瓣层层绽放，一路蜿蜒，仿佛一面血色屏障，燃尽整个西天。

龙莲惨叫，贼心不死的她在烈火中挣扎。一个掌风，竟将小道士吸入孽火，阴阳怪气的声音从熊熊大火中传来："就算死，我也要你们陪葬！"

眼看小道士就要被拉进火海，只剩最后一口气的杀舞陌猛地跳了进去。没人知道，她是怎么撑着破碎的五脏六腑，飞入九重天跟龙莲抢人。

月牙形白光划过，小道士得救。

而杀舞陌被龙莲掌风击中，离十里孽火越来越近，越来越近……

最后一刻，小道士死死拉住她的袖子，眼里快要滴出泪来，死也不肯放手。

"抓住我！抓住我……小舞！"

这是他最初唤她的名字。也将是他最后一次。

"笨蛋……"她眼中带泪。

两人的衣袖沾满火星，纱衣上出现一个个被焚烧的黑洞。眼见两人都快被吸入焚烧之火。

杀舞陌眼睛一眯，狠心道："你不是问，我前世是否喜欢过你？现在我告诉你，前世没有，这一世，也没有！"

从来没有喜欢过你。

所以不必因我救你而亡自责。

杀舞陌狠狠一划，整个衣袖断开，她凌空虚化一掌，将小道士迅速推离火海。

杀舞陌烈火焚身，整个人都燃烧了起来。

小道士挣扎不已，撕心裂肺，喊着她的名字。

"不——"

一片火海之中，龙莲惨叫连连，而同样浑身烧着的杀舞陌，只是看着小道士离她越来越远，终于露出最后一抹平静的、圣洁的笑。消失在火光之中。

那是，小道士眼中最后的杀舞陌。

大结局里，小道士有一段旁白：

"直到最后，我也没有明白，这个魔界妖女，这个传说中杀人如麻的右护法，是否爱过我。

"还是如她临终所言，无论前世还是今生，都没有喜欢过我。"

镜头拉过一个全景。

一片翠绿，茂林修竹中。一间石屋。一条溪河。

小道士跟最初一样，背着竹篓，在竹间微风的小路上行走着。

"但我相信她没死。

"我会等。一直等着她……"

全场灯亮。

若是正常放映，此时观众们应该起身离席。但黄锦立呆了很久一阵，他看着荧幕，不知在想什么。

他站起来，邀请我挽住他的胳膊，像真正的绅士对淑女那样。

我环上去。

黄锦立英俊的眉毛在暖黄色的灯光下毛茸茸的，他显得有几分犹豫不决，他黑色的眼睛看着我。

"你包场，是想让我看看你的演技对吧？"

被说破。

我的心提到了嗓子眼，脸上却装作不在意的样子。

黄锦立脸上闪过思考、犹豫、挣扎的神色，而我的心，也随着这些细微的变化上上下下。他考虑了很久。他可以毫不犹豫地跳河救我，然而在争夺影后这件事上，分外谨慎。

刚刚依偎的热度一点一点消失。

我与他之间的距离，好像也随着时间的流逝，重新变得冰冷起来。

空旷的电影院里，黄锦立终于做出了决定。

"你演得很好。但是这一次，公司已决定为楼夕之争取这个影后。"

"她这次的发挥不如我。"

"宋微，"他的眼神有点惋惜，有点陌生，"我需要对品优娱乐负责。"

我停顿了半秒。

肩膀有些僵硬，脸颊可能也有一些。

我真的很爱这个角色，为这个角色非常努力，我希望能光明正大用演技角逐影后，让大家认可我的实力。

然而……

明明不甘心，我却对着黄锦立朗声笑道。

"哈哈，难道你以为我会很在意？没有这个头衔，我的代言费就跌？我可是媒体公认的最有商业价值的女明星。"

非常失落，却一点也不想让他看到。

我不想显露任何恳求的姿态。

"我不在意。

"一点也不在意。"

"那就好。"

然而他回答我的，只有这三个字。

黄锦立拍拍我的头，像是安慰一个没有吃到糖的孩子。我笑了笑，松开挽住他的手臂。他微微一怔。

红色走道上，挂着电影海报。我和黄锦立缓缓走出影院。我和他的影子重叠又分开。我想起杀舞陌的台词。她说，就算恨我生生世世，只要他能活过来。她说，你不是问我前世是否喜欢过你吗？现在我告诉你，前世没有，这一世，也没有……

黄锦立，我在心中喊着他的名字。

刚刚，我说一点也不在意。

你觉得我说的是真话，还是假话？

天空开始飘落细雪。

金柏奖越来越近，《当年明月在·莲》票房大捷，我从二线明星变成准一线，知名度暴涨。在公司与楼夕之擦身而过，她却比我更有底气。

演员，尤其是女演员，没有奖项加持，只会被认作漂亮的花瓶。

这世界并非一直对女性公平，仍有太多的奚落与看低。只有获得奖项桂冠，权威评审的赏识，成为真正的影后，才会被正视。楼夕之显然比我更明白这点。

黄锦立那天的话，一直在耳边重现。是我太天真。对他来说，演技与实力动摇不了他的决定，只有品优娱乐的利益才最重要。

既然黄锦立已把话说得那么清楚，那我对着楼夕之也只有绕道而行。

"凭什么这些幕后的大老板、大土豪，看哪个女星听话，就捧捧她，摸摸头，赏赐一下，以为自己是帝王吗？"

我戴着墨镜，穿着一件蓝色长款大衣，踩着双 Chanel 高跟鞋。

"哪天我有资本，我要把这一切反过来。

"这主意怎么样？"

我回过头的时候，谭寒明显一怔。一双黑如寒潭的眼，怔怔看着我，目光里有诧异，有不解。

自从那次落水后，他就很少同我讲话，但比过去更在意我的行踪。除了经纪人的职责，连保镖的工作也担任了，守在我身边，一步不离。

"什么主意？"谭寒眼神正视我，他顿了顿，又像是谨慎，又像是放下了戒备，终于开口问我。

"伺候我，哄我开心啊。"突然有点想戏弄他。

谭寒狠狠一震。

估计听岔了什么，我哈哈大笑，又瞅了瞅他。

明明英俊、大长腿，可以靠脸吃饭，却只知道把自己装进严肃的西装里。同样是男人，怎么差别这么大？我摇摇头，待会儿去店里也给他挑点什么吧，领带、袖扣、围巾，或是一双英伦手工皮鞋。

"哄你开心？"谭寒确认道。

我想象了下画面，黄锦立天天跪求我多陪陪他，我则跷着二郎腿，爱理不理。

"万一我时间不够，冷落了你们，你们会哭吗？"

陷入角色的我，一想到这个问题，就好为难。

"为什么是你们？"谭寒半眯起眼，不悦道，"难道还有其他人？"

"有吗？"一不小心泄露了，我干笑着，"走啦走啦。"

"该不会真的想坐拥后宫吧。"他居然偷笑我。

"够了！"我做了一个 stop 的手势，傲娇地"哼"了一声，在半空中朝后摆摆手，"没得聊。"

谭寒的嘴角轻轻弯起，年轻的面容在阳光下微微耀目，像是五月清新生长的树木。微风送来他若有若无的笑声，我在风中也浅浅勾起唇角。

看来是恢复正常了。

黄锦立笑得太多。而谭寒笑得又太少。所以一个笑再多，却感觉不到真实，而另外一个，笑起来，总让人觉得孤独、心疼。

跟店主是老熟人了，这两年常来他家挑选晚礼服。只有老牌店长才能调到本周刚刚发布的最新款。我很喜欢他家新上任的首席设计师。设计风格既仙又美，手工金丝珠片钻石。那些国际名模在米兰时装周 T 台上展示的时候，一个个带着缥缈的仙气，云雾缭绕。

但刚进店门，我就后悔了。出门没翻皇历，居然撞见楼夕之。她怎么也知道了这家店？

楼夕之现在走美艳路线，跟我的风格有点撞。她站在红丝绒矮脚小圆凳上，试着今年秋季高定款。几个店员正围着她，帮她摆弄下摆。

老店长看到我，正要跟我打招呼。我伸出食指做出一个嘘声的手势，老店长笑得眼睛眯起来，默契地朝我打了个眼色，做了一个拉拉链的动作，我心领神会。

我提起高跟鞋，蹑手蹑脚，从楼夕之身后偷偷穿过。店内还有一间特殊换衣间，只有我和老店长知道。

到达拐角的时候，我冲着楼夕之的背影吐了下舌头。身后的谭寒无奈地扶了扶额，而老店长一脸包容宠溺地看着我。

我喜欢老店长。

谭寒身为男士，自然不能进换衣间。我把他赶到门外。说是换衣间，其实也并不确切，应该说是大一点的货库，但是作为奢侈品，名牌服饰、鞋子，都是被当宝贝供起来的。所以这里也装修得很高端，欧式沙发，白色蕾丝的帘布，空间并不小。

我环视了一圈，居然还有下午茶茶点和英国红茶，难道老店长也在这儿打了个盹？

还没多想，店员就将我预定的礼服送来了。老店长对我不薄，楼夕之的那件是秋冬高级定制，但我的是不久前才发布的走秀新款。要像过去欧洲中世纪的女人，勒住腰，一个人穿这种裙子简直自虐。

店员都去帮楼夕之了，于是我体会了一把比她们还苦的心情。我单脚跳跳跳，伸手去够背后的拉链，一边狠狠吸气，所有对设计师、晚礼服的赞美，全部是等穿上这条裙子变得熠熠生辉之后。

我拼命吸气、吸气，心底暗暗发誓，接下来一周我只喝果汁！

"穿个裙子，居然比找个好男人谈恋爱还麻烦。"

正当我为了奋力将自己穿入这条裙子，而开始胡言乱语的时候，突然一道男声从帘幕另外一端传来："谁在那儿？"

有人？！

一颗心顿时提到嗓子眼，啊啊啊，我正春光半露，裙子还没拉上。

我拼命提上裙子，一不小心踩到大大的裙摆。整个人向地面扑去。手在空中乱挥，抓到了什么。

我一声尖叫。

"唑"的一声，只见帘幕的钩子一个个崩落，竟全幅被我扯掉。

我目瞪口呆。

某人却稳稳地接住了我。

预料中与木板的撞击并没有来临，对方逆着光，眉峰深邃，肩膀宽阔，手臂的肌肉也很有力量。

居然是，黄锦立。

冤家何处不碰头。如果此时，他能把手从我半露的胸部上拿开就更好了……

"你的手还可以放得再久一点？"

今天的他白色休闲服配红色窄领带，时尚气息十分醒目。谭寒也很帅，但那种帅是五官长得好，加上沉默神秘的气质，黄锦立却让女人又爱又恨。

"我并不是自愿的。"黄锦立无辜极了，暗示自己英雄救美。

还朝我眨了眨眼睛。

做出这样无辜卖萌的表情，真是让人好气又好笑。

"对对，你只是被迫中奖。"我嘴上不饶黄锦立，其实心中羞赧慌乱。

晚礼服只穿了一半，现在这个情形简直半裸半露。太窘迫，太害羞。万一黄锦立手一松，人一撤，我就完全走光了。我赶紧往他身上贴一贴，没来得及考虑后果。

惊讶从黄锦立脸上一闪而过，他眼睛都睁大了。

他低头看了看我，我疑惑地抬头看看他。

他倒抽一口气，我两俩相互对视。我的心一时跳得有点快。黄锦立的呼吸浅浅地落在我的发丝间。我感觉脸上有点热。

黄锦立突然闷笑了起来。

"这就是嘴上说不要，身体却很诚实吗？"

我红着脸，正想解释。

"你说得不错，"黄锦立压低了嗓音，顿了顿，含着笑意，"的确是意外中奖。说不定我今晚会睡不着。"

我的脸更烫了。

明明他的语气很轻，我却觉得面红耳赤，心脏狂跳。

空气静止了一分钟。

"看见天花板没？给我好好盯好。没说 OK，不准往下看。手，禁止乱动。"我红着脸，突然命令道。

黄锦立微微一怔。

114

"好好好。"他会意之后，闷笑起来，还夸张地举起双手以示清白，"天花板兄，大美女不让我们看。我们就把眼睛闭上。我闭了，你也要闭。不准偷看，就算很想也不行。"

真讨厌，又故意调侃我。

我趁他看不见，冲他皱皱鼻子，一边赶紧胡乱套上衣服，空间狭窄，免不了磕磕碰碰。

"别乱扭。"黄锦立突然出声，他的脸竟也有点红。

乱扭？没有啊，正想反驳，他又把我轻轻推开了一些，修长的手指一碰到我，就像被开水烫了一下，又连忙缩了回去。

"别挨着我。"

这是，在嫌弃我？

黄锦立望着天花板，喃了一句："真不该跟你在一起。每次都要忍不住帮你解围。"

"站好。别偷看。"

我正分神拉背后的拉链，没太听清他在嘟哝什么。

"……"黄锦立无语，却跟乖宝宝一样站好。

我试了很久，可拉链是隐形的。一个人很难拉上去。我脑内争斗了半天，才不自然地，用手肘轻轻撞了撞黄锦立。

"那个……"

"嗯？"他鼻音懒懒的。

"帮我拉上拉链。"

等了一会儿，没反应，又撞了撞他："帮个忙。"

速战速决。

黄锦立手没动，只是低笑，声音像鹅毛，划过肌肤。他依旧仰着头，懒懒地动了动他的大长腿。

"非礼勿视。我可是对天花板有审美的男人。"

"……"

竟然在拿乔，想我哄他。这下轮到我跳进坑里了。

我左右挣扎，欲言又止，话没说出口，脸却快憋红了。

"除非某人亲口说，她面前的这个男人，人超级帅，腿超长，全球最帅，比某个谭寒还要帅一百倍。我倒可以试试这个举手之劳。"

我惊呆了。

天，太子爷竟然是个幼稚鬼。

不忍直视。

而对方还在一旁催促："快说，不然就不帮了。"

我总算看出来了，就算黄锦立笑得再迷人，他内心也只有三岁！

门外突然传来一阵争执。

"谭寒，你凭什么拦我？"居然是楼夕之的声音，还怒气冲冲的。

"宋微小姐正在里面。"谭寒声音稳重，礼貌阻拦，"您不能进去。"但随即，门被拍得啪啪响，看来楼夕之并没有听劝。不过有谭寒在门外，我一点也不担心。

只是大家都错估了楼夕之的能力。

"宋微，你给我出来。"

我按兵不动。

"再不开门，我让人把这门给拆了。"隐隐含着威胁。

有点为难。

我头发凌乱，跟黄锦立孤男寡女。就算再怎么澄清，恐怕也难免不被人多想。我不愿意自己的名声再被诋毁。

"我试个礼服，你都能把人撬走，真有本事！"楼夕之明显怒意更甚，似乎对我不听从她的指令，更加生气。

我转头瞪了黄锦立一眼。他难得不自在地摸了摸鼻子。不解恨。又故意用手肘撞了撞他的肚子。黄锦立眼睛都瞪圆了，腰都弓了起来，却配合得没出声。活该！

"宋微，再不开门，别怪我让人把这门给拆了。"

楼夕之放着狠话，声音却无比冷静。看来真有把握叫人拆了这门。

怎么办？

我有点着急起来。如果真让她看到我跟黄锦立共处一室，还指不定以后怎么编排我呢。

我急得团团转，突然，一只骨节分明的手放在了我的手背上。

黄锦立朝我打了个手势，竟让我去开门！我震惊，怀疑自己的理解。可他眼眸沉稳，俊美的脸上，无比镇定。他身上散发出一种强大的气场，只是一瞬，便让人觉得安心。好像在承诺，他会保护我。

我强压下怦怦乱跳的心脏，深呼吸了几下，伸手握住门把，从容一拧。门开了，外面的人措手不及，跌得十分狼狈，是楼夕之的助理们。

外面浩浩荡荡一群人。

楼夕之领头，身后跟着助理、保镖，阵势很大。

难以想象，若是我和黄锦立被他们抓到，社会舆论会成什么样。

见我终究"屈服"，楼夕之神色变得傲慢起来。她不屑的目光从我脸上滑过。可女人的天性又让她下意识看了看我身上的晚礼服。

最新款的晚礼服将她身上那件衬得笨拙而厚重。

"裙子倒不错。可惜被穿的人毁了。"她暗讽了一句。

"品味好就够了。"

楼夕之噎住，剜了我一眼，领着助理保镖就要进屋。我的手"啪"一声，拦在白色门框上。

"干什么？"楼夕之拧眉，不悦道。

"这是我的换衣室。楼大影后却要强行闯入，小心被媒体爆料耍大牌。"我半倚着白色门栏。

空气一滞，楼夕之反而镇定了。

"宋微，"她轻轻念着我的名字，高高在上地一笑，"你这样的女人，我见多了。

"你真以为，黄锦立对你感兴趣，你就能大红大紫？

"把全部的赌注放在男人身上。"她眼神怜悯地看了看我，"只会输得一无所有。"

她完全误会了。

我跟黄锦立之间的关系，完全不是她想的那样。

可我无法否认，她话语的正确性。楼夕之不愧是演艺圈里面熬出头的，见多了妖魔鬼怪，字字见血。

她的保镖要将我拉开，谭寒挡在了我身前。

虽然只有一人，但他眉宇之间透着坚毅，楼夕之那两个保镖一时之间反而不知如何是好。

谭寒挡在我和楼夕之中间，像一座峻峭春山，遮住了楼夕之的视线，我被妥帖地保护了起来。

我有了一种从未有过的安全感。

谭寒带来的。

楼夕之的视线在我跟谭寒身上转了一圈。

"呵呵，"她慢慢将手臂环在胸前，透着几分冷意，"宋微，你的异性缘还真好。又跟黄锦立看电影，还有人这么护着你。这些男人也真是心胸广阔。"

我与黄锦立的事她怎么知道？

对我的动态如此清楚，难道，是担心黄锦立受我影响，让她的最佳女主角变卦吗？

心里苦笑了下。

我才是被放弃的那个，她大可不必如临大敌。

"可惜了。随你要什么花招，今年的影后都只会是我。"

楼夕之的傲慢一笑，再次闯入。她挑剔地四处打量了一下，最后视线定定落到最里间的帘布上。她正要伸手，我的心"咯噔"一声。

"楼夕之，你想清楚，你这样做，对你自己就真的好吗？"我劝道。

把黄锦立逼急，对你没有好处。

男人是不喜欢女人逼迫他们的。

楼夕之的手定在空中，仿佛中了定身咒，她的神情突然变得又悲伤又强烈，像积压了多年的火山，终于在此刻爆发。

她的手指猛地用力，紧紧揪住帘布，"唰"的一下拉下，头却在这一刻，一偏，眼睛紧紧闭上。

她在想什么？她不敢面对什么呢……

帘布被拉开，空无一人。只有一格一格的货架。

楼夕之睁开眼睛，竟比我还长舒了一口气。双肩似乎轻了许多。她感受到我的视线，迅速整理好仪态，又恢复成那个不可一世的品优一姐。

刚才那会儿，我已将整件事串起来了。

黄锦立楼夕之看似亲密，可实则他们谁也不信任谁。哪怕楼夕之手握底牌，对方也并不是一个任女人摆布的男人。也许，黄锦立故意让她产生，除非听话，否则地位就有可能被我取代的错觉。

因为若真十拿九稳，楼夕之也就不会一听到风声，就万分紧张。她冲进来是故意的，既试探虚实，又为自己争夺砝码。

楼夕之静静地看了我好一会儿，我也静静地看着她。我们两人都心知肚明，有时并非存心跟对方为敌，而是太多的身不由己。

"楼夕之，我不会跟你争影后，黄锦立已经拒绝我了。"

我看着她，黄锦立不肯给她定心丸，我来给她。

楼夕之闻言，身形微顿。

"我们走。"她不再多看我一眼。

黄锦立从白色橱窗后走出，刚才我与楼夕之的对话想必他都听见了。

"这套裙子我送你。"他顿了顿，开口，想要补偿。

我暂时连多看他一眼的兴致都没有："买两件裙子的钱，我还是有的，不用劳烦。"

"我不是这个意思。"

我笑了两声。也许有那么一刻，我对楼夕之感同身受。

黄锦立似乎也不想在谭寒面前说太多。

"以后我们再聊。"

"黄总，"一直没说话的谭寒突然开口，他转过身，黝黑的眼眸直视黄锦立，"有件事我想对您说。"

"宋微小姐一向专业，演技精湛，这是她自身实力。如果您真的欣赏她，就请不要故意利用她，压制楼夕之。"

黄锦立脸色变了又变，他目光陡然盯向谭寒。

谭寒毫不示弱，保持对视。

"以后，请不要再发生这样的事，让宋微小姐为难。"

今天这样的事，归根到底，源自黄锦立。

我飞快扯了扯谭寒的袖子，担心如此锐利的话语会招来黄锦立的不悦。果然，黄锦立听完，眼神变得锋利起来。他瞟了一眼我拉扯谭寒的手，薄唇吐出一丝嘲笑。

"既然宋微对你来说这么重要，为什么落水那次你却和黎雪在一起？"

黄锦立真是太擅长杀人于无形，谭寒顿时浑身僵硬得像块岩石。

"够了！"我霍然打断他。

他骨子里从来不是一个良善之人，但我不准他用这件事去戳谭寒的心结。

黄锦立明显有些意外。

可能从未想到，我会如此在意谭寒，甚至到了会反驳他的地步。

"你倒是够维护他的。这次，我是看在你的面子上。"

黄锦立深深看了我一眼，脸上先前对我残留的温情消退。他冷冷丢下这句话，离开了这里。

房间一下子变得空静了，我抬头看着谭寒，他也看了看我。我们两人一时之间都不知道说什么好。我从没想过，沉默寡言的他会对黄锦立说出那番话。

"抱歉。"

谭寒像是要解释，却不知是为刚才的言语，还是为落水那日。他安静地站着，像站在寒冷孤寂的冬天里。

"没关系，我知道你并非有意。"

我看了看他。

"待会儿给你挑条领带。"

谭寒眼神一怔，似乎对这么容易就取得了我的谅解，还被我回馈礼物感到震惊。

"怎么，不要？"我半开玩笑，"可不是每个人都能获得被我亲自挑领带的待遇。"

谭寒漆黑的眼睛看了我几秒钟。

"听你的。"

我笑了起来。

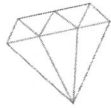

第八章

荣光

我让老店长拿了一些经典的领带款式过来，往谭寒脖颈间比试，试着颜色和款式。外面梧桐树枝伸向蔚蓝天际，一地金光点点，令这家店里流露出一些暖意。

　　镜子中的谭寒眼底含着一点笑意。他一声不吭地被我试来试去。因为试领带的关系，我能看到他浓密的眉毛，还有他脸上微小的绒毛。以前总觉得谭寒不爱说话，可靠近后，才察觉他宽阔有力的肩膀，更多的是一种令人安心感。

　　"从没看你这么认真给人挑过礼物。"老店长宠溺地看着我们，"男朋友？"

　　"他是我的经纪人。"我连忙后退一步，摇头解释，但被老店长这样一说，意外地发现谭寒的耳根居然有点发红。

　　"经纪人？以前没见你给经纪人买领带。"

　　我干笑了两声。

　　因为阿Ken自己会打理好自己，所以我都是买好直接送他。可谭寒不一样，怎么说呢，会让人想要关心他？

　　老店长促狭地朝谭寒挤挤眼："微微是个好女人。又独立，又率真，只要爱上一个人，对方一定是全天下最幸福的男人。"

　　谭寒又恢复成沉默寡言模式。只是不知哪根神经搭错了，还附和地点了点头。

　　黄锦立还没走，人在楼夕之那儿，却好几次朝我和谭寒看了过来，我假装没看到黄锦立的眼神。

"我的礼物呢？"黄锦立问楼夕之。

楼夕之有点莫名其妙，黄锦立扯了扯唇角，她立刻心领神会："噢噢，我正精心给你挑选呢。你喜欢手表，还是其他？"

"算了，不要了。"楼夕之表示要送礼物，黄锦立却意兴阑珊，摆了摆手又不要了。

我认真给谭寒挑了两条领带，让老店长好好地装起来。

谭寒一直没说话，只是安静地看着我。

"真的是专门为我挑的吗？"他又轻声确认了一次。

"真的啊。"我有些诧异，"不专门为你，难道还有别人？"

不远处的黄锦立好像不小心碰掉了什么商品，似乎摔坏了。

"因为我刚才那些话？"

"不，进店之前就有这个想法了。"这是实话。

谭寒静静看着我，好看的唇角微微翘了起来，阳光似乎照得太久，他的脸竟微微泛红。我只是随手送了他领带，他却似乎心情好了一整天。直到很久以后，我才明白谭寒当时的心情。

一年一度的金柏奖再度来临。万千星辉笼罩着整座城市，高贵的红毯被流动镁光闪烁成了一条璀璨银河。黑压压的媒体犹如黑暗海潮奔涌两边。

最夺目的红毯走道上，明星们或挥手，或面带笑意，穿着自己精心挑选的礼服，我也穿着那天选好的银白曳地长裙。

作为《当年明月在·莲》的投资方，杜云修和封景也少不了到场。封景这些年越发迷人，像个不老妖精。他看着我，眉眼一挑："今天这么低调，不像我的右护法啊。"

封景拿电影拍摄时的绰号称呼我，我被他逗笑："亲爱的魔尊大人，右护法也不用天天高调。"

我笑着，内心却明白。影后角逐，胜负已分。我已接受，低调一些，对所有人都好。

封景是何等精明的人，从我语气里一点点的苦涩，就能品出端倪。他的头微微一偏，拍拍我的肩。

"我的右护法，从来以实力取胜，不靠虚名。"

我笑了。露出一个真正的笑。

他总能让人心生骄傲。

封景先生，如果您真是魔尊殿下，那我也真的会追随你一辈子。

不远处的云修，正在接受媒体的采访，他体贴地替记者们拿着一堆话筒，友好又有耐心地回答着问题。他的目光从众多摄影机中越过，落在我和封景身上。他眼神温柔，含着笑意，向我们点点头。

刚刚老练嚣张的封景，只有在他面前，才会显现出玩心大起的一面。他忽然顽皮地搂住我的肩，还嘚瑟地朝云修挑挑眉。

我心底好笑。

封景眯眼笑得十分狡猾，仿佛在说，明天我要跟宋微上头条了，而云修则无赖又宠溺地摇摇头，仿佛在回，那我只能不看报纸的娱乐版了。

他们之间的气氛。

真好。

有记者在金色栏杆外朝我招手，高声问："宋微，你冷吗？"

冷，当然冷。

女明星在寒风中走红毯就是用来挨冻的，我的银白色长裙十分美丽，但也只是一片薄薄的缎面布料。

"话题女王怎么冷？"我调侃。

一语双关。

记者们莞尔，笑倒一群。

记者们拿着摄像机对我一阵猛拍。我笑着配合。我已不再把绯闻女王当作一个黑点。我已逐渐学会，如何更好地与人打交道，既然不可避免，那就当作一场人生修行。

金柏奖气氛热烈，举办了这么多届。每年都有爆冷，每年都有惊喜。每年有人失意，每年有人尽兴。

台上灯光很亮，台下光线暗淡。这样相似的情形，让我想起请黄锦立看电影的那晚。到底还在期待些什么呢？我心中微苦，将黄锦立赶出脑海。

舞台上一阵又一阵激昂的音乐，每个奖颁发之前悬念迭起，每个奖颁发之后，得奖人脸上满是眼泪与欢笑。

我定了定心神，打定主意不要再想他。

终于颁到最佳女主角，大荧幕上回放着提名电影片段。射光一阵乱扫，镜头从我们五个被提名的女艺人脸上扫过。我朝着镜头笑着，因为结局已经知晓，所以没有期待，也没有兴奋。

我就是来陪跑的。

而楼夕之的眼里，是一种亮得惊人的光。

激烈的鼓点声再次响起，像一场激动人心的大雨。每个雨点都重重落在你的心上，挑动着你的神经与心情。

"下面就是最佳女主角，得奖者是——"

即便已完全不抱希望，然而在主持人和音乐的挑动之后，我还是不由自主地微微前倾，心里习惯性一紧。

"最佳女主角——

"最佳女主角的获得者是——宋微！恭喜宋微！"

全场一片鼓掌，像一片热烈的海潮向我涌来。身边的人推挤着我，我下意识站起，却一脸茫然，不敢置信。

"是你噢！"周围的人笑容更深，帮我确认着。

我整个人震惊得呆住！甚至都不会动了！

眼泪"唰"一下流出。

不敢相信，却又激动，还含着一种莫名的悲壮。

我拿手遮了遮眼睛，觉得舞台上的灯光好亮。

"宋微恭喜你！"

"宋微你演得真棒！"

"恭喜你拿到最佳女主角……"

身边的明星友人们纷纷祝福着我，恭喜着我，为我喝彩。道喜声、掌声和欢悦的音乐声，像风声一样灌进我的耳朵，激荡在我心里，整个世界好像一下子模糊掉了。

我的心被满满的爱填满，被满满的荣耀填满。

一切就像电影，那么虚幻、不切实际，我感觉眼前变得蒙眬，什么都看不清。人像飘浮在空中，只能凭借着直觉，走上领奖台，凌乱地说着得奖感言……

"谢谢，谢谢大家。

"很久之前，我的名字一直占据头条、热搜，被说是流量明星。"

我握着小金人，看着台下，台下大笑。

"流量并不一定就是坏事。只是我告诉自己，别人可以这样看，可你不能。

"成为影后，想向这个目标看齐，是每个女演员的梦想。我也不例外。我一直把它埋在心中，默默努力！感谢各位评委，感谢大家，颁给我这个奖项。让我知道，我没有放弃，是对的，谢谢……"

我拿着小金人，有些亢奋，又晕乎乎的，连颁奖礼结束，散场了都没反应过来。

脸上发热，明明只穿着一条晚礼服，浑身上下却根本不冷一样，源源不断的热源，一直从心底流向四肢百骸。

我拿到了，我拿到了最佳女主角，我终于拿到了最佳女主角！

想到过去种种，有种令人想要大哭一场的冲动，但抹到眼角有泪，又觉得这样太夸张了。

虽有坎坷，命运倒也对我不薄。

那些浮沉是为了让我更有韧性，倘若一开始就顺风顺水，我未必能像今天这样醉心演技。

我感慨万千，哭着笑着，一路拿着小金人看了又看，还不停地问谭寒："我不是在做梦吧？""是真的对吧？""就算是假的，也不要告诉我。""今晚的我好幸福啊！"

颁奖典礼的人快走光了。谭寒一直嘴角含着浅笑，慢慢扶着我，挽着我，从秘密通道退场。

半拱形的通道，顶上一盏盏白炽灯，但我仍然觉得跟金碧辉煌的颁奖典礼会场没什么区别。

我走走退退，像是喝醉了酒一样。趁着没人在，还牵起裙角，围着谭寒转起了圈。难怪喝酒喝到尽兴的人会那么快乐。

我一手拿着小金人，一手搂着谭寒的胳膊，在通道里兴奋大笑："我是影后！I'm the queen！哈哈，快叫我女王！快叫快叫！"

我居然还无赖地摇了摇他的胳膊。

一向没什么表情的谭寒，眼神有些宠溺地看着我。他漆黑的眼睛，是天幕上温柔的星星。谭寒顿了顿，仿照着欧洲中世纪的骑士，把掌心放在胸口上。

"是，我的宋微女王。"

获得极大满足的我，欣欣不已，单手叉着腰，将小金人当作权杖，点在了谭寒的额头上。

"那么，我英勇的骑士，你会保护我吗？"

谭寒微微一怔，没有立刻回答我。

"快回答，你会一直保护我吗？"

我不满他的犹豫，跺跺脚，像个要糖吃的小屁孩，但我不管，依旧问着谭寒，谭寒看了看我，像是正要下定决心。

突然"啪"的一声，响彻通道，我这才像酒醉清醒过来，重新感受到空气中的凉意。

"打雷了？"我有点迷惑。

谭寒没有出声，只是目光盯着通道左边拐角的地方。

顺着他的视线看过去，只见黄锦立和一身精心打扮的楼夕之面对面站着。楼夕之在夜色中成了一个愤怒女神，眼神冰冷，浑身泛着一种被羞辱了的冰白色怒气。黄锦立的头微微偏着，黑色柔软的发丝耷拉下来，他唇角扬着，仿佛没什么大不了，一记耳光留下的红痕却刻在了他的脸上。

黄锦立侧过头，远远地，朝我抛了记慵懒的眼风。

"是啊，打雷了，我的女王陛下。"

黄锦立和谭寒一下子都称我为女王陛下。两人一样的意思，语气神态却一个慎重，一个轻佻，一个沉默微笑，一个眨着桃花眼。

还没来得及深思，楼夕之就冷笑一声。

她昂着下巴，像是冰雪尘封的雕像。目光比跟我飙戏时更锐利，她耻笑着："黄锦立，说话不算话吗？！"

而黄锦立只是保持着刚才那样的姿态，懒洋洋地看了看夜空，脚踟蹰了两步："有时，艺术不能用商业来衡量。"他低笑了两声，用着难以听见的音量，"我也没料到我会臣服。"

心，莫名颤了一下。

楼夕之气得脸颊微微抖动，像一个快要爆发的黑色火山，从牙缝里发出笑声："好，很好！黄锦立，你等着！"

楼夕之深深瞥了我一眼。她的眼神太冷，含着一支直刺过来的寒气冰箭。

我不由得往后一退。

黄锦立和谭寒同时皱了皱眉。

楼夕之笑得极慢，那种缓慢中又有种刻意的狠毒："宋微，我不会恭喜你。因为你只不过是颗被利用的棋子！"

黄锦立朝着楼夕之，脸一瞬间冷了下来，低声命令道："够了，楼夕之，这跟宋微没有关系。"

我心中微微疑惑，视线在他们两人身上巡视着。

楼夕之像是听到天大的笑话，仰头冷笑了一声，她身子一转，像走红毯一般摆出巨星的气场离场而去。她临走前的嘲笑仿佛水波，不断回响在拱形走道里。我一时说不出什么滋味。

黄锦立在楼夕之离开后，看了我和谭寒一眼。他的目光在我脸上停顿了几秒，似乎有什么话想对我说，然而最后只是勾了勾唇角，双手往裤袋一插，就要转身离去。

好像从没奢望我要感谢他，好像我也不用对他刚挨的那记耳光负责。

我突然有些不忍，转头看了看谭寒。

谭寒恰巧也在低头看我，过了片刻，他说："你得了影后。今天是该感谢他。"

他看出了我的心思。我往黄锦立那边走去，走了几步，回头看看谭寒。空旷的拱形走道，谭寒站在那儿。一身万年不变的黑色西装，谭寒站在下方，颔首带着笑，整个人却比黑夜中的雕像还要孤独。我觉得对他很抱歉。

黄锦立已快要进入车内，见我走来，他略显疲倦的眉宇，似乎陡然闪过一抹光亮，黄锦立挑了挑眉，心情好像好了很多。

"怎么，你的骑士舍得放你过来？"

有种人不开口还好，一开口，你就不想好好跟他说话了。我白了他一眼，作势要走。黄锦立眉眼灼灼，低低一笑，一只手迅速握住我的手腕，把我往回一拉。他力道有点大，一下子把我拉得很近。

"为了你，我被楼夕之打了。我真是太可怜了。"他的声音一下变得有点闷闷的。他把头埋在我的肩上，大男孩般，低低地说。

我想推开他。

"让我靠一靠。"

黄锦立的声音多了一丝请求。

我的心一下子软了，也许是这夜晚太空旷，不再舍得拒绝他。就让他依靠一会儿，一小会儿吧，我想。

他像个找到港湾的小男孩。

夜晚很静，他的脑袋深深埋在我的脖颈处，还贪恋地吸了吸："你喷的什么香水，为什么每次都这么好闻？"

脸微微发烫，我被他嗅得不自在。

"歇够了吗？歇息够了，就起来。"

他低低地笑，很撩。

"对你，一辈子都不够。"

我脸红心跳，猛地将他推出去。

"就不应该信你。"

黄锦立浓眉下，眼神深邃，他留恋了我的颈窝，还欠揍地凑近我，示意我看他脸上的伤："刚为了你，被一个女人打破相，正主却一把把我推开，好伤心。"

一张俊脸又无辜又委屈。

他这种讨好卖乖的模样真是太贱了，但是偏偏又让女人没有办法抵挡。

"真的呢。红了一大片，让我吹吹……"

我心疼道，一靠近，就捏着他的脸，往外拉。黄锦立夸张地叫一声，大笑出声，把他那张俊脸从我手里"夺回"。

"哈哈，别闹。我这受伤的心，还没复原呢。"

我意识到，楼夕之真的成了一个事件，对黄锦立和公司是一个打击。

"她真的不续签了？准备跳槽？"

"什么不续签？今晚还没恭喜你呢。"

黄锦立装傻，转移话题。

之前跟皇冠荣耀的那场恶战，品优娱乐虽胜了，但也元气大伤。黄锦立父亲在时，公司的明星培养模式就一直有点问题，青黄不接。我现在只能算准一线，名气还没能达到那个地步。若楼夕之真的走了，品优娱乐就再无一线女星。

情急之下，我拉住黄锦立的胳膊："那怎么办？"

黄锦立黑眸闪了闪，往我的手看了一眼，嘴角缓缓弯起一抹笑，却还是无所谓的模样。

"你这是在关心我？"

"我、我没有。"

我急忙否认，他唇角笑意更深。

我被他的目光看得有点窘迫，脸颊发烫，好像刚刚的遮掩被他一眼洞察。我别过头，手上把玩着小金人，低声道。

"我并不是非要这个奖不可。你不是明明已经决定支持楼夕之吗？为什么突然改变主意？"

品优娱乐是黄锦立的心血，而这样做等于直接逼走楼夕之。

他自损八百。

还想再说点什么。

"好了。"黄锦立轻轻伸手，捂了捂我的嘴。我一下子诧异地睁大眼睛，黄锦立似乎觉得我现在很有趣，再次低声笑了起来。

"没有楼夕之的品优娱乐，难道就不是品优娱乐？

"我黄锦立做事从不靠女人。"

他墨黑的眉眼划过一丝霸气。夜风吹拂着树枝，他站在夜幕下，长身玉立，俊美无匹。

我心底一震。

差点忘了，黄锦立还是一个精明厉害的 CEO。品优娱乐在他的掌权下，每年利润有增无减，骤涨不已。楼夕之离开或许是一个巨大的损失，但一千个楼夕之也远远抵不过半个黄锦立。

"宋微，你刚才惊呆的样子，真不错。是在为我担心？"

见我微微怔了怔，黄锦立低头，亲了一下我的鼻子。我正要推开他，却被黄锦立搂过。透过薄薄轻盈的晚礼服，我甚至能感受到他身体的温度。

隔着黄锦立的肩膀，我看到谭寒远远地、孤单地站在拱形走道下。他漆黑的眼睛里一片寂静。忽然发现，谭寒今晚并不是万年不变的黑色西服。他戴了一条漂亮而时尚的领带，这点亮色让他神秘寡言的气质多了一两分明快。是我那天在店里送给他的。

我想开口说点什么，却隔得太远。

最终，谭寒只是朝我点点头，安静而孤独地转身离开了。他的背影仿佛一棵黑暗里静静伫立的树，只有星光闪烁的时候，树叶才会偶尔亮一下。

想挣脱，然而黄锦立的话低低涌入耳中。

"微微，那一晚，我就该对你说真话。

"这个影后桂冠本该属于你。

"你的演技让我动心了。"

第二天谭寒照常来接我，给我买好早点，却并不多说话。坐在车里，我们之间的气氛有点尴尬。我朝他瞥了几次。他没有再戴我送他的领带。

我刚点开微博，无数新闻就扑面而来。

"宋微获得影后，疑似内幕。"

"金柏奖失意，事业却更上一层楼，楼夕之重磅加盟 ESE！"

"目前，据可靠消息传出，楼夕之跟品优娱乐的合同早已到期。ESE 开出天价，诚意力邀楼夕之加盟。楼夕之经纪人确认即将加盟 ESE，ESE 即将为楼夕之量身打造电影系列，全力扩展海外知名度……"

我刷着新闻，眉头紧蹙，心脏狂跳。金柏奖隔天，就传出自家一姐加盟竞争公司的消息，简直就是在打黄锦立的脸。

我早该想到，如果楼夕之要为自己留条后路，那么 ESE 的确是最佳方案。只是 ESE 总裁为人残酷，不择手段，为了事业连自己的恋人都可以出卖。楼夕之作为曾经一姐，手上的资源人脉众多，若是带到 ESE……

果然还不到半个月，数个品优娱乐策划了很久的项目，皆被 ESE 捷足先登。ESE 明显吹响了新一轮战役的号角，开始狠攻品优娱乐。娱乐圈的硝烟，就像战国时期的七雄争霸，合纵连横。一时之间，品优娱乐公司气氛非常低迷，人人紧张。

我打电话给黄锦立。

"你正经点。敌人都打到家里来了。"

"家里？"黄锦立带着笑意的声音，从电话那端传出，"没想到我的微微这么顾家。"

"你明知道我不是这个意思。"

"微微，"黄锦立稍微正经了一些，"这种事我来搞定就行了。"

130

打完电话，才发现谭寒在我身边站了很久。

谭寒幽深的眼眸仿佛看出我的秘密。

我微微别过头，不知道为什么，被他看到我跟黄锦立联系，总有点对不住他的错觉。真是太奇怪了，我又不是他女朋友。但谭寒什么都没说。他一直什么都不说。

阿 Ken 闲逛到我这儿，他还是跟以前那样，吊儿郎当，混来混去。即便当了楼夕之的经纪人，也没做什么正经事。他过来看了看我，又在办公室转了一圈。

"恭喜你拿了影后。"阿 Ken 痞痞地恭喜道，他比谭寒接地气，即便当他有过恩怨，"夕之鼻子都气歪了。算了，反正她上次捏得也不好。"

常例的道谢还没说出口，就被他后一句话搞得哭笑不得。

"你现在不是她经纪人吗？怎么拿生命在黑她？"

"敢黑的，才是真爱。"

阿 Ken 回了一句，眼眸却有点深意地看了看我。

他朝我书柜上扫了扫，上面放着一些画册、企划案，还有电影影碟、表演教程。有的书被我翻了很久，书角泛着卷。

"不过，你会得影后，在我意料之中。"阿 Ken 走向书柜，随手翻了几页，"半路出家的女演员很多。我见过不少。"他拿起表演教程经典读本，斯坦尼斯拉夫斯基所著的《演员自我修养》，朝我摇了摇，"我那时让你们都看看。只有你，快把它翻烂了。"

我笑了笑。那时我还是什么都不懂的小新人，一心想进演艺圈有所作为。跟我一起进来的新人，说，现在谁看这个？颜值和流量才最重要。后来演的戏多了，才发现当年读的这些内容，已经能够融会贯通了。

"所以我一直知道，你能成功。"阿 Ken 把书放了回去，食指点点我，"因为你真心想演戏。"

"是不是又感动了？"他朝我笑，"你啊，就是太心软。心软的人容易被人利用。你得改改，微微。"

不知道该说什么，或许阿 Ken 没有当好一个经纪人，可他对我的意义也不小。

"临走前能 hug 一下吗？"阿 Ken 伸出双臂，"楼夕之说，说 hug 比较高大上？"

我笑出声。

"你真的要跟楼夕之一起走？"

"是她把我引进品优娱乐的。现在她走，我当然得跟。她啊，也只剩我一个可以说说真心话的人了。"

我回搂住阿 Ken。

这个演艺圈，谁都不容易。

阿 Ken 这次搓得有点久，像是在怀念，又像是在感叹，良久，他闭了闭眼，放开手，叹了口气，眉眼间有些犹豫。

"你觉得，谭寒怎么样？"

我一愣："挺不错，做事也很果决。就是闷了些。"

阿 Ken 深深地看我一眼，眼神有些复杂。临走，他用力在我头上敲了一记。

"要谨慎，学会保护自己。

"我走啦。你保重。"

第九章

凛冬

ESE 进攻猛烈，一波一波压着品优娱乐打。皇冠荣耀为了报过去之仇，也趁机攻击，形成两面围剿之势，品优娱乐股票大幅度下跌。虽然黄锦立依旧稳握军心，毫不动摇，但乌云压境，风雨欲来。

凛冬将至，天空多了抹萧索的悲伤，树木惨白无比。我这段时间奔赴在剧组之间，一口气接了两个电视剧，都是现代爱情剧。电视剧拍起来轻松一点，周期短，尤其我本身的话题性、曝光率居高不下，再加上金柏奖影后加身，拍摄完毕就可以播出。

只不过经常一场赶完了又接着去另外一边拍，加上夜戏非常多，临近冬天，越到半夜越冷，有时膝盖冷得颤抖。演员这行就是，将所有的浪漫演给别人，不浪漫的一面归自己。

谭寒开着保姆车，透过后视镜问我："最近的活动是不是要减轻一点？"

我又接了几个广告代言，一连拍了两个通宵。

我正在补妆："刚拿到影后，身价正高，多接一点吧。"眼睑下方的黑眼圈有点重，这段时间太累了，用粉扑对准又拍了拍。

谭寒几不可见地皱了皱眉。

他沉默了半晌，路旁的霓虹像是浸在泉水中的玛瑙，飞快从车窗两边掠过。

"你没有必要为黄锦立那么拼。"

停滞了半秒，我别过视线。

"什么拼不拼的。我只不过为了自己罢了。

"我刚成为影后，当然要有作品。不然岂不是被楼夕之看扁了。"

我笑了两声，装作笑话谭寒居然以为我是为了黄锦立才做的这些事。

"再说了，就算拼，难道不是应该的？"

谭寒不置可否。

一个刹车，我差点往前一冲，他沉默着，"啪"的一下，帮我把车门打开。

"到了。"

我看不清他脸上的情绪。

因为马上要拍戏了，所以我也没再跟他说些什么。赶紧去片场换装。这次电视剧比较偶像狗血一点。我演的是女主，骄傲独立，刀硬心软。男主曾经是被女主家领养的私生子，女主从小欺负他，其实暗暗喜欢他。多年后，女主家里破产，男主却成了屈指可数的大富豪，不仅买下了女主家的产业，还让她当女佣，说要狠狠报复她。男主深爱着女主，又无法承认自己的心。

饰演女配的，大家也熟，是黎雪，这种楚楚动人角色，正好符合她万年清纯女神的人设。

这场夜戏，男主在豪宅里开泳池 party，让女主招呼客人，奴役她。男主的朋友故意手滑，将酒杯掉落在地。女主不打算理会，转身欲走。但男主冷冷命令她去收拾。

周围围观的人一片讪笑奚落，像是一张张带着丑陋笑意的面具，各种嘲笑声此起彼伏。女主没想到男主竟然在众人面前这样羞辱她！让她屈膝在这些她当初根本看不上的所谓名门之下，低头弯腰。

她回头盯着男主的眼睛。向来自尊心强的她，从来没被人这样对待过。但男主只是冷漠地回视。女主的眼底被潮湿的薄雾浸湿了。

她静静看了男主几秒，终于不吭一声，开始蹲下收拾碎片，突然，一杯酒直直泼在了她的脸上！

女主被泼得一颤，整张脸都被酒水淋湿，睫毛上都是酒水。

有人嘻嘻笑着："不好意思啊，一时手滑。"

男主立刻狠狠一颤，几乎就要从椅子上跳起。最后却克制地把手指死死摁在椅把上，强装不在意。

这一次，女主再也没有回头看男主。她只是低着头，认真地，无声地收拾着碎片，神情执着得可怕，仿佛那是最重要的事。那些细小的玻璃碎片划伤了她的手指。鲜红的血水像雨滴，和那些从她脸颊流下的酒水，一起滴落下来。

手指的伤口越来越多，地上的血越来越多，围观的人有些害怕地退后一步。

"她怎么了？"

"她是不是疯了，好可怕。"

"够了。"男主叫了一声。女主不为所动。

"我说够了。"男主重复了一遍，声音里透着一分慌张，但女主仿佛不曾听见。

男主再也忍不住，大步流星穿过人群。他想拉女主的手，把她从地上拉起来。他错了，他还是忍不住心疼她。然而女主甩开了他，根本不想被他碰触！

男主逼近女主。

"你以为这样你就能打动我？以为这样我就会心痛，就会心疼？告诉你，不会。因为你永远是那个高高在上，从不懂得为别人着想的大小姐。这本来就是你应得的下场。"

女主眼底噙着眼泪，脸上却是一片傲慢的笑意。

"是啊，我就是这样的一个人。从前如此，现在依旧如此。我从来就没奢望你爱我，因为我也根本就没爱过你！"

为什么对方如此张扬跋扈，而自己依旧被她迷得团团转？男主无法理解自己的心情，掩饰般一耸胳膊："你真令我失望！"女主被推进了泳池，顿时溅起一大片水花。

待我湿漉漉地从泳池里面出来，导演、工作人员纷纷前来。

"微姐，这幕戏你亲自上，太敬业了。"很多人夸赞道。

"赶紧披上，披上。"有好几个人递过毛毯。

"微姐不愧是影后，演技、人品没得说……"

我整个人冻得发抖，头发更是滴着水，寒风一吹，整个人成了冰雕。谭寒早已飞快地把我一裹，裹得紧紧的，像包裹婴儿，居然有点密不透风的感觉。暖和了很多。他扶着我，把我送进休息室换衣服。

到了休息室，他又备了姜汤给我驱寒。还变出一个电吹风给我吹头发。大概上次落水给他的印象太深，我觉得他万分紧张。

我坐在化妆镜前，舒服地喝了一口姜汤。长方形的明亮镜子两旁装了小小的乳白色灯泡。谭寒就在我身后，认真地吹着我的头发。他低垂着眼睛，鼻梁高挺，修长的手指穿过我的头发，将它们一缕一缕吹干。

"这么熟练？"我瞧了瞧他的姿势，打趣道，还真是个好男人。

谭寒动作一顿，他没有抬眼，只是依旧继续着手里的动作。

"以前给妹妹吹过。"

"你还有妹妹？"

"我是领养的。"我有点吃惊，没有听他说过。

"那你该不会跟电视剧一样……"我又喝了一口姜汤，"爱上了你的妹妹吧。"

谭寒还没来得及回答，我的微信就响了。

"过来。陪我吃饭。"

也只有黄锦立这么霸道。

叫我过去我就过去啊？

我拿起手机，打着字："本人事务繁多，披星戴月。一般人请我吃饭，是不会答应的。但若是有人很执着，继续求我，还是可以考虑考虑。"

过了一会儿。

"娘娘，小黄子邀请你吃顿西洋人的玩意。"后面跟着三个别嘴斜眼的小表情。

这黄锦立真是……

我摇头失笑，手指飞快打字："恩准，跪安。"

我脸上带着笑，开始挑起了衣服。晚上比较冷，穿厚一点比较保暖，但还是配裙子比较好看。补了补粉红色腮红，增添些气色。又挑了挑香水，选了瓶黄锦立会喜欢的味道。我对着镜子仔细地审视着，发现谭寒静静地看着我。他眼神幽深，好像在想着什么。

谭寒一路沉默，把我送到黄锦立约定的地点。不知道为什么，我潜意识并不想让他们碰面。离开前，谭寒在昏暗的车内看着我的眼睛，说了一句。

"你只有在见黄锦立的时候，才打扮得最用心。"

我足足愣了一会儿，想开口辩白，但是已经来不及了。

黄锦立就站在不远处。

夜幕下的餐厅，仿佛拜占庭时期的古铜，散发着复古的暖金色。一个个窗口好像一格格施华洛世奇水晶，格调奢华而文艺。

黄锦立玉树临风，等在门外。一双桃花眼慵懒地微眯着，在夜色里迷人极了。

见我过来，他自然而然地接过我的披肩，绅士般伸出胳膊。我将手放到他的手心："就不怕我们被偷拍，上头条？"

"说得我们好像有过绯闻似的。

"为什么不是真的呢，太可惜了。"他装模作样，哀叹一声，差点把我逗笑。

入座。

法国主厨过来招待我们，黄锦立用一口特别流利的法语点着餐，侧着脸念出菜名的样子特别迷人。法国厨师有一双蓝宝石般的眼眸，直到黄锦立点完餐，对方还看了他好一会儿。

"第一次见到看见我不心动，反而对着你脸红心跳的人。"待对方走后，我闷笑不已。

"可我只会对着眼前的大美人脸红心跳。"

太狡猾了。

餐点上得很慢，但是美食很精致。一个个摆盘好似艺术品，盛在白色的大盘子里，充满留白的美感。侍者根据我们的主菜，推荐了一款白葡萄酒。漂亮的水晶，昏黄的灯光，美丽新鲜的玫瑰，在这种环境里，无论视觉，还是触觉、嗅觉都十分令人愉悦。

我跟黄锦立举着透明酒杯，在空中轻轻碰了一下。"叮"的一声，好像钢琴悦耳的琴键声。微醺的酒香有点浸软人的神经。我喝着葡萄酒，凝视着黄锦立，果香席卷味蕾有种天然的浪漫。

看到黄锦立丝毫没有因为 ESE 和皇冠荣耀的双重打压，变得一蹶不振，或者心事重重，我心底其实十分开心，又暗中钦佩。一个站在逆境中，仍能保持风度与底气的人，才是真正的强者。

"这段时间累吗？"黄锦立浓长的睫毛在灯光下特别好看。

"还好。"我点点头。

我不想在他面前显露出我的疲惫，虽然这些日子工作排得很满，真的很辛苦。

黄锦立绾起我耳边的一缕发丝。

"都有黑眼圈了。"

我微微一愣。

在我印象里，黄锦立对女伴非常挑剔，比如发型，服饰，搭配，妆容，但是很少关心她们的精神状态。在某些方面他倒是跟 ESE 的总裁厉睿很像，骨子里都有帝王般的商业天赋。

"这叫小烟熏，好吗？"

我不自在地垂下眼帘，却突然有一两分心悸。

连忙喝了一口酒掩饰。

"这些日子你为品优娱乐做的这一切，我都看到了。

"其实我很高兴，你选择与我并肩作战。"

黄锦立这种人，实在太坏了。

不正经的人，正经说着感谢，才往往更打动人。我被他深邃的眼神凝视得无法掩藏，胸口起伏着，几乎快要泄露心声。

只是，黄锦立的手机响了，打电话的那个人，是黎雪。

也许这才是上天的示警。

黄锦立挂断电话，他很聪明地没提电话是谁打来的。

我的视线，从他的手机，转移到他的唇。

薄薄的，性感的，唇。

走了楼夕之，还有黎雪，走了黎雪，还有更多的人……这个人，到底迷惑了多少人。

我玩着手上的银色小叉子。

宋微。宋微。

防微杜渐。

你可不要步楼夕之的后尘。

很想将我的心给你看，但我也知道，一旦放弃了抵御，在你面前，我也不过是一个亲手剥弃自己盔甲的被征服者。

"你看你，怎么连走路的力气都快没了。"我走得有点摇摇晃晃，黄锦立扶了我一把。

不知怎么回事。

这顿的确吃得我有点想吐，头重脚轻，现在连身体也在发冷。好像在此之前喝姜汤就感觉不太舒服了。

"我还以为只有黎雪才这么柔弱。"

黄锦立半开玩笑。我懒得同他说话，一个人往前走了几步。

"你脸色怎么这么白？"黄锦立倒是眉头直皱，神色逐渐变得正经起来，他用力扶住我，最后是他担忧的呼声，"宋微，宋微——"

那些连日来的奔波，为黄锦立担忧紧绷的神经，那些拍戏的辛苦，终于变成突如其来的高烧，将我彻底击倒。

我，居然昏倒了。

我懒洋洋地伸个懒腰。

这床太舒服了，被子也特别暖和，真想窝在里面一辈子不出来。

"喝点粥。"一道男声在耳边说道。

我闭着眼，自顾自翻了个身，不想理睬。

"很香的。"对方有点诱哄。

"我亲手煮的。"语气透着骄傲。

"又不是第一次煮……"还在朝我邀功？摆摆手，正想说谭寒今天怎么变了个样。

一睁眼，就对上黄锦立那张俊脸。只是那张脸有渐渐变黑的趋势。

139

"又不是第一次煮？"

他右眉挑了挑。

"还有谁给你煮过？"

完蛋。

好像破坏了一个高富帅难得煮次粥的成就感。

"好困啊……我肯定还在做梦。"

我立刻切换影后模式，佯装揉揉眼睛，打了一个哈欠，飞快把被子盖过头顶。

黄锦立显然不打算放过我，把粥搁到了床头柜上，竟扑上床，抢着我的被子，要把我的被子拉下。

他抢，我不让，他挠我的痒痒，我被迫笑得乱滚。

黄锦立俯身过来，带着男性身躯的压迫力，隔着被子重重压在我身上。我被他压得喘不过气，在被子里都能感受到他大腿肌肉的形状。我在里面嗡嗡叫："我不能呼吸了。"

"我可以给你做人工呼吸。"

"……"

"求我。"

"又不是没做过。"

猛然想起那次河边落水的事，我脸一红。

黄锦立把我从被窝口捞出，我用手挡脸，他掰正。我躲，他又挠我的腰，实在躲不掉。

嬉闹之中，黄锦立的脸一下离我很近。他的眉毛又浓又深，嘴唇十分性感，世界好像在这一刻都安静了。黄锦立强迫我的视线与他平齐。我不安地喘息着，他也有点喘，却逼问："又不是第一次是什么意思？还有谁给你做过？"

"什么做过？"我装傻。

他冷笑了两声，隔着被子，挠着我的痒痒肉。

又来这招。

"我投降，我投降……"

乱颤，身体拱动着，黄锦立开始还游刃有余，但过了一会儿，他的呼吸忽然加重，哑着嗓子命令道。

"别乱动。"

"还不都是你……"我小声抗议。

黄锦立突然双臂撑在我头的两侧，额前碎发耷拉下来，像把我禁锢了，他居高临下。

"他做得好吃，还是我做得好吃？"

语气很微妙，估计猜到是谁了。

我干笑。

还没尝过你做的，怎么评价？

"嗯？"他眼睛危险地眯了眯。

仿佛看到了大型猫科动物舔着爪子。

"你的好吃。肯定是你的好吃。"我连忙道。

黄锦立唇角微微翘了翘，神色却依旧带点傲娇。

"还没吃，就知道我的好吃？

"假不假你，宋影后。"

吐槽我？哼，这家伙，明明心底早就喜滋滋。

"虽然还没吃，但一闻这味，我肚子就咕咕叫。"我哄他，"何况这是你亲手做的。"

赶紧做陶醉状嗅了一嗅。

黄锦立唇角的弧度蔓延到了眼角。

他这才满意地点点头。

"算你有眼光。我头一次让人品尝我的手艺。"

"哇，我好幸福。"

黄锦立眼中笑意更深，竟完全没听出那只是客套。我心中一呆。他伸出手，像揉狗狗一样，揉了揉我的发心。

"乖，我喂你。"

我整个人僵化。

我在他的"淫威"下，吃一口，看他一眼。黄锦立喂得认真，眼神却透着几分愉悦。

"好吃吗？"这家伙。

"好吃。"尾音拖长。

他又一勺粥送到我嘴边。

"怎么谢我？"

"替你拍戏、赚钱。"

勺子到了嘴边，虚晃一圈，最后竟重新被放回到碗里。我白张嘴了。

这个答案他不喜欢？

黄锦立将剩下半碗粥往旁边"哐当"一搁，鼻子微皱，重新系上袖口。他站起身，有点鄙夷地看我："古人是怎么答谢的，你不知道？"

我刚清醒过来，脑袋转得有点慢。

想了想，半坐立起，拱手鞠躬道："大恩不言谢？"

黄锦立一副惊呆了的表情，指了我半天，咬了咬牙。

"宋微你……

"把被子给我捂好！"

"……"

我裹好我的小被子。

黄锦立无奈挥手。

"吃粥吧。我回公司一趟。那两部戏我已经跟导演打过招呼了，说你太敬业，一直带病拍戏没告诉他们，现在终于支撑不住。"

我乖乖点头，端起粥。

黄锦立走出门，踱了两步，又回到我跟前。

"怎么？"我抬头看他。

"粥好吃吗？"他又问了一次。

"好吃啊。"我疑惑地确认。

黄锦立嘴角浮起一点笑意，然后，俯下身，亲了亲我，还舔了一下。他、他他……我骤然心如擂鼓，脸红心跳。

黄锦立套上手套，笑容满足。

"尝了下。是很不错。"

关门声响起，我倏地将脸埋在枕头里，抱着枕头，乱滚一通。肯定是发烧的缘故，居然被轻轻一撩，就心头小鹿乱撞。完全无法控制自己。我身上的睡衣，是黄锦立的衬衫，传来他淡淡的味道。

我继续拍着那两部偶像剧。谭寒对我的照顾更细心，像是要把下辈子的细致都用在我身上一样。他非常有礼貌地找到导演，因为担心我再次发烧晕倒，凡是要下水的戏，早早商量好，能避免就避免，能用替身就安排替身。又一一找到负责人，跟他们打好招呼，说明情况，麻烦他们多多照顾我。

他人长得帅，看上去沉稳可靠就算了，居然还十分有礼数，好几个负责人被他的态度感染，当场拍着胸脯立下了承诺。

除此之外，每次拍完休息，总能看到他拿出不同的营养餐，暖暖包，矿泉水，咖啡，喷雾，暖手宝，毯子，休息躺椅……应有尽有。

同剧组的女演员看到谭寒平时低调地守在我身边，关键时刻又像是无所不能的神秘魔法师，什么都能变出来，眼神从惊讶，到好奇，再到倾慕得不得了……

先是一个品优的小花试着靠近他，没想一发不可收拾，最后每当谭寒空闲的时候，都会有好几个小新人或是女性工作人员围在他身边，很受欢迎。

好在谭寒非常忠诚，尽管被围得满满当当，但只要我转头找他，谭寒就心领神会、尽职尽责地赶过来。当我再一次召唤谭寒，只是为了拧开矿泉水，谭寒的女粉丝团都快气哭了。

我差点笑得捶桌，朝谭寒挤挤眼，戏谑："她们超心疼你。怎么样？有没有中意的？"

谭寒朝我投来一个无聊的眼神，却递给我一杯加热后的矿泉水。

演戏是一件有趣的事。只是 ESE 和皇冠荣耀的攻击愈演愈烈，我成了出头鸟，被黑得体无完肤。身体、精神双方面透支严重，但因为有谭寒在身边，我能继续强撑，笑对一切。

在拍摄的这两三个月，又发生了一件足以震动整个娱乐圈的事件——品优娱乐史上最神秘的总监陆瑜回归！

当初公司在黄老先生手上不功不过，但是交付给黄锦立之后，一飞冲天，这其中最大的功臣，就要数黄锦立的这个十年死党——陆瑜。

黄锦立和陆瑜两人一个城府深沉，一个精明毒舌，两个人却是最好的搭档，最默契的商业伙伴。只要站在一起，就是品优娱乐的神与魂。

陆瑜很少在媒体面前露面。他跟黄锦立一个光一个影，黄锦立高调到不行，他就低调到神龙见首不见尾，但是这一次，他的回归十分高调。

"品优娱乐总监陆瑜回归，娱乐圈最神秘最有手段的男人！"

"陆瑜再次空降品优娱乐，传手握好莱坞电影重大合作项目。"

"ESE、皇冠荣耀表示并不在意，陆瑜只说了七个字：好了伤疤忘了痛。"

"黄锦立这个细节透露了他的野心：这次轮到我们出手，各位请小心。"

……

当年屠皇之战后，尽管黄锦立给了陆瑜更大的权利，更多的股份，然而陆瑜还是凭空消失，好几年不曾出现。

很多人认为陆瑜要么自己创业，要么被竞争对手高价挖走。可黄锦立还是保留着他的职位。曾有高层提出，陆瑜既然走了，就不必挽留。结果黄锦立道："只要我在一天，他就永远是品优总监，你想让我让位？"高层顿时冷汗淋漓。

当品优成为娱乐圈一霸，陆瑜消失，现在品优被 ESE 和皇冠荣耀联手压制时，他却从天而降，力顶黄锦立。好像中途空白的那几年只是翻了一页书而已。男人间的利益与友情，就是这么奇怪。

就是这种情况下，陆瑜带回近乎横扫一切的利好消息。

"品优总监陆瑜宣布：好莱坞经典系列电影将跟品优娱乐全面合作！"

"皇冠荣耀：不能听风就是雨。"

"国外媒体确认，林弦已加盟《皇家骑士5》，现场照被国外粉丝大呼女神！"

"ESE投资国内古装大制作，品优娱乐表示好莱坞合作不止这一部。"

"《江山尽》投资破4亿，ESE看好票房。"

"品优娱乐再爆大料，好莱坞合拍片《急速飞车4》全球票房预估100亿。"

……

黄锦立越来越忙，探班次数越来越少，我在拍戏间滑动手机，微博热搜几乎全部是"品优新人林弦""好莱坞电影女主林弦""林弦林萱"。

我点开她的资料。

清丽高贵，气质如雪。

一直被品优娱乐隐藏的撒手锏，精细呵护，密谋已久。

"宋微在哪儿？"黄锦立的声音隔着门传来。

"不清楚。"

有些疑惑，不明白谭寒为什么不告诉黄锦立我在这儿，却并没有出声，只是轻轻靠近门边，附耳偷听。

谭寒沉默了一阵，片刻之后："请您以后不要再靠近宋小姐。"

我止住脚步，黄锦立声音有些冷。

"她是我手下的艺人。你以什么地位跟我说话？"

"就是因为她是你的艺人。所以请你不要一而再再而三地利用她。"

谭寒铿锵有力，黄锦立有恼怒的迹象。

"我和她之间，你没资格操心。"

我隐约觉得他俩之间的气氛非常微妙。按理来说，谭寒也是品优一员，可他完全没有惧怕黄锦立的迹象。而黄锦立，对谭寒有一种强烈的男性敌意。

我准备出去打个圆场。刚迈开脚，谭寒的声音再次响起。

"为什么楼夕之没有拿到影后奖项，你比任何一个人都清楚。"

我心一顿。

脚步停在空中。

"你之所以为宋微争取这个奖项，不是被她的演技打动，更不是认同她的努力。而是你得知，楼夕之秘密跟ESE签订协议，所以你当机立断，撤掉了对楼夕之的支持！"

我愣了愣。

像被人轻轻扇了一记耳光。

"你明知道宋微得了影后，本应该去接更大阵容的电影，往更高端的路线走。就像林萱成为影后，就再也没有接拍过任何电视剧。

"但你，依旧鼓励宋微去演电视剧，不是因为别的，而是你现在需要宋微占据头版头条，需要她不断炒热话题，甚至需要她替你引开注意力，承受 ESE、皇冠荣耀的攻击，以便你部署战略！"

黄锦立一言不发。

"她不是傻的。

"你当她真不懂电影和电视剧的咖位差别？不懂接这些，对她影坛定位、业界口碑的影响？"

谭寒的话里多了分痛心。

"她什么都懂！只是，她什么都不说！"

我捂住嘴。

害怕自己泄露出半分哽咽。

"黄锦立，宋微为你做到这个程度。哪怕你有一点点为她考虑，就不会不保护她！"

谭寒的声音接近一种低低的咆哮。若化身野兽，我毫不怀疑，他会咬断黄锦立的脖子。

我真的以为谭寒并不知情。

我不想被他看穿我的内心。就算再疲惫，我也希望自己脸上挂着最亮丽的笑容。

原来他什么都知道。

黄锦立一直沉默着。

没有承认，也没有否认。

我在门内，看不到他们的神色，却能感觉到气氛一点点变得冰冷，像是凛冬寒气。

半晌，黄锦立高傲道："我没有必要跟你多说什么。有权利得到我解释的，只有宋微本人。"

"另外，"他将轻蔑的意味加重，"有时间为宋微说话，不如先理清你和黎雪之间那乱七八糟……"

"怎么，有人为我说话，你不爽了？"我推开门，露出一个艳丽的笑，款款走出。

谭寒、黄锦立一愣，两人脸上双双划过一丝尴尬。两人聪明地沉默着。好像之前的对峙根本没有发生过。

"谢谢你煮的粥。"我对着黄锦立笑了笑，站在了谭寒这边，"虽然说实话，谭寒做的，比你的要好吃一些。"

你是第一次为我做。而谭寒已为我做了许久。

黄锦立眼神闪了闪，但还是露出一个慵懒的笑。

"是吗？反正只是一时的心血来潮。"

他看着我的眼睛，我也看着他的眼睛。

一时的心血来潮？

煮粥，还是对我？

我转过身，对谭寒道："我们回家。"

谭寒冷静地开着保姆车，我躺在后座，闭目养神。他那样沉默，又那么洞悉一切。

"并不是专门为他做的。"

我淡淡地说。

"没人能让我做不想做的事。

"做这些，也不是为了让他感激。

"我宋微做事，只是因为我想做。哪天不想做，就不做了。"

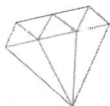

第十章

嫉妒

不到一个月的时间，整个局面全面扭转。品优娱乐的股票连续半个月涨停板，市场极度看好。

ESE创始人厉睿几乎快要气炸。自从前任总监封景出走，ESE海外项目便没多少进展。这一次，为了撬动品优电影筹备，ESE更是投入大量资金，导致无法快速反应，开展新的海外项目与品优娱乐抗衡。

甚至还有流言传出，楼夕之该不会是黄锦立的卧底吧？故意使用反间计，告诉厉睿错误消息，导致ESE错过了进入海外市场的最好时机。花高价挖来的影后成了战略失误的导火索，一时之间ESE变成娱乐圈笑柄。

所有媒体杂志、商界传媒，极力称赞黄锦立伏笔重重，棋下得极为精妙。明面上利用热搜体质的宋微吸引全部火力、注意力，实际与陆瑜早已跟好莱坞暗度陈仓。

最后还从皇冠荣耀挖来偶像天后组合YOUNGIRL之一的成员凌影，并将最看好的新人林弦低调送入好莱坞大片，第一步起点就这么高，估计是黄锦立为其量身打造的国际路线。

声东击西，将计就计，釜底抽薪。

妙极。

黄锦立再次被封为商业神话，他的头脑与手段被娱乐圈、商界齐齐惊叹。他将娱乐事件变成一场商业颠覆，将商业战略变成娱乐圈的重新洗牌。黄锦立获得了两个圈子的顶级膜拜。

我看了看报纸上的黄锦立。

他的容貌依旧，眉目有神，如果不是一开始就全面部署，又怎会从头到尾毫不慌乱？

没有哪一次，让我感觉到，黄锦立这么厉害，又是这么陌生。他只需要度过最关键的那几个月。他只是需要有人在那时转移 ESE 和品优娱乐的注意力。

报纸的报道上写着一段文字："宋微那时的黑料铺天盖地，人人都不看好这位新任一姐，黄锦立频频探班，公开力挺，现在想来，恐怕也是为了遮竞争对手的耳目……"

我，的确是最好的挡枪人选。

文字上方，黄锦立身边站着一个新人。他们靠得很近。那是被他推荐加盟好莱坞大片的林弦。

在我拍着狗血偶像剧的时候，对方已在好莱坞片场拍着经典电影续集，在我被皇冠荣耀和 ESE 联手抹黑、辱骂的时候，她被小心翼翼地保护着，保护得极好。

她的脸，不用看，就已经十分熟悉。

几乎跟林萱长得一模一样，清冷，再透着一点点孤傲，跟我明丽的五官完全不同。

原来一个人的偏好，真的不会变。

旁人再努力都不会变。

新文标题写着："林弦：黄锦立最看好的女艺人，品优娱乐真正一姐？"

一滴水渍洇开了。

将报纸揉碎，我再也不想看。

寒冷冬天也有放晴之日。品优娱乐狠狠出了一口恶气，公司专门为此办了庆功宴。今晚肯定热闹非凡，无数艺人们会绕着黄锦立、陆瑜他们。

我没去。

晚上的片场格外孤寂，工作人员收拾道具的样子看起来分外寥落。连谭寒都被我支回家了。

很少喝酒，今晚却带了一瓶酒。

酒入愁肠，一阵辣意，我立刻咳了起来，冷空气被狠狠吸入鼻腔，差点呛出泪来。

热闹太久，占据热搜太久。

极度空虚、疲累。

现在的我，只想被抛入全部的黑暗与孤独。

觉得这样就好。这样就很好。

手机响了很久，接起，传来一片喧哗欢笑声。跟这边的冷清完全是两个极端。

黄锦立声音传来："怎么？我的party不来，电话也不接？"隐隐有娇柔女声夹在背景音里。

没出声。

黄锦立好像把她们支开了，转到一个比较安静的地方。嘈杂声小了很多。他难得好脾气地又重复了一遍："我还特地叫人请你过来。"

我懒洋洋："今天有戏要拍。"

他笑了一声："我特地查过。今天你戏份结束得早，宴会8点才开始，现在过来吧，我等你。"

本来还想再敷衍一下。

只是突然没了兴致。

"一个女人即便有时间也要找借口，难道这个意思你也不懂了吗？"

很少对黄锦立用这种口气，可现在也觉得无所谓了。

我这么冲，黄锦立有点错愕，也有点恼，但还是压着他的脾气，安抚我："微微，你最近是不是有点累？要不我这边结束，12点，等我，我开车接你去吃点东西，嗯？"

不必。

"完全没有心情。"

很干脆地挂断电话，将手机扔在了一旁。那边继续打进，我直接关了机。

喝酒，一阵又一阵辛辣。

是啊，是我自己愿意去拍偶像剧；是我自己愿意让皇冠荣耀把火力集中在我身上，是我愿意……做棋子。

黄锦立他，只是商人本色。

再次灌入一大口。

呛得昏天暗地。

一只手静静地从后方搭在了我的肩上。

这不是一个很有安全感的动作，可来人的气息实在太熟悉了。我吸吸鼻子，没回头，只是逞强地让声音带出一点笑意："不是让你没事就回家去吗？"

谭寒没有动。

只是站在我身边，好像我在这里待多久，他就会陪我多久。

他的好意我知道。

可我低落只是我一个人的事。

我站了起来，不经意对上谭寒漆黑的眼睛，他眼底蕴藏着心疼，还有一丝柔情。

"你哭了？"

像不相信我这样的人居然会哭。

"没有。"我苦哈哈笑了两声，"呛到而已，呛到而已。"

怎么会哭。

怎么会为了这点事就哭。

我可是被媒体封为流量女王的。欲坐王位，必利其器，欲戴皇冠，必承其重。这不是应该的吗……

我还想再辩解什么。

你一定是看错了，我怎么可能会哭？

而下一秒，谭寒的脸就在我眼前放大。他的人触感冰冰的，就像我往日看到的那样，没有一点温度。他的唇，也是冰的。吻在我的唇上，却像两块冰互相碰撞后便会自然黏合一样。

他紧紧搂着我。

很用力，很珍惜。

仿佛这个动作，他想做很久了。

清酒的辛辣、冽香，在我们唇间弥漫。

"微微……"

谭寒低声呢喃着我的名字，那么不真实。像一个被诅咒之人，压抑着千年的愿望，直到这一刻，再也忍不住，才轻轻泄露。

微微，微微。

他这样唤着。

平日，他只会公事公办地称："宋微小姐"。

寒风在我们身边刮着，落叶安静飘下，整个世界一瞬间被温柔地按下静音键。他的气息围绕在我身边。好像比起吻我，他更想，一辈子紧紧搂住我。

一辆保时捷"唰"地停在了旁边，走出一个英俊的男人。身材高挑，双腿笔直修长，有着一双桃花眼。

黄锦立远远看了过来。手一顿，手上的手机不小心掉在了地上。他的目光跟我的对视上了，像是想要确认一样。见谭寒还是搂着我，而我并没有推开，嘴角轻蔑地牵了起来。

他弯下腰，去捡地上的手机，黑色头发遮盖着他的眼。我还没看清，他就已站起转过身。他背对着我，在半空中挥手，好像一抹无声嘲讽：微微，你好样的，你们继续。

然后他狠狠踢了一下车。

极大的动静让片场其他车的警报声也跟着响起。

一时之间，场面混乱无比。

想起金柏奖那个夜晚。

我也是这样，隔着黄锦立的肩膀，看谭寒黯然离去。

时空调换。

直到黄锦立的红色保时捷黯然地开走。

"够了，故意的吧？"我冷淡地推开谭寒，"看到黄锦立来了，故意这么做？"

谭寒气息有点紊乱。

他皱了皱眉，但最终还是保持了沉默。

谭寒默默看着我离开，一句话也没有辩解。我回到车里的时候，手却不由自主地碰到车里的手机。黄锦立的微信头像右上方有小红点。

"打了这么多电话都不接？还关机？

"我的心都碎了。

"看样子，我只有偷偷离开宴会，过来见我的女王了。

"我去片场找你。

"这周我学会了一个菜，高贵的微微小姐请来赏个光。"

没想到黄锦立给我发了这么多微信。

我将头磕在方向盘上。

心中发酸。有点想哭。

为什么，偏偏，是这种时候……

若是没有这段日子的大事件，或许我真的会幻想，黄锦立，我是不是在你心里终于有了点不同？

可是，你将林弦藏得连我都不知。

不能对我好，就请对我坏一点。

不要给颗糖，让我有了期待，却发现，我并不是唯一的那个。

楼夕之来电。

我跟她之间几乎没有交集，我略微疑惑地接过电话。

"宋微，我是楼夕之，我知道你肯定疑惑为什么我要打电话给你。我只是觉得，作为女人，我们同病相怜，有必要好好谈一谈。

"你现在肯定跟我一样愤怒。他利用我，给 ESE 带去错误情报，是我自己选择 ESE，我认。可你呢，你出了那么大的力，居然也被利用，被他当成炮灰，呵呵，他耍了我们，我们都只是他手中的弃子！

"你的口碑、公共形象本来已有好转，可现在，又被炮轰，被丑化。他怎么能这样对你？他到底有没有良心？你是我见过最努力的女演员了，真替你不值。

"为他付出那么多，他却把进军好莱坞的宝贵机会给了一个小新人。哪怕这个机会是你得去，我都不会这么愤愤不平。

"如果黄锦立真重视你，怎么会让别人把你当成靶子？真重视你，怎么会防你防得那么紧，什么都不告诉你？真重视你，怎么会把最重要最好的角色给了林弦？就因为她长得像林萱，哈？所以她不用绯闻缠身，不用演小配角，不用被攻击？可以顺风顺水、一尘不染地走上国际影坛红地毯？而为他付出这么多的你，到头来什么都得不到，什么都不是？！

"宋微，你真的甘心？宋微，你的愿望不是成为实力派的演员吗？ESE 是不会让一个得了影后桂冠的人，还去演什么狗血偶像剧的。ESE 起码可以让你演电影女一号。绝不会让你为一个新人作嫁衣。"

你的愿望不是成为实力派演员吗？ESE 一定会实现你的愿望。

楼夕之的话的确让我很动心。

阿 ken 曾说，我是个很有主见且清醒的人。林萱很传奇，但我只有敬佩，不曾嫉妒。楼夕之之前比我名气更大，我没有羡慕。

但是现在，我滑动着屏幕上的电影剧照。

那是林弦在《皇家骑士 5》中的海报。林弦面上蒙一层银白纱，秀气的眉宇间透着一丝高冷。金橄榄叶腰饰将她的腰部衬得极其优雅动人。她右手举着一柄金色长矛，做投掷姿势。洁白的希腊长袍在海风中猎猎飞扬，灵气美丽得如西方神话史诗中的精灵公主。

新闻里面不断夸奖她多么具有林萱的气质，为了演好戏受了怎么样的伤，好莱坞剧组又是如何看好她赞美她……

而她又是多么谦虚低调。从不认为自己是女神。

下面一片夸赞。

国内媒体更是把她封为"女神"。

当你对自己足够了解时，没有什么能动摇你。

可是，连信念都开始动摇呢？

楼夕之有一句话说得没错，难道因为她长得像林萱，所以不用绯闻缠身，不用演小配角，不用被攻击，就可以顺风顺水、一尘不染地走上国际影坛？而我，到头来什么都不是……

品优娱乐，从没有动用如此巨大的国外媒体资源赞誉我，宣传我，现在他们将这一切给了这个叫作林弦的新人。

ESE、皇冠荣耀发现他们被黄锦立给耍了，炮轰的对象终于不再是我，开始对准林弦。林弦的声誉出现了裂痕。还有人背地煽动我的粉丝去掐她，据说林弦为此默默低落了一阵。

外面局势愈演愈烈，公司内部竞争也开始白热化。林弦只不过是个新人，都能进军好莱坞，其他演员渐渐浮想联翩，觉得自己也能抢到。有时从公司经过，我都能看到他们跃跃欲试的眼神。

我懒得管这些。

拍完两部偶像剧，手机一关，去海外度假。还预约了全套的 SPA，做脸，全身按摩，加上热石疗法，浑身毛孔都舒服了。

白天我在海滩躺椅上放松，夜晚听着海浪声，看头顶的星星。记得曾在一本科普书上看过，我们人眼所见的光，并不是星星现在发出的。最远的那颗离我们有 80 亿光年。

晃着冰块，喝了一口马提尼。

我想，是不是人也一样？

我们现在所发出的"光"，都是我们过去选择的呈现。

有点孤寂。

我的身边少了一个你。

梦里，花的香飘散在夜风中，还很清新。夜晚很宁静，令人觉得身心愉悦。我听见一个男人笑："作为影后的脑残粉，我的心都要碎了。"

对方只淡淡扫了男人一眼："借过。"

她的语调那么平淡，眼神那么平静，却让人觉得那么空灵圣洁，好似她的每一个呼吸都揉进了星云之美。

俊美的男子锲而不舍，唇间含笑，眼底却有着尊重与隐隐期盼："影后每年在国内待的时间这么短，令人伤心，这次会待久一些吗？"

一道斜溢的树枝不小心挂了一下女子的头发。

"别动。"男人靠近，脸上戏谑的神色消退，做出与他性子截然相反的轻柔动作，小心翼翼。他仔细地将树枝从对方头发上拉开，像在对待最美的流云。

他耐心，比对方都还关心细致。

而女子无所谓，直接往前一步。

树枝拉扯，造型师精心梳理的发型被破坏了。一缕发丝滑落下来，男人不但没觉得自己刚才的举动白费，眼中反而露出一种欣赏。好像无论怎么样，她在他眼中都是美的。

那时的我，只是一个懵懂的少女。

偷偷隐在一旁，迷惑地看着他们的一举一动。

他喜欢她？她不喜欢他？

从没有想过，自己以后会爱一个什么样的人，在那时，却突然心动了一下下。

会不会哪天，有人同他一样细心，眼底充满着爱意，帮我拨弄发丝？

后来我才明白，心动是一切的枝芽。它会抽枝、发芽，渐渐长成一棵树。每一个树枝都是你隐秘敏感的期盼，每一个年轮都是你喜欢忐忑的心情，每一个树洞都吞噬着你深夜不能说的秘密……

男人伸出修长的手指，再次细心地帮对方的头发理了理，像是一个虔诚的教徒。他恋恋不舍地看着她离去。银色长裙在地面上拖过，像海风冷淡地从陆地退去。他低头看了看他的手指，那只手刚刚抚摸过她发丝，他的眼底是一片柔情的海。

那个时候真的只是羡慕。

只是对未来的爱情生出一点点幻想的轮廓。

"人都走了，还看什么看，有那么漂亮吗？"14岁的我，真的只是想跟他聊两句。

"那是当然，她是全世界最美的。"笃定的语气。

年轻英俊的男人转身过来，噙着笑，桃花眼在夜色中迷人极了。

近距离，居然更帅。

我的心跳陡然停了一拍。

"噢，暗恋真是件又悲催又美丽的事。"

我的睫毛不自在地抖动着，眼神不知往哪儿搁。

简直有点胡言乱语。

"暗恋？"对方的眼一瞬间微微睁大，随即轻笑了一声，摇摇头，似乎只是很随意地发问，"我暗恋她？"

我努努嘴。

"何止暗恋，我刚刚在一旁，都快被你的目光烤得融化了。"

说完这句，才感觉哪里有点不对，这不就暴露了我刚刚一直在偷窥吗？

脸一下子有点发烫。

我装作不在乎地侧过脸，不想被他发现。

对方陷入了一阵沉默，我有点担心，我是不是说错话了。就在这时，他突然抬起头，桃花眼熠熠生辉，深深看着我，几乎把人迷死。

他钢琴家般的手摸着自己的下巴，不知道为什么竟然有点开心。

"要融化了吗？那她也应该感受到了吧。"

他那样一笑。

而我的世界，像被突然安上了一个漂亮的旋转木马。所有木马欢乐地绕圈，转了起来，彩灯开心地闪烁着。

"谢啦，小美女。

"即便是块千年寒冰，却也是我黄锦立唯一看中的女人。"

他迷人一笑，摸摸我的头，我皱皱鼻子，小声抗议。

"我已经是大人了，不要摸我的头。"

刚还摸着我脑袋，反手敲了我一记栗子，眼神滑过我全身："到底哪里大了？"

"痛。"我赶紧捂住脑袋。

"活该，偷窥不是好习惯。"

"我只想看冰山美人怎么冻死你。"

他大笑出声。

"她呀，冷漠高傲，跟其他抱大腿的女星完全不一样。她的高贵，是全世界女人都比不上的。"

他的眼里是大海般的倾慕。

"难道没有其他女人做得到？"

我仰着下巴。

他没再回答我，只是瞥了一眼，轻轻笑了下。那样的笑让我觉得自己离那名高贵的女子相差十万八千里。

如果说，我人生的分割点是从哪天开始，我想就是在这一晚。

他让我羞愧，而这种羞愧突然让我变得清醒。

我的人生本来没有目标，可是这一刻，我希望有人以后也能对着其他人说，这个女人在我眼里独一无二。而那一刻，他的眼里会是满满的爱意与骄傲。

"我以后也会成为一名很棒的女性。"我握着小拳头，脱口而出。

"像她一样？"他的眼睛微微一眯，满意地点点头，"做得到吗？小美人。"

"为什么要一样？"

"哈哈哈，有志气。"他哈哈大笑，"虽然我一点都不信。"

"你……"我气鼓鼓的。

他还想说些什么，却被三个女人发现："太子，你怎么在这儿，跟我们一起进去吧。"那些女人撒着娇，眼睛却含着敌意看着我。他的神情一瞬间变得懒洋洋的："好呀，陪你们进去。"

那双桃花眼依旧含着笑，可我能觉察到，他此时的笑意和刚刚对着那名女子，

156

还有跟对我的大笑完全不一样。

说不出是哪里不一样，可我就是知道。

我站在原地，花香落了我一肩。我看着他们被聚会灯光拉长的身影，体内突然涌出一股冲动。

"小哥哥，你等着，我一定会做到。"我握着拳，大声喊，"一定！"

"她很棒，但我也会有我的优秀！"

年轻的黄锦立，身影顿了顿。他收回轻搂她们的手，转头看了看我。金色的灯光像教堂的圣洁光辉，照在他半明半暗的俊脸上。长长的睫毛甚至染了一点金色，他居然像一个深情而神秘的大天使。

"你叫什么？"他突然问。

"宋微！"我一愣，报出自己的名字。

"宋薇。"他低声念了一遍，顿了顿，看着我的眼，"真是朵有趣的小蔷薇。"

他轻笑一声，又好像只是随口调侃，最后他笑着在空中挥挥手。

我会做到的，一定。

没有再冲着他的背影大喊，只是在心底深深说着。

终有一天，我会让你听到我的心声，想让你知道。

不是蔷薇的薇。

是宋微，微微一笑的微。

我会成为一名很优秀、很优秀，连你都觉得很棒的女性的。

黄锦立。

一切，只不过发生在我 14 岁仲夏的某一晚而已。

像流星一样美丽，又像流星一样短暂。

漫长的日后，他的眉眼，他那时的语气，他那不经意的笑却浸染了我所有的回忆。

他是所有的向往，所有的苦涩，所有的沉默，和所有的甜蜜。

一直不愿在他面前示弱、露出疲态。

因为想有一天对他说，你看，我做到了。我不是随口说说。

他改变了我的人生。

过程不一定美好，但我不曾后悔。

多么怀念，那时你对我笑着。我们在夜色中聊着天，不知名的树上开着花，白色花瓣落了一地，是薄薄春雪。

林弦再次全国性大曝光。

明明一部电影没接过，一部电视剧没拍过，地位却一下子跃为国内最红四小花旦之一。偶尔回公司，管理层那边流出传言。

"林弦才是公司的新一姐吧。"

"我看啊，宋微都要靠边站。"

"公司把好资源全部砸林弦身上，我要是宋微肯定气哭。"

"谁让太子爷就喜欢林弦的脸呢，嘻嘻，要不我们也去整一个，说不定也能上位……"

品优娱乐还拥有两部好莱坞大片的合拍权，女性角色还没有定，公司女艺人为此争破了头。

黄锦立没有派人跟我洽谈，也未当面跟我提过这事。我不知道他怎么打算的。每次见到他，他不是突然冷淡起来，就是跟其他女艺人聊聊笑笑。是那晚我跟谭寒的吻的缘故吗？

他在刻意疏远我。

我感受得到。

而后不久，第二部好莱坞大片女性角色定了——是个后台十分强大的女演员。据说，为了这个角色，她的投资人砸进 3 个亿。消息出来后，一些女艺人看着我的眼神有些同情。

"公司真不打算给宋微姐一个角色啊？"

"论演技，论资历，论对公司的贡献，怎么样也该给一个吧。"

"是啊，现在两个都不是她，我都有点替她心酸了。"

第三个角色迟迟未定，据说黎雪十分想要，一直缠着黄锦立。

谭寒这段时间一直忙忙碌碌，有时连我也不知道他在哪儿。而黄锦立看我的眼神则越来越微妙，像我拂了他一个天大的面子，有些羞恼。每次都能感受到他凝在我身上的视线，可一转身，又立刻撤走，还要装作压根没看我。

谭寒心不在焉，给我做果汁的时候居然把手给切了，血丝一下子侵入金黄色橙瓣里。

"我不是吸血鬼，不用给我血。"我淡定看了他一眼。

谭寒："……"

我取出医药箱，命令道："坐好，这一周不准再动了。不准做饭、不准做橙汁。"

谭寒坐了下来，但眉头微皱："可是，你每日瘦身餐……"

"给你公休都不要。别人会以为我虐待经纪人。"

我低着头，用医用纱布把他整根受伤的手指都包了起来，裹成了一个大粽子。看你还怎么沾水，抢着做事。

我望着自己的"杰作"，笑了一声。

"看看。"

谭寒举起包扎好的手，看了眼，整张脸顿时无法言喻。

哈哈，我刚刚最后偷绑了个蝴蝶结。好佩服自己的创意，虽然谭寒都无话可说了。我掰过他的手，找了支马克笔。画了个双 C 标志，又画了些爱心，再签上我的英文名 Vivi。

"好了，签了我的大名，就是我的所有物了。"

我指了指他的胸口。

"命令你，好好养伤，不准偷偷工作。"

谭寒不答话，只是看着被包成白粽子的左手手指，长长睫毛低垂，把眼睛渐渐埋在阴影里，右手有一下没一下地摩挲着蝴蝶结。

这么丑的蝴蝶结，他居然能忍受。

感动。

我把医药箱放回原处，找着话题："你说，最后那个好莱坞角色，黄锦立会不会给我？"望了望天花板，"虽然，黄锦立把我当棋子，但他应该不是那种利用完后，就一脚把人踹开的人吧？"

我对着谭寒说道，也许，也是在对自己说。

说不在意是假的。

对黄锦立是有一点失望，可是，还是想相信他。

谭寒闷着头。

"到了现在，你还在为他开脱。

"看来你真的很喜欢他。"

"啊？"

谭寒突然开口，却是牛头不对马嘴。

"要是有人做了对不起你的事，你是像对待阿 Ken 那样，再也不会信任他，还是像对黄锦立这样，再给他一次机会？"

"什么？"

他的声音有点苦涩。

"我猜是阿 Ken 那样。

"在你心中，只有黄锦立是特别的，对吧？"

瓶装果汁掉在了地上，乱滚了几圈。

我拾起果汁，瓶身已经脏了，不再崭新如初。我拿出纸巾，一遍又一遍地擦拭着。

公司终于爆出最后一部好莱坞合拍片获得者。这个角色比第二部更重要，戏份曝光率仅次于林弦——黎雪得到了它。

她激动不已，在公司就搂住了黄锦立的脖子，不再顾忌其他人的目光。黎雪搂着黄锦立，笑得异常开心。

我握着那瓶脏了的果汁，却怎么都握不住。

手一直在颤。

浑身发抖。

"黎雪真幸运，竟然是她，就她那个演技……"

"那是好莱坞啊，是好莱坞，国际影坛，所有演员向往之地。我要是宋微，肯定呕血。"

"我对演艺圈都快没信心了，凭什么没有宋微，宋微功劳那么大，演技那么好。难道没家世，没背景，就注定要被炮灰吗？"

公司其他艺人窃窃私语，满是为我不平。

我已不想再听。

落荒而逃。

原来，我也有承受不住的时刻。

泪水模糊了双眼。

"影后宋微即将跳槽 ESE，ESE 天价签约宋微！"

"多年付出得不到回报，宋微不再续约品优娱乐。"

"好莱坞大片全部给花瓶，实力派女演员得不到机会。"

"ESE 开出优渥条件，尊重实力派演员，满满诚意打动影后宋微……"

媒体疯传我即将跳槽 ESE。

本身就是容易上头条的体质，又是在这么一个敏感期，新闻一上去，就立刻变成国民性的爆炸大新闻。热搜怎么都下不去。

传闻愈演愈烈。

黄锦立似终于坐不住，直接打电话给我："你真的要走？"

这是两个月来他的第一通电话。

"我真心待你。你真的要走？"

"这叫真心待我？那待我可真是够好的！"

几乎气笑。

可是挂上电话，眼眶又很酸胀。

像条快渴死的鱼。

品优娱乐还没对流量做出回应，一个重磅炸弹就在娱乐圈炸开锅——刚刚通过黄锦立拿到好莱坞角色的黎雪已跟 ESE 签约！ ESE 表示，将全面承担黎雪的违约金！

消息如暴风雪席卷全国。

只不过一朝一夕之间，楼夕之、我、黎雪，一个一线大牌，一个当届影后，一个签约好莱坞电影的女星，居然全部从品优娱乐跳槽 ESE！

有媒体人评价："这对品优娱乐是致命一击。冬天才刚开始，品优娱乐就已陷入巨大寒冰之中。"

我裸着脚站在毛绒毯上，丢下手机，有零星小雪落到落地窗上。

冬天真的到了。

而与暴风雪一同来袭的，是几分钟前我点开过的一个微信消息。

"已辞职。谭寒。"

如人一样简洁。

像是来的时候那么突然，所以走的时候也丝毫没有感情。

第十一章
留在我身边

黎雪转投 ESE，闹得轰轰烈烈。

ESE 像打脸一样，将黎雪签约 ESE 仪式办得极其盛大，不仅耗费巨资，甚至还让楼夕之担任重要嘉宾，进行全网直播。昔日两名在品优娱乐颇有名气的女星，跳槽 ESE 后，穿着华服相互贴脸祝福，亲密得像一辈子的好姐妹。说 ESE 能提供一个相对更健康、更公平的环境，能让人毫无顾虑、专心演戏。

说辞虽然含糊，但是结合前阵子的事，人人都好像明白了点什么。

媒体马上问黄锦立怎么看。

黄锦立懒洋洋地笑说，刚进 ESE，演技就提高了一大截。

据说媒体记者们当场笑喷。

黄锦立的话自然也传到 ESE 那儿，ESE 总裁厉睿回应：内忧外患，不足为惧。

其他人或许只是当官方回答。

我却嗅到了点不同的气息。

内忧外患？皇冠荣耀和 ESE 的联盟不是瓦解了吗？ESE 也失去了先机。就算黎雪自带角色过去，但 ESE 又能做到什么程度，难道还有后招？

没过几天。

"林弦好莱坞拍戏受伤，面临换角危机！"

"黄锦立陆瑜翻脸，两人早有隔阂？"

"黎雪艳压好莱坞明星，演技备受期待！"

"宋微即将跳槽 ESE，品优娱乐一线女星全部走空！"

……

有媒体挖出猛料，说陆瑜对黄锦立早就心生不满。这几年消失，正是因为两人关系尴尬。看似交好，不过是对外演戏。一时之间，最重要的新人拍戏受阻，黄锦立陆瑜兄弟情被质疑。

品优娱乐动荡不安，周围阴谋蠢蠢欲动。

楼夕之的电话来得更加频繁。

"黎雪刚过来，就有两部大电影。全是大导演大阵容。宋微，你还等什么呢？

"黄锦立自身难保，品优娱乐大厦将倾，难道你还准备继续留在那儿，然后再被黄锦立炮灰一次？

"黄锦立一个角色都没留给你，给林弦黎雪都不给你。他这样对你，你还能继续忍受？宋微，你是个聪明的女人，别让我瞧不起。"

是啊。

我能忍受吗？

在演艺圈，一个宝贵的机会来之不易。一部电影红了，可能你就名扬海内外。一旦错失良机，可能一生，再无浪花。如果这是场豪赌，你是愿把身家筹码压在黄锦立身上，还是 ESE 这样的执行官？

外面的新闻腥风血雨，公司内部兵荒马乱，楼夕之的邀请犹如甜言蜜语。落地窗外梧桐树枝在风中摇曳，它们压抑而孤独地伸向天空。

若是我拥有了选择的权利，黄锦立，你会请我留下吗？

手机响了很久。

久到有些不确定黄锦立是否会接，这也是我这段日子，第一次主动打电话给他。一时之间，思绪有些杂乱的反而是我。

最终黄锦立不耐烦地接了电话，像被人从睡梦中吵醒。

我看了看钟，居然已经凌晨 3 点了。

发现是我打来的，黄锦立仿佛清醒了过来："微微？"

"这么晚了，找我什么事？"虽然依旧带着睡意，但语气多了股深夜的柔情，"你很久没给我打过电话了。"

是的，我见不到他，只听得到他的声音。

但闭着眼睛，我都知道他的唇线翘了起来。

你也想我了吗……

"你怎么想？"我轻问。

没头没尾地冒出一句，但我知道他懂。

现在局势已经这么险峻，他不可能没想过对策。我想跟他探讨这些，我希望这一次，面对困难时，我也能参与进来。

"什么怎么想？"他顿了顿，回避着，低低笑，"你在问，这些日子，我有没有想你？"

想听的不是这些。

"就算我跳槽 ESE 也无所谓？"

楼夕之走了，黎雪走了，如果我也走了，这会是你想要的局面吗？现在，请对我说，不要走。

对我说，留下来，微微。

我想要你留下来。

手机那边突然一默。随后陷入了漫长的沉默。过了很久很久，就在我怀疑黄锦立快忘了这通电话时，熟悉而陌生的男声才又传了过来。

"微微，"那边顿了顿，"你知道吗？

"一个男人，就算会遭遇困难，也不该让女人为他担心。

"那样太没种。"

他好像有点自嘲地笑了笑。

"而且，我也不信女人。"

我哽着嗓子。

想到竟从未被他信任过，莫名难受。

"或许从小到大，家里、公司，围绕我父亲身边、我身边的女人太多太多，她们或许在电影里演技烂得要死，现实生活里，却可以拿奥斯卡。

"看腻了那些把戏后，即便想认真，也变得和她们一样了。"

黄锦立顿了顿，似乎轻轻叹了口气。

"从商界战略角度，我可以对你下承诺，你会一直是品优娱乐的一姐。还可以诱哄你，看我之前对你的重视，看看金柏奖对你的力挺，我黄锦立保证只要你待在我身边，我就会给你想要的一切，但……这一定是骗人的。

"黎雪也好，楼夕之也好，她们走了，顶多算我一招不慎，被厉睿钻了空，但她们本身对我不会有半分撼动——因为我黄锦立成功从不靠女人。"

我听了。

不知道是难过，还是该开心。

黄锦立比我想象中更男人，更有抱负和谋略。若他此时说爱我、需要我，我会将信将疑，但也许会留下来帮他。因为终于证明了我的价值。

这些年来，我想要的不就是他的另眼相待吗？

可他此时所说的，是如此残酷丑陋。他戳破了一个童话泡沫，可又真实得坦率。

"为什么凌晨3点我要跟你说这些？"黄锦立低声笑了笑，他又恢复成平日的语调，半是正经半是不正经，"不过，就算连你也不在了，品优娱乐也依旧是我的品优娱乐。只要有我在，品优娱乐就不会倒！"

是啊，他也有他的胸有成竹，他也有他的骄傲。

哪怕当时受到最严峻的夹击。

只是遗憾，我进入不了你的心。

你的恋情那么多，却没有真正在意过一个人。我的绯闻那么多，却只想跟你传一次真正的恋情。

之前拍摄的电视剧开始播出。

即便被叫着天雷滚滚，观众们还是追得津津有味。明明性格糟糕的人物，我也尽力挖掘角色的内心戏，就连颐指气使的个性居然也能引来粉丝们的追捧。

"躲过了楼夕之，躲不过宋微撩弟。"

"微微女王毒舌技能满满，每集真是火力全开啊。"

"我去，我是女人，我都快爱上微姐了，请问微微小姐姐还收女朋友吗？能吃能睡能长胖的那种。"

比超高收视率还要令人惊奇的，是我的人气再次高到了极点。有几个假新闻因为带上了我的名字，瞬间热搜第一，弄得网站服务器都瘫痪了。大牌代言、时装杂志、国际时装周邀请纷至沓来。

"ESE总裁夫人是陆瑜初恋？黄锦立陆瑜再次翻脸！"

"黄锦立夜飞美国会林弦，林弦伤势无大碍拍摄照常进行。"

在我人气狂涨的同时，品优娱乐的负面消息越来越多。丑闻像一个个黑色旋涡。人人都可以嗅到大厦将倾的危险。

"品优娱乐的优势是三部好莱坞合拍片，但每部合拍片制作周期至少要两到三年。周期如此之长，且不说黎雪已自带角色跳槽ESE，我们不仅要反问一句：品优娱乐是否就靠着三年后的这三部片子翻身？中间几年什么也不干？"

"黄锦立和陆瑜两人之间矛盾重重。当年最默契的时代已经过去。对外所谓的'默契'只不过是做给外人看。"

"宋微这几年电视剧作品颇多，收视率极高，是当之无愧的电视剧女王。电影票房也很不错，更有金柏奖影后加持！楼夕之、黎雪已走，一旦宋微离开，品优娱乐短板顿现，无人可用。"

铺天盖地都是ESE撒下的网，而品优娱乐在这张黑色大网下危机重重，后继无力。战线拖得越久，暴露的漏洞也就越多。

"宋微是否离开，可能会是压垮品优娱乐的最后一根稻草。"

我看着新闻头条用红色写出这样一句话。

黄锦立带着林弦即将归国。公司安排我去接机，其用意我自是明白。不想去，但还没解约，非去不可。

楼夕之这次电话也没打，直接跑到我家堵人。

她穿着Burberry风衣，气色没有在品优娱乐时那么好，但眼底那种高傲依旧保留着。

她不再跟我针锋相对。

"这次是我最后一次劝你。"

跟之前的同病相怜，循循劝诱不同，这一次楼夕之的语气隐隐含着强势。

"ESE等你很久，一次又一次开出天价，连黎雪都懂得审时度势。你再摇摆不定，再坐地起价，总得有个限度是不是？

"我知道你在犹豫什么。

"你心疼他，你不忍。

"可是，走了林萱，还有黎雪，走了黎雪，还有林弦……宋微，我知道你爱他。"

我的心一揪，惊愕看她。

"你掩饰得很好。"楼夕之轻轻摇头，"可爱是掩饰不住的。"

她眼神突然一软，怜悯地看着我。

"你是我们之中最聪明的，最有决心的，却也是我们之中最傻的。

"再不来ESE，黎雪都要超过你了，抑或是，你想看着黄锦立捧红一个又一个酷似林萱的新人？在你面前跟她们卿卿我我？

"即使你能忍，即使你比赢了她们，可是，活着的人又如何比得过一个死人？宋微，你觉得自己能比得过林萱吗？！"

"够了。"

我重重放下红茶。

不要再说了。

这一次，楼夕之轻而易举地抓住了我的弱点。

飞机晚点了半个多小时。

终于，一个英俊男人带着一名少女走出出口。八个保镖在一旁开路，男人极度细心，没让她拿一点东西，还微微侧头等她。那是黄锦立和林弦。

我远远看着，没有说话。

黄锦立见到我后，隔着人群向我招手。而林弦的神情还是冷淡又高贵。

早已埋伏许久的记者们冲上来，镁光灯对着我们乱闪，黑色的话筒、摄像头快戳到脸上。众目睽睽之下，好奇兴奋汇聚一堂。

"黄总你亲自接林弦回国，好莱坞那边拍的怎么样？拍完了吗？"

"宋微小姐你是来接黄总，还是接林弦？"

"林弦太像林萱年轻的样子了，黄总你怎么看？你看好宋微，还是更期待林弦的未来发展？你觉得她会像林萱那样成为国际影后吗？"

"林弦一出道就演国际大片，宋微，你会不会羡慕？"

"林弦成为品优娱乐一员，你会有压力，担心被她超过吗？有消息说你马上要跳槽 ESE，是不是真的……"

黄锦立皱了皱眉，似乎没想到会涌入这么多记者。我也觉得有点奇怪。品优娱乐派我来接机，只不过是要我帮林弦上头条，捆绑一波，利用我的名气让她再上全民热搜。

但今天来的记者似乎太多了点。

黄锦立用那双干练迷人的桃花眼，扫了记者们一圈："宋微已是影后，林弦只不过是新人，无从比较。"

他拉过我，跟我靠得比较近，让记者们拍我们的合照。暗示媒体记者，我在他心中的分量。

我看了眼林弦，她宁静地待在一边，没有任何触动。不像黎雪，也不像楼夕之，她们偶尔还有嫉妒的成分，而林弦对我，是完全的漠视。

"既然如此，为何黄总不把林弦的那个角色给宋微？难道她的演技没有林弦好？"

"宋微小姐档期抽不开。"

我唇角含笑，眼神不变。

谎话见怪不怪。

"如果她档期抽得开，你会把这个角色给宋微吗？"

"当然。"

我兀自一怔。

快速瞟了眼黄锦立，你认真的？

直到这时，林弦才轻微蹙了一下眉，而后又恢复成什么都不在乎的神情。

"可是好莱坞的合作项目不是有三个吗？为什么一个都没留给宋微，难道她一直没有档期？为了国内偶像剧连好莱坞大片都不要？"

我心里忽然闪过一丝怪异的感觉。

这群记者的态度很奇怪，非常有针对性。如果只是单纯为了捧林弦，焦点不应该在她身上吗？

黄锦立略有深意地看了那记者一眼。

"谢谢大家前来接机，时候不早了，还有其他乘客，我们就不要妨碍社会公众资源畅通运行了。"

黄锦立示意保镖。

八位人高马大的保镖将我们护在中心，把记者们层层隔开。有记者依旧不死心，像八爪鱼那样，几乎扒在保镖身上，举着话筒问。

"宋微，你早已决定加盟 ESE 对吧？"

"黄锦立对你毫不重视，你怎么看？一个毫无经验的新人就能轻易取代你的地位，你怎么想……"

无数镁光乱闪，成了一场残酷的拷问。

我脑海里闪过楼夕之的那些话，这似曾相识的逼问，莫非……

果然是 ESE 的做法。

雷厉风行、铁血强势。

ESE 操控着记者，逼迫我现在、马上与黄锦立决裂！

黄锦立眼睛飞快一眼，直直看向我。他牵着林弦，但似乎太用力了，林弦有点吃痛地惊呼一声。

黄锦立没顾上道歉，而是松开了她。

林弦瞳仁微微一缩，她伸手抚了抚大衣的褶皱，眼神转到我身上。

记者们穷追不舍。

"听说 ESE 以顶级资源相邀，随时签合同，你们计划何时公布消息？"

"连一个好莱坞角色都不给你，只会耽误你星途的公司，只让你带新人的公司，离开也是必然的吧。"

我淡淡听着，没有停下步伐。

黄锦立频频朝我侧目，眉头紧蹙。他不发一言，身上多了股疏离沉默的气息，不再像往日那样自信满满。

明明那晚电话，说不在意我走，为何现在又露出这样矛盾的神色。

楼夕之走时，黄锦立笑着挨了她的巴掌；黎雪走时，他满不在乎；然而现在，隔着一堆记者模糊的脸庞，我看到他的眼神竟闪着微微的苦涩。

是你说的，在你的世界里，任何女人都不值得信任，谁离开你都一样。

但为什么，我还会心疼……

周围嘈杂不休，耳边是记者们的逼问声、推挤声，机场大厅的人也围观过来，举着手机对着我们猛拍。

我轻笑，对着镜头，开口。

"黄锦立，当然是个浑蛋。"

这一刻，所有目光顿时聚在我身上。扛着黑色摄像机的记者们，齐齐面色惊讶！无数闪光灯噼里啪啦，紧接着对我一阵猛拍。就连黄锦立闻言，神色也黯淡了片刻。大家的注意力全部被我吸引，紧紧盯着我。

"前几天我还跟他打过电话，问，你看我这么红，记者们这么爱我，天天给我头条，ESE 都想挖我，你怎么还没有一点表示？"

我笑着，对记者们道。

"结果你们知道他说什么吗？

"他居然说，你休想让我求你。作为老板居然傲娇。"

有记者忍不住笑出声："后来呢？"

"后来，你们也看到了，他今天特别邀请我来接他。男人的心我永远不懂。"

记者们拿着录音笔笑成一团。

"至于传闻我要跳槽，对此我真的很无奈。虽然还没红成国际巨星，但其他公司联系我，想与我合作，这在娱乐圈再正常不过吧。"

我神色一正，记者们意识到接下来的内容，可能是一记大猛料，各家的话筒更紧促地往前伸。

"即便别的公司条件开得再高，我也不会过去。

"曾经有个人，把我推荐给云修封景，曾经有个人对我说，艺术不能用商业来衡量，曾经有个人告诉我，品优娱乐是他的责任。

"身为品优的一姐，我也同样要说，它也是我的荣耀。对它重视的这份心情，就像重视我自己一样。"

"所以你不会加盟 ESE？"记者插话。

"不是不会。

"是永远不会。"

我很少如此认真地回答。或许最后那话太过于掷地有声，全体记者一瞬间都噎了一下。黄锦立也怔住了。

气氛从喧杂变成沉静，记者们从咄咄逼人变成安静无声。

黄锦立的眼睛微微颤动。

他深深凝视着我，嘴唇动了动。

好像要对我说什么，又不知道说什么。

隔着人群，我在心里默默对他说道。

即使你说，我们全部离开，你也不会动摇。

但我仍想与你在一起。

不想背叛你。

不想让你独自一人，四面楚歌。

"你不是都决心要走了吗？"远离了人群，黄锦立忍不住问我。他的目光非常复杂，像是感谢我留下，又像是不相信我会这么做。

"噢，"我耸耸肩，拖了一个长长的音，"原来在你心里，从没想过我会留下。"

黄锦立顿了一顿，道。

"ESE 给你开的价码我很早就知道了，那是个令人无法拒绝的邀约。"

我睁大眼睛，心底忽然浮现出这个想法。

"难怪你当时……"

因为竞争公司价码过高，所以压根不相信我会留下？

黄锦立松了松脖颈间的领带，做了个深呼吸，像是放下了长久以来的防备，语气不再轻佻随意。他很少这样，平时最多的表情是不在意的痞笑，即使如临大敌，也显得很镇定。

"宋微，如果我们位置对换，你认为我会留下来吗？"

我一怔，随即明白了他的意思。

感情是娱乐圈最靠不住的东西。与其相信无法保障的未来，不如抓住眼前的机会。起码这些才是真正属于自己的。

所以楼夕之跳槽，黎雪被挖走。她们认为自己的利益更重要，所以背叛起来也毫不手软。因为黄锦立是男人，给他的公司带来重创也是他应该承受的。

黄锦立微微低着头。他风尘仆仆，从美国回来还没来得及倒时差，眉宇间多了不曾见过的疲态。

这是一场很长很硬的仗。

虽然他从未倾吐，但整个圈子都知这是品优娱乐的转折点。要么顶住攻势，要么元气大伤。若黄锦立更心狠手辣，抖出楼夕之黎雪的绯闻丑闻，让她们引火上身、自顾不暇，或许会有所缓解。可那样的话，对于一个女人的清誉，就会造成不可抹去的黑历史。黄锦立从来都知道这点，可他从未用金钱名利强迫过任何人，也没有在她们离去时打击报复。

他有那么多不好。

唯一好的那一面，又从来不会被人真正发现。

真的很疼惜他。

我仰着头，望着黄锦立的眼睛，反问。

"如果你是我，你相信我会留下来吗？"

你敢不敢赌一次？敢不敢信我一次……

黄锦立敛了敛眸，良久，才缓缓开口。

"你的每一部剧本我都亲自看过。

"剧情不一定经典，对你的流量、人气、公众形象却非常有帮助。

"你不是温室小花，不如强化特质，变成更有辨识度的大花。而且这些完全可以转换成为你的个人号召力，你的团队能更好地去找时尚品牌代言，那些名导也会更想与你合作。"

我的眼眸闪了闪。

没想到他竟也有为我考量……

黄锦立用手捂了捂额角，侧过脸，似乎自嘲笑了声："呵，现在说这些，有点矫情。"

并没有。

好想抓住他的袖角，这样告诉他。

"可是……你一个好莱坞的角色都没留给我。"

这在我心中是一根刺。

一个女艺人的黄金演艺期很短暂。你给了其他三个女艺人，唯独忘了我。我在你心中，配不上这个宝贵的机会吗？

我也想进军国际影坛。

也想看看好莱坞的明星如何拍戏，如何演绎角色。

黄锦立转过脸，看着我，眼神微微复杂。

他眉头微微一皱，黑色眼珠凝视着我，像是忍了半天，才难以启齿般开口。

"三次。

"我问过你三次，你都拒绝了。

"你说，我给的机会，你不稀罕。不要用这种方式补偿你。你不要。"

我错愕出声。

"我什么时候拒绝了？！"这简直无中生有。

"你回绝我的次数还少？"黄锦立眉头依旧皱着，顿了顿，有些不甘心，"每次都被你无视。找你都被谭寒挡在门外。

"谭寒说你不想再当我的挡箭牌，问我还想怎样榨干你……"

不可能。

我怎么可能说这种话？

"当演员本来就要有当演员的觉悟。进入圣堂级的电影世界，跟最有才华的导演合作，是每一个演员的梦想。我怎么可能轻重不分？"

"也怪我。"

黄锦立眼神变得有点不自在，他扯了扯领带，似乎低骂了自己一句。

"那天之后，一看到谭寒，就想起你们接吻的样子。我……"

口吻竟有些别扭。

"谭寒说你已将所有事情委托给他处理。你不想见我。不想再跟我说一句话。你已准备去 ESE，不会跟我有任何瓜葛。"

"我从没这样说过。"

我几乎快要扶额，怎么会变成这么奇怪混乱的状况？

"我心里唯一不舒服的是，我的心甘情愿到最后才发现你一开始就有此目的。让我、让我觉得从未被你真正在意过。"

这种感受憋在心口好久。

每次一想到，胸口酸酸涩涩，却难以说出口。

害怕一旦说出，就成了我一个人的自作多情。

然而，黄锦立居然会这样认为，太不可思议了。说到最后，我们两人目光同时相撞，抓到一个共同关键点——谭寒。

"你确定是谭寒说的这些话？"

我不可置信，可是又不得不确认了一遍。

没有哪一次，像现在这样。我抓着黄锦立的手，真希望只要用力一些，他就会对我回答"不是"。

黄锦立细密的睫毛垂着，像是一场哀悼。

他半天没有说话，我心底已知道了答案。

记忆碎片奔涌而出，先是那场突兀的、冰冷的吻，然后是金柏奖时我拉着他的手臂，他给我的承诺，记忆最终，是他离去时孤独而寥落的背影，以及最后那个简短的微信：已辞职。

我低着头，深深吸了一口气。

"真的，是他吗？"

最后一次问，声音却情不自禁地颤抖起来，有种快掉泪的冲动。

"每一次，都确定是他亲口回绝？"

不想承认这是场成功的卧底与离间。

在阿 ken 之后，我曾对自己说，再也不要相信任何人，可是，为什么还是会心痛？

察觉到我的情绪，黄锦立刻意轻描淡写。

"林弦之后，准备跟进的，就是你的项目。你的电视剧马上开播，再加上好莱坞电影爆料，这样可以双重宣传。"

我闭了闭眼。

大致勾勒出黄锦立原本的意图和战略。

我误以为黄锦立故意忽略我的事业，原来他早有打算。

是……谭寒。

明知道这对我来说多重要。

为什么是你？

我紧闭着眼，深深呼吸，想把难过压抑在心底。

抓着黄锦立的双手不由得松落，却被对方挽住、握紧。黄锦立扣着我的手指，他的手指修长而有力。

黄锦立深深看着我，像要看进我的心底。

"微微，我知道你爱逞强。

"我也知道，你现在难受，不想让人看到你脆弱的样子。"

他一把搂过我，眼神怜惜。他双臂有些用力，好像这样，就能让我下一秒快要涌出的泪水倒流回去。

"可我不想看你为别的男人哭。

"你还有我。"

犯规。为什么令人更想哭了。

把头埋在黄锦立怀中，我忍着眼泪，西服的布料磨着我的脸。

谭寒。

本来你才应该是那个永远可以依靠，永远是我背后支柱的那个人啊。你给了我这样的错觉，为什么却……

"要怪就怪我。

"是我太不谨慎，对你造成了伤害。

"微微。"

谭寒你看，连黄锦立都在为你说话。

想起你曾问我，对于背叛的人，是不是不会原谅？

我心里突然空出一块。

原来你早有预告。

"微微，"黄锦立突然若有所思，低头凝视着我，像在问一个他思考不出答案的问题。

他紧紧盯着我的眼睛。

"你还记得我刚才问你的问题吧。如果你是我，你信我会留下来吗？"

我回视着他的双目。只想告诉他。

留下来，是我不想成为别人重创你的棋子。

留下来，是我想让你尝到最好的信任。

总有一天你会感受到，就算你不相信全世界，你还可以信我。黄锦立一直看着我的眼睛。有那么一刻，我觉得他快要看到我灵魂最深处。

"那你呢？"

我浅笑看他，将想说的话藏在心底，避开问题。

"为什么明明都以为我要去 ESE 了，你却还是对我很包容，从没有怪过我？

"还有，为什么看到谭寒吻我后，就连找我都不敢找了？"

黄锦立怔住了，好像一下子被我问蒙了。

似乎自己也从未想过这些，陡然之间，毫无招架之力。居然一个问题都回答不出来。

一贯的好口才都变得结结巴巴。

"我、我……"

黄锦立被我看得频频后退。连一个借口都找不出来。

被逼急了，才反问。

"别转移话题，你还没有回答我，为什么愿意留在品优娱乐？"

我眼睛瞟向别处。

"没有什么为什么。"

黄锦立再一次凝视着我的眼睛。

离我那样近。

他的眼睛很迷人，无论在曾经的夜色中，还是现在。他看着我，像要把这一刻的我牢牢记住。空气流动得很慢，有那么一刻，时间好像会就此停止。

他终于放弃了再次逼问我。反而低下头。

"谢谢你，微微。"

黄锦立在我额头轻轻印下一吻。

"谢谢你，还愿意留在品优娱乐。

"留在我身边。"

【未完待续】

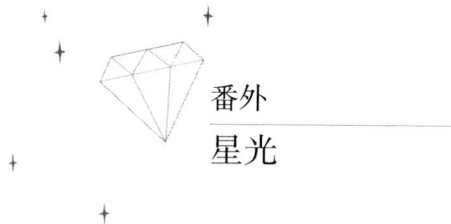

番外
星光

Part 1

绯闻。绯闻。绯闻。

在谭寒没有真正接触宋微之前，他对这个女人唯一的印象，就只有这两个字。明明不是一线，曝光率、流量却大得可怕。虽然是一面倒的负面消息。

世上哪里来那么多捕风捉影。就算一百件报道中有九十九件是编造的，那最起码剩下一件总是真的。

在这种明显不符合娱乐圈正常宣传的频率下，任何经纪人对这个女人都多多少少会有点留意。而他当时内心对宋微的定位，就只有"炒作"这个标签。

真正让他开始注意到宋微，却是黎雪的缘故。

黎雪是他带的艺人。清纯，美丽，但谭寒知道，黎雪的重心其实并没有放在演艺事业上。一来她父母皆是高干，允许女儿踏入这个圈子已经是最大的底线，吻戏、床戏绝不允许接；二来，黎雪也吃不得苦。对她而言，进入这个圈子，认识她喜欢的偶像，漂亮的自己被其他小女生当作偶像崇拜，就已足够。

这导致他能给黎雪接的广告代言、影视作品无法更多。尤其黎雪还时不时地"要要大牌"，拍摄广告迟到，谈下来的剧本又嫌弃人家制片人不够出名，不愿意接。

每每这时，谭寒会一面抚平黎雪的情绪，一面同那些广告商协商、道歉。同时还要更小心地处理媒体关系，摆平所有的相关报道。

因为这些，被人辱骂看低当然是有的。但他是黎雪的经纪人，经受这些是理所应当的。谭寒并没有觉得不妥。也正因此，他成功地给黎雪营造出了一个不错的美誉度。

跟绯闻缠身的宋微截然不同。

对这一点，黎雪的父母颇为满意。他们收养他，培养他，他必须满足他们的一切需求。唯一不满的，是黎雪本人。

她相当留意自己在报纸上的报道，可每每只有寥寥数语，这种不满的感觉逐渐转移到了曝光率极高的宋微身上。

他曾听见黎雪嘲讽地说：

"这个宋微真是有够会炒作的。

"和谁都能有一腿。

"肯定跟这个导演睡过，就知道靠潜规则上位。

"媒体怎么搞的，专门报道这种艺人，就是因为她们，我们这种好演员才没有办法接到名导的戏……"

因为有了宋微做对比，黎雪显然把自己归入好艺人的那一方。尽管两人从未有过交集。

然而不久之后，她们因一部古装武侠剧有了交集。

谭寒还记得那部电视剧，品优娱乐比较重视这名导演，虽然出于风险考虑，不会投入大笔资金，但是给了他足够的自由度。

导演决定从新人及二线演员中挑选主角。消息传出去后，很多艺人都跃跃欲试。谭寒差不多用尽浑身解数，终于将黎雪推进成女主角的最后五位候选人之一，等待着导演的试镜。而这五名候选人中，就有宋微。

试镜那天，他陪着黎雪一起过来。

一路上黎雪都很兴奋，直到在门外碰到了宋微，以及她的经纪人阿Ken。

而这，也是谭寒第一次见到宋微真人。

灵眸倩影。

美得令人心脏狂跳。

比照片上还要美艳几分。尤其那双猫一般的眼眸，时刻闪烁着微光。即使懒懒地同经纪人阿Ken说话，懒懒地打着哈欠。都像波斯猫的慵懒中透着一丝灵气。

正是这种灵气，不知不觉中吸引了所有人的目光。

黎雪明显感到压力。

她在等待过程中变得非常焦躁，不断向他反复确认、保证，到底是她漂亮，还是宋微漂亮。

这真的无从比起。

黎雪的确美丽，可是跟宋微相比，少了一些自己的东西，有些平庸有些庸俗。未必是气场，而是那种罕见的灵气与神魄。

然而到了这一步，即使他一贯少言少语，此时也不可能说实话，他违背着自己的心愿，回答："你漂亮。你比宋微好看。"

谭寒记得当时自己回答了不下七八次。

最后一次，还被宋微听到了。

他看到宋微别有深意地向他投来一个眼神，抿嘴而笑。然后一点也不在意地转过头，继续同她的经纪人阿 Ken 说话去了。

不知道她在说什么，对方好像对她很没辙，脸上露出一种又无奈又宠溺的神情。

他突然对那个能与宋微聊天的人心生羡慕。

试镜开始，女演员们一个个进去。此时经纪人能做的，只有等待。无事可做的他和阿 Ken 这才交谈起来。

阿 Ken 口不对心："你带的那个艺人不错啊，年纪轻轻，长得也好看。"

虽然是恭维赞美的话，但谭寒清楚，阿 Ken 一点也没将黎雪放在眼里。在他心中，谁都比不得他家宋微好。

这是种很奇怪的直觉。

这种直觉就像，宋微在的时候，阿 Ken 给他是一种感觉，宋微不在之后，阿 Ken 给他的是另外一种感觉。

并非是那个被自己的艺人说得无言又宠溺的经纪人，而是一个老成的、懂得伺机狩猎的经纪人。

两人有一搭没一搭地聊了起来。

谭寒性子沉默，大多数时候在听，那个阿 Ken 也没投入很多心思，只是随意闲扯。宋微和黎雪拍完定妆照试镜。两人走出房间时，宋微侧过身，让黎雪先行，黎雪得意"哼"了一声，仿佛理所当然。

谭寒注意到。

宋微从头到尾都没说什么，涵养很好。

谭寒内心突然反问自己。这样的宋微，这样慵懒的漫不经心的宋微，真的喜欢自炒自黑？

他第一次对自己的想法产生怀疑。

回去的路上，黎雪拿出手机神秘兮兮地拿给他看："今天试镜时的那个摄影师，是我爸爸朋友的儿子。

"那个哥哥说了，导演对我的印象很不错。只要试镜的结果OK，这个角色极有可能就是我的！"

谭寒跟着笑了笑，表达了祝贺。

到底是女孩子心性，藏不住多少情绪，一开心就一下子告诉他了。

黎雪既然说得如此肯定，那么想必是非常有把握了。除了半夜睡觉，他眼前闪了闪，宋微那双懒洋洋却聪慧的眼睛。

几天后，试镜结果：主角——宋微。

同时一些媒体爆出绯闻，说是宋微跟导演私下见面之类。

黎雪得知。眼眶瞬间红了。

如果不是谭寒紧紧拉住她，恐怕她就要去找宋微理论了。那一晚黎雪哭得很惨："那个角色明明是我的……要不是她用那种下三烂的手段，要个是她……"

再然后，黎雪对他开始变得躲躲闪闪，曾经小时候她要他一辈子守护她。直到谭寒发现，黎雪在与品优娱乐太子爷黄锦立暗中约会。

在黎雪跟黄锦立越走越近的同时，宋微的负面新闻也越来越大。谭寒有种感觉，这个幕后黑手之似乎有意断绝宋微在演艺圈的后路，让她无法继续前行。只有远远避开这个圈子，方可保住名声。

可是，那个宋微依旧毫不惧怕他人的指指点点，依旧拍着自己的戏，依旧每部电视剧收视率火爆，依旧笑着说，自己的梦想是成为一名演技精湛的女演员。

谭寒觉得疑惑。

除去那些自暴自弃，已经完全看不到前途的女星，有哪个女艺人不在意自己的名声呢？名声好、没有争议，无论是以后获奖，或是日后嫁入豪门，都是非常有利的砝码。

然而，宋微……

说她享乐人间，可事实上她是非常认真地在磨炼演技。谭寒头一次发现，自己根本看不出这个女人到底在意什么。

终于，有一天黎雪支支吾吾地对他说，黄锦立似乎觉得她和他关系太暧昧。

一向沉默寡言的他，只有在黎雪面前才会多谈几句。毕竟是自己养父的女儿。他们从小一起长大，他的人生也被早早教育：他们待他恩重如山，他必须听从他们，保护好他们的女儿，他的"妹妹"。

如果黎雪觉这对她跟黄锦立的关系是种负担，那么他知道自己该怎么做了。

黎雪如愿以偿。

他也不再是她的经纪人，他成为宋微的经纪人。

Part 2

做宋微的经纪人是件很奇妙的事情。

宋微跟黎雪完全不同。在黄锦立出现前，黎雪事事依赖他，而宋微十分自主，独立。她似乎一直都很明白自己要什么。

最开始的几天，那个眼睛像猫一样狡黠的宋微，总是漫不经心地叫着他，戏弄着他。看似亲近，可他认为，那是被阿Ken背叛后，她不想信任他人的一种反应。

她拒绝再相信任何一个经纪人。

这种想法其实是对的，他的确不值得她信任。

偶尔一两次，她提到阿Ken这个名字，然后又岔开话题，或者不再谈论的时候，他发现，她是个比自己想象中更念旧情的人。

他什么也没有说。

他现在的工作就是做好宋微的经纪人。做一名经纪人所能做的，陪着宋微试镜，帮宋微谈各种代言，帮宋微争取最好的剧本，在宋微拍杂志封面的时候，在一旁久久等她。

那些杂志拍摄，光是化妆便要两三个小时，一拍便是一天。宋微在反光板和摄影灯下面摆出各种pose。很难想象，原来带点慵懒气息的宋微可以展露出如此多的面孔，美得令人不敢直视。

她拍得太镇定，很多时候效果好得出乎摄影师意料。乃至有时谭寒都忘记了，她踩着十几厘米的高跟鞋很容易腿肿。

好几次之后他才注意到这一点，他把她的双腿抬高消水肿，替她按摩。宋微当时的表情，竟然是……十分诡异。

像一个倔强太久，内心其实十分柔软的小女孩。

他看她拍片，看她摄像，看她顽皮而又自负地说：

"虽然看起来不怎么努力，可事实上每次拍摄前，我都会思考构图，在自己的大脑中把细节先过一遍。

"放过去，我就是那种嚷着我回家天天看电视，总在玩玩玩，实际上偷偷用功，超级心口不一的坏孩子吧，哈哈哈，好气噢。"

那时，他看着她明媚生动的脸。

他想，他是真的愿意为她澄清任何不实报道。

愿意做她一辈子的经纪人。

但有人比他动作更快，一个他根本不曾想到的人——黄锦立。

有时谭寒觉得宋微就像一个谜，他在她身边已经有段时间，他很清楚这个女人的交际情况是怎么样，朋友有多少。

可宋微每每都会出乎他的意料。就像谭寒一直认为，黄锦立对宋微而言，只是见面次数不多的 boss。可是对方会送精致的裙子，邀请她去参加影帝的party。并在 party 上，借影帝之口，当众为她澄清项链事件……

或者说，帮她圆谎。

他是因黎雪和黄锦立走得近，所以才离开黎雪，可宋微与黄锦立之间的气氛……

宋微从不承认自己喜欢黄锦立。

不知道为什么，他故意不挑破。或许在他心底，也不希望发生这样的事情。

为什么阿 Ken 带了宋微这个艺人之后，对其他人带的艺人都不那么感兴趣？

以前他不明白，现在他懂了。

因为，不需要。

她是明星，与生俱来的明星。

每一个靠近她的人，都会为她倾倒。

而当你臣服于她迷人的气质后，你不会再有心思关注其他人，也不想关注其他人。

因为她就是你全世界的星光。

璀璨，发光，牵引着你所有的注意。

就像他已经越来越不在意黎雪到底在干什么。

如果黎雪不是他没有血缘的妹妹。

如果他不是黎雪家的养子。

从来没有承诺过。

但他真的想给她当一辈子的经纪人。

看她笑，看她自我吐槽，看她成为最高贵的影后，或许没办法成为她心底最深的那个人，但只这样看着她，就很好很好了。

可是黎雪还是找他了。

让他为她争取好莱坞电影角色。

那个角色是黄锦立留给宋微的。

这两人虽时常相互试探，但他懂，宋微在黄锦立心中的分量并不低，甚至很高。

他比任何人都清楚，只是黄锦立太自大，太不想承认这点，所以看不清自己的心。

他拒绝了。

黎雪十分生气，吼他："她抢过我的角色，我要拿回这个，有什么不对吗？"

没有不对。

可这角色是宋微应得的，这角色本来就是黄锦立为她留的。

在黄锦立最需要的时候，她为他承担了那么多炮火，那么多攻击，耽误了那么多发展，这是她应得的。

黎雪临走前，冷冰冰地说。

"你变了。"

"是你自己答应我做卧底，监视她的一举一动，可你现在竟然为了她拒绝我！

"我恨你，谭寒。"

黎雪没有再找她，可他的养父打来电话。

"你要记得你自己的身份。"

那个位高权重的养父，如是说。

"继续跟黄锦立混下去，对小雪没有好处，能进入好莱坞也不错。这孩子不听话，这么多年还在演艺圈泡着，我们也心疼。你把这件事做好，她也算如愿了。"

黎雪威胁他，羞辱他，他不在意。

可养父这几句深深浅浅的话拿住了他。

宋微曾演过一部电视剧，里面她是千金大小姐，她爱的人是父亲的养子。他看过剧本，编剧或许有些夸张，可是那些老套的恩情真的很重。

受恩之人的低微也是实实在在。

只是黎雪不是宋微，所以他没有爱上千金，可他无法违抗黎雪父亲的命令。

你能对他们收养你这么多年的事实视而不见吗？一个拿你的身份、恩情、黎雪的前途、幸福来命令你的人，有什么办法拒绝？

他们真是太聪明了。

若有可能，他希望自己从未被他们收养。

她的出现，让他的生活被重新唤醒生机。

现在，他却要做那个伤害她的刽子手。

他已经看到自己的宿命。

亲吻宋微，是一时的情不自禁。

微笑着的宋微，是他心中的女神，心情低落的宋微，却让他想要珍惜一辈子。

没想到被黄锦立看到了。

明明两个在任何场合都老练聪明的人，遇到这种情况，却像完全不知道如何处理的小孩一样。两人之间完全失去沟通。

他甚至不用打草惊蛇就办好了一切。

养父曾经夸过他，低调沉稳，不动声色洞悉一切，可是没有哪个时候，像现在这样，他痛恨自己的身份，痛恨这种能力。

黎雪拿到了好莱坞角色，飘飘然。而他知道，如果是宋微她一定会自恋地把自己夸得半死："这个大美人怎么这么厉害？""世界影坛又要多出一名美貌的伟大影后了。""以后你就跟着我吃香喝辣吧，你也会是世界上最威风的经纪人呢，因为，你有我。"

然而宋微连自己的角色被偷走都不知道。

他获得了宋微的信任。

难得的信任。

却亲手把宋微进军好莱坞的机会给了别人。

他明知道，女演员的事业走得很艰难。一个机会，一次登上好莱坞电影的机会，可能会造成整个星途的改变。

她做了那么多。

然而好莱坞合拍片的三个重要角色，没出过名的新人拿到了，后台强硬的女星拿到了，黎雪这样实力平平的女星拿到了。

宋微付出了这么多，却什么都没有。

阿 Ken 背叛宋微，宋微后来原谅了他。

而他，不论是否能够得到她的原谅，他都清楚：他此生再也无法走进她的世界了。

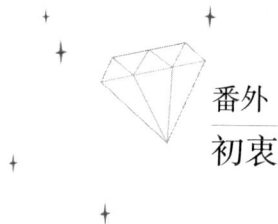

番外

初衷

在叫阿 Ken 这个土气又没存在感的名字之前，我曾有个不错的名字——文肯。半中半洋，从名字上就带点国外的情调。跟人接触打交道更是占了点优势，容易让人记住，非常适合从事经纪人这类的工作。

我想当经纪人，也热爱这份职业。

我想捧红我手上的艺人，将他们一个个带成大红大紫的巨星——这是身为经纪人的荣耀。

那时进入皇冠荣耀公司第一天的我，就是这样想的。

我做得不是不好，带歌手出单曲、拍 MV、灌唱片、跑宣传、接通告等一系列事情，我皆能谈妥办好。手下半红大红的歌手还真带出来了几个。楼夕之，就是这个时候签到我手下的。那时她不过是一个二线小歌手。

只是既生瑜何生亮。在社会上有后台，你能更快地出人头地，在娱乐圈有后台，东家就肯重金捧你，而当经纪人……我后来才明白，其实也需要后台。

经常压我一头的柳章就是如此。

柳章的能力同我不相上下，他目光犀利，手段果决，而我的手腕也不差。真的比起来，鹿死谁手也不一定。

但我唯一比不过的——就是身份。

柳章是皇冠荣耀股东之子，有些事不足为外人道也。而我得不到这样的信任与特权。

当你有关系有背景的时候，你会不用吗？

当然不会。

柳章用他手中的职权将大大小小的奖项内定给他妹妹，虽然他妹妹条件不错，可是没有这些内定的话，其他公司的艺人未必没有机会。

我手上的楼夕之未必没有机会。

时逢皇冠荣耀公司改革。

柳章的妹妹开始演电视剧、演电影，我也给我手上的艺人谈了最不需要演技又能获得好评的偶像剧，双栖发展。那几个艺人，还算卖力，对演戏也不排斥。安排什么，就演什么。其中最有潜力的，要数楼夕之。

当初唱歌平平的楼夕之，在演戏方面竟很有天赋。初次上阵，就获得不错的评价，甚至比当歌手更受欢迎。

自从网络迅速发展以后，唱片销量就每况愈下。公司要将艺人的路线重新整改，说不定楼夕之的机会来了。这样盘算的我，自是更积极地为楼夕之争取机会。

而然，所有的好剧本，都被柳章先要过去了。大制作、出名的搭档演员，全给他妹妹造势做铺垫，不仅每次都是大手笔地宣传，就连各种奖项都积极利用公关去打通。

楼夕之吊威亚吊得脊骨错位，楼夕之拍武戏不用替身，楼夕之被导演盛赞敬业，拍片几乎都是一条过。

只可惜，跟我一样，既生瑜何生亮。

她跟柳章妹妹同时开始接影视的那一刻起，就注定不得善终。新人奖是柳章妹妹获得的，最佳女主角也是柳章妹妹获得的，楼夕之提名最佳女配角，可是评委为了平衡，已不肯再将这个奖颁给皇冠荣耀公司了……

三年，年年如此。

就算我在报纸媒体上死下功夫，将她的声势和影响力扩张到极致，可永远都只是戏红，奖项无缘。在柳章妹妹拿到最年轻的影后头衔时，楼夕之这才得到一个小小的最佳女配角。最后楼夕之也认清了，她抽着烟，在冷冷的月光下对我说："文肯，你不是不行，而是没有那个权力。你帮不了我……"

想必那时，她就已看穿这个圈子的实质。

看穿了我们身处在一个最红却也最尴尬的时代。

二线和一线，就那么一线之隔，楼夕之就差那么一口气，我的确是没法帮她了。

我跟皇冠荣耀 boss 谈过，也拉下脸对柳章暗示过，希望他能拉楼夕之一把，就算是看在同家公司的分上，然而，然而……

楼夕之知道后，笑笑，说她早已料到。

挡着别人财路的人，绝对不会有好下场。一直霸占其他人的机会，不让其他人出头，最后肯定也会让人生出二心。

渐渐地，柳章妹妹的绯闻逐渐增多。

拍一部戏，就闹大牌，电影一上映，就有人在各大电影评分网直呼"太烂了""简直就是木头人，空有一张脸"种种更难听的话。票房一不好，就有报纸媒体直呼"票房毒药""已经没有观众缘""网友说，绝对不会去看她演的电影"……

这是一个网络时代。

要捧红一个新人，要将她打造成最年轻的影后，需要几年的时间和有力的代表作积累。而要抹黑一个人的公共形象，随时随地都可以，反正胡编乱造是媒体狗仔队最喜欢的……

柳章开始忙得焦头烂额。看着他忙成这样，我点了根烟，有种报复之后的惬意，同时……也有几分失落。

我做经纪人的目的，不是为了把其他艺人搞臭，而是为了捧红我手上的艺人。现在却背道而驰。

皇冠荣耀和品优娱乐间的大战我早有所闻。但楼夕之约我深谈这件事，并问我愿不愿意跟她一起跳槽到品优娱乐，违约金对方会帮我们付时，我还是吃了一惊。

离开老东家，去一个全新的环境——敌对关系的公司。

对男人来说，真有点像战场上的叛将。

楼夕之看穿了我的心思，冷笑："难道你就打算在皇冠荣耀这样被柳章压一辈子？你做的那些事，你觉得还能瞒多久？万一他发现是你干的，你我在皇冠荣耀，岂不是像瓮中捉鳖，到时有谁护得了我们？"

字字穿心。

楼夕之已不是当初在我手上的那个二线小歌手了，她已实实在在具备了一线女星该有的气场，她的确该有更广阔的天地发挥她的能力。

我同意了。

我们的离开对皇冠荣耀并没有带来实质性的影响，只是突然的决裂，加上报纸媒体的大肆爆料，成了压垮骆驼的最后一根稻草，皇冠荣耀被全面围剿。投资失力，电影收不回成本，艺人经纪人齐齐跳槽，公司制度被人诟病，皇冠荣耀真是到了一个相当艰苦的地步……

到了品优娱乐的楼夕之则是如鱼得水。

在黄锦立的力挺之下，她一连接了好几部大制作，加上企宣得当，没两年，楼夕之就跻身成为一线女艺人。

相较于她的功成名就，我却一直恹恹的，提不起劲，每日只闷着抽烟。

我想，我是患了不适应综合征。

楼夕之一直想让我重新做回她的经纪人，我摆摆手："老了，已经带不动一线大明星了，你让我歇歇呗……"

我每天在品优娱乐公司混来混去，太子爷却能容忍我，有时打照面的时候，还会叫我一声："阿 Ken。"

我叫文肯，不叫阿 Ken。

但或许，现在有人尚且记得我，同我打招呼，就该知足了吧。

阿 Ken……就阿 Ken 吧。

记不清怎么遇到宋微的，就觉得这个小姑娘还有些意思。被企宣部劈头盖脸地教训，却不恼，也不玻璃心，装作虚心受教，转过身来一点也不在意。

我开玩笑逗她："哥哥我带你，绝对把你捧成一线大明星。楼夕之就是哥哥我带出来的噢。"

她灵动的眼睛转了一圈，打量了我一下："哥哥？还韩剧的'欧巴'呢。"

我轻笑："揉眼看好了，我可比那些'欧巴'帅得多。"

宋微大笑："估计我得先找找放大镜。"

她的笑把我心中离开前东家还倒戈一击的阴霾驱散了。

我真真假假地当了她的经纪人。她很有趣，年轻，有活力，带着无所畏惧的慵懒，不太像这个年龄段的小姑娘。她们要么斤斤计较，患得患失，要么处心积虑，想要上位。

我手上的几个女孩，她最漂亮，却最不爱化妆。投资方来片场探班时，别的女孩蜂拥而上，柔情蜜意，只有她站在一边隔着距离观察。

可她比任何人都拼命，在表演上刻苦雕琢演技，看着她在武侠剧中挥洒的样子，我想到了过去的楼夕之。

是不是宋微也有一天，会和楼夕之一样，被这个娱乐圈浸淫得面目全非？

这个想法突然让我恐慌起来。

细心照料的雏鸟展翅欲飞，我却想亲手将她拽下来。

我曾对她说，我会把她捧成一线大明星。

可我食言了，非但食言，还把她的演艺道路弄得一团糟。

我亲眼见证了楼夕之的成名之路，看着楼夕之跟那些大佬吃饭、跟那些人混在一起……

我不想让宋微也这样。

这么有趣却没有后台的小姑娘，不适合这个圈子。

一线大明星哪里那么好当，我希望她能陪着我，因为跟她在一起的时候，我发现我会渐渐忘记过去的丑陋。

我又用错了方法。

似乎离开柳章，离开皇冠荣耀之后……我就只会这些不入流的手段了。

我的自私害得她变成现在这个地步。

终于有一天，她终于发现了我的"秘密"。

我曾想当经纪人。

曾想捧红我手上的艺人，将他们一个个带成大红大紫的巨星——我觉得这才是身为经纪人最大的荣耀。

然而，这个初衷离我越来越远。

自作孽，不可活。

若有一天，能回到遇见宋微的伊始，我想对她说，请尽情挥洒你的天赋。荣耀在星光的彼端，你必成影后。

图书在版编目（ＣＩＰ）数据

星光的彼端：全2册 / 青罗扇子著. -- 南京：江
苏凤凰文艺出版社, 2018.10（2023.6重印）
ISBN 978-7-5594-2859-2

Ⅰ.①星… Ⅱ.①青… Ⅲ.①长篇小说－中国－当代
Ⅳ.①I247.5

中国版本图书馆CIP数据核字(2018)第202641号

书　　　名	星光的彼端
作　　　者	青罗扇子
策　　　划	北京记忆坊文化
统　　　筹	姚　丽
责 任 编 辑	白　涵　刘洲原
特 约 策 划	暖　暖
特 约 编 辑	诗　杰　朱　雀
营 销 编 辑	杨　迎
封 面 设 计	80零 · 小贾
封 面 绘 图	Eno.
版 式 设 计	天　缈
出 版 发 行	江苏凤凰文艺出版社
出版社地址	南京市中央路165号，邮编：210009
出版社网址	http://www.jswenyi.com
印　　　刷	环球东方(北京)印务有限公司
开　　　本	670毫米×970毫米　1/16
字　　　数	506千字
印　　　张	27.5
版　　　次	2018年10月第1版，2023年6月第2次印刷
标 准 书 号	ISBN 978-7-5594-2859-2
定　　　价	65.00元（全二册）

影视版权抢订热线　010-57194853
江苏凤凰文艺版图书凡印刷、装订错误可随时向承印厂调换

MEMORY HOUSE

记忆坊文化

星光的
彼端

2

青罗扇子 ～ 著

BE
THE
QUEEN
IN
YOUR
OWN
LIFE

江苏凤凰文艺出版社
JIANGSU PHOENIX LITERATURE AND
ART PUBLISHING, LTD

目录

CONTENTS

BE THE QUEEN IN YOUR OWN LIFE

想起很久很久前的月光。

很久很久前的初遇。

不知名树上开着花，白色花瓣落了一地，

是薄薄春雪。

我你在夜色中相遇，

你的眼里有满满深情。

从此，

你是我所有甜蜜，所有愉悦，所有守护。

爱你。

我是宋微，微微一笑的微。

谢谢深爱着我的你。

这段爱与自我的旅程，就是我的宋微之路。

爱就像生火，要有木炭、助燃物才可以。

我对你的爱或许余温还在，

可永远都无法再燃烧得那么热烈了。

那个时候，我是真的想爱你。

——宋微

曾有个男人，

第一次，他不懂爱，伤害了心爱的人。

第二次，他以为用物质就可以换取爱。

第三次，他终于明白，

爱是呵护她、宠爱她、

尊重她的自由与独立。

——黄锦立

我想照顾你，

从这个冬天到后面很多的冬天。

从没对你说过，

但跟你在一起，时间总像偷来的。

幸福到我都在想，

这会不会是一场梦，害怕梦醒。

——谭寒

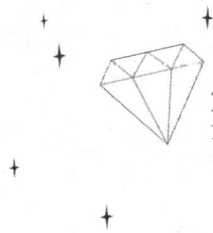

第一章

醋意

寒冷雪白的冬季，一份份报纸铺满红色报亭，铁白长架上依稀可见巨大的头版标题。一线时尚杂志不约而同选择了我作为封面人物。我的品牌代言广告也又一次霸占所有高楼大厦的灯牌位。

　　黄锦立戴着黑墨镜皮手套，一身 Burberry 长款驼色风衣，站在薄薄冬雪中。不知一时兴起个什么劲，他居然拿着一本我的杂志封面合影自拍。

　　封面上的我，烈火红唇，锁骨清晰可见。于是他传给我的照片里，就出现了这样一个情景：我的"香唇"贴在他脸上，黄锦立在风雪中笑得超得意。

　　"微微，你怎么这么'迫不及待'？"

　　黄锦立一把慵懒的嗓音。照片充满着碎冰的清新感，声音却是暧昧跳动的火焰。

　　我正睡得头发凌乱，无语地看了一眼："你不皮一下不开心是吧？"

　　音频那边的黄锦立笑得更欢："微微，我就喜欢你对我坏。"

　　我："……"

　　欠虐！

　　"不过，不想让别人看到这样的你，真想把你藏起来我一个人看怎么办？"

"对方并不想理你。只想睡觉。"

被黄锦立这样一闹，我的瞌睡也没了，起床洗漱。不一会儿，笔记本收到阿Ken 的邮件。这家伙自从跑到 ESE 后就无声无息了，只是偶尔断断续续地与我联络。这次他发来了几个资深媒体上关于我的评论。

"没有选择最具潜力的林弦，也没有选择楼夕之，最具商业价值的宋微以碾压之势一口气登上了五本国际一线杂志封面。她还尚未封神，但本身已经足够传奇！"

"品优娱乐最艰难的时刻，跳槽 ESE 绝对是理智之举。她是 ESE 最能重创黄锦立的砝码，同时也是黄锦立扭转乾坤的利器。但在巨大的利益诱惑面前，宋微展现出了其他女艺人所没有的一面——坚固地支持。"

"品优娱乐曾几度军心动荡，但宋微在机场发表的立场之坚决，态度之坚定，成了一剂最有力的强效针。目前，品优娱乐内部大患已解决，ESE 已错失唯一可以击败黄锦立的关键时机。"

快速浏览了下他发来的这些邮件。

他的意思我懂。

目光扫过最后一行，阿 Ken 只写了一句："决定了？"

黑色的光标在屏幕上闪烁着，我想了想，写了几句，又删掉。最终，我像是托付了一个巨大的秘密敲下这两行字。

"你不是好奇，我为什么还留在娱乐圈吗？

"这就是答案。"

若身份、财富、社会地位不同，再单纯的感情也会被质疑，所以我想好到足以配得上你。

不惧任何风雨。

黄锦立，你曾问我为何会留下来。因为那是你最重视的地方，所以我会为它付出所有心血。

透过高大的落地窗，整个城市映入我的眼帘。雪粒融化成一道柔软的短线从玻璃上划过。重大劫数后，这是大自然用来洗涤人类心灵的细雨。我待在室内，身心温暖而舒适。

冬季过后，就是新的一年。

我希望这是个美好的重新开始。

高端时尚杂志邀请我和黄锦立去拍摄新春封面。本来创意总监是希望我、黄锦立、陆瑜三人一起。结果陆瑜这家伙太神秘了，企划方案都没听完，就直接拒绝，说要去接他新签的小天后。黄锦立指着他说："见色忘友的家伙，我们再也不是朋友了。"陆瑜斜睨黄锦立："幼稚。是谁为了陪某人拍封面，好几个项目会议都推了。"黄锦立居然罕见地不看我，侧着脸，遮掩般咳了一声。

天下着大雪，雪白风暴席卷着城市，无数雪籽结成一片白绒，柔软得让人想要伸手戳戳它们。我们的车停在摄影工作室旁边。黄锦立在风雪中举着伞，打开了我这边的车门。

他身体微微前倾，黑色大伞几乎有一大半都举到了我面前。

迷人眉眼下，他勾起一个笑意。

"请下车，我的女王殿下。"

我故作高傲而矜持地伸出手，落入他戴着黑色手套的大手掌中。电影经典片段一样浪漫。我们彼此心有灵犀，对视一笑。

只是一个片刻，一个快被白色大雪覆盖的男人映入我的眼帘。

他的头上、肩上落着雪花，他的容貌没有变化，只是瘦了很多，极瘦，看上去冰冷极了。以前他就有种沉默的气质，可和我一起时，偶尔也会有薄雪初融的暖意。现在的他，却比冰雪更刺骨、更冷冽。他站在墙壁处，眼底流淌着黑暗河水的气息，仿佛再也没有阳光可以融化他。巨大的暴风雪夹杂着冰屑狂啸而来，埋葬了所有的爱恨情仇。

雪花簌簌地疯狂下落，演奏着一场悲伤而失控的交响曲。黄锦立仿佛根本没有看见谭寒，他只是握着银色狮头伞柄，轻笑而优雅地示意我挽上他的手臂。

我转过头，搭上黄锦立的胳膊，身体却不由得轻轻颤抖。那样的自虐让人于心何忍。

黄锦立无情地从谭寒身边走过。他强势地与我十指相扣，却柔情地对我低头耳语。

"微微，我也会吃醋。

"你的注意力只能是我的。我不想别的野男人分散它。"

白色摄影棚摆放着顶级布朗灯，助理们架起哈苏相机，正紧张忙碌地调试着光线。化妆师、造型师围在我和黄锦立身边。房间里暖气很足，灯光散落在我们身上，跟外面漫天大雪截然相反。

黄锦立装作不经意，清了清嗓子："连陆瑜那种闷骚都有跟凌影的合照了。"

咦？怎么无缘无故提起陆瑜？

他的口吻让我感到有点奇怪了："陆瑜和凌影合照，跟我们有什么关系？"

"他们比我们认识还晚！"语气很不甘心。

"所以呢？"我困惑。

"我们都还没有一起的照片，他们却有了！"黄锦立站站着，服装师跪着替他整理裤脚，他却拿小眼神不断瞟我。

我迟疑了会儿，陡然间了悟："莫非你在吃醋？"

"吃醋？我？哈！"黄锦立脖子后仰，不承认，"我才不羡慕陆瑜呢。"

化妆师突然道："黄总和微微姐姐在一起，超级上镜呢！"

某人马上心花怒放："有前途，涨薪。"

我内心看得直摇头。

你是太子爷，不是黄三岁好吗？

摄影方案把场景布置成一个国际象棋棋盘。黑白交错的棋盘上，黑色棋子雕像栩栩如生，黄锦立和我站在"棋盘"中间，分别倚靠着"国王"和"皇后"，象征我俩在品优娱乐的地位。我们各自需要摆出傲慢强势、无可匹敌的姿势，但同时两人之间又要有无声胜有声的默契。

服装师给我准的是欧洲中世纪鲸骨裙，裙摆非常华丽，就是很沉重。

我一个人提着裙子出场，沉甸甸的，幸好后面三位工作人员捧着裙子的后摆，不至于在地上拖行，帮我分担了不少。

"这造型太费劲了。"

黄锦立转身见我，脸上惊讶了一下。他的眼里像有火烧，看得我脸有些热，裙子都拎得颤巍巍。希望他没发现。

黄锦立视线顿了顿，又把我从头到脚细细看了一边，唇角浮起笑。

"危险的皇后，我喜欢，魅力让人无法拒绝。"

他的眼睛又深邃又迷人。

我望着他："噢，那国王会臣服于皇后的裙下吗？"

黄锦立抿唇，托起我的手，虚吻了一下："做鬼都很开心。"

我们不断变换着姿势，对着镜头摆着 pose。

这本该非常有场景感，摄影师却一而再而三地皱眉。我拍照经验算得上丰富，于是去看了看电脑屏幕。

原来黄锦立黑发黑眸，加上黑色斗篷，被奢华的皇冠抢镜了。我唇角牵起一个弧线，踮脚，伸手把他的皇冠取了下来。黄锦立微微一愣。

"国王陛下无须用皇冠证明自己的身份。"我将金光灿烂的皇冠抛给了他，

"因为，王座只是你掌心的玩具。"

黄锦立明白了我的用意。

接下来的拍摄，黄锦立不再死板，随意地把皇冠放在肩膀上、指尖。越这样，他眼里深邃、睿智的光芒，越是绽放到了极点。而我，就像一个兼具了女巫魔性的皇后。我拿着深红色的苹果，我们皆咬了一口，黄锦立深情而霸道地凝视着我。既有同盟者的意味，又有一种极具张力的暧昧。

摄影室气氛越来越浓，音乐释放着我们的躯体。

黄锦立脱掉了斗篷，全场女性工作人员瞬间尖叫。

我顺眼望去，只见男造型师跪在他的腿间，黄锦立的腰上系了条灰色皮草。皮草顺着他强而有力的腰线垂落下来。他向我走了过来，紧绷美好的肌肉随着步伐轻轻颤动，八块腹肌性感得让人想摸。黄锦立的脸庞迷人极了。浓密睫毛下的黑色瞳仁柔情而动人。他看着我。在场女性脸红心跳，纷纷号叫。

按摄影师的要求，我要用有深红色指甲的手捂住他的眼睛。我站在黄锦立身后，闻到他独有的男性体味。黄锦立的味道，像海盐、岩石，又像和煦的太阳。直面扑来。我感觉脸上烫了起来。他长长的睫毛触着我的掌心，像蒲公英的绒毛扎扎的。黄锦立回眸看我："怎么样，没让你失望吧？"

声音太撩，太酥。

我掌心和胸口滚烫一片，压抑住跳动不止的心脏。

"还行，跟我合作拍摄的男明星身材都挺不错的。"

黄锦立眼神危险了起来，他转头，朝着不远处的工作人员道。

"还有哪些男艺人跟微微合拍过？把他们名字给我。"

用着一种"他们死定了"的口吻。

"喂，喂。"

我连忙阿谀，不希望跟我合作过的其他男艺人遭殃。

"你最帅你身材最好，行了吧。"

"现在就算夸我是全世界最帅的男人也已经晚了。"

他还傲娇。

我："……"

他居高临下，眼睛睁开一条线。

"不过要是主动献身，这种弥补也许可行。"

那性感的唇吐出污污的话语。

"黄、锦、立。"我爆发，脸发红，往他小臂肌肉用力一拧，"你真的很幼稚！"

摄影师听不到我们在说什么，却对着我们疯狂按快门。

"就这样，保持，就是这种情绪。很对很对，再来一张……"

拍摄时间超时，没想到排在后面的是许久未见的楼夕之。

我提着衣服正要出去，楼夕之就臂一挡："真是人生何处不相逢。"

已不再是之前劝我跳槽时的苦口婆心了。

我毫无愧疚地回视过去："借过。"

楼夕之干脆把身子横在了廊道中，她讥笑了两下，扯扯嘴角："你是故意等这一刻吧。"她挑着眉，用一种"总算看懂你"的眼神。

"等着我和黎雪跳槽，这样就只有你才能留在黄锦立身边！

"我们成了薄情寡义的代名词，陪衬着你。而黄锦立就会对你更加另眼相看，认为你情深义重，不像我们趋炎附势、忘恩负义。

"我以为黄锦立是商人本色，没想到你宋微才是步步为营，最后的人生赢家。长见识了。"

楼夕之盯着我，咬牙笑。

她瘦了，也变了。

原本的自信变成了带着嫉妒的黑色气息。

"楼夕之，你应该问问你自己。明知黄锦立处在最危急的关头，为什么还要帮 ESE 为虎作伥，泄露公司机密，带走资源，挖走艺人，这样背叛他？"

楼夕之脸上闪现出一些痛苦。

"我是有错。可是……他扛得住那些打击。"

我皱皱眉。

"难道你认为黄锦立是男人，他就不会痛，永远不会对你还手？"

我突然顿悟。

"不，或者说，你渴望他痛苦？！"

楼夕之瞳仁微微一缩，手抖了一下。

我说中了。

"黄锦立只是欠你一个影后，可你已经跳槽了，已经打击了他，为什么还这么执着？"

"我的离去真的打击到了他吗？"

楼夕之不自信地笑了一下。她有点虚弱地望了望天花板，随即又恢复锐利。

"即使我和黎雪全部跳槽又怎样？他不是照样无动于衷，根本没打电话给我！只要他肯挽回我，只要他求我……"

她说不下去。

"原来你爱他。"

我忽然明白了一切。

楼夕之立刻慌乱起来，强烈否认："不不，我不爱他。"

"不，你爱他。"

我淡淡道，一锤定音。

原来楼夕之对黄锦立怀着这样的感情。得不到他，所以想让他恨她。想重创他，让他记住她，让他求她。

因为得不到，所以不甘心。爱恨交织。

楼夕之大笑起来。

"宋微，你真的是第一个看穿我的人。"

她歪着头，回忆着往事，缓缓道。

"难怪黄锦立对你一直很特别，即便他一次又一次地否认。"

黄锦立一直对我很特别？楼夕之为什么会这么觉得？

"你不用摇头。

"我在黄锦立身边待得比你久，他身边的女伴来来去去，可我知道她们一点都不足畏惧，我从没将她们放在眼底。可是，宋微你不同，从你拿到那串项链开始，我就知道事情开始不一样了。

"你以为黄锦立是好人，肯给每个人机会？他只为你破例去找封景。"

她咬了一下牙，把头发胡乱抓了一下："我一直针对你，为什么反而一次又一次把你跟黄锦立推得更近？"

我也回想起那些往事。

"我根本没跟 ESE 签约，那是我故意放的假消息！"

她看着我，像透过我，对黄锦立诉说着。

"明明我的名气比你大，容貌也是一流，跟黄锦立认识更久，他难道不应该爱我吗？公司的资源不应该给我吗？为什么却对你如此不同？！"

她微微激动着，手指在空中抓着。

我理解她的感受，但是无法赞同她的做法。

"你想要他爱你，为什么选择这么极端的方法去试探，去逼他？"

有些是底线，一次试探，就不会再有。

当你把对方逼到进退两难时，本身就是两败俱伤。

楼夕之眼睛闪动着，低头笑了笑，抬起眼，里面有种对自己的残忍。

"因为，我对他的爱建立在利用、占有、资源上啊。"

她似乎自己也觉得可笑。

"没有事业的爱，根本就是虚幻。

"我希望被他爱，更希望他给我资源。

"可当他只肯给我这些冰冷的物质时，我又很不满足，又想尝尝被他狠狠爱上的感觉。我像只饕餮，名、利、爱，都想要。都想控制在手心。"

她口吻悲伤，眼神却有些发亮。

欲望让她痛苦，让她不满足，又让她觉得刺激。

我顿了顿，眼神望向别处。

我并不讨厌楼夕之。

同为女性，我甚至懂她的心情。

想起那时对黄锦立的初心萌动，我无意识地叹了口气。

"一个人倘若不知道爱，恐怕还是件幸事。

"若是偏偏感受过，就无法再放下。"

楼夕之自嘲一笑，她的笑容艳丽却苦涩。

"对，所以明知结局，却还是想要鱼死网破。"

她单手遮住眼睛。

"但他连恨我都没有，我真是失败。"

我没有说话，把空间留给她。

我知，这些话，她并非想说给我听。她只是想说给自己，同时为这几年画上一个句号。

发泄完了，楼夕之快速冷静了下来。

她重新整理了下神色，再次变得不可一世。如我所预料的那样。

"我真羡慕你，宋微，你几乎得到了我想从黄锦立身上得到的一切。

"但我又很可怜你，因为，我不认为你最后的结局会比我好。"

我望着她。

"我的结局，我会自己写。"

这时，谭寒端着咖啡进来，楼夕之抿了一口便皱眉："我只喝蓝山，说了几遍，怎么一点记性都没有。"

黑色刘海覆盖着谭寒的眼睛。他退了出去，给楼夕之换新的咖啡，自始至终像个陌生人，没有看我一眼。

他不是黎雪的经纪人吗？怎么到楼夕之身边去了？还有，以谭寒的做事态度，任何细节他只要一遍就会记住，怎么会犯错好几遍？

心底有些纳闷，我忍不住问楼夕之。

"为什么谭寒会在你这儿？"

楼夕之高傲的笑容里顿时多了一份狡猾。

"为什么不能在我这儿？他以前不照样当过你的经纪人？你以为我白把黎雪挖过来？"

也是，以黎雪的头脑根本不足畏惧。只要她身边没有高人指点。进了 ESE，黎雪人生地不熟，没资历，没靠山，唯一能依赖的只有谭寒。一旦楼夕之把谭寒弄到自己身边，黎雪便连唯一的后盾都没了。这步棋走得太绝。

迟缓了一下，我开口。

"你不怕谭寒有一天会背叛你？"

她的眼睛带着得意的笑。

"你是指，好莱坞项目抢角的那件事？忘了告诉你，背后策划这一切的正是我。

"黎雪现在可是极其信任我呢。"

我的瞳仁缩了一缩。

觉得可笑，又觉得好笑。

机关算尽的楼夕之。又可怜又让人无话可说的女人。

落地窗外，是满世界呼啸而过的纷飞大雪。

谭寒再次端着咖啡向这边走来，他的身影在地上投下浓浓的阴暗，那是一个没有光的世界。

他看见了我，却一副不曾认识我的样子。

没开口半句，更听不到一声抱歉。

谭寒面向他的那端，我走向我的那端。我们两人在空旷的走廊中擦身而过，他浑身上下流动着极其冷冽的气息。我与他背道而驰，只剩下"嗒嗒嗒"的脚步声。巨大的窗棂在地面上投下灰色十字阴影。

"你没有任何话要对我说吗？" 走了两步，我终究站定。

他的脚步停住，过了一小会儿。

"没有。"

"那时……你吻我，到底是不是故意的？"

我只在意这一件事。

曾经，曾经。

我对你不是不……

"随你怎么想。"

良久，他只抛出这一句。

冬季将整个城市变成冰雪之国，也将人类变得寒冷彻骨。他再也不是我所认识的那个人了。

"黄总竟去找杂志主编要了底片。特地放大了一张，挂在自己的办公室，微姐你真是太有魅力了。"新来的经纪人把我夸上天。

"噢？"没想到黄锦立还会做这事，"挂的哪张？"

上次时尚杂志的照片修好了，我还有点好奇黄锦立会选哪张。

"好像挑了蛮久。"经纪人搓着手，他思索了一会儿，侧过头，眼里发着光，"微姐，你有空跟黄总说说呗，让他什么时候给我们安排个国际大片。我们这么有流量有实力，他怎么舍得不力捧你？"

新经纪人滔滔不绝，说了一大堆，见我始终翻着杂志，不感兴趣，才闭嘴没提这事了。

我想，人和人之间的确需要缘分。

在用光所有的信任之后，心里的某部分已经掏空了。

最重要的是，感觉不对。

阿 Ken 在的时候，他一直让我不要太拼，说这个圈子不适合我。后来谭寒出现了，对我说那些事不怪你，不是你的责任。他会扛起，他会保护我。

或许是他们两人的风格太强烈，以至现在的这个新经纪人，即便可以把事情做得很好，我却不怎么喜欢……太过于商业化。

我还是希望做艺人能纯粹一点。

曾以为所有经纪人都懂这点，现在才发现阿 Ken、谭寒是跟其他人不一样的。

经过黄锦立办公室，白色大门微敞。跟以往没什么特别，我的脚步却停了停，新经纪人刚才那句话从脑海飘过。

不由自主想起，那天他说陆瑜都有跟凌影的合照了，他却没有我的，那种有点小懊恼小嫉妒的口吻，不知是真是假。

我抿嘴笑了下。

他真的挂了照片吗？

转过身，原本只想在门口探一眼，结果瞟来瞟去没看到。等再往里看，一道戏谑的男声传到我耳中。

"微微，不必偷偷摸摸地看我。"笑声简直像是从他的胸腔直达我耳膜，"我的大门随时为你敞开。"

"我什么时候偷偷摸摸了。"佯装脸不红心不跳，"我就是路过，随便看看。"

黄锦立的眼睛微微眨了眨。他唇角的笑意更明显。连空气都好像染上了他的男性魅力。我脸红心跳。

"是是是，你不是偷偷摸摸看我。你是光明正大看我。不管哪种，我都特别欢迎。"

他笑着调侃，朝我招招手："过来，看看。"

黄锦立递给我一个剧本，我挑眉接过。

"大型古装史诗级电影，年底贺岁档，《当年明月在》系列篇。特地为你准备的。

"角色非常有挑战性，而且，这次你是女主。虽然要扛票房，但是一旦充分发挥演技，票房又不错，你在大屏幕这块的位置就会更稳。"

非常有前途的本子。

还是特地为我留的。

我看了眼黄锦立，他的心思真的有放在我身上。国内一线女星上位之所以这么难，就是因为缺乏为女星量身打造的电影角色，女性往往沦为男性电影里的陪衬。

黄锦立撩起眉："虽然有风险，但我相信你的演技会征服所有人。"

他的眼神像金匣宝石，熠熠生辉。

心都酥了。

我学着他，也撩了撩眉毛，放缓语速。

"当然。"

抚摸着剧本，我对自己的实力还是有信心。

黄锦立缓缓笑了起来，迷人得像一个旋涡。他伸手，指向一个方向。我顺着望去，只见墙上挂着我和他吃伊甸园红苹果的那张照片。他的脸上带着我的红色唇印。

"不错。"

我情不自禁笑了起来。

照片下方是透明的展示柜。放着林萱的钻石项链，它在阳光的映照下一闪一闪。

电影《女皇》正式开机。

我饰演名将之后，双生子之一的妹妹。这个国家君主狠毒，民怨沸腾，妹妹佯装成已死去的哥哥，背负起整个家族的命运，斩杀旧日君主，终成一代女皇！

黄锦立亲自到场，增添了不少话题。所有媒体争相报道着开机消息。

"黄锦立宋微关系扑朔成迷，新电影《女皇》备受期待。"

"宋微新作亦正亦邪，有望延续《当年明月在》的经典造型。"

只是在这些报道下方，ESE 总裁冷峻的面容占了极大版面。他的旁边，配着同样巨大字号的"分久必合，合久必分"，仿佛在暗示我不会永远待在品优娱乐。

项目启动很快，但想赶贺岁档，时间非常紧张。陆瑜把他签下的凌影安排进来，饰演一个女配角。凌影曾是很红的乐坛组合一员，当之无愧的小天后。陆瑜把她挖来，拜托给我，让我提携一下。

小女孩聪明又肯努力，经常向我请教如何演戏，进步很快。黄锦立和陆瑜经常来探班。陆瑜通常在这边转一圈，就转到凌影那边去了。我发现了这个秘密，却不说破，只是冲着他似笑非笑。陆瑜把手指放在唇边，对我做了一个保密的手势。这个腹黑的家伙。黄锦立不明白我们打什么哑谜，结果每次对着陆瑜的背影哼哼。

"他来探班，你就这么开心？我从《香满楼》就开始探班了，你怎么不对我笑得这么开心？"

黄锦立摆出一张"不开心要抱抱"的表情。

"你还说呢？"我斜睨他，"那时发生的都是些什么事？"又破相，又被抢戏。

"是是是，都是我的错。"黄锦立笑嘻嘻，搂住我，像大男生半撒娇半霸道，"不准对陆瑜笑。"

我拿着剧本拍开他的手，被工作人员看见多不好。

"那你以后干脆少来好了。"

黄锦立听了，急得要跳脚："为什么要我少来？是不是剧组又有什么野男人？"还眯着眼危险地扫视了一圈剧组，把工作人员盯得瑟瑟发抖。

"哪儿跟哪儿。现在白天打戏，晚上背台词，时间太紧了。"

打戏体力消耗大不说，还容易发生危险，受伤是常事，这几天我经常青一块紫一块。

"其他女星恨不得求着我探班，你却把我往外推，演戏比我还重要吗？"

"当然。"

"那我以后真的不来了。"

"……"

"真的不来了。"

"你要说几遍。"

"哼，本太子就要待在这儿，看我女人拍戏。"

"……"

黄锦立嬉皮笑脸，又黏着我。但我背台词时，他待在一旁，一点也不干扰我，还帮我对戏。

临走时，他朝我讨了一个飞吻，转身就逼着陆瑜跟他一块儿走，一边小声哼哼："才不会让任何一个野男人留在你身边。"陆瑜明显想跟凌影多聊一会儿，却被黄锦立硬拉走，并听他说："不能打扰公司女艺人拍戏，身为公司高管请不要以权谋私。"我感觉陆瑜的眼神快把黄锦立给吃了。

拍戏的生活过得很紧张，甚至没顾得上刷手机。过了一周，黄锦立发了一个表情过来。什么也没说。就一个撇着嘴、气鼓鼓的神情。

我看得好笑："怎么了？"

又是一个撇着嘴、气鼓鼓的表情："不想我。"

"在拍戏。"

过了一会儿，又一个双泪如柱、泪如雨下的小表情。后面一连串的心碎心碎心碎。

我："……"

我被他的行为逗得不行，就着戏服自拍了一张。眉角挑成绯红之色，一身银白色盔甲，深红色罩衣，女扮男装。用微信发给黄锦立，黄锦立回了个扁着嘴害怕的小神情。

"虽然很美，可是是男的。这是亲，还是不亲？"

"还是亲好了。谁让她是个大美人。"

我笑出声。

旁边凌影和陆瑜看了过来，陆瑜目光一闪，非常狡诈地对我说："明天是情人节。往常，太子会收到一大堆巧克力和'邀请'。"

他做出一个"你懂的"的眼神。

我装作目不斜视："噢，被邀请，那很好啊。"

陆瑜笑得更狡诈了。

凌影看了看他，小小声说："你会不会也有很多邀请？"

陆瑜若有若无闷笑，摸摸凌影的头："明天有事找你。拍完戏在片场等我。"

凌影疑惑地点点头："唉？明天？"

我暗笑。

怪不得黄锦立说他假公济私。

想在情人节霸占凌影，却以公事为借口，啧啧，这个用心。

我回头看了看黄锦立微信的头像。陆瑜都约凌影了，明天你会约谁？一想到陆瑜所言，就仿佛看到黄锦立手机被打爆的画面，心里就有点不舒服。

要不我也借鉴借鉴陆瑜？

"明天要拍一场很重要的戏。你可以过来探班。"

想了想，又加了一句。

"帮我对台词。"

故作淡定地按下发送。

继续拍戏，跟片场工作人员打招呼，中途给几拨过来看我的粉丝签了名。我又摸了摸手机，滑屏看了看微信。平时不找他，嬉皮笑脸在我面前蹦跶，现在给他发消息，却像消失一样。

我对着手机生闷气，难道在对我要大牌？还是刚刚的用意太明显？我和黄锦立现在虽走得很近，但没有明确关系。明天就是情人节，会不会太敏感了？所以故意无视吗？

人想多了，就容易陷入死胡同。

心情陡然有点闷。

拍了一大段武戏，结束后已很晚，我整个人都快散架了。凌晨3点，我坐着保姆车回到宾馆。又困又累。快要陷入柔软的黑梦时，黄锦立的脸又一次出现在我脑海里。我用尽最后一丝清醒的意识，摸出手机，检查微信。

现在就已经是2月14日的3点了啊。万一还是没回怎么办……

心怦怦怦直跳，我闭着眼，呼吸暂停，打开微信。

担心没看到回复，又担心回的不是我想听的。好矛盾好矛盾，快把枕头拧成麻花。悄悄看了看，黄锦立的头像十分惹眼。是张帅气得要死的自拍。而此时，右上角亮着红色小圆点，咦？有十几条微信？

我一下跳跃起来。

屏住气息，快速点了一下，嘴角已忍不住上扬。

"不说实话的小孩要打屁屁。

"你到底是想邀请我明天探班，还是想邀请我过情人节？"

为什么要拆穿？！说好的绅士风度呢？我羞恼腹诽。仿佛看到他唇角懒洋洋的坏笑。

"前者不去，后者嘛，可以考虑考虑。"

看了看时间，大约是我拍戏时发的。那时我这边兵荒马乱，没顾得上看手机。

在那之后过了半个小时。

"？"

过了一个小时。

"人呢？"

过了两个小时。

"你手机没电了？"

过了三个小时。

"快12点了。马上就情人节了。

"微微你不会故意的吧。因为我故意没马上回你，所以你打算一晚上都不回我了是不是？12点前，给我一个准信，否则本太子明天就答应其他人了。明天约我的人多如星辰。"

12点10分。

"你手机肯定没电了对不对？毕竟我这么英俊潇洒，嗯……应该是没电了……嗯。"

1点。

"你是不是明天约了其他的野男人？！不管是谁，明天你必须给我拍戏，任何约会都不准答应！"

屏幕上散发着微光，我的唇角不停上扬。窗外是静谧的星光，像漂在海上。明明已经精疲力竭，可这个人让我如此甜蜜。

我想了想，按下语音键，猜想明天黄锦立听到会不会气得跳脚。

"反正明天我休息，不拍戏。有没有人约我，我就不知道了。"

原本打算早上再看黄锦立的回复，没想到微信突然响了。这么晚他还没睡？用指腹点了点白色语音条，黄锦立的声音出现在我耳畔。

"敢答应别人试试！

"你先好好休息。明天下午2点我来你家。要做巧克力给我吃。"

他迷人的声音犹如一波一波的暗涌，将人卷入他的怀抱，我无声笑了起来，打了四个字："看你表现。"

一觉睡得特别好，早上阳光照进房间，心中升起满满的幸福感。我哼着歌，刷牙洗脸，挑衣服。突然想起一个问题，巧克力怎么做？我从没做过啊。

意识到这个问题，惊得牙都只刷了一半，我含着泡泡，给助理打电话，含糊不清地吩咐。

"买点白巧克力。

"嗯嗯，黑的也要。"

我手忙脚乱，在 iPad 上搜索做巧克力的视频。

"还有巧克力模具，心形的，玫瑰的，等等，上面说新出来一个 3D 的。巧克力都有 3D 的了？潮。你赶紧。"

我残存的少女记忆里，一些漫画女主就是这么做巧克力的。希望她们不要骗我，虽然我自己也是偶像剧女主。一个小时后，助理开车过来，送来一大堆模具和巧克力原材料，放到白色流理台上。她好奇看了我一眼："谁这么荣幸？能吃到我们小姐姐做的巧克力。"

"是福是祸还说不定。指望我做巧克力？"我把手指骨捏响，"勇气可嘉。"

"小姐姐您手下留情。"

"希望他大难不死。"

"微姐，为什么你这么紧张，担心自己把厨房烧了吗？"

"少看点狗血偶像剧。"

助理撤了，我拿出在名导面前试镜的备战状态，盯着巧克力视频教学。一点都不难嘛。只是搅着搅着，胳膊酸了。拉下快进，浇进模具后，居然还要冷冻十五分钟。前前后后加起来，岂不是要一个小时？差点吐血。黄锦立 2 点就来，我还没换衣服化妆，总不能穿着围裙见他吧。

没什么耐心了。直接把融化的巧克力倒进 3D 模具里。模具名字很性感，叫"烈火红唇"。我把黑巧克力浇了进去，又突发奇想，浇了些白巧克力。

刚心满意足地做好，视频里的主厨才拿出一瓶红色色素，说这个是要融进可可脂里面，这样才是烈火"红"唇。

怎么不早说，我全部都是黑的！岂非烈火"毒"唇了……我眼前一黑。

这样就算了，主厨居然又说黑白巧克力不能随意相溶，要先冷冻才能灌另外一层，否则两者会相互沉积，颜色会不好看。

头皮发麻，看了眼我做的巧克力，回天乏术。

我把巧克力丢进了冷冻室。

男人应该不会吃太多巧克力。难看就难看一点，心意到了就好，对吧。

眼看 2 点了，我赶紧化妆。镜中的我，头发微微垂下来，唇色是釉质系列，气色很好，但比不上我眼里因为期待透出的光亮。

跟喜欢的人见面，好像全世界的花从天而落。

门一打开，一把薰衣草小熊花束就出现在我面前。可爱的维尼熊在紫色花草里，人的心都软了。黄锦立英俊的脸在花束背后，眉眼闪着光华。

"喜欢吗？"

"喜欢小熊，至于你……还要考察一下。"

我爱不释手，却故意耸耸肩。

黄锦立哈哈大笑，打了个响指，变出一枝深红色玫瑰。花是独枝，长长的茎，顶着小小的玫瑰，优雅惊艳。

他绅士般躬了躬腰，递给了我，抬头迷人一笑。

"现在呢？"

我从他手上接过玫瑰，拿花枝轻轻敲了他一记："给你加分。"

黄锦立跟随我进来，把我家当作自己家一样，不客气地坐在沙发上，一点都不顾忌客人的身份。还往我卧室探探头。

"你亲手给我做的巧克力呢？

"没其他男人过来吧。"

我赏了他一记大白眼。

想起来巧克力还在冷冻室。视频上说只要十五分钟就好，但现在差不多快一小时了。

我还是佯装镇定，开启影后模式，对着黄锦立微笑："全世界最好吃的巧克力即将出现在你面前。嗯，只有懂美食的人才吃得出它的珍贵。"

黄锦立笑得整个人快歪倒在沙发上了，一脸"你在胡说八道"的笑意。

"我怎么这么担心你的手艺呢，像在故意虚张声势。"

商人要不要这么精？！

我挤出微笑："离反悔还有三秒钟。"

黄锦立立刻喊"零"，眼神款款："对你，我从不反悔。"

把我撩得不行。

我走向冰箱，心中不停祈祷：一定要好吃。

取出白色托盘一看，巧克力已凝固成型。一个个丰满的唇形巧克力，上面布着白霜。品相看上去不错，就不知味道如何了。

我深吸一口气，千万要好吃。

微微牌巧克力，争气争气。

黄锦立见我真端出一盘巧克力，眼中划过一抹惊讶："真的做了？"

"当然。"

我骄傲。

黄锦立有点不相信我会亲自做巧克力一样，伸出修长漂亮的手指，拈了一块黑色的，放到嘴里尝了尝。他眯着眼，像在品味。我看着他的姿势，不由得有点入迷。原来喜欢的人吃着自己做的东西，是这样一种感觉。又期待又甜蜜，又担心他觉得不好吃。

巧克力味道从唇间散发出来，他长长的黑睫毛，轻轻眨着，手指从唇角擦过一点点巧克力渍："冰的，很好吃。"

他的眼睛、嗓音，也像巧克力浓郁的香气，弥漫在我身边。

"全世界最好吃，因为我只想吃你做的。"

整颗心像融化进牛奶一样。

"不过，"黄锦立有点困惑，捏着巧克力看了又看，"为什么别人的烈火红唇都是红的，你的却是黑的？"

"我的当然是全世界独一无二的。"

绝对不承认是自己没照着视频做。

"好，好。巧克力不一定是独一无二，但做这份巧克力的女人，一定是全世界独一无二。"

黄锦立看穿了我的小把戏，闷笑。

我和黄锦立度过了一个最快乐的下午。我俩窝在我的别墅里，聊着以前的糗事，笑笑闹闹。他脱了半正式西服外套，赤着脚走在羊毛地毯上，我的头发也散成一片，反而更加随意。我依靠着他的肩膀，跟他一起看着电影。光影在我们脸上明明灭灭，而屏幕外面我和他静静守在一个小世界里。

黄锦立靠着我睡着了，褪去了平日的成熟，他的神情是那么天真，看上去像个稚嫩的、从没长大过的孩子。我柔情蜜意地看着他，不想叫醒他。只想让他好好睡一觉。

他的外套从扶手上掉落在地，我伸手去捡。

有什么东西从口袋里掉了出来。

半截巧克力。

格纹包装纸，一看就知道费了心思。包装纸只拆了一半，小小角落处有个落款：林弦。

我看了看黄锦立。

他还在沉睡之中，带着愉悦。不知道睡梦之中，到底梦见了谁。外面的夜是一片深沉的大海，而大海波涛诡谲，暗流汹涌。

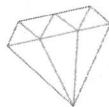

第二章

背道而驰

"微姐，黄总对你真上心。"新经纪人一脸老到世故，"每年这天，一堆女人想约黄总，但黄总这天不会答应任何人的邀请。连楼夕之黎雪都没有得到过这种待遇。微姐，黄总对你的态度不常见，要好好抓住。"

我也不喜欢听这种话。

这边像被直播了似的，黄锦立马上就打了我的电话："过两天品优娱乐会给林弦开个生日宴，那个，你方便过来吗？"

林弦。

这个名字我在心中顿了一下。

想起昨晚那半截巧克力。

想起以前那些事……

"很重要？"装作漫不经心地试探。

"能来吗？"听不出情绪。

"噢，"我拖长了声音，故意翻了翻手边的剧本，"刚刚看了看行程，这段时间比较忙。"

或许作为一姐过去，的确是娱乐圈常情，但我想看看黄锦立的反应。

"去吧。"黄锦立没说其他。

林弦生日宴到得很快。

刚推开门，就传来一片欢声笑语。扫了一眼，人虽然不多，但来的都是很有影响力的人士。黄锦立看到了我，过来迎我。

随手将外套交给服务生，我挽住他伸过来的胳膊。Boss和一姐一起，好像是大家达成的共识。见我和黄锦立这样，其他人只是投来笑意。

黄锦立低声在我身边说，你今晚很美。

我身上是件深红色长裙，剪裁其实很简单，毕竟今天的主角是林弦，我不想抢戏，这是做人的涵养。

抬眼看了看黄锦立，他的眼睛里含着柔情，似乎不像是假话，我浅浅勾起唇角。

但没过几秒，他的目光就转向楼梯间，蓦然划过一抹震惊、惊艳与缅怀。他，松开了我的手。不自觉往前走去。

手在空中失落地晃了晃。

我看着他。

"天啊，真像。"

"简直一模一样，简直太像了。"

"我的天……"

众人皆吃惊地打量着林弦。她纤细的腰身被一件薄纱银色晚礼服包裹着。那个晚上，林萱也穿了一件类似的，而黄锦立为她解下被树枝勾住的长发……

我的瞳仁缩了缩。

林弦素淡着一张脸，眉毛淡淡。没有林萱那种冷漠与高贵，却有着一样的疏离。她们两人，容貌的确相似，身上气质也相似。

黄锦立盯着林弦，林弦顿了两秒，露出一个极浅的笑。短暂得像是水面上一闪而过的涟漪。

林萱对没有深交的人，也是这么笑的。

黄锦立顿时流露出深深的、怀念而向往的神情。他朝着林弦走去。像走在梦境里。

身边突然空出了一大块位置。

刚被黄锦立挽住的肌肤，碰出过的温度迅速消失。

我看到黄锦立伸出手，林弦站在台阶高处，将手落入黄锦立的掌心。黄锦立像对待一个失而复得的心爱之物。神情恍惚又虚幻。林萱是无数人心中的影后，是大家念念不忘的女神，这一幕也激起了其他人的回忆。有人甚至带头鼓起了掌，其他人也纷纷鼓起掌来。

我无声地看着这一切。

黄锦立带着林弦，跟每个人交盏碰杯，林弦轻声说着话，他凝视着她。黄锦立没有称赞她很美，像称赞我那样，他只是，忘记了我。

退到暗影之中，我本不该来这儿。不知不觉，竟已喝了好几杯红酒。

12 点到，林弦许着心愿，吹灭蜡烛，周围唱着生日歌，欢呼着。黄锦立拿出一个深蓝色天鹅绒长形礼盒。

"是礼物吗？"

"快打开看看！好想看是什么。"

众人催促着，好奇着。林弦好像并不怎么在意。

一如林萱会有的反应。

黄锦立看到她冷淡的神情，眉眼反而越发温柔。他亲自打开了礼盒，一片璀璨的光芒闪过，围观的人眼睛都直了。

"哇，好美！"

"有点眼熟，难道这个是……"

隔得有点远，我看不清里面到底是什么。

是什么让他们这么惊讶？最昂贵的奢侈品首饰？项链？

"喜欢吗？"黄锦立轻声问，"帮你戴上。"

林弦点点头。

她转过身，把头发拨了过去。黄锦立为她戴好项链。林弦转回身，一串并不奢华，但款式经典的钻石项链，挂在她的颈间。

烛光之下，林弦像个被薄冰堆起来的美人。冷淡是她的气质，而钻石增添了她的高贵。

这串项链是……这是林萱的那串！

我手一颤，杯中的红酒差点泼了出来。

黄锦立目不转睛，漆黑的眼睛怀念地看着林弦的颈间。

心中五味交织。

这是我在拍卖会上拍到的那串林萱的钻石项链。我原以为黄锦立会一直收好，不会再给任何人。

可是，他今晚送给了林弦！

我曾经对黄锦立说，你只可以把这串项链送给配得上它的那个人。

他一直遵守着这句话。

可是现在……

我的心被用力揪了一把。

我走上前。

客人们吃着蛋糕，黄锦立和林弦站在一起，低声交谈。刚入圈时，从没有公司高管说要为我庆生，更不可能还是新人就能演到好莱坞的角色。就连拍到自己喜欢的项链，也要交出去……

这世上有很多的不公平，我不是没有接受过现实。

可在这一刻，我突然不能忍受了。

黄锦立见我过来，脸上本来还带着笑意。可能我的脸色实在不好看，他的态度也跟着有点小心起来。

"要不要吃点蛋糕？"黄锦立帮我切了一块，递给我，又对林弦嘱咐了一声，"微微今天特地为你的生日过来，还不道谢。"

"谢谢。"林弦淡淡道。

如果她显露出一点得意，或者一点点亲近式讨好，那么我会觉得廉价。然而从头到尾，她只是冷淡而客气，带上一点对前辈的尊敬。

黄锦立眼中多了几分欣慰。

我没有接黄锦立递过来的蛋糕。

我拒绝了他给我的这个台阶。

"没有记错的话，我当时说过，我只有一个要求：你只能将它送给任何一个配得上林萱这串项链的人，是不是？"

单刀直入。

黄锦立显然也意识到了我的意思，眼神有些歉意。

"我已是影后，但仍然配不上这串项链？"

"不，当然不是，你演技很精湛，但这跟项链没什么关系。"他脸上飞快闪过一丝内疚。

"你认为林弦配得上。"我语气平静，用的陈述句。

"今天是她的生日。"

我不以为然地笑了笑。不再说一句话。

"微微，这没有你想得那么严重。如果你喜欢，我可以陪你买其他项链。你喜欢什么，我送给你。"

黄锦立围着我，忙抚慰着我。

周围其他人已察觉我和黄锦立之间有点不太对劲。那些探究的目光投射过来，虽然我也俨然是老江湖，但此时此刻，我不想去做任何化解。

黄锦立也注意到了这些目光。他看了我一眼，见我无动于衷，整理了一下情绪，转眼又变成往日那个幽默潇洒的黄锦立。他向众人投去"没什么""我们很好""并不是争吵"的眼神，示意大家放宽心。

"在我心中，"黄锦立抬高音量，把对我的欣赏讲给众人听，"你自然是最有魅力最迷人的影后。"

他语调轻快地圆场，表情上没有一点不自然，其他人见黄锦立神色没有什么异常，也就非常聪明地不再关注了。

"我们何必为了这点事争吵。"

我只是笑。不想再说一句话。

有些东西，你知道那是什么意义。真的就是真的，假的就是假的，粉饰太平不是我的个性。

再次投入到忙碌拍摄中，从初春3月一直拍到盛夏6月，黄锦立依旧频繁过来探班，他没再谈那晚的事，我也没有，我们闲聊着天。然而，不再像危机刚解除时那么紧密、那么信任。或许人生就是这样，最危机时，才会感受到最深的羁绊。之后反而淡了。

后来黄锦立越来越忙，公司现在发展迅速，海内外影视合作越来越多。随着公司结构调整，公司艺人增加不少，顶级门面有我、凌影、林弦。

6月酷暑，《女皇》杀青！

这部戏非常艰难，我终于拍完了。终于不用再穿厚重的铠甲，把自己捂出一身痱子，也不用再拍打戏，老是受伤了！导演、工作人员向我道谢，感谢我对这部戏的付出，黄锦立也立刻派人送来了白色玫瑰。

新经纪人神神秘秘地对我说："微姐，你的机会来了。"

我不太感兴趣："除非是好剧本，否则不接。"

他两眼发亮，凑到我耳边："不、不，你一定会感兴趣！猜猜是什么？！"

"连导的新戏？3亿的大投资？能让我得影后的好电影？"我懒懒地喝了口果汁，发现是经纪人买的瓶装，而不是他亲手榨的。

他神秘地摇摇头："那些的确是国内最高级别，但是跟这个比起来，差了一大截！"

这样故弄玄虚，我的确被挑动了一点兴趣。

我挑挑眉："说。"

经纪人抑制不住兴奋："黄总正在谈一部好莱坞大片——《超能侠》的系列之作。准备启用中国女演员担任里面一个重要角色。"

美国近些年拍了一堆超能力电影，偏偏这种片子看得人又爽又刺激。因有原著漫画做基础，角色、剧本非常完整，加上大 IP 自带粉丝，票房很有保障。

"真的？"的确令人动心。

现在事业虽是上升期，但差不多到了瓶颈。国内我已是电视剧女王，电影拍得不多，但部部票房不错。若说真的差点什么的话，那就是国际电影大片。

无疑，这种电影能帮演员踏上国际影坛。上一次的阴差阳错，已令我错过了最好的时机。

"你再去看看，如果是真的，就尽量争取。"我正色道。

"哈哈，放心！黄总欠你这么多，这次角色必须非微微姐你莫属。"新经纪人信心满满，拍着胸脯。

一些敏锐的记者立刻就收到了风声。

"好莱坞大片《超能侠》续集，拟定中国女演员参演。"

"品优娱乐再次联手好莱坞，宋微即将担任重要角色。"

"林弦《皇家骑士 5》杀青，知名导演纷纷抛去橄榄枝。"

《超能侠》海外口碑和票房非常不错，现在传出开拍续集的消息，加上也是我第一次正式踏入国际影坛，整个娱乐圈高度关注！

大家都觉得我参演这部电影是十拿九稳的事。但上次发生过同类的事，我倒是沉稳了一些，没有把话说死，同时亲自跟黄锦立确认。

"应该没什么问题吧？"

"放心。角色绝对是你的。"

或许是出于补偿心理，黄锦立回答得特别快。

虽然与他的联系日益减少，但我知道他是在忙事业，我觉得黄锦立说话还是应该算数的。于是我推掉了所有的片约，只等公司跟对方签约。

消息终于传来——品优娱乐正式跟《超能侠》签约！影视项目即将启动！

尽管我和新经纪人关系一般，但我们也双双为这个进展开心。

我早早就把这部电影和原著看了很多遍，重要角色、重要剧情，将好莱坞表演方式认真观看揣摩，做了最周全的准备。

很多记者涌到我这儿，让我接受他们的采访。直到这刻，我才不再回避，开始聊自己对这部电影的想法，对角色的理解。我和记者们聊得非常愉快。

天还没亮，我被一通电话吵醒。本来这种电话我会直接挂断，但这次是一个相熟的媒体主编，她的声音听起来又震惊又疑惑。

"微微，你那边到底怎么回事？你不是参演《超能侠》吗？为什么品优娱乐对外通稿全是林弦即将参演《超能侠》？！是有两个角色你们都会参加，还是……"

她的话还没有说完，我已迅速惊醒。一股巨大寒意，像寒冰快速爬满我的身体。小腿突然猛烈抽筋，痛得我不能自已。我浑身蜷缩着，抱着痛苦到颤抖的小腿肚，我惨白着脸，咬着唇，拼命忍耐。等待着那一阵阵凌迟般的痉挛过去。

为什么会这样？

告诉我，黄锦立。

小腿的疼痛还在持续。

我挑了件最镇定的深蓝色裙子，来到公司，黄锦立一见到我，脸上就流露出一片歉意。见我脚步不稳，他伸手想扶住我。

我阻拦他靠近。

黄锦立非常自责："你可以骂我一万遍，但你相信，我并非要故意弄成这种局面。

"我的第一人选绝对是你。到现在，我也认为你是最合适的人选。你的演技、资历、地位，足以配得上《超能侠》。只是，只是……林弦对她的演艺生涯很担忧，林萱一直是她的偶像，她向往的影后。"

我静静看着他。

没有开口。

"我绝不会亏待你，"黄锦立见我不言不语，急了，像怕失去我，抓住我的肩膀，"你想演什么电影，什么角色，我一定会给你弄到！连导、杜导，还是李导……为你量身打造都没问题！我保证，一旦再有好莱坞合作片，我保证，角色一定归你。"

黄锦立一向懒得向人保证。

他不喜欢被束缚，认为承诺是最令人厌烦的束缚。

他讨厌向人道歉，讨厌补偿。

而现在，我一个字都没说，他几乎开出了一张支票。

"为什么林弦需要新戏，就要把我的角色拿给她？"

黄锦立眉头皱了皱，他好像不是很想解释这些。

"林弦现在的人气是不错，公司为她制定的也是高端路线，但她的《皇家骑士5》起码还要两年才能上映。此时让她去接电视剧，身价马上下跌。接国内电影，她代表作没有出来，人气、名气都不足以扛起票房，说不定连女二号的角色都拿不到。万一电影票房不好，整个局面非常不利。

"她感觉自己前世很有可能是林萱，冥冥之中有着缘分，注定一辈子要演戏的。她为此非常苦恼。"

好一个前世今生，命中注定。

我内心想仰头大笑。

然而，我的声音竟是一种极深的平静。

"你为她考虑得真是细致周到。"

这已不是第一次了，黄锦立。

不是第一次。

"微微，我知道你现在肯定很生气。"黄锦立想靠近，见我眼神，更加焦急，"你比她有名气，有人气，你是影后，而她现在什么都没有。你就当把这次机会施舍给她。"

"如果我说不好呢？"

"宋微，你现在先冷静一下。"

"如果我说不好呢？！为什么我必须得答应？就因为我在国内名气大，人气高，演得电视剧多？"

"难道这些不是我自己辛辛苦苦打拼出来的吗？难道不是我一次又一次承受着绯闻、不实报道，熬出来的吗？！"

温热的液体弥漫在我眼眶。

"她需要等两年，可她今年才19岁，再过两年才21岁。

"我今年多大了，还需要再过几年？一个女星事业期能有多久，演艺生涯有多久，你不是比我更清楚？

"黄锦立，从她出道开始，起点、地位，连生日宴，你都巨细无遗为她考虑好。我只想问你，你有没有考虑过我？心中哪怕有一点点想过我的感受吗？"

不知道这算不算嫉妒。

我只是非常难过，这一次，连假装都无法做到了。

"我会补偿你。"黄锦立侧开眼，像怕被我的泪水烫到，"我已帮你安排好了别的名导，我会用最快的速度帮你打入国际影坛。我保证。"

泪水无声无息从面颊划过。

"如果我不要呢？"

黄锦立没明白我的意思。

我一动不动地望着他，做着最后的询问。

"如果我不想要日后的补偿，现在就要这个角色呢？"

"微微，"良久，黄锦立艰难地开口，他伸手，想抹我的眼泪，被我避开，"你现在正在气头上。我们等彼此都冷静一点了再谈。"

我看着他，突然笑了。

眼泪落得很凶。

像是预感到什么，黄锦立想抓我的手，而我快速后退了一步，跟他保持着陌生人般的距离。

"最后问一次，这个角色，是不是非给林弦不可？"

沉默。

"为什么不肯承认这就是你的私心？"我含泪，笑着问他。

"不，这不是。"

我戳破他的自欺欺人。

"你念念不忘林萱，你想把林弦打造成第二个她。

"但你看清楚啊，林萱的冷清是看穿圈子里的钩心斗角，是只追求艺术的不争不抢。她的演技是用人生阅历、坎坷、磨难换来的！

"而被你保护得好好的那个，是温室的花朵，除了蹩脚地装清高，除了那张脸，到底哪一点像她？！怎么可能是她！

"别说了！别说了，宋微！"他剧烈地摇着头，像在说服自己，"她们那么像，怎么可能一点联系都没有？"

"我知道你喜欢过林萱，我看过她所有的电影、访谈、杂志。明明这么多不同，为什么你看不到？为什么要在林弦身上找林萱的感觉？林萱已经死了啊！她根本不可能是第二个她。"

当我说出"死"那个字眼，黄锦立脸上闪过巨大的波动。

他神情陡然一变。

之前是对我内疚、惭愧与想要补偿的心情，此时此刻，却像一个被碰到逆鳞的人。浑身上下只剩下一道最锐利、最暴虐的气息。像一头负伤的野兽，完全没有了任何理智。

我被他锋利而残忍的目光盯得身心发寒。忍不住后退了一步。黄锦立高高在上、讥笑地凝视着我，吐出一种傲慢而轻蔑的声音，刻意的、缓慢的。

"原来你对我这么关注。"

"难怪你比其他女性更令我好奇，原来有备而来，做过不少功课。"

呼吸陡然一室。

黄锦立却轻笑起来，眼神冰冷："宋微，我真是小看了你。什么防微杜渐，最该提防的人是我吧。"

轻柔的笑声成了最恐怖的噩梦。

彻骨的寒意从脚底往上翻涌。

我可以忍受全世界的污蔑，却抵挡不了黄锦立这一个眼神。不由自主地往后缩，好像这样就能避开他无情的攻击。

我无法招架。

就连逞强都快要崩溃了，可黄锦立还是步步紧逼。

"说起来，你可真是心机深沉、善于忍耐。

"楼夕之在时，你对我若即若离。ESE想挖你，你迟迟不回应。故意表现出一副与众不同的样子，让我觉得你跟其他女人都不一样。让我越来越想了解你……其实，只不过是你的心计而已，对吧。

"现在，品优娱乐重点资源，一线女星，电视剧女王，影后，名利口碑，你全得到了……噢，就差一个好莱坞角色。所以你急了，开始争了。开始暴露你的野心。

"你说得对，林萱从来不争，她从不会向我要任何东西，哪怕我捧在她面前。这就是她跟你的不同，你凭什么跟她比？

"宋微，你真是太聪明了。"

我一句话都说不出来。

泪水决堤。

我想，我再也不要见到这个人。

"是，你说得对，她跟我那么不同，只有林弦才是她。"

连呼吸都很困难。

眼前一片汹涌。

多么希望，我的人生从没遇见过你。多么希望，我不曾为你掉一滴眼泪。

推开黄锦立，我撞撞跌跌跑出去，甚至撞翻办公室门旁的绿色盆栽。手掌不小心按在碎片上，满手都是血。

地上一片血渍。

黄锦立这才如梦初醒，跑过来要帮我包扎，我用力挥开他，终于失控吼道："放开我！滚回你的林弦身边去！"

他又要发火。

我含着泪，用力瞪他。

"看不惯也无所谓。我宋微就是跟林萱不一样。我死也不会做第二个林萱。"

他越发恼火，脸色极其难看，却死命控制着自己的情绪，只是盯着我流血不止的手。

"别任性，把手给我。"

"别过来，黄锦立，我会走出你的人生。"

分不清林萱和林弦的男人，我不要。

尽管口碑没有《当年明月在》好，被认为商业性质太浓，但《女皇》票房依旧居高不下。凌影饰演的婢女也得到不少认可。

随着金柏奖再次来临，我的合同也快到期，娱乐圈再次传出很多谣言。

"宋微不再续约！"

"宋微即将跳槽 ESE ！"

"皇冠荣耀邀请宋微加盟，宋微身价破亿！"

的确这段时间，ESE 又私下联系了我很多次。厉睿仿佛根本不在意我曾经对他的嘲讽，开出的电影资源一次比一次高端。他们也跟好莱坞达成了合作，说会给我角色，并把这个条款签到合同里。

我与黄锦立的崩裂，看来圈子里的人都知道了。

皇冠荣耀也不知道中了什么邪，对我死盯着不放，天天送礼物、追着我商谈，说他们比 ESE 更真诚，比品优娱乐更公正，开出逆天价码。

我有一些日子没接演电视剧、电影了，即便黄锦立给我安排了名导大制作，也被我推掉了。

"你不会跳槽到 ESE 吧？"

黄锦立约我很多次，我终于姗姗来迟。我们彼此都对上次的事情避而不谈。看来他很关心我是否会跳槽。

"不会。"

我淡淡道。

"皇冠荣耀？"

"不会。"

大概我回得太快，他有点不适应，也不相信。黄锦立眉头并没舒展，微微可见一个"川"字，神色略显疲倦，不再神采奕奕。然而我的语气又太淡然，他也就不好再说什么。

"那天，是我太过激了。"

"过去的事，就让它过去。"

我站起身，黄锦立却更快抓住我的手臂，他从后方抓着我，顿了顿，语气有些暗淡："我总觉得……你离我越来越远了。"

过了半晌。

我开口。

"这样的距离，对你对我都好，不是吗？"

"微微，你不用防着我。"

我内心，低声道。

防微杜渐，是你说的。

新经纪人对我说，黄锦立那时是想把角色留给我。直到最后一晚，林弦进了黄锦立家里，还带着林萱的那串项链，说自己是林萱的转世，生来就是演戏的，弥补前世的遗憾，最后还昏倒了。

黄锦立在办公室辗转反侧，思前想后，想了几个通宵，最后为我设计好其他影视方案，才把角色让给了林弦。

我已无所谓了，反而对新经纪人说。

"我倒是很好奇。你最关心的，不应该是我没拿到角色吗？只有我步入国际影坛，你的地位才会水涨船高。"

他此时不应该对我很嫌弃？

发现我没他想的在黄锦立心中那么有价值。

"宋微，我有几个孩子？"

对方却突然问道。

"这些……"

我微微一愣，有些迟疑。

"这些你怎么知道对吗？"他了然一笑，"你看，我们一起工作一年多。可是我的基本情况，你不曾想去了解。

"现在的你，究竟还相信多少人？宋微小姐，你在品优娱乐已经不快乐了。"

我看着他，我的新经纪人。

我发现，我可能从未真正好好地看过他。

跟前几次轰轰烈烈不同，今年我只是很平静地走完金柏奖红毯。没封景杜云修在侧，没谭寒黄锦立在旁。我身着一件淡紫色星纱长裙，时尚专栏点评：凡尔赛宫干净优雅的紫罗兰。

现场气氛一如既往地热闹。谭寒跟在楼夕之身后，自摄影棚一别，我们碰到的次数寥寥无几。他瘦削而沉默，是一座孤岛。楼夕之坐在我身边，气色不错，不远处的黎雪状态却不怎么好。

我这才记起，虽然我也休息了好久，但《女皇》有着极高的曝光，三四十亿的票房。黎雪却像从娱乐圈消失了一样，很少听到她的消息。

"演得不错。看来这次影后又要归你。"楼夕之瞥向我，脸上浮现一个颇有深意的笑，"抓紧时间，一姐的位置你还可以坐一两年。等林弦电影上映了，可就……"

她的意思我清楚。

林弦的电影还没上，我就被抢了两次角色，等她电影上了，黄锦立会怎么做，一目了然。

大家都等着看我的笑话。

一旁的谭寒突然开口："她演戏从不是为了奖项。"

我震惊地看了谭寒一眼。

他依旧不看我。

楼夕之的讥笑脱口而出。

"阿Ken也是，你也是。你们倒是一个个都想着她。可她在意的又不是你。"

谭寒仿佛没听到，只是继续保持缄默。

屏幕上播放起《女皇》的片段，音乐灯光无一不打动人心，想起拍摄时黄锦立的探班，想起日夜苦背剧本的情景。一阵激烈鼓点，白光倏地射向了我，主持人高声宣布："本届最佳女主角，宋微！"

欢呼热潮似奔涌海浪，我被记者们围得水泄不通。黄锦立隔着摄像机朝我点头笑着。他今晚十分庄重而时尚，好像亲眼见证我再获影后，是最令他开心的一件事。

"再次蝉联影后，感觉怎么样？"

"今晚拿到影后激动吗？"

"今年的发言很有腔调，是不是获奖早在意料之中？觉得幸运吗？"

我面带笑容。

第一次拿到影后时，真像一场微醺的梦幻。好怀念那时的时光，那时的人与事。

不远处，夜空放起了烟火，烟花一束一束，"砰砰"飞上黑色天际，照亮着亘古不变的星空。

记者们脸上的光影明明暗暗，站在人群之外的黄锦立，也显得有点不真切。

"微姐你的合同要结束了，会跟品优娱乐续约吗？还是跳槽到 ESE，或是皇冠荣耀？"

"上次你说你不会去 ESE，现在呢？"

"皇冠荣耀价格开得这么高，有没有很心动？"

"你跟黄锦立是品优娱乐的一王一后，现在又拿到了影后的奖项，应该是会继续留在品优娱乐吧。"

黄锦立从容地看着我，他曾经问过我类似的问题，所以今晚他并不紧张。

我含笑看着他们。

像一个临别之人，宽容而善意地看着所有人，怎么看，都是散场之后的美好回忆。

"微微，你透露一下吧。"

"微微，别再让我们猜来猜去，告诉我，到底是留在品优娱乐，还是跳槽别家！"

"对啊对啊，你一说，明天这头条谁敢抢。"

记者们哄笑一团，我也跟着淡淡笑了起来。

"不续约。"

记者们脸上一愣，整个空气顿时安静。黄锦立唇边的笑意凝固了。

像是没有听清我说的话，一朵巨大烟花飞至空中，在漆黑夜幕上"砰"一下，全数炸开。

"你在说什么？能再说一遍吗？！"

"天，宋微刚刚在说什么？不续约，是跟品优娱乐不续约？"

"刚刚得完影后，马上就不续约？！这么劲爆？不可能吧！"

所有人眼中闪过极大的震惊。

黄锦立神情渐渐淡了，唇线开始抿起。

记者们从刚刚的调侃变成严阵以待，意识到有大事要发生，纷纷将话筒递得更近！

黄锦立视线牢牢盯着我，脸上笑容开始消失。

这次不一样。

跟机场不一样了。

我微笑着，优雅而冷静地继续道。

"嗯，不续约。

"不会再跟品优娱乐续约。也不会跳槽 ESE、皇冠荣耀。"

我没有对黄锦立说谎话。

没有骗他。

巨大的烟花再一次"轰"的一声炸得粉碎。记者们趁我一边说，一边抓着手上的相机对我一阵狂拍。

黄锦立更是面无表情，他死死地盯着我，眼中有不信，有怒火，有很多复杂的情绪。

"为什么宋微？为什么不再跟品优娱乐续约？"

"跟林弦不和？前段时间传言你跟黄锦立闹崩是不是真的？"

"是上次好莱坞角色事件吗？"

记者们纷纷问出疑惑。

我隔着人群，望了一眼黄锦立。

他的脸上被烟花照亮，又随着烟花熄灭，被大片黑暗笼罩。

"我不会再跟品优娱乐续约。亦不会跳槽其他娱乐公司。没有任何不和，任何纠纷。正如同你们所看到的，之前品优娱乐经历危机，我留下，如今品优娱乐发展迅速，所以现在的我可以离开。

"我仅仅因为，想要发展我自己的事业——我会创办我自己的工作室，宋微影视工作室。"

露出笑容，像之前无数次与他们打交道一样。

"从今晚开始，我将作为一个独立的女演员，开启一个新的人生阶段。希望大家继续支持我，今后多多帮我上头条。"

记者们哄堂大笑。

夜风之中，烟花燃了又灭，灭了又亮，色彩缤纷。

黄锦立站在最外层，像是站在所有热闹之外。

他一动不动地看着我，像是失去最重要的宝物。

为什么你会做出这样的神情？

你不是对任何人离去都不会感到惋惜吗？我只是一个比不上林萱，甚至比不上林弦的女人而已。

你这样的眼神……会让我误解。

地下停车场被白炽灯照亮，但仍散发着深深的空洞与孤寂。还没有靠近车，一道熟悉身影掠过。黄锦立将我推到墙上，高大的男性躯体压向我，显得那么不理智。

浓长睫毛下，他的眼底充满着急迫、怒火。他用手臂撑着墙："你是不是还在生我的气？"

"我知道那次是我的过错。"黄锦立眉头皱紧，"是不是那个时候起，你就一直在计划离开品优娱乐的事？！"他像是想到了什么，眼睛迸发一束震惊，"或者说，你根本就在等合同到期。所以这段时间一直故意不接任何戏对不对？"

黄锦立紧紧抓住我的手臂，明明那么恼火，眼神却又有些渴望，似乎想从我嘴里听到否定的答案。

"是又怎么样？"

简短地、面无表情地答道。

黄锦立的眼睛不愿相信般闪了闪，这样的反应似乎伤害到了他。

"为什么？你明明为我做了那么多，你跟我一起熬过了最艰难的时刻，现在的品优娱乐，现在的荣耀，明明轮到你享受果实了，这明明应该是你最留恋的地方，为什么？"

他咬着牙，很急切，更多的是不解，但是已经没有用了。

"因为我是一个聪明的女人。

"因为我是一个心机深沉、步步为营的女人，这不是你说的吗？我最擅长坐等时机，防微杜渐。"

我平淡地正视着黄锦立的双眸，平淡地回答着。

撩了一个无情又诱惑的笑。

"你居然信我那时是诚心诚意支持你。"我缓缓道，"说不定，我只是玩玩呢？"

黄锦立把我的胳膊捏得很痛。

我一声不吭地看着他。

比起那晚心碎的声音，这种程度的痛，要好受得多。

"微微，不要这样。我们一起让那件事过去行吗？

"品优娱乐作为公司，有资金、背景、人脉，这些才是立足娱乐圈的根本，一旦你离开，你以后的宣传怎么办，资源怎么办？

"你是可以带来流量，但一旦你的收视率、票房无法保证，你的号召力就会被唱衰，最后将再也没有机会参与大制作。你的星路不会好走，这个道理你应该明白。"

黄锦立揪着眉，一针见血，替我分析以后可能会遇到的危机。他说得都没错，一个女演员的工作室，没法同娱乐公司抗衡。

但我的心口有道伤。

不让血流出来，不会好过。

对他的感情，我的自尊，那天被伤深了。

黄锦立见我无动于衷，终于有些动怒，绝望。

"是不是到了这一步，也无所谓？

"哪怕你从此身价大跌，再也没法接到大片？

"跟我在一起，就这么令你难受？难受到宁愿冒着失去所有的可能？！"

"是。"

令我难受的不是你。而是你对林弦的态度。

"所以无论我说什么，你就是一定要离开品优娱乐？！"

"是。"

只要林弦还在，我们就不可能不发生矛盾，会有什么样的结局我知道。

"好样的，宋微，你真的好样的。"黄锦立抬起眸，抹了一把脸，用手遮住眼，冷冷嘲笑，"你真是令我刮目相看。

"你根本就是早有准备，早已找好了自己的人手。你只想报复我吧？"

用尽全身力气让自己不显示一丝动摇。

佯装克制冷静。

"你答对了。"

黄锦立仿佛被人狠狠揍了一拳，他黑眸闪了闪，修长的手指都在发颤。

"你就讨厌我讨厌到这种程度？"

我看着他，嗓子发堵，有点快要哽咽的感觉。

"不必多说了。黄锦立，让我们就此道别吧。"

我转身欲走。

"宋微，别想就这样离开！"

黄锦立一把拉回我，他狠狠钳住我的下巴，他的气息侵犯了进来，我挣扎着，躲避着他的吻，他却将我束缚得更紧了。

"我不会让你走。"他凶狠地命令着，"其他女人都可以走，唯独你不行。"

他强吻着我，疯狂地吸吮着我。

"啪"一道耳光响过，黄锦立脸上挨了一记。

我的唇被他吻肿了，他的衣领也沾上一些我的口红。我们相互瞪着，纷纷喘气，发丝凌乱。

"再也别让我见到你。"

我气息不稳地放下狠话。

黄锦立的声音从背后传来。

"宋微，我黄锦立从不挽留任何人，但对你……我只给你一次机会。"

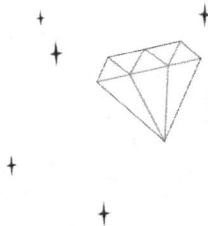

第三章

回归

第二天的头版头条果然是我，我的电话被打爆了。

没想到连私人号码都被打通，竟是好久不见、连楼夕之都不知道他在哪儿神游世界的阿 Ken。他痞痞的声音从电话那端响起，带着夏威夷的阳光。

"哎哟，你可真行！都自己当老板，开工作室了。"

"当然，我可是宋微。"

"那是，我们家微微一直是个有理想、有抱负的女人。"阿 Ken 把我夸上天，"宋老板，你那儿招不招人，你看我做个助理行吗？最近旅游钱花光了，急需工作！"

阿 Ken 当然不可能没钱，他却用这种方式表达想跟随我、加入这个前途未卜的工作室的心意。

"我很久没接电影，开不起高薪怎么办？"心中一暖，嘴上却不饶他。

"我家微微天生做老板的料，刚开张，就得到了商人精髓。"他嬉皮笑脸，在电话那端道，"三餐管饱，行吗？"

我们哈哈大笑起来。

"等我。马上订机票。"阿 Ken 好像对着远处怪叫了一声，"夏威夷的金发美女们，拜拜啰！全世界最厉害的经纪人阿 Ken，现在要跟全世界最酷最迷人的影后宋微小姐，一起征战星光！"

豪气的誓言，满心滚烫。

我的心仿佛同样被夏威夷阳光照耀。

不久之后，另一个匿名电话响起，电话接通了，对方却半天没有发声。

"再不出声，我就挂了。"突然，我试探地叫了一句，"谭寒？"

"是我。"

沉默之后，有人应道。

新办公室坐落在这座城市的黄金地段。那时阿 Ken 回国看到这么气派的办公室，首先就对着几百平方米的场地吼了一声，当他听到工作室月租金之后又差点从椅子上跌下来。

"微微，你大半年都没接电视剧、电影。按你花钱如流水的性格，请诚实地告诉我，你存款里还有几个零好吗？"

一旁的谭寒聪明地不插嘴，他不知从哪里变出一个榨汁机，优雅地切开橙子，榨了一杯新鲜橙汁给我，看上去就令人心情大好。

女星要保持身材，喝果汁又健康又补充维生素。我喝了一口，舒服地叹了口气，谭寒榨的果汁为什么总是那么好喝？太怀念了。

我气定神闲："赚钱这种庸俗的事情，不是你负责吗？我是影后，只负责两件事：一认真演戏，二貌美如花。"我斜睨阿 Ken 一眼，然后转向谭寒，"我说得对吗？"

"非常正确。"

谭寒站在我身后，简短却沉稳地应声，把我喝完的杯子细心收到一边。

阿 Ken 像看怪物一样看着谭寒，颤抖地指着他："为了讨好微微，你也不能这样指鹿为马，真是太令人发指了。"

"你有讨好我？"我力证清白。

"我实话实说。"谭寒沉着应变。

阿 Ken 捧着心，夸张地往后退了两步："实在看不下去了！微微你有了我，然而居然还有人比我更会讨好你，我的心受到一万点暴击，现在飞回夏威夷还来得及吗？"

我向他露出一个美艳的笑容，温柔地点点头。

"你可以直接从窗户跳下去。这样比较快。"

尽管我跟品优娱乐分手这件事是娱乐圈一大关注点，但"谭寒出任宋微工作室副总监""阿 Ken 担当宋微工作室总监"这两个消息也激起不少浪花。

圈内流传着很多声音:"阿 Ken 当初不是跟宋微闹翻过吗?听说一个电话就从国外飞回来了?""谭寒不是楼夕之的经纪人?竟成了宋微工作室副总监?""宋微这算挖人?"

类似风言风语很多,最重要的是以前曾发生过一些事,尽管我们三个人聚在一起后,没人提过过去,但并不代表没有芥蒂。

阿 Ken 和谭寒当着我的面,两人一个嘻嘻哈哈,一个沉默是金,看上去没有异状,然而有次从洗手间回来,我无意间瞥见两人对峙。阿 Ken 一脸的不信任,而谭寒眼中射出同样的光。

"别以为宋微不提,我就会当没发生。"阿 Ken 玩世不恭的语调里透着一抹冷意,"你跟黎雪那些纠纠缠缠,我不关心。但这次你回到宋微身边,若还敢做背叛她的事,别怪我不客气。"

"之前你为了一己之私,让宋微背负骂名。她的逞强、忍耐,是你造成的。你跟楼夕之是什么关系我不在意。但敢再在背后伤害她,我全数奉还。"谭寒目光冷凝。

两人虎视眈眈,盯着对方。

"不准伤害微微。"

"不准背叛微微。"

最后同时开口,一个看似漫不经心,但视线锐利,一个面无表情,却视线锋利,两人目光对撞,过了半晌,像定下某种盟约一样。

平心而论,我不是任何背叛都会原谅的圣母。

被背叛,也会觉得伤心。但人生在世,给对方一次机会,不是为了显示我的大度,只是我不想封闭自己的心。

我们拍了一张日后被称为"三剑客"的照片:三人齐齐坐在窗台前,背后是辽阔的城市远景。谭寒和阿 Ken 黑色西装,挺括笔直,谭寒酷得像偶像男明星,他认真把领带系好,是我曾经送给他的那条;阿 Ken 一脸玩世不恭,连西装内的衬衫都松松垮垮;我一身红色长裙,坐在他们中间。我们神情睥睨,在按下快门那一瞬间,阿 Ken 往我边上偷偷靠了靠,在我脑后比了一个兔子耳朵。

再后来,这张照片被传到媒体上,尽管粉丝连他俩是谁、是做什么的都不知道,但懂的人都懂:谭寒和阿 Ken 在说,宋微我们跟定了。

我也在我的朋友圈发布了这张照片。

黄锦立。

没有你，我也会过得很好。

我知道阿 Ken 有些能耐，有资源有人脉，但没想到他居然这么厉害。

"微微，这有几十个剧本的女一号等你演，随便选。

"微微，你想不想当电视剧制作人？有几个投资方说，随便做，他们愿意投！亏了也不要紧，人家煤老板不差钱，就喜欢艺术。

"微微，一线品牌商说只要你拍电视剧，拍哪部，他们赞助哪部，哈哈，我们这也算永久自带资金入组了。

"微微，有几个奢侈品牌想约你见面。"

阿 Ken 八面玲珑，我都不知道他到底怎么办到的，我们的资金、代言费、片酬数字如哗啦啦的洪水一样上涨。

而另外一边，谭寒办事超级稳。阿 Ken 送来的本子，他全数看完，整理好故事梗概，还配合我的喜好，放上英伦红茶："这几个剧本质量上乘，角色很有层次，能发挥你演技的，可以看看。"

阿 Ken 才提出制作人概念，谭寒就已翻阅现有女制片资料，做好了市场调研，拟好制片企划给我。阿 Ken 带来多少收入，谭寒就变身万能会计，把收益周期、收益金额、坏账、缴税，全部做得清清楚楚。他们两人简直就像火箭的加速器，工作室才刚刚成立而已，他们却让它在一眨眼之间就步入正轨。

另外，由于不再是品优娱乐一姐，ESE 和皇冠荣耀因而没有故意搞我的负面消息，阿 Ken 更是打好媒体关系，谭寒谨慎防范，一时之间，我的形象和身价再次升到巅峰。

"没有了宋微的品优娱乐，还是品优娱乐；没有了品优娱乐的宋微，却是娱乐圈大女皇。"

无数媒体记者如此说着，一切都在往好的方面发展。只除了一件事，进入国际影坛的机会，一再错失，不得不承认是一种遗憾。

一个月之后，阿 Ken 忽然兴奋地对我说："微微！你征战世界的时机终于到了！《邪恶联盟》需要一个中国女演员，机会非常难得，导演约你去试镜！"

我们三个人欢呼着，向着天花板开香槟。阿 Ken 把香槟当摇滚吉他般摇来摇去，而谭寒淡定接过，帅气打开木塞。香槟塞"砰"的一声，猛地飞出好远。

我们三人欣喜碰杯。

我试了镜，导演制片人很满意。只要没有意外，这个角色很可能被我拿下。

只是不久后，听说黄锦立那边也在跟《邪恶联盟》积极接触。我们相互看了一眼，心中警惕：大敌当前！

阿 Ken 建议，我们要打速度战，尽快搞定《邪恶联盟》合同。

国外重视合同，只要合同签订，就不会出现意外状况。我们觉得的确越快越好，隔天就秘密约见对方。我们选了一家高档餐厅，户外有木质圆桌、白色遮阳伞，私密性很强，大片大片树荫、阳光。

我们点了意大利菜，与好莱坞名导、制片人聊聊笑笑，气氛惬意又轻松。导演 James 和制片人频频点头，偶尔用惊讶的眼光看着我，好像被告知了我的不少传奇事迹。

谭寒话说得比较少，但阿 Ken 与对方交谈时，他敏锐地观察到 James 涂抹黄油的小铲子并不好用，制片人更喜欢冰水。谭寒追加了一份面包，并让服务员再倒杯冰水过来，James 转头跟他助理说了两句。

他的助理用着不纯正的中文说道。

"你很细心。你这么细心，是被宋微小姐要求的吗？"

空气的气氛微微一凝，这个提问还真是用意难测。阿 Ken 用眼角瞥了瞥我，我目不斜视，悠闲地端起咖啡。

谭寒接过服务员的水，用雪白餐巾擦了一下杯底，才放回 James 的银色餐盘边。

"不。"他开口，"因为你们即将与宋微小姐合作，所以才一视同仁。在中国，这种做法叫作'爱屋及乌'。"

非常给我争面子。

干得好。

我放下咖啡杯，朝对方点点头，他们也非常尊敬地向我回了一个笑。

户外阳光正好，绿色树冠在清风吹拂下沙沙作响，仿佛深深浅浅的绿色明镜。

阿 Ken 与他们继续商谈，时而大笑，其间 James 突然用一连串英文问我，问是否会觉得语言问题是个难题。

停顿了三秒。

他们的助理正准备将问题翻译成中文。

我眼睛带笑，双手交叠，露出自信而明艳的笑容，既不失东方女性的神秘，又有国际女性的开朗与大气。

"我的英文，虽没有我的演技好，但它同样靠谱。"

我睨了阿 Ken 一眼："我的总监，以为他向你们偷偷泄密，为了演角色，我一个月增重 10 公斤再瘦 10 公斤，我会不知道？回去我要跟他好好'沟通沟通'，女性的体重怎么能随便泄露呢。"

"没想到宋微小姐的英文居然说得这么好。"

所有人，包括谭寒都震惊地看着我。

我再次端起咖啡，迎着风惬意地眯了眯眼，朝着他们笑了笑。

"一个迷人的女演员，怎么可能任何事都让人知道？时时惊喜，才永远令人期待。"

为了接到这个好莱坞角色，我私下花了不少工夫苦练英语，但我不会告诉谭寒阿 Ken。

我并不会事事依赖他们。

制片人他们朗声大笑，投来肯定赞扬的目光。

彼此心中都明白：这事就要成。

大家其乐融融，马上就要谈定，突然，一阵低沉略带笑意的声音插了进来："Oh，James，你们来了，今天真巧，见到你们。"

心生不好预感。

我抬头就看到了黄锦立。

他的脸庞曾经俊美迷人，如今却多了几分说不出的邪性。黄锦立黑色的眼睛笑看 James，然后流水一样漫不经心地从我脸上流淌过。他的声音变得更缓慢，更富有暗示性："噢，微微，你也在这儿？"

他低缓地念出我的名字，我听得身心一颤。

几个月没见，他的气息不一样了，令人胆战心惊。浓黑的、占有欲极强的，仿佛要将人吞噬入腹。

不是我的错觉。

然而没等我回应，他已转身跟 James 他们握手、拍肩，熟悉得好像老朋友。他的眼里满是慵懒与强势。

"宋微，我黄锦立从不挽留任何人，但对你……我只给你一次机会。"

最后一次，他是这样说的。

我示意了阿 Ken、谭寒一眼。合作千万不能因他而发生变动。阿 Ken、谭寒谨慎地点点头。

面对导演与制片人，黄锦立只字不提合作，只谈中国电影市场现状，说出不少行业专业数据。制片人兴趣盎然。好莱坞电影会考虑观众群体，但最终还是以商业票房论成败。《皇家骑士》也好，《邪恶联盟》也好，票房好系列电影才能拍下去。

饶是阿 Ken 手段老练，谭寒冷静聪明，但也抵不过黄锦立的天生贵气。他的确拥有更大的格局和眼界。

James 和制片人时不时提出自己的问题，黄锦立幽默又精准地回答了他们。他们之间的气氛令我们连连蹙眉。

若是黄锦立继续施展领袖魅力，James 他们会不会臣服于他？

突然，黄锦立话锋一转。

"不过，虽然一些好莱坞电影在中国市场票房很高，但每年被引进的片子，有严格的数量限定，还有更加严格的审查。相信这个你们也知道。很多不错的大片，就因为不了解政策，没有通过审核，错失了最好的上映档期。盗版问题总是很令发行方头痛。

"本土影视公司对政策、国内媒体营销、院线排片、盗版监控能力就显得非常重要了。没有强而有力的背景根本做不到这点。"

我立刻明白黄锦立想干什么了。

制片人刚想开口，我抢先一步，笑盈盈说："是啊，我非常同意黄总的观点。他在这方面就拥有着经验教训，切身之痛。之前两部进口大片用的时间就有点长。"

我拆台。

黄锦立若有若无瞥了我一眼，我微扬下巴，装作没看见。你不是想暗示只要跟品优娱乐合作，无论是过审、宣传，还是票房都有保证，跟我合作就没有这个优势吗？那么现在，我也会让他们起疑：即便跟你合作，也未必就有保障。

James 听完后，果然眉心蹙了蹙。

"看问题不必只看眼前。品优娱乐有实力、有良好的政府关系，能够促进好莱坞与国内电影业发展，所以政府对大型影视公司还是很支持的。"

黄锦立继续道，制片人点点头。

我跟着笑。

"我也是这么想。一部电影不光宣传重要，演员也很重要。黄先生对旗下艺人就很照顾，三部好莱坞电影全给自家的，一个是新人，一个演技嘛……"我顿了顿，"还有很大提升空间。

"不知道好莱坞跟国内是否一样，国内的电影市场还是很看重演员的号召力、过去的代表作，这对票房、口碑也起着很大的推动作用。"

James、制片人脸色晴转阴，如果跟品优娱乐合作，就要用电影角色来置换，而且很有可能，演员还毫无知名度，是个新人。他们显然还不能接受这样的

"交换"。

局面又扯为平局。

这本该是针锋相对的局面，但奇怪的是，黄锦立只朝我点了下头，嘴角弯起一个微小弧度。

"Vivi，我们欣赏你。如果有机会，希望我们能够合作。"制片人向我伸出宽厚的大掌，我朝他露出一个笑容，并与导演他们分别贴面了一下。脸上带笑，心里不爽极了。这次本来可以拿下角色，现在被这样一搅局，一切又回到了原点。

黄锦立也跟着站起来，他眼中流露出一种自信而意味深长的光芒："对中国电影市场这块还有什么想要了解的，可以找我。"

我心里撇撇嘴，再找你，我的角色岂不是就完全没戏了。

导演和制片人却很高兴，看来他们后续还会见面。直到James他们离去，黄锦立才像刚发现我一样，斜站着，拿眼轻轻打量了我一圈。他离我一两步远，阳光透过遮阳伞落在他肩上。

他桃花眼半眯："以往我还没发现，你谈判技巧这么好。"轻风拂过，巨大的绿色树冠沙沙摇晃。

光圈从他侧面射过来，他英俊的轮廓几乎令人晕眩。几个月没见，我发现自己竟又这么怕与他相见，那一晚被他强吻的记忆排山倒海而来，他身上浓浓的占有欲气息令人惊心动魄，几乎让人浑身战栗。

双手抱臂，不想表现出被他影响的样子。

我以防御而富有敌意的姿势看着他的眼睛："我也是第一次发现，黄总为了达到目的，什么话都说得出。"

黄锦立低着视线，长腿一迈，靠前一步，他的雄性气息海潮一样奔涌侵入，我浑身毛孔收缩，第一反应想要后退。黄锦立与我靠得很近，双方可见对方的睫毛。他的声音低了半度，滚烫而低哑。

"那你可要看好了。教你一条商业法则，机会是人创造的。"

我抬着眼睛，回了一抹艳丽笑容，镇定而缓慢："当然，离开你，不就是我为自己创造的最好机会吗？"我们贴得如此之近，黄锦立瞳仁倏地一缩。他漆黑的眼睛里，反射着我的倒影。

"多谢帮我验证。"

"不客气。"他缓缓吐出三个字，"那个承诺依旧有效。"

春日海棠，花瓣一点点落下，粉色拂过黄锦立的肩头。我帮他拈起花瓣，海棠的浅粉拈在指间，我温柔一吹。

"你可以丢了。"

我转向阿Ken和谭寒。"走。"

他们一个懒洋洋，斜靠墙壁，一个一丝不苟，坐在桌前翻看着合同资料。听到我的声音，同时没有犹豫地走到我身旁。

阿Ken笑嘻嘻："怎么我们在这儿都能被人发现，谭寒，你觉得这是某人对我们家微微余情未了吗？"

谭寒淡淡道："他俩没有可能。道不同不相为谋。"

黄锦立身体微微僵了一僵，但脸上依旧带着自傲笑容："输家永远喜欢耍嘴皮子。"

经过黄锦立，我伸手挑了挑他的下巴，嗓音轻轻扫过："话别说得太满，可能会砸到自己的脚。"

轻佻地放下指尖，擦肩而过，只留下他一人。

"再也不能让黄锦立知道我们的见面地点。"

见面无功而返，尽管代言、拍摄仍然很多，但阿Ken看似玩世不恭，实则最讨厌别人打乱他的计划。

上次黄锦立突然一击，弄得他措手不及，被他视为耻辱。

"谁也想不到他会突然来。"我安慰着阿Ken。

虽然知道黄锦立精明干练，但过去我们只作为他旗下的艺人，被他安排着、保护着，从没跟他针锋相对、真正交手过。难怪即便ESE跟皇冠荣耀联手，也始终无法击败黄锦立。

谭寒对着电脑冷静分析着资料："品优娱乐虽有林弦、凌影，但尚未转型成功。若他们想靠国际电影乘胜追击，对这个项目将势在必得。"

"这么好的机会又要让给黄锦立？"阿Ken把玩着钢笔，好像在算计着什么。

谭寒闻言，垂下眼眸，眼中却划过一抹自责。

我拍了拍谭寒的肩。他眉眼之间流露出一丝感谢。

虽没有解释过，我也没问，但我清楚，当初那件事，一定不是谭寒愿意的。因为来到这个工作室后，以前的那个谭寒才重新活过来。他的眼里再也不是后来相见时的死气沉沉。他没有犯过一个错，出过一个状况，与跟在楼夕之身边连咖啡都拿错完全不同。

"这一次，绝对要拿到。"谭寒拧着眉，罕见地、斩钉截铁地开口。连阿Ken都被震撼到了。阿Ken停下手中的笔。两人相互对视了一眼，双双点了点头。

"我拿到了 James 的时间。"

两周后，谭寒告诉我这个消息，我闻言微微疑惑，这不是很好吗？自从上次见面后，James 便有意无意地避免与我们会面。

"不，这个不是 James 与我们会面的时间，而是 James 与黄锦立定好的时间。"

"这不是一个好信号。"阿 Ken 立刻皱眉。

"那要怎么办？"我思索着，突发奇想，"要不，我们也中途插入？"

阿 Ken 和谭寒却没马上点头同意。

我有些疑惑："不行吗？"

"不是不行。"阿 Ken 看了眼谭寒，声调慵懒而狡诈，他大口喝了一口啤酒，"但这一次，我们有个绝佳的主意。"

"你们想干什么？"

见两人的目光直直停留在我身上，我狐疑地反看向他们，顿时有种不好的预感。

"美、人、计。"

两个性格各异的男人，用着不同语音语调，异口同声对我说。

对方订在一家希腊餐厅见面。我们车停在斜对面，像侦探一样注视着动静。黄锦立、陆瑜和 James 等人谈笑风生地走进餐厅。我瞥了瞥阿 Ken、谭寒，已进去差不多十分钟。也就是说，刚开始寒暄，但还未进入主题，正是我们出手的最好时机。

阿 Ken 朝我示意："开始吧，微微。"

谭寒也沉稳地点点头。

"嗯。"我皱皱眉，拿出白色手机，把拟定好的说辞打上去。白色光标一闪一闪，我的心情有些杂乱。真的要这样做吗？

打完，给阿 Ken 和谭寒看，他俩点头默认。

再按一下发送就行，我的指尖却有点沉重。

万一黄锦立没上当怎么办？那说明，我在他心里一点位置都不曾有过。苦笑了一下，但这也在情理之中。可若是黄锦立……上当了呢？这样的玩笑是不是太大了。

车内光线幽暗，阿 Ken 和谭寒静静等我。他们没有催促，但我知道，我不能让他们失望。他们陪我白手起家，重新创业，得罪了楼夕之、ESE 和皇冠荣耀，他们已没有退路。现在，不仅仅是我个人的事，更关系到我们整个团队的未来。

不能再犹豫，不能再考虑黄锦立的心情。

眼一闭，我按下了发送键。

车内一下子陷入巨大的寂静，我的呼吸暂停了，黄锦立是否会看我的微信？黄锦立会做出什么选择？

怦怦怦，心脏跳得如此剧烈。

还没过两秒，手机突然"嗡"地振动，在这场沉默中投放了一个大型炸弹。我的瞳仁猛得一缩，谭寒阿 Ken 齐齐一动，也震惊于黄锦立的神速。

全体相互看了一眼。

这么快？

我双手相互攥着，阿 Ken 看了一眼，拿过我的手机，替我念了出来。

"他问，你在哪儿？"

这是上钩，还是试探？心情说不出的复杂。

谭寒接过手机，打出一个地名。这地离我们这儿不远，开车大概二十分钟。如果黄锦立赶过去，一来一往这个时间差，正是我们需要的。

车内重新陷入寂静。

手机再次振动，是来电，黄锦立打的。

心提了起来。

他竟然直接打电话过来了。

我目光瞪直了。

阿 Ken、谭寒看了看我。

"要不要接？"阿 Ken 轻声问，仿佛怕把我吵到。

胸口起伏着，只有我们知道，我们在设计黄锦立。

这样很不好，但是……

我缓缓摇了摇头，闭上眼。接电话固然可以增加真实性，但让关心的人无法确定，才最令人心急如焚。

手机继续无声振动，嗡嗡嗡嗡，空气也透着不安的气息。一个来电结束，又打一个，直到四五个电话过后，那边才放弃通话。

突然，望着车外的阿 Ken 叫了一声："黄锦立出来了！"

我浑身一震。

只见黄锦立从餐厅里冲了出来，神情焦急，恨不得一步当作两步用。他的脸上是极其罕见的着急紧张。他眉头狠狠拧紧，双手飞快扣着西服扣子，但仔细看的话，就会发现他指尖微微发抖，扣了两次都没扣上，最后干脆不扣了，黄锦立直接跳进车里，开车狂飙，转眼车尾就不见了。

从出现到消失，不过几秒。阿 Ken 兴奋地挥拳："上当了！"谭寒也浅浅勾起嘴角。

"我说吧。黄锦立一定会上当。"阿 Ken 道，"他的那点心思，看不出来才怪。"

谭寒赞同地点了点头。

我沉默着，无意识抬头，望了望黄锦立飙车离去的方向。

心中并没有成功后的喜悦。

反而微微发涩。

谭寒觉察到了，细心问："没事吧？"

我强颜欢笑："继续吧。"

压抑着心里那股不适宜的心情。

虽然头脑清醒地知道，我跟黄锦立没有未来，他最在意的人不是我。只要与林弦有关，一而再再而三被放弃的只会是我。对于注定分道扬镳的人，也不应该再涌起任何感情。

然而，胸中还是有些发酸，像空了一片。你为什么出来？为什么不可以对我表现得不是那么在意……

让我能更心安理得一些，不用那么矛盾挣扎。

阿 Ken 先下车，谭寒帮我打开车门。现在轮到我们出手，抢回合作。我闪了一下神，迟钝地发现，车门早就开了，只有我还在车上。我赶紧下车，阿 Ken 和谭寒都看着我。

"我没有后悔。只是第一次看他这么、这么……"

我连忙解释，又发现这有点欲盖弥彰，顿了顿，我快刀斩乱麻："总之，我会拿下这个角色。"

谭寒撇开了眼。阿 Ken 仿佛没有见到我的异状，摸出烟和打火机，打了一下没打着，他笑嘻嘻："那是当然，微微出马，没有什么搞不定。即便没成，也是对方没眼光。"

我跟着笑了笑。

来到餐厅，谭寒为我拉开椅子，我轻松入座，朝 James 笑了笑。

"这是个巧合吗？"James 放下白餐巾，他大风大浪见惯了，反而觉得有趣。

倒是旁边的陆瑜，若有所思地看了我一眼，然后了然勾起了薄唇："黄锦立刚刚直接冲出去了。"

想加深我的内疚？

我不动声色："无论是生活，还是演戏，都需要一点技巧。"我拿起摆盘上一片鲜黄色柠檬，挤了两滴到玻璃杯中，晃了晃水杯，"你看，这样就好多了。"

陆瑜瞥了水杯一眼。

"那也要看技巧是否得当。加多了，就会酸。"

James饶有兴趣地看我和陆瑜唇枪舌剑。我一边示意谭寒将准备的英文资料递过去，一边微微朝陆瑜侧头。

"凌影最近怎么样？"

陆瑜轻笑："人情压我？"当初在片场，他没少让我关照。

我继续微笑："一报还一报。"

"商界不讲人情。"

"我只是拿回属于我自己的东西。"

陆瑜的眼神变了变。

James即将翻完我的资料，陆瑜做出了决定，他起身拿起西服外套。

"他真不该放走你。那是他做过最蠢的事。"

我和他都清楚，他指的是黄锦立。

"我也这么觉得。"

我朝陆瑜一笑，我可是个好女人啊。

陆瑜向James他们打了个招呼，便要离开，临走前，他特意看了我一眼，留下一句："我从见过黄锦立对谁那么在意。不过刚刚，他急疯了。"

心中再次一滞。

我脸上升起一抹相反的淡笑："拜拜。"

喝了口水，柠檬可能真的加多了，竟发涩、发苦。

"希望你不要觉得太酸。"陆瑜意有所指，向我做了一个庆祝的姿势，"慢慢聊，预祝成功。"

虽然不清楚为什么一来一往之间，代表品优娱乐的陆瑜就撒手不管，做出让步的姿态，但好莱坞制片人显然见过不少场面，只是笑了笑而已。

"那么，"导演转向我，"Vivi，虽然我们对你很感兴趣，但请给我们一个一定要选你的理由。"

这显然是最后的面试题。

我直视着他那双有着皱纹与智慧的蓝色眼睛。

"首先，我是国内动作片票房最高的女星。其次，我对自己的演技、实力很有信心，我能胜任这个角色。最后，任用最适合的女演员，将最好的电影呈现给观众，是导演们永远的骄傲。"

James 只思考了一秒，随即大笑起来，要与我握手。

"虽然你只是名演员，但你的头脑丝毫不弱于 Mr.Huang。

"若是 Richard（黄锦立）知道，他只是不在一会儿，我们的合作就定下来了，他会怎么想？"

James 半开玩笑，阿 Ken 却马上递上了合同。合同双方早已确认过。我顺势把签字笔递给了他。

我挑眉，狡黠一笑。

"Richard 知道的话，大概会懊悔死吧。怎么这样又有头脑、又有票房号召力的女明星，却不在他的公司。"

James 又一阵大笑。他一边摇头，一边愉快地在合同上签下名字。我表面十分平静，阿 Ken 和谭寒的视线一直盯着钢笔笔尖。直到最后一个英文字母写完，他们的眉眼才舒展开来。

巨石落地。

我们重新夺回角色。

我和 James 刚握完手，餐厅响起急促的脚步声。

是黄锦立。

心一下跳到嗓子眼。

黄锦立急匆匆地扫视着我，仿佛我下一秒就会消失。他的目光迫切而担忧。若不是有人在此，我毫不怀疑他会紧紧抓过我的手，将我全身仔仔细细审视一番。直到确认我平安无事，他的视线才从我身上挪走。

被拆穿了。

怎么办？

我瞥向阿 Ken 和谭寒，他们浑身戒备，如临大敌。

黄锦立轻轻看了他们一眼，又看了看他们手中的合同。他额前黑发被汗水浸湿，眉眼间倨傲神色却不减半分，他嘴角似笑非笑："看来，你们谈得很愉快。"

黄锦立声音落地，半天没有人敢接话。

过了半晌，阿 Ken 才往前站了一步。

"一直很愉快。如果中途黄总没横插一脚，我们早就更愉快地结束了。"阿 Ken 的语调还是懒懒的，肩膀线条却紧绷了起来。他在强装镇定。

黄锦立轻微扯了扯嘴角，他的目光再次望向我。

我眼神飘忽，不敢正视他的双眼。谭寒站到我身边，我稍稍松了一口气，黄锦立轻而易举就激发了我对他的内疚。

令人揪心。

为什么他剥夺我的机会时，似乎就没这种感受？而我稍稍以其人之道还治其人之身，就忍不住心疼？难道这就是男人与女人的差别？这个时候心软，恰恰是最不该存在的。

看到我因谭寒舒了一口气，黄锦立眼神黯淡了一下，紧接着，他就扬眉笑了笑，仿佛刚才那抹失落只是我的一个错觉。

"James，恭喜你，找到最好的女演员。"

黄锦立伸出手，James不明就里，握了握手。黄锦立拍拍他的肩，笑道："下次有机会再合作。阿Ken、谭寒，你们去送送James。"他发号施令，虽已不再是阿Ken谭寒的上司，但他们下意识服从了。

我跟在后面，正要走，被黄锦立伸手一拦："微微，我们聊聊。"

他幽深的眼眸凝视着我，不容拒绝。

阿Ken脸上闪过一抹焦急："微微和我们都不打扰您了，以后再聊。"

谭寒更是皱紧眉头。

黄锦立嘲弄地勾唇笑："你们都拿到了合同，难道还以为我会对'微微'做什么吗？"

他加重"微微"两字的读音，似乎对阿Ken这样喊我名字，非常不满。阿Ken和谭寒皆是一副不相信之色。

黄锦立的胸口仍微微起伏着。我看着他，他的衣衫起了褶皱，不如平时那么光亮时尚。刚才他显然匆匆赶过去，又匆匆赶回来。陆瑜那句"他刚才急疯了"再次盘旋在我脑海里……

我不知道他想跟我谈什么。

但我确实应该对他有个交代。

"你们先送James吧。我待会儿自己回去。"我淡淡道。阿Ken和谭寒还想说什么，我朝他们摆摆手，先一步开口，"不用担心我。黄锦立……不会对我怎样。"

黄锦立没说话，闻言看了我一眼。

阿Ken和谭寒只得先离开。等他们的身影再也看不见，黄锦立才斜睨我："不会对你怎么样？你就这样有信心，宋微小姐？"

"噢，那你打算怎么办？"

我的语气更加疏离冷淡。

跟黄锦立的关系只破裂了几个月，我却有种山中一日世上千年的物是人非。

但我不想让他发现这一点。

不想让他发现我还……爱他。

若这是场关乎尊严的拉锯战，那么起码我不想显露出一丝犹豫。

黄锦立盯着我，看了很久。

"微微，你变了很多。"

微风轻轻浮动，绿色树冠跟着摇晃。他常说，真正的强者不会被任何难题难倒，总有应对之道。然而现在，他像看一道无解难题一样看着我。

"难道，你以为我只是跟你闹着玩吗？"

你为公司开疆拓土，我也在认真对待自己的事业。

并非以退为进。

离开你，自立门户，更不是赌气之语。

当我对着所有媒体，说要自立门户时，为的就是不给自己留任何后路——抱着必须做出成绩的决心。

十几岁时，我曾羡慕那个人，羡慕她被人真挚地暗恋，因此想成为同样优秀的女性。而现在，经历了这些，我更懂得，真正优秀的人，不会活在"想要被他人注视"的心情里。她优秀，是因为她对自己要走的路十分清晰。

尊严、成就、人生与抱负，并不是只有你们男性才有。

"黄锦立，你顺遂了这么久，只是被人轻轻摆一道，算得了什么呢？"我拍拍右肩上树木撒下的花粉，"你我之间，本不过是竞争关系。"

疏远的距离，陌生的语气。

曾经对你敞开得太多，现在要一点点收回来。你是一个商人，要考虑商业利益，而我是一个演员，有着自己的事业自尊，从今往后，这就是我们的定位。

虽然我并非表现得那般理智而冷静。

看见你，就忍不住想靠近你，看见你难过，还是会于心不忍，但是这些心情，总有一天可以慢慢淡掉……

"只是竞争关系？"黄锦立墨黑眉峰紧蹙，似乎在压强怒意，"那我们之前算什么？"

"普通的老板和员工。"我冷冷地说，"既没有表白，也没公开过关系，我们算什么？自然什么都不算。"

"什么都不算？"

黄锦立狠狠盯着我，棱角的轮廓有些冷厉，他一连重复了两遍。他的声音是被风吹起的海面，海风卷起一个个黑色旋涡。

"你出了车祸，让我过去。这个主意是谁出的？你，还是阿Ken？"他嘲弄笑着，继续逼问，

黄锦立靠我靠得很近，语气明明越来越冷酷，为什么又让人觉得他情深得想把我掐死。

当初是阿Ken出了这个主意。

我不赞同。利用黄锦立与我曾经的关系，欺骗他我出了车祸，让他赶过去，这样的做法，我并不能接受，但是……

"有什么不同吗？"

我刻意含糊其辞，不想招出阿Ken，怕他被黄锦立打击报复。

黄锦立误解了我的意思，他仰头一笑，像在嘲笑自己。

"我的确小看你了。"他嘲笑着，居高临下盯着我的眼睛。

"呵呵，微微，你真是矛盾。如果我们什么都不算，你怎么会出这个主意？

"不正是算准了我对你、我对你……"

"能够算到这一点，你果然一如既往地聪明啊。"

一如既往地聪明？

心猛地被刺痛了一下。

那时被他夸赞"聪明"的伤疤再次被撕开，大概在他眼中，我就是这样的人吧。

"多谢夸奖。"

异常冷淡克制。

我的语调让黄锦立被针扎了一般，他的瞳仁缩了起来。他望着远处，呼吸了两下，才看回我的眼睛，他浑身的戾气消融了些，黄锦立有些自嘲："知道我看到那条微信是什么反应？"

我没有接话，故作不在乎。

"你这么聪明，一定猜得出来吧。"似乎回忆到当时的情景，他的指尖有些不自在地发抖着，他冷笑，"那一刻，我的心跳都快停了。当场就跳了起来。虽然半路上，就觉得不对劲，"

黄锦立垂下眼眸，嘴角挽起一抹讥笑的弧度。

他冷冷地讥讽着自己。

我的心也同样被刺痛。强忍着，不想被他发现。

"其他人敢如此算计我，我一定让他生不如死。但对你……对你，我居然侥幸地想，没什么，只要你没事就好。哈哈哈哈，真是太不像我了。"

他单手遮住眼，狂笑着，仿佛不能自已。

他身上那种强烈的、不甘的情绪，像场巨大的龙卷风席卷着一切、破坏着一切，却又好像从旧事物的灭亡之中，新生出一些什么。它们是汹涌的海浪，推挤着、奔涌着，朝我袭来。我抗拒着，就像抗拒黄锦立、抗拒自己一样，抗拒着它们。

"这样的我，是不是像个 loser？"

他转过眼，看向我。眼神有种哀哀的自嘲。

"是。"

他一步一步朝我走来。

"看到我被你耍得团团转，你是不是很得意？"

"当然。"

他的手指掐住了我的双臂。

"所以，利用我对你的感情，成功算计到我，你很有成就感？"

他每问一句，我就用最肯定的语气回答。而每得到我的一个答案，黄锦立眼底沉重的戾气就增加一分。他钳住我胳膊的手越来越用力，看我的眼神越来越不甘，我忍受不住这样的感情冲击，我心底的防线就快崩溃。

"是，我很自豪。"

我别开眼，用着最简短、最无情的字眼。因为只要再多说一个字，声音一定会泄露出我的动摇。

过了很久很久，他说。

"没关系。

"这个角色，我本来也只想，作为礼物送你。"

他转身离去。

久久，我才顺着墙壁，滑落在地。脸上已有湿痕。

爱让人难受。

不爱，为什么也让人难受。

第四章

占有

好一段时间，我的心情都未彻底平复。

只要一想到黄锦立，心就堵得慌，但我又强迫般惩罚自己遗忘这个人。因为无论怎样，这个人，都不会属于我。明知道结局，就不要一错再错。

感情不是公平的，只有事业才是。我开始疯狂拍戏，用工作让自己精疲力竭，阻止自己想他，我一口气拍了两部片子，又瘦了 10 斤。

粉丝在我的微博下方纷纷留言：

"老婆的腰又细了，纤纤一握，怕握断。"

"女神大人不要再瘦了，吃点肉吧求你了……"

我觉得我的影迷粉丝很可爱，有他们，有谭寒和阿 Ken，我才会觉得我又独立又有归属感。

谭寒整理着合同，看阿 Ken 和我在工作室插科打诨，相互吐槽。他偶尔看向我，脸上带着些浅淡的笑意。仿佛只是这样，就已很满足了。偶尔我与他的目光会相撞，彼此都笑了笑。

谭寒手机振动着，他不经意拧了拧眉。他将手机从桌面上抽走，到门外接起了电话。我有些疑惑，下意识觉得哪里有点不对劲。转过头，发现阿 Ken 正盯着谭寒出去的方向，眼底有些阴沉。

工作室也多了些秘密，我忽然意识到。

谭寒好像更忙，电话也更多了。但他还是很配合阿 Ken，尽心尽力，找不出什么不好。

直到有次折回去拿剧本，发现工作室的灯亮着。阿 Ken 和谭寒神情严肃，像是敌人。阿 Ken 脸上的玩世不恭消失，他冷冷盯着谭寒："不要再跟黎雪联系了。"

黎雪？谭寒？他们还在密切联系？

"这个傻女人，之前被楼夕之操纵。现在楼夕之有自己的事，不理她了。她就又想办法来找你？"阿 Ken 有点瞧不起，"是又哭诉 ESE 对她不好，大家都欺负她，还是想让你把宋微的角色再抢给她？！"

我心中一震。

难道谭寒存着这样的心思？

阴影一点一点遮住了谭寒的眉眼。他对阿 Ken 的指控不作回应。大厦的电源不稳，处在几十层的办公室电灯，突然剧烈闪动了一下。

"我的事，不用你管。"

他俩并不知我听到了他们的谈话，在我面前，阿 Ken 还是没个正形，谭寒依旧实干派，两人偶尔还会斗嘴一二。若是以前，我会真以为他们面和心和，可现在我察觉到，他们每一次眼神交锋都是一场兵刃相接。

我们曾扭成一根结实麻绳，然而过去的阴影，成了悬在上方的刀刃，不知何时就会分崩离析。

谭寒的手机再次无声振动，我瞟了瞟他们，阿 Ken 神情难测。谭寒看了来电显示，直接摁断，他继续挺拔着背，与媒体确认通稿。白色文档上，被他增添了很多红色批注。

曾有记者对我半开玩笑："谭寒真的只是经纪人？这审稿程度比我家大主编还恐怖。不过，一个人能用心成这样，那对你真是没话说。"

我看着剧本，却有些无法看进去。按了按太阳穴，手机响了一声，是条陌生信息。我疑惑着点开一看："手机号已更改。惠存。宋微工作室，谭寒。"我微微愣了一下，难道谭寒为了避免黎雪的电话，干脆连号码都换掉了？

"彻底换号了？"尚未说出疑问，阿 Ken 那边就懒懒问了起来。没头没尾，但我知道，这是阿 Ken 变相让谭寒做出承诺。

谭寒目不斜视，对着电脑屏幕，"嗯"了一声。

"清楚自己立场就好。"

谭寒没有摊牌，阿Ken没有挑明，大家保持着秘而不宣的态度。好像只要不说破，一切就还有挽回的余地。

我首次担任女制片人的电视剧正在启动中，工作室经受不起异动，阿Ken极有技巧地制衡着谭寒，而我也无法预测，如果再面临一次背叛，会变成什么样。

我害怕去想这一天。

谭寒就像一个冷静而自制的总管，意志力比谁都要坚韧。若是没有他，我和阿Ken会散漫很多，我们真的不能够失去谭寒。

谭寒换号没几天，我们正讨论下个计划，工作室大门被人"砰砰砰"砸了起来，这样的动静立刻引起我们的注意。

是黎雪。

"谭寒，你给我出来！"她穿着一件Dior粉色短裙，毫无形象地喊着，"你竟敢换号，连爸爸的话都不听了！你好样的。"

她控诉着，仿佛谭寒做了非常严重的、对不起她的事。

谭寒几不可见地蹙紧了眉。

再让她在外面这样叫嚷，整个楼层的人都会被引过来。阿Ken和谭寒对视了一眼，阿Ken道："我先把她弄进来。"

一改往日的亲和圆滑，阿Ken脸色冷了好几分。阿Ken把黎雪带到会议室。这间会议室是隔音的，无论她怎么气急败坏，都不会影响到其他人。

先前只看到黎雪的裙子，觉得还算靓丽，可等走近之后，我才发现如今的黎雪成了一朵迅速腐败的花。她才25岁，本该年轻风华，可她浑身夹杂着歇斯底里的气息。

黎雪倏然抓住我，我手腕一疼，她尖尖的指甲像动物的利爪，刺入我的肌肤中："不准走！都是你，你把谭寒迷成这样。"

阿Ken火大，他一把把黎雪的手扯掉："你跟谭寒的私事，你们自己去解决。再对微微动手动脚，信不信我立刻叫保安把你赶走，把你这泼妇样曝光给你粉丝看。"

黎雪脸颊颤抖了一下，不敢再跟阿Ken和我作对。她眼神飘忽了一下，碰到谭寒，又颐指气使起来。

"你病了，是我妈妈照顾你。你上学，是我爸给你弄的户口。从小到大，衣食住行，花了我家几百万！以前你承诺，无论怎么样，都会听我的吩咐，做我要你做的事。结果呢，你挂我电话，连爸爸的命令都不听，没见过比你更忘恩负义的人！活该你被你父母遗弃。"

大吃一惊。

之前谭寒好像是说过他有一个妹妹，没想到是黎雪。

我连忙震惊又心疼地望向谭寒，如果我被人这样说，被人在伤口撒盐，内心肯定疼得难受。

但谭寒一直面无表情，似乎没有受到任何冲击，他依旧沉默冷淡地看着黎雪。好像听不到她口中的侮辱与轻蔑。只有眉心微不可见地拧了起来，才泄露出一丝在意与愧疚。

被人辱骂成这样，却仍然深深内疚。

可是强迫他感恩，嘲笑他活该被亲生父母抛弃，这样的行为难道就是高尚吗？

"就算你们家对他有恩，也请不要侮辱人。"

不想再看谭寒被这样尖锐地辱骂，我开口出声维护他。

谭寒眼神复杂地看我了一眼，黎雪却仿佛被捅了马蜂窝，她立刻嘲笑我："难道你以为他是什么好人？他这种人最擅长的就是背叛！

"当初是我叫他在你这边当卧底，你是不是还觉得他稳重可靠？那些都是骗你的！他监视你的动向，监视你和黄锦立，就连那个角色都是他骗你，把它弄来给我的。这样一个狡诈、自私的人，你居然还为他说话？！"

黎雪面露得意："这次他来你工作室，又能安什么好心。你就不怕他再骗你一次？哈哈！"

恶毒让她眼底闪闪发亮。她的每句话都狠狠攻击着人的信任底线。谭寒没再看我一眼。他没有反驳，没有解释，仿佛知道这个世上只会剩他一个人，这就是他的宿命。他身上散发着沉重与悲伤，好像即便我不再信任他，也是理所当然。

黎雪为刺痛谭寒而更加傲慢，像打了场傲慢的胜仗。

阿Ken看不下去："代言丢得所剩无几，连女三都接不到的人在这儿瞎嚷嚷什么？没演技，没流量，又得不到公司的力捧，你的演艺生涯也就到此为止了。"

黎雪的脸白了，眼神虚弱闪躲，这才是她最担心的结局。ESE只不过拿她当一时打击优娱乐的棋子，用完了也就成了弃子。

所有不经考虑的一时风光，都要付出代价。

但，这些不是我要对她说的。

我走到黎雪面前："你刚才说，谭寒来我工作室，是为了再一次骗我。你错了，他这次来，不带任何目的。就是纯粹想帮我。"

谭寒猛地抬眸，怔住了。

黎雪忽然间变得很愤怒，她挥着手，想推我："你别忘了他曾经对你做过什么，背叛有第一次，就会有第二次！"

"不。"我一把抓准她的手，用力扯开，她的身子被我扯得一歪，"他不是这种人。你跟他从小朝夕相处，难道不比我更清楚他的人品？"

黎雪狠狠一震，谭寒脸上也同样闪过震惊。他随即有些苦涩地看了看黎雪，然而黎雪没有注意到他的目光，反而继续朝我嘶吼："我当然清楚，他就是无情无义。我家对他这么好，在他身上花了这么多钱，他连'知恩图报'四个字怎么写都不知道！连条狗都比他有良心。"

他们将他最重视的亲情，用作打击他利用他的利器。

太可悲了。

黎雪突然一副快哭了的神情，她求着我："宋微，我知道你拿到了那个角色，你能不能不让给我？你这么有名，有人气，又漂亮又有演技，我已经什么都没有了。

"啊，你不是喜欢谭寒吗？你要是喜欢他，我就让他一直留在你身边。"她为她的主意感到绝赞，双眼欣喜看着我，"我们就这样做个交换怎么样？"

我惊讶于黎雪竟说出这种条件，还如此理所当然。

看了眼谭寒，他似乎习以为常了。

阿 Ken 软硬兼施把黎雪拖走。心有些累。浓浓的阴影里，谭寒眉峰拧着，像一座伫立在荒野里的石碑，看似坚硬，却透着悲凉。

说不出的心疼。

我说自己要留下看剧本，阿 Ken 看了看我，又看了眼谭寒，拍了拍我的肩，这才离开。

"那个角色，我没有办法让给她。"

我抽了一口气，说出心底话。这个角色，关系我们工作室的未来，有了这个基石，才能通向更高的电影圣殿。

"但若需要的话，我可以推荐她演电视剧。或在我制作的这部电视剧里，出演重要角色，会有很多戏份。"

"不用了。"

然而，出乎我的意料，谭寒直接拒绝了。他停止了手上的工作，低着头道："上次那个角色，本就不属于她。现在落入这个地步，也是她自己的原因。"

"可是……"

惊讶于谭寒如此客观，不知这些是不是他的真心话。

我看不到他的脸，但倘若这些是他真实想法，他要如何面对纠缠不休的黎雪？

"你真的这样想？"

他们共同生活了十几年，养育之恩不是说断就能断的。

"我是说，过气对一个演员来说的确落差很大，她真能承受得了吗？"

我也是从小演员熬过来的，这种滋味我能懂。尝过了高高在上的光芒，怎可能甘心这种落差、落魄与耻辱。

"有的人适合这个圈子，有的人只不过是被它的浮华迷住眼。既然没有天赋，也不肯下苦功，不如认清现实，早点退出。"

谭寒继续打印着文件，好像黎雪怎么样，他一点也不关心。

"谭寒，"我顿了顿，对他说，"你转过头，看着我。"

他肩膀的线条僵硬了一下，过了两秒，谭寒缓缓转过身。他幽深的眼眸，是最平静的黑色湖面，看不出一点涟漪。

若是以前，我大概真的会被谭寒的反应迷惑。可是现在的我，更了解阿Ken，更了解谭寒。

越是心中有愧，他越会做出不在意的样子。反正最后只配被仇恨、被漠视，那么不如他先做坏人，他总是习惯用这样的方式惩罚自己。

"如果真不在乎，你应该痛斥她，骂醒她。而不是这样无动于衷。是不是其实你很想为她争取这个角色，但是觉得难办，所以才……"

"不是。"谭寒眉头剧烈地皱了皱，抓着打印纸的手渐渐握紧，"不是因为这个！"

"那是为什么？"

他们从小一起长大，说没有感情是不可能的。

谭寒顿了顿，视线转到一边。

"因为，最让我对不起的人，是你。"

我怔住了。

"是我，在你事业那么重要的时期，拿走你最重要的角色。是我，在那个时候，挑拨你和黄锦立。是我，让你的演艺事业延后数年，是我……让你和黄锦立决裂至今。"谭寒垂着眸，仿佛用了很大力气，才艰难地说出这些话，"如果不是我，也许你和黄锦立，你们早就……

"我做了这样的事，难道你从不怨我？"

我睁大眼睛，没想到他一直有这样的心结。

我以为，我放下，就够了。

是我那时识人不清，才造成那样的局面。原来做错的那个，才是真正需要放下的人。犯下的过错，像一个有罪的烙印，烙在人的心头，不断滋生惭愧与自责。然而，没有放下的谭寒，来我工作室是为什么呢？难道是为了向我赎罪？

"没有你，我和黄锦立也会分开。"

我转向大楼的落地窗。

"我跟他……有缘无分。"

外面的夜色有些失落。

谭寒沉默了半晌。

我耸了耸双肩，不想再提过去的感情。

"你只做错过一件事，但我原谅了你。"

我转回身，朝他一笑。

"谭寒，我不会为打翻的牛奶哭泣。

"那种事你是被迫的，我相信你不会再做。"

谭寒肩膀微微抖动，他幽深的眼睛看着我，嘴唇动了动，却没有吐出一个字。下一秒，他突然用力搂住我，好像所有的歉意难以言表。他身上传来的气息那么脆弱，又那么可靠，让我不由得心疼。外面夜色一片沉静，黑色风帆裹住整个城市。在最难以启齿的时刻，有些事反而能被真正释怀，人类才能直面这些。

黎雪回去大闹了一场，最后不知家里用了什么法子，让她退出了 ESE。解约金虽然要 1000 万，但她家有钱付。最后一次见面，黎雪满脸怨恨，跟谭寒有过一番交谈。

谭寒回来时，脸色很糟糕。而她离去之际，目光更是像淬了毒一样看着我。过了一段时间，听说她跟一个出身家世差不多的人物订婚了。

大厦保安有次说漏了嘴，我才知道以前谭寒固然会工作到很晚，但是现在他时常通宵，有时直接睡在了工作室。我问阿 Ken，阿 Ken 有点犹像："他养父母跟他断绝关系了。黎雪当时拿这个要挟他，但谭寒还是拒绝将你的角色给她。"

谭寒正一份一份翻阅着合同，他的肩膀那么沉稳，人那么稳重，所以差点以为，他没有什么软肋。然而，本身是孤儿的他被养父母再次抛弃，他心里会是什么感受？

谭寒深邃的侧脸被日光投下浓浓的阴影，像是世界上最悲伤的孤寂。我切好一份新鲜的橙子，榨了一杯果汁给他。这是谭寒长久以来，默默为我做的。我把果汁和甜橙端给他，谭寒微微一愣，而后大约是明白了。

他脸上没有泄露任何一丝难过、受伤的情绪。

"这事跟你没关系。在他们眼里，我就是一个工具罢了。现在工具还不听话，自然就该扔了。"他简短地说。

我没有说话，只是无法抑制伤感。

替他悲伤，为他难受。

他们怎么能这样？明知道他最想要的，就是他们的爱。明知道这对他会是怎么样的沉重打击，为什么还故意要这样伤他的心，把他当孤儿一样再次抛弃？

恨不得把谭寒当作孩子抱紧，我的声音已经带着哽咽："谭寒，以后我做你的家人，当你的亲人，好不好？"

沉默了半响，谭寒抬起幽深的眼眸问道。

"成为你的家人，我能永远在你身边吗？"

我点点头，如果不是因为我，他跟黎雪，跟黎雪父母，不会闹到这一步。

"微微，你知不知道你在承诺什么？"谭寒摇头，他眼里闪着光，发出一声沉重而欣喜的叹息，"可是即便如此，我想成为你的家人，请允许我陪在你身边。"

夏日的闷热开始在这个世界蔓延，闷雷乌云盘旋在城市上空，暴雨猛烈袭向地面，"唰唰唰"飞溅出滂沱水珠。

谭寒这两天气色十分不好看，原以为是黎家与他断绝关系的影响。直到电视台高层朝我频频道歉，我才意识到事情可能有点不对劲："是不是出了什么状况？"

谭寒眉心皱成一个"川"字。落地窗的玻璃显现出一种不祥的灰色。看来这次还不是一点棘手。

我心里有了预感："说吧，我扛得住。"

再大的波浪，也不是没见过。

"电视台那边出了点问题，说我们制作的古装剧不适合播出。"

心里"咯噔"一声。

"是古装限令的原因？"

"不，是我的原因。黎雪答应了父亲，不，黎叔叔，退出娱乐圈，跟人订婚的条件是，一定要惩罚我的'忘恩负义'。"

谭寒语气淡淡的，眼睛垂了下来，唇角有些苦涩。

"或许我这样说有点无情。"

不忍看谭寒自责，我故意说得很冷漠。

"但是，她拿不到好的角色，应该不是我们造成的吧。拼家世，拼背景，拼起点，比她差的女星有很多。但大家不是都在坚持，在拼命吗？

"这个圈子，哪个一线女星没受过苦？没有这样的觉悟？就算其他人再为她使劲，她也没有办法再进一步。因为这已是她的极限。

"自己失败，就迁怒到其他人身上。这种想法我非常看不起。如果想用这种方法打击我们，那就来吧。

"但是，真正对女儿的爱，绝不是逼她跟人订婚，更不是是非不分，滥用权力打压他人，自以为这就是对她的疼爱。父母这样的教养并不是真正对子女好。"

谭寒脸上的沉重有所缓和，但眉头一直没有松过。

外面的天空被压得很低，铅云仿佛就在我们头顶。这是我们成立工作室以来，遇到的第一场暴风雨。有人想看我们坐困围城，我看了看窗外，黑压压的乌云在天际咆哮着，闪电若隐若现。

投资人并没有真正表示撤资的意愿，我决定主动出击，以往都是阿Ken陪他们吃饭，现在我让他带上我。

阿Ken很诧异。

"这种事，我搞得定。"我对阿Ken说，"突然觉得，亲自拿下他们也很不错。"

阿Ken欲言又止。

我们约在一个奢华的餐厅见面，位置隐秘，餐厅摆放着琉璃花瓶，插着马蹄莲、蝴蝶兰。透明的玻璃地面下有锦鲤、池水、鹅卵石。

我和阿Ken刚到，投资方就很热情地出来迎接我们："啊，啊，影后驾到，难得一见。"手伸向我，要跟我握手，阿Ken装作不懂他的意思，主动握了回去，又亲昵地拍了拍对方的肩："难得一见，还不是被你见着了吗？"

我朝对方浅笑了一下。

餐桌上，阿Ken跟对方寒暄，我偶尔笑笑。虽然我很少说话，但对方似乎更热情了。阿Ken见气氛不错，适时引入话题："电视剧那边，您就放一百个心吧。只要播出，绝对高收视，口碑盈利齐收。"

对方这时倒是一顿，夹菜的筷子收了回来，饶有深意地笑笑："我怎么听说，有人专门针对宋小姐？"

阿Ken顿了顿，随即恢复成神色自若，不露一丝破绽。

我则无所谓状，懒懒摇晃了下红酒杯，缓缓道："噢，需要在意吗？"

阿Ken接话："这个圈子最怕什么？怕的就是你不红，没流量，没话题，没观众缘。我们家宋微是电视剧女王，金柏奖影后，片酬一个亿观众都乐意。"

对方情不自禁点头，默认了他的理论，不过投资方也不笨，精明中透着谨慎：

"这次似乎闹得比较大，不会产生什么影响吧？"

阿Ken立刻笑："大？说明关注度高，有些人还求之不得。"

我再次懒懒一笑，举起酒杯，跟投资方碰了一下。投资方也跟着笑了。他已放下心中担忧，再度恢复成影迷般的热情。阿Ken继续跟他打哈哈，我借口补妆，出来透透气。

喝一两杯可以，再继续喝下去，容易被灌酒。

挑了个不起眼的角落，我懒洋洋地靠着墙，准备歇一会儿，好保持头脑清醒。

一男一女从别的包房出来。

"她很快就会没戏可唱。她身边得力的干将，不就是阿Ken和谭寒？"女的眼里闪着冷光，"只要把她羽翼剪除，到时……"

男的兴趣缺缺："噢，你就这么自信？"

"什么时候我们的太子变得仁慈了，连甩你脸色给你难堪的女人都不计较？"

男的有着一双桃花眼，似笑非笑。他的容貌在半明半暗的阴影中，有些深邃而狡猾，分不出善恶。

我的声音淡然而闲定地插入他们之中。

"是啊，我们的太子什么时候这么仁慈了，连跳槽女艺人的话都听？"

黄锦立闻声，惊讶转向我，似乎没想到会意外碰到我。一双眼立刻从刚才的兴趣缺缺，变得神采奕奕，甚至笑出声，毫不怜惜楼夕之就站在他身边。

楼夕之又羞又怒，瞥了他一眼，煽动道："这你也能忍？"

黄锦立还是不给面子，斜睨着她，语气反而有些轻佻："微微说的难道不是事实，楼大影后？"

黄锦立叫我"微微"，却称呼楼夕之为"楼大影后"。

楼夕之脸上又青又白，恨恨看了看我们。

"笑话我也没什么意思。你们一个焦头烂额，一个落井下石，祝你们交谈甚欢。"

她点出我们的境况，也清楚我和黄锦立之间的磕磕绊绊，而她一走，局面也的确变成我和黄锦立的两人对峙了。

"不愧是绯闻女王，最近新闻又不少，嗯？"

我翻了个白眼，压根不想理他。

黄锦立微微挑起唇线，那么狡猾又令人心动。他眼神一直黏在我身上，又深情又动人，仿佛一直在撩我。单独跟黄锦立在一起，总是太容易被他影响。克制对他的偏爱，就像跟自己的本能作对，要下一万分决心才能置之不理。

"新闻漫天，电视剧又被卡，啧啧……"他在我耳边亲昵地说着这些挑衅的话，"怎么样，只要你回来，我就帮你搞定这件事。"

"不劳您费心，我自己搞得定。"

怎么我的消息他都知道？

我从他身边滑出来，想跟他拉开点距离。突然我觉察黄锦立强烈的视线盯着我的后背，这才记起今天这身裙子从正面看样式寻常，不过后背是全露的。黄锦立眼眸动了动，呼吸有些加重。

投资方从一旁的包房出来，见到黄锦立，一愣，熟稔地打着招呼："黄总，你也来吃饭？"

投资方身上带着酒气，目光热忱地看着我："微微小姐，我们回包房继续？"

黄锦立飞快扫了我俩一眼，闻到酒味皱皱鼻，听到这句话后，眼里更是闪着一丝幽幽怒火。他问着投资方，目光却对着我："你在跟宋微小姐吃饭？"

对方估计酒喝多了，还跟着傻笑："是啊，微微真女神，我是她的影迷。"

黄锦立的眼神几乎快把喝得半醉的投资方给杀了。

"我再跟宋微聊一会儿，你先过去吧。"黄锦立强行赶人。"啊，"投资方摸不着头脑，却不敢得罪黄锦立，"那我先回包厢，微微你快点回来。"结果换来黄锦立更有敌意的眼神，投资方灰溜溜地摸了摸鼻子。

黄锦立不再是我上司，我懒得管他这种幼稚的举动，直接甩开他就要走。黄锦立一把抓住我的手腕，怒其不争地看着我："你竟然陪他们喝酒？"

什么？听口气难道他以为我是那些自甘堕落、需要找金主的小明星？

"为了区区一部电视剧，你需要做到这种程度？当年林萱就算再低谷都不屑于去陪酒，宋微你的骨气去哪儿了？"他握住我手腕的力气让我发痛。

够了，又是林萱。

把我们放在一起比较很有趣？

"只要你回来，你还是品优娱乐一姐。我会给你开工作室，你想独立运营也可以，公司会帮你搞定一切。"

又是这种让我投降的口吻。

难道我就只能仰仗你的鼻息过这一生？

我甩开他的手，冷冷道："你管好你家林弦的事就够了。不要吃着碗里看着锅里。"

再深情，再动听，你只是想我依赖你。

离开你就不能活。

而一个无法独立的女人，又如何保有爱情的权利？一旦回去，我就再也没有立场对你与林弦说 no 了。

爱一个人是爱他的灵魂。你从没好好看过我到底想要什么，才一而再再而三将其他人与我对比，试图以此勾出我的轮廓。

我为你悲伤。

走回包厢，楼夕之坐在阿 Ken 身边。她挨着阿 Ken，脸色居然有丝落寞。投资方没有觉得不妥，反而觉得能与两个影后吃饭很难得。

我入座，楼夕之靠近我，低声道："你可知我为什么要针对你？"

我轻轻看了她一眼，夹了点菜，这女人说话总喜欢带坑，我已不想主动回应什么。

"你以为是因为黄锦立？那已经是过去的事了。"

我慢吞吞吃了个香菇，揣摩下她的神情。

她是指她已另有所爱？

楼夕之的视线投向阿 Ken。以往懒洋洋的阿 Ken，表情居然有些凝重。

"居然从我身边逃走，一个撒手不管，就想走？当我是什么？"楼夕之语气不甘心，但跟黎雪不同。黎雪希望谭寒再次背叛我，为她夺取角色，然而楼夕之，好像更在意阿 Ken 本身。

"不如我们做个交易？"楼夕之唇角又透着一股高傲，"只要你把阿 Ken 踢了。我保证，不光我，以后整个 ESE 都不会再对你不利。"

楼夕之瞥了一眼阿 Ken，阿 Ken 注意她的目光，竟有些闪躲。

"但是，只要阿 Ken 还在你工作室一天，我就会让你们鸡犬不宁。"

她像说给我听，又像说给阿 Ken 听。

"阿 Ken，你愿意一直给宋微带来这种麻烦吗？"她抿着笑，举起红酒杯，向阿 Ken 示意了一下，豪饮而尽。

"每天被自己帅醒也就算了，还被大影后缠着不放，几辈子的孽缘啊。"

阿 Ken 嬉皮笑脸，却盯着楼夕之的眼睛，直接把杯中残酒泼在地上，将红酒杯倒扣在桌。

他拒绝。

"我没楼大影后这么有能耐，但手上也有一些'小玩意'，楼大影后可以试试。"

楼夕之脸色半红半白。

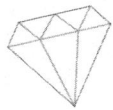

第五章

前缘

阿 Ken 站在工作室落地窗前，他背对着我们远眺，却给人一种随时会离去的感觉。不知道为什么浮现这个预感，我盯着阿 Ken 的背影发了一会儿呆。

　　"楼夕之，"谭寒皱了皱眉，"为什么会对阿 Ken 这么执着？"

　　"难道她喜欢阿 Ken？"

　　这个想法从脑海里一闪而过，我说出了口。

　　阿 Ken 闻言一个趔趄，他抱着臂，缩了缩脖子，做出一副害怕的样子："微微，你这是半夜讲鬼故事，故意吓我吗？再说了，她喜欢的不是黄锦立？"

　　阿 Ken 语气漫不经心，我却听出一点微妙。

　　楼夕之是被阿 Ken 一手带出来的，演员和经纪人之间，只要不是深仇大恨，总归有些感情。尤其对方是你的第一个合作对象，更会存在着雏鸟情结。他们一路经历了那么多艰难，那么多荣光，无法轻易被抹去。

　　我回想起，先前还在品优娱乐时，我一辞退阿 Ken，楼夕之就立刻要走他，对楼夕之来说，或许阿 Ken 未必是她最爱的，但在她心中会不会也是很特别的？她可以失去黄锦立，因为黄锦立不曾真正属于过他，但是阿 Ken 不同，丢了阿 Ken，她会感觉不完整。

这番话我没说出口，倒是谭寒冷静的目光射向阿 Ken 分析道。

"这个可能性很高。

"她现在不缺钱，不缺地位。微微只是她的靶子，因为她的目标在于你。"

阿 Ken 一愣，过了几秒，他笑嘻嘻地，摸了两把自己的脸："哟，难道真像你说的，老树开花，我这种大叔都有人喜欢？北京 4 月都飞雪，你我还有什么不可能。"

他搞怪地叫了一声，气氛一下被他弄得活泼了很多。

但他眼底有点乌云。

之后两周，阿 Ken 跟楼夕之联系频繁，我看了眼跟楼夕之打电话打得正欢的阿 Ken，继续低头背我的剧本。

过了一段时间，媒体突然刊登了一个爆炸性标题：楼夕之不雅照。虽说有视频，但网上最快流传出来的，只是楼夕之的一张照片。照片中的她，脸颊潮红。

一时之间，所有热搜指数都指向楼夕之。

连我都震惊了，谁干的？谁有这么通天的本事策划出这么个事件？现在这种新闻控制得很严，何况身为影后，岂会不留心，让这种污名让自己身败名裂？

难道……

我脑海里浮现出一个名字。

心情很复杂。

阿 Ken 是我的人，他知道我的处事态度，肯定是不想我为难。故意不告诉我，单枪匹马，而不是以工作室的名义，这样一来，楼夕之也只会恨他一个。

谭寒的电话突然打了过来，接完心里一惊，我急急忙忙冲向医院。以往无事都喜欢搞怪的阿 Ken，现在整个人被包成白色粽子一样，躺在病床上动弹不得。

他鼻青脸肿，眉骨红肿得高高的，一只手骨折缠着绷带。

我来到床边，心疼极了，我问向谭寒："怎么回事，伤这么重？"

谭寒看了一眼阿 Ken，后者龇牙咧嘴，却还是一副大大咧咧无所谓的样子："没什么，就是拍了美女视频，被对方揍了呗。"

谭寒补充道："阿 Ken 被人围殴，幸好有人报了警。"阿 Ken"嘿嘿"笑了两声，有点讪讪的意味，眼神有点虚："不是让你别告诉微微吗？不过咱也不亏，这下夕之应该再也不敢来这套了，不然等着更多的料吧。"

等等，我睁大眼睛，咽了咽喉咙。

"该、该不会那个视频真是你拍的吧？所以那两周你跟她打得火热？"

其实更想问，该不会你也在视频里面吧。

我的天！阿 Ken 这胆子也太大了。

"总得先让她放下点戒心吧。"满身是伤的阿 Ken 供认不讳，神色还有点小得意，"还没发展到不纯洁的地步，就灌了她酒而已。嘿嘿，微微，你是不是想多了？"

我脸颊绯红，轻咳了两声。

为什么听到阿 Ken 和楼夕之的事，我反而有点不好意思？不对，是阿 Ken 故意把我注意力拉偏。

我看了看他的伤，正色道："伤得重不重，医生怎么说？"

阿 Ken 嬉皮笑脸："不重不重，过几天就能下地砍柴，翻山越岭。"

他的话能信才有鬼，我直接看向谭寒。

"右手臂骨裂，身体不同程度擦伤，轻微脑震荡。要留院查看几天。"谭寒据实相报。

这够严重了好吗？

我用不满的眼神看着阿 Ken。

阿 Ken 有点心虚，用没有受伤的那只手摸摸鼻子："我不是没说错吗？的确是过个几天。"

我直接给他掖了掖被子，让他闭嘴，规规矩矩在病床上养伤。我朝谭寒示意了一眼，到外面走廊说话。

"是不是楼夕之让人干的？要不要找几个保镖守一下？"

"不，是楼夕之报的警。让我去警察局保释阿 Ken 的，也是楼夕之。"

更吃惊了。

楼夕之报的警，楼夕之让谭寒去保释阿 Ken？在阿 Ken 对她做了这样的事情之后？

说楼夕之对阿 Ken 没别的感情我是不信的。

透过病房门上的玻璃窗口，我看了眼阿 Ken。记得有次拍戏，楼夕之曾这样聊过阿 Ken："有一种人，就像马戏团里永远戴着面具的小丑，直到散场落幕，灯光熄灭，黑暗才是他的宁静与归属。"

再次去医院探望阿 Ken，发现里面还有一人。对方围着 Hermes 头巾，带着大大墨镜。这种风口浪尖，她居然还敢顶着被狗仔队狂拍的危险，跑到医院来。

"怎么样，受到教训了吧？"楼夕之轻描淡写地说，"你做得可真够绝的。"

我片刻间有种感觉，楼夕之对阿 Ken 是真感情。

"夕之，难道你没发现？"阿 Ken 没有看她，反而凉凉地一笑，"跟你在一起，我永远只会想出陷害、踩人上位的法子和丑闻。"

他的神态从慵懒渐渐变得有些冷凉。

"我曾经的愿望，就是把我手上的艺人，带成一个个大红大紫的巨星，这是身为经纪人最大的荣耀。

"就像演好戏，成为更好的演员，才是你们该做的事。

"可是，跟你在一起，我永远做不到这些。"

楼夕之的笑意凝在唇边，她颤着声："你这么说是什么意思？"

她逞强着："我没有演好我的角色？我为演艺牺牲得还少？"

她仰头笑了笑。

"谁没有过梦想？谁不想当一个好演员？任何人都可以说我，但是阿Ken，唯独你不行，因为你比所有人更清楚，那些年我们是怎么一起过来的。

"每天我看着镜子中的自己，我就知道，我又老了。可就算如此，我也不想回到过去。不想回到那个被傻傻欺负，不懂还手的自己。不想回到你点头哈腰，只为帮我多争一个镜头，却被人侮辱的过去。

"成为强者，有什么不好？把自己的命运握在自己手中，难道是错？"楼夕之胸口剧烈地起伏着，精明而擅长算计的她，此时眼眶红了，"不想再被欺负，不想你再被人侮辱，难道是错……"

原本心生倦意的阿Ken，脸上终是划过一抹不忍心，仿佛也记起了那些年的同甘共苦。

他终于伸出没受伤的那只手，轻轻将她搂入怀里。

没有谁是容易的。

我知道阿Ken要离开我了，但若这是属于他的幸福，我愿意让他离开。

悄悄退出，我将房间留给了楼夕之和阿Ken。

回到工作室，我看了看墙上我们三人放大的相片。白色相框里，我叠腿而坐，谭寒和阿Ken在我身边。我们三人笑着，眼底是重逢后的喜悦。那是我们人生中，真正属于"三剑客"的时代。如果还能在一起，该有多好。

楼夕之记者会正式举行。

很多记者纷纷猜测："肯定说不是她吧。""打死也不会承认是自己，否则还怎么混？""估计会穿着黑色衣服，画个惨兮兮的妆，痛哭一小时说自己是被害者，哈哈哈。"

尽管阿Ken提都没提这件事，好像一点都无所谓，但我还是打开网络直播，调到楼夕之记者会现场。

出乎记者们的意料，楼夕之没有选择那些"被害装"，没有以泪洗面，反而画着美丽高雅的妆容。

她一上台就朝着大家一笑："我知道大家很想问我这个视频是不是真的。"

所有不按牌理出牌的结果——只有一种可能。

"是、真、的。"

这句话在黑压压的记者群中立刻掀起轩然大波，大家拿起照相机对着楼夕之猛拍，镁光乱闪，然而，楼夕之只是镇定地看着他们。

"我只说一遍，也只解释一次。

"对方不帅，也没什么钱，更不是豪门。但多年相识、相交、错过，如今发现，自己还是离不开他，我很珍惜。谢谢大家。"

楼夕之站起，朝记者们鞠了一个躬。记者们完全呆住了，如梦初醒，又继续朝她猛拍。

我特地将这段放给阿 Ken 看。

"一个女人当众表白十分需要勇气。"

病床上的阿 Ken，即便再想掩饰，还是满脸震惊。他的手指抖动着，又极力强忍着。

黑色 iPhone 在旁猛振，来电显示上提醒着"夕之"二字。阿 Ken 忍了很久，他看着手机振动，想伸手又犹豫。

我鼓励道："接吧。"

你的幸福已经到了。

阿 Ken 愣了两三秒，才像捏起炸弹般，手指颤抖接起。

"看了吗？"楼夕之的声音从手机那端传来，"这就是我想对你说的话。"

过了一会儿，阿 Ken 才回她。

"演技不错。"

我错愕抬头，看到阿 Ken 脸上又浮现起一种老练的伪装。他痞子般嘻嘻笑着："啊，没法否定，干脆就直接承认。一下就从不雅照女主角，变成真爱至上，不错不错。"

他眼里笑着，握着手机的指骨却越发颤抖。阿 Ken 是在害怕，想逃避？想通过否定楼夕之，来否定自己对她的感情吗？

那边好久都没再说话。

直到我有种楼夕之已挂断电话的错觉，那端才重新开口。

"从前，有个很落魄的经纪人，还有个很落魄的三流女星。但她很信任他，把全部的事业，全部的青春都交给了他。

"他们总是时运不济。明明什么都做到了，奖项却被别人抢了，明明导演更喜欢她，角色却被安排给了别人。为什么？后面他们才发现，在这个圈子努力是没有用的！还必须要有资源，要有人脉，要不断上位，这才是在这个圈子存活下来的根本。

"后来他们做了很多事，好的，不好的，他们终于成功了。那个三线女星终于变成了一线巨星，她以为她实现了他们两人的梦想。然而那个经纪人感到了厌倦，觉得他们做的事情一点意义都没有。她站在了镁光之下，对方却告诉她，这是错的。对方抛弃了她，只剩她一人在黑暗之中……"

阿 Ken 没有说话。

我仿佛看到楼夕之的泪水在她眼眶里打转。

她哽咽着。

"阿 Ken，你浑蛋。"

这个男人用他最好的年华将她打造成一线巨星。无论他们现在变成什么样，能不能回到过去，他们都拥有其他人无法超越的羁绊。

我曾以为，楼夕之最爱的，其实是她自己。

原来还有阿 Ken。

我看着阿 Ken，他眉宇间细细的纹路，是这些年的操劳，先是为了楼夕之，而后是为了我。

"阿 Ken，楼夕之对你真的有感情。她不是那种有仇不报的人，对你却总是例外。"

我说出真心话。

"不要错过一个爱你的女人。"

因为我懂那是什么滋味。

阿 Ken 后来打电话给我，说楼夕之以后再也不会乱编我的消息。他会在她身边看着她。

我笑了笑。

据说两人通宵彻谈。那些曾经的急功近利，种种不堪，在成熟之后以另外一种方式取得谅解、和解。

"不错不错，派出一个和亲大使，保我一世安宁，我也值了。"我故意笑嘻嘻，"以后结婚、生子、满月什么的，要第一个告诉我，否则就没大红包了。"

我委婉地祝福他们。

阿 Ken 沉默了好一会儿，嗓子带着点干涩："哈哈，那是一定的。不管有没有大红包，你都必须当干妈。"

"被你说出'妈'这个字，怎么感觉这么可怕？我还要继续当影后呢。"就像以前无数次，我们一个自夸一个附和，最后轻松愉快地结束聊天。

"微微，谢谢你。

"谢谢你最后推了我一把，才让我们没错过。"

只是这一次终于迎来终结。

"你是这个世上最好的影后，将来也一定会是最幸福的女人。"

我明白，那是他对我最深的祝福。

今朝别后，那些并肩作战的日子再也不会有。

"你也是，你和楼夕之也要幸福……"

挂断电话，恍然若失。

谭寒走来，递给我一杯鲜榨果汁："我会一直陪在你身边。"他好听的声音在我耳畔响起，是温暖而沉静的港湾。

"真的吗？"

离别让我伤感。

"真的。"

他承诺着。

整个城市被广袤深夜包围，只有在黑暗中才显露出孤单。这条路上，有人陨落，有人继续前行，每一个人心底都需要有爱陪伴。

楼夕之事件有了一个了结，接下来是我担任制片人的电视剧问题。原本阿 Ken 不在了，谭寒接手，可能还要花些时间。没想到那边高管直接说可以播，还安排在黄金暑假档。

我有点吃惊，看向谭寒："这么快就把事情搞定了？"

谭寒也有些疑惑："不是我。"

不是谭寒，更不是阿 Ken，那是？

电话打了一圈后，最后打回给电视台高管。对方道："宋小姐是影后，演技好，号召力又强，在我们平台播出，一定会有很高收视率。放心放心，别再让黄总给你介绍其他电视台了。你的剧我们台一直很重视。"

居然是黄锦立说服他们的。

上次见面，他还跟楼夕之商量怎么对付我，怎么一转眼就……不知不觉我竟拨通了他的电话，等想挂断已经来不及了。

"微微。"他的声音从手机那端传来，听上去心情好极了。

"我才不会谢你。"

不不，我知道这件事该谢他，我怎么口不对心？

"我和阿Ken已经处理得差不多了，就算你不插手，我们也能搞定。"

"我当然知道你的本事。"黄锦立依旧低低笑着，丝毫不生气，"你本来就是一个聪明、大气、很有智慧的女人。就算我不插手，你也肯定能搞定。我只不过做了你最后一定会达成的事。"

"既然明白，那最好不过。"我结结巴巴，佯装淡定，"以后我的事少插手。否则别人还以为我们两人有什么呢。"

"微微，我们两人之间一定要撇得这么清吗？"

"我们两人之间一直都很清。"

"行行，很清很清，我们没接过吻，我也不知道你的唇很软。"

"黄锦立！"

黄锦立语调狡猾一转："如果真的两清，你是不是应该不会害怕，也帮我一个忙呢？"

这人……对我采用激将法。

偏偏我一时半会儿，还想不到怎么见招拆招。

"难度也不是很大。"手机那端笑嘻嘻的，"比你演戏简单多了。

"答应嘛……"

他、他居然还撒起娇。

我天，我对你明示暗示这么久，我们不可能在一起。为什么你不把我推得远远的，对我的态度反而这么、这么……

而我居然不由自主吃了他这套。

"说吧。"我没好气。

"我爸从国外回来了，我急需一个女朋友。"

"你急需女朋友和我有什么关系？别告诉我你想让我冒充，这个不行，换一个。"

偶像剧看多了吧！

"难道你忍心看我被我爸那个老浑蛋带坏？要是我没女朋友，他的小老婆们晚上一定会偷偷溜进我房间。"

"……"

"大型家庭伦理事故现场，难道你想让我直播给你看？"他以为他是当红男主播？要不要给他再点点爱心，刷刷鲜花，送送跑车？呵呵。

"低俗内容不会过审，请不要上传。"我义正词严地拒绝。

"万一那个老浑蛋逼我搞商界联姻，而我又不喜欢他挑的女人，最后自甘堕落，天天鬼混对旗下女艺人下手，颓废潦倒，花天酒地，报复社会，你忍心看这样的我？"他又另谋新路。

"你怎么不去当编剧，还能替公司省一笔编剧费。"

胡说八道，张嘴就来，我简直要被他气笑，赶紧绷住自己的脸。

说得他下半辈子的幸福，就在我一念之间似的。不同意就真成了令他堕落的罪魁祸首。差点就被他弄得心软，嘴上还是吐槽。

"说得好像我离开后，你身边就没其他女人似的。"

停顿了好一会儿，那边才嘻嘻笑道。

"微微，你把我看得真透。

"如果说，你离开后，我对其他女人就再也升不起一点兴趣，你信吗？"

他的语气很轻松，可是、可是……

"不信。"

原以为黄锦立一定会反驳，没想到手机另一端的他，只是低低笑了几声。

"不信，就别信了。

"其实，连我自己也不想相信。"

他说任何事，我都可以反驳，此刻听到这一句，我却强迫自己不要往深处想。也不敢想。

"这周四，跟我一起去见那个老浑蛋，不来就是怕对我旧情复燃。"

黄锦立竟再不给我一点拒绝的机会。

"喂喂……"

我还想再说些什么，他却挂断了电话。

可恶。

最后那句太狡猾了。

我躺在床上，玩着手机，发了一会儿呆，鬼使神差搜索了下"黄锦立"三个字。自从离开品优娱乐后，我就不再像以前那样，留意他的一举一动，想让自己刻意忘掉他。

白色网页上出现他的消息，我飞快扫了几眼，有点不相信。我又刷新了一遍页面，揉了揉眼睛，怀疑自己看漏了。最新的消息，竟只有他代表品优娱乐出席一个投资合作开发项目，近期都没有其他感情消息。

一页一页往前翻着新闻。

有记者问："宋微工作室成立了，她、谭寒、阿Ken被人称作'三剑客'，现在品优娱乐一王一后不复存在，会不会有女星成为下一任新后？"

"除了她，没人能坐这个位置。"

黄锦立对记者如是说。

风吹起窗帘，吹进淡淡的玫瑰香。

黄老先生的风评我有所耳闻。在黄锦立接掌之前，他所创立的品优娱乐不过中等规模，却也足够他有资本左拥右抱了。

他家私宅奢华，自带泳池、沙滩椅、遮阳伞，用人们穿着整洁的白色制服，在花园里穿梭忙碌。

"你家不错。"我倚在白色沙滩椅上，带着Chanel墨镜，交叠长腿，姿态悠闲。

"不是家，只是能住人的别墅而已。"

黄锦立喝了口可乐，他上半身光裸，穿着海滩式泳裤。迷人的肉体像时尚杂志的那些男模。

把目光移到他身上，一定会被他诱惑。

幸好我戴了墨镜。

"这房子是我母亲装修的。当年她是国际选美比赛冠军，结婚后不要钱般的买房子。"

黄锦立迎着风，玩世不恭地勾起唇角。

"她很聪明，拿到了那个老浑蛋的一纸婚书，还生了我，掌握所有翻身资本。要是离婚，这些别墅全部归她。"

我微微一怔，的确像早些年圈子里的做派。

艺人没有更高的艺术追求，终归要嫁入豪门，真金白银才会被羡慕。幸而，时代已经不同。

现在的女性可以更自由，更独立。

艺术会被真正地尊重。

黄锦立依旧一副懒懒散散的样子，一场几十年的婚姻，被他轻描淡写，一两句给总结了。

细思之下，一名男童到少年，慢慢发现自己父母不是因为爱而结合，只是利益驱使下的婚姻物化，又会是什么感受？

有点心疼，却不想承认。

我怎么老在想黄锦立的感受，老在想如何给他更好的爱？

这样不行。

我用力说服自己，我没特别在意，只是发现身边的人在这样的家庭长大，多多少少有些怜惜吧。

"我们真的只在这儿喝茶？"我换了个话题，"还以为要去机场接机。"虽然答应了扮演黄锦立女朋友，但这跟我想的完全不同。

"为什么要去接机？坐在这儿等他就已经够给他面子了。"

"……"

娱乐世家的日常，我不懂。

"比起老家伙，我更好奇，你今天这身打扮……"黄锦立眨着眼，兴趣盎然地扫了我几下。

"怎么，不好看？"

我轻咳一声，心底知道，自己今天穿得非常浮夸。白色宽边的礼帽，露出大片身体曲线。

黄锦立朝我靠近了一些。他修长的右手托着他的下巴："你猜我给你几分？"

我几乎是不自在地把浴巾往身上裹了裹。

被黄锦立这样看着，我居然有点脸红心跳，肢体不自然。

"很好，把身体盖上了。除了我，不许露给其他人看。"

黄锦立满意地点点头。

说得我好像真是他女朋友一样，哼。

"不管你给我打多少分，我给你的分数，永远负十分。"

我气呼呼，抢过可乐，猛灌一大口气。

"微微，你喝的是我的，我们算不算又接吻了？"黄锦立黑眸瞥着我，又笑得人神魂颠倒。

啊啊啊，脸红到耳朵尖，这个人精分吗？之前那个气势汹汹又深沉得让人害怕的黄锦立呢？

大厅那边传来一阵喧哗，用人们纷纷喊着"老爷"。

黄锦立瞥了瞥那个方向，淡淡道："到了。"

只见他不慌不忙喝掉了我手里的可乐，这才站直了身子，披上件衣服，很自然地牵过我的手。我略微愣了愣。

"挽着我。"见我迟疑,黄锦立朝我发电,"怎么?才开始就被我迷得晕头转向了?"

"……"你才晕头转向。

"没想到这老浑蛋还有月老的作用。"黄锦立认真思考了一下,"看在微微对我如此倾心的分上,待会儿就少气他一会儿吧。"

你你你……

黄总,你一回家,脸皮是长厚了多少?

我想捂眼睛。

见到黄老先生时,没有太惊讶,跟我预想的差不多。五十多岁的年纪,跟黄锦立隐隐相似的轮廓,就连旁边跟着位二十来岁的网红也在情理之中。

那个网红开心地在别墅大厅里转了一圈:"我好喜欢这里。"然后拿出手机疯狂自拍起来。用人们见怪不怪,把老爷子的行李提回房间。

黄锦立当她空气,看不出半分欢迎之情,但在介绍我的时候,神态很慎重:"这是我的女朋友宋微。"

我被他的语气诧异了一下。

有必要这么正经吗?我以为……以为他只是一笔带过。

老爷子没怎么在意我,我是无所谓,不过不知为什么,黄锦立眼神有点冷。他对着黄老爷子,又重申了一遍:"她是宋微,我的女朋友。"

黄老爷子这才注意到我,朝我投来一记深沉的眼神。

倒是那个网红看到我后,惊喜地叫了一声,双手崇拜地合起:"哇,是宋微,是女神宋微。"她像小粉丝一样,还跑来求我签名。

"你跟黄锦立的绯闻是真的?"我们在长方形餐桌上用着晚餐,她热情地问了我很多问题,"我看过你好多电视剧,你们之前为什么没承认?"

"他怎么可能会承认?他用情不专。"黄老先生笑呵呵,握了握小女友的手。

"现在不就承认了吗?"

黄锦立用小刀往面包上涂着奶油,朝他爸挑眉,冷冷挑衅:"我说过,她是我现在唯一的女友。也是我将来想好好照顾的女人。"

我内心震惊,差点面包都掉了。

这是台词?肯定是用来气他父亲事先备好的台本吧。

黄锦立把他涂好的那片给我,叮嘱道:"慢慢吃,不够我再帮你涂。"

"不用……我减肥。"

我语气有点虚，眼神更加发虚。

台本过头了啊。

"你们怎么认识的？"黄老先生放下餐刀。

握住叉子的手紧了紧，糟糕，之前根本没时间串台词，骤然发问，万一我们答案不一致怎么办？

悄悄用胳膊推推黄锦立，示意他来回答。

刚刚还一心一意帮我涂面包的黄锦立，却故意装作一副不懂的样子，说道："微微，爸在问你呢。"

桃花眼还眨了眨。

居然推给我？

在黄老先生看不到的视角下，我瞪了黄锦立一眼。他继续佯装不知，还催促着我："害羞什么，说呀，微微。"

你又笑眯眯，又隐隐期待，是想干吗？

"前段时间我还问锦立有没有女朋友，没就跟他介绍一个。结果这么快就有了，该不会是演戏骗我的吧？"

我心里"咯噔"一声。

这下也只有硬着头皮上了，我用餐巾虚擦了一下嘴角："追我的人不要太多。锦立为什么要拿这件事骗您呢？"

黄锦立刚抿了一口香槟，差点噎了一下。

"咳咳，对，追她，十分艰辛。"他忍着笑。

我私下送了他一个大白眼，让你推给我，台面上却笑眯眯："女朋友越优秀，越难追，这很正常。"

黄老先生切了一块牛排："宋小姐是怎么跟我这个不孝子认识的？"

"项链。拍卖会上，为了一串项链。"

"噢，锦立送了你一串项链？也是，我儿子就喜欢给女人送礼物，很会哄她们开心。"

一副果然如此的口吻。

"噢，是我拍的项链送他。"我撑着太阳穴，装出一副想了想的模样，"不过他好像还是蛮开心的。所以女人经济独立就是好，想给谁买礼物就给谁买礼物，只要自己乐意。"

这次被噎住的是黄老先生，切牛排的银色刀叉也随之顿了顿。我微扬下巴，凭什么说我们女人只要被送礼物就会开心，我一点也不高兴随便物化女性。

"出其不意也是种招数。"他话里有话。

"对，你儿子很特别。"我故意装作听不懂，装作又想到什么有趣的事情，开口分享，"之前 ESE 要对付品优娱乐，你们家锦立可不想让我离开呢。本来对方开价更高，可谁叫我喜欢上他了，只好拒绝 ESE。媒体都夸你儿子捡到了宝。"

ESE 和品优娱乐是宿敌。

黄老爷子掌权时，没少被 ESE 打得落花流水。

刀叉这次直接磕到餐碟上。

黄锦立却差点将口中香槟笑喷，他什么也没反驳，好像对一切能气到他父亲的事都感到开心。

"哇，宋微姐，你好酷。"网红却特别仰慕地望着我，"我最崇拜你这种女神了。"

我淡定地切着盘子里的鱼柳。

"真有这事？"黄老先生忍不住问黄锦立。

"微微说得没错，要不是她，品优娱乐就完蛋了。"黄锦立毫不知耻地点着头。

"这次真的定下来了？什么时候结婚？"黄老先生重新拿起餐刀，冷笑两声。

这次轮到我噎住。

姜果然是老的辣。

黄老先生目不斜视，径自切了一块牛排，用叉子送进嘴里。

我心里打鼓。

黄锦立只想在口头上气气他爸，才故意找个人充当女朋友吧？我们怎么可能直接跳到结婚这个步骤？

无论是我还是黄锦立，应该都没想过这事。

"结婚？女星一旦结婚，观众就不愿看你在偶像剧里谈情说爱了。"

我赶紧故意以事业为借口。

与其被黄锦立主动说不结婚，没考虑过结婚，不如由我来先回答这个问题。

听到我的说法后，黄老先生一副"在我意料之中"的表情。

我无所谓地耸耸肩。

倒是黄锦立用白色餐巾慢慢地擦了擦唇角，他垂着眸，神色有点高深莫测，我看不懂他在想什么。突然，黄锦立深情款款执起我的手，在我手背上轻吻了一下。

"所以我们决定隐婚。"

啊？

"哐当"一声，拿着餐刀的手瞬间滑了。

我配合着干笑了两声，连忙掩饰慌张。

黄锦立笑眯眯："我就知道你会惊喜。"

他亲昵地凝视着我，还动手刮了刮我的鼻子，网红还以为我们在打情骂俏，捂着脸大呼浪漫刺激。

我好想扶额。

"想做我们家的儿媳，结婚就得息影。怎么可能再去外面当戏子？"

黄老先生不紧不慢道。

黄锦立脸色冷了两分，正要发作。

我垂眸，切下一块牛排，对着黄锦立做出一个"啊"的口型。他略微一愣，但还是非常配合地张开嘴，我同样亲昵地喂给他："好吃吗？"

"你喂的，好吃。"黄锦立眼睛迷人地弯了起来。

"……"这个时候还不忘撩我。

"婚后我想继续演戏怎么办？"

"那就继续演。"

"可是有人会不高兴。"

"品优娱乐的 CEO 是我，有我在，你不用在意别人的想法。"

"老公，你好爱我——"故意肉麻兮兮。

"那就亲我。"

黄锦立却趁机索吻，太狡猾了。

幸亏我们秀恩爱秀得黄老先生看不下去："够了。"扔下餐巾走了。他的小女朋友追上去，不忘回头："微微姐，我太崇拜你了！"餐厅只剩我和黄锦立，我们同时爆笑。黄锦立还搂着我的腰，他的气息缭绕在我耳边："我们什么时候结婚？""结、结什么婚？我什么时候允许你搂我了？"

我吓得立刻推开他，黄锦立差点被我从椅子上推下去。不要动不动就说结婚这么吓人的话。

心怦怦直跳。说多了，容易当真。

"你都可以喂我吃牛排，我为什么不能搂我女朋友？"

"我那是顺手。"

"我也只是顺从内心。"

顺从内心想跟我结婚，还是顺从内心气他老爸？

肩上还残留着他掌心的热度，令人皮肤发烫，我喝水压下奇怪的感觉，告诫黄锦立："以后不准对我提结婚，否则这个角色我不演了。"

　　"可你也没打算认真扮演这个角色吧。"黄锦立的眼睛眯了眯，"否则你为什么穿这身衣服？"

　　手指一颤。

　　难道心思被他察觉了？

　　"我的衣服怎么了？你有什么意见？"故意嘴硬。

　　黄锦立的黑眸看穿了我。

　　"你这样穿，是因为从没想过要给我爸留下一个好印象吧。就连刚刚被问是否愿意跟我结婚，你都马上回不愿意。你心里压根就不想当我的女友。"

　　沉默了半秒。

　　"你跟你父亲关系不是一直都不好吗？我只不过是按照你的计划扮演罢了。"

　　黄锦立有一会儿没出声，直到我快上楼梯，才传来一道低低的男声。

　　"即便如此，我还是想带你见见他。"

　　低得几乎宛如错觉。

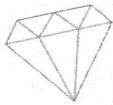

第六章

甜蜜

按照跟黄锦立的约定，我还要在这儿住半个月，直到他爸离开。打开花洒时，黄锦立的那些话不由自主跳进我的脑海里。

"她是我的女朋友。"

"我们可以隐婚。"

还有那句……

"即便这样，我还是想带你见见他。"

这些话，这些话……竟让我内心动摇。

透明的水珠打在我的脸上，砸得脸有点发痛。

我摇摇头，否定着，他怎么可能想与我结婚？应该只是利用我气他父亲罢了。我不应该意乱情迷。

系上白色浴袍，我心不在焉地擦着头发，擦了好一会儿，才发现房间里多了一个人，我差点就叫起来。

等发现是黄锦立，我才拍了拍胸口，就算这是他家，但这家伙是不是太不注意了点。

"进我房间干吗？"

"给你送果汁。"黄锦立一脸无辜。

我挑眉看看他，有点狐疑地接过，随手放在了一旁，没想到黄锦立的视线一直盯着我，好像有点不满："其他人递给你的，你怎么就马上喝了？"

其他人？难道是在说谭寒？

"我在擦头发，没有手啊，你以后能敲门再进来吗？我差点就没穿衣服。"我小声道。

黄锦立抿唇笑了两秒，却好像很可惜一样，他接过我的毛巾："不穿多好。"

"还打不打算让我喝果汁？"我斜睨了他一眼。黄锦立立刻笑嘻嘻，按摩着我的肩膀，"快喝快喝。"这种邀功的神情是怎么回事。

拿过果汁，我抿了一口，黄锦立从颈后凑过来："怎么样？"

"还行。"我脸有点热。

"怎么其他人榨的你就说好喝，我榨的就只是马马虎虎？"黄锦立声音有点不甘心。

有点惊讶，难道真在跟谭寒比？

原本想问一句"这是你特地为我榨的吗？"，心里却拉起了一道警报，我跟他的关系不能含含糊糊。

"谭寒榨的本来就好喝。而且我现在都在喝'绿巨人'。橙汁已经喝腻了。"我不看他，十分冷淡，"反正你怎么做都比不上谭寒的。出去吧，我要睡了。"

还在为我擦头发的黄锦立手顿了顿。他拉开跟我的距离，我感觉背后的热源消失了，心也好像顿时空了一大片。

黄锦立露出一个漫不经心、好像什么都伤不到他的笑容："我只给你一个人擦过头发，剩下的……自己擦吧。"

他头也不回地退出了我的房间。

我伤了他吗？

虽对黄锦立说要睡了，实际上翻来覆去睡不着。连自己都知道刚刚对黄锦立有些过分。伤了他，我也不好受。

心烦意乱地打开电视，结果按了好一会儿，却显示"网络没有连接"。这么晚再去找用人又显得比较麻烦。胡乱按了一通，不知怎么，被我按出自带视频，年代有些久远，但视频里的小男孩很眼熟。

房间里静静的，只剩下电视屏幕的微光。我的视线随着那个可爱的幼童移动着。他五六岁，肌肤白皙，看上去十分乖巧。好像和爸爸在参加什么活动，爸爸需要现场给他做饭吃。小男童立刻乖乖地挽好袖口，露出白嫩嫩的小胳膊，抱着几根带着泥土的胡萝卜，跑到远处水池洗来洗去，还一点都不嫌累，不停地帮着爸爸的忙。

我的心被萌化了。

几个小孩子里最喜欢他，只想看他。

户外，小男童脸蛋晒得红扑扑。主持人在一旁问累不累。小男童看了看爸爸的身影："不累。只要能帮到爸爸就好啦。"

懂事得令人心疼。

小男童的活干完了，乖乖跑回爸爸身边。野外的火本来就难生，他爸爸对做饭不怎么拿手。见小男孩在旁边，皱眉，不耐烦地挥手赶人："待一边去，别烦我。"

小男童迟疑了一两秒，眼眶红了红，什么也没说。他独自玩了一会儿，有点孤独，有点发呆，但回来的时候，手里竟多了几根柴火。主持人问："你怎么想到要捡柴火啊？"小男童软糯糯地说："这样爸爸的饭就能快点好。"

太懂事了。怎么能这么乖。

我好想把他抱在怀里揉一揉。

小男童没有邀功，只是默默地把柴火塞进炉灶。但爸爸没注意到这些，依旧焦头烂额。可能做饭做得不顺利，大人再次心烦对男童道："不是让你一边玩去吗？去去去。"

口吻带着厌烦。

小男童又一个人跑到一边，背影孤零零的。

主持人和摄影师对着在树林里无聊得打转的男童问："是不是对爸爸很失望啊？"

"我不饿的。"男童明显饿得声音都虚弱了，他低垂着眼眸，顿了顿，又补充道，"我中午吃了东西。"又小声加了一句，"爸爸很厉害的。"

这种时候，竟然还在维护爸爸。

我眼眶都快湿了。

我再也无法不承认，这个可爱的小男童，就是小小的黄锦立。而那个一直说着"别烦我"的，就是年轻时的黄老先生。那么小，那么稚嫩的男童，一心维护着自己的爸爸。为人父亲者，却不懂小孩子的感受。

不想再加深我对黄锦立的感情，我并不想心疼小时候的黄锦立。可看到他孤单的小身板，我好想对小小的他好一点，抱抱他。

果汁就在床头，散发着橙子的清香。我静静看了一会儿，这是他亲手榨的，他榨汁时是怀着什么样的心情？

慢慢拿起果汁，喝了一口。

皱眉。

果然不能指望他做这种事，我捧着杯子，摇头失笑，果皮没有处理干净，但入喉之后，竟有点回甘。

第二天起来已快 11 点，我居然可以睡得这么香。拉开窗帘，外面阳光清新，楼下游泳池像块宝蓝色钻石。黄老爷子的小女友正穿着比基尼在玩水球，不远处棕榈树伸展着叶子。真个好天气，我懒洋洋地挑着衣服，指尖伸到白色比基尼上，停了停，又退了回来。

这件倒是很显身材，只是想要正正经经见男方家长的女性是不会穿的。黄锦立昨天其实说对了，虽然答应了他假扮女朋友，但我并没有想要演一个合格的女友，故意穿着不得体，这样黄老先生就知道我们不是认真的。然而这种想法被黄锦立看穿了，那个瞬间我感觉自己好像辜负了他。

"真是沉重啊。"我自言自语，视线在衣柜里游移了一下，黄色长裙很仙很有气质，"虽然是没有片酬的角色，但权当为了对得起自己的演技吧。"我踩着沙滩鞋，穿着黄色纱裙走下楼。

经过厨房，有仆人窃窃私语。

"昨晚我看到黄先生给他女朋友榨果汁。"

"黄先生看宋小姐的眼神很不同。"

我脚步停顿了一下。

"但黄老先生跟黄先生都是这样子，两人能长久吗？我有点不看好。"

"我觉得黄先生这次应该是认真的，他早上还问我'绿巨人'怎么调配。至于老爷子，就不提了。"

是啊，有什么样的父亲就有什么样的儿子，我笑笑。但昨晚那个视频里，仰着小脸的男孩子，说着"我不饿""我爸爸会做成的"的小模样浮现在我的脑海里。

黄锦立和他父亲正躺在沙滩椅上。遮阳伞遮住他们头顶上的太阳，黄锦立裸着上半身，闭目养神，模样悠闲。

"看样子是朵带刺的蔷薇，身材也不错，不过这种女人多得是，我很早就教过你。"

"你教了我很多。"黄锦立懒懒敷衍，"就是没教什么好的。

"还有，她不是带刺的蔷薇，是微微一笑的微。"

他曾记错我的名字，现在他却在认真地纠正旁人。在重视你的人眼中，你的一点点不同都有着不一样的意义。

"你是品优娱乐继承者，要以事业为主。你妈全指望你了。"

黄锦立眉眼浮现出一丝阴霾，脸上却依旧笑着："当然只能指望儿子了，难道指望每次都带回不同女人的丈夫吗？"

他语气轻悠悠，我却能联想到他心里的苦闷，内心也有点沉重。

那个全心全意信赖着爸爸的小男童，肚子饿得咕咕叫也不愿在外人面前说自己爸爸不好的小男童，到底是怎么成长为今天这个对谁都笑对任何人离去也无所谓的黄锦立的？

"我的教育就是这样。"黄老先生斩钉截铁，"否则怎么可能会有今天的你。"

父辈绝对不会承认自己的错，绝不会承认自己教育不当。

我走过去，打断黄老先生。

"你给我榨的果汁呢？我可是天天喝的。"我轻轻踢了黄锦立的小腿一下，"快去啊。"

黄锦立一愣，被我催促后，很快就起身了。他脸上流露出大大的笑："正好我想试试刚刚搞到手的'绿巨人'配方。"浅色大浴巾掉落，他身体的线条差点闪瞎人眼。

"不错，'绿巨人'正是我想喝的。"我脸红心跳，故作镇静。

黄锦立对我撩开一个笑："遵命。"

池水碧蓝，树冠在风中晃动。刚才他们的谈话我全部听见了。

"一个对亲情失望，与父母互嘲的人。"我悲悯地看着黄老先生，"这就是你的教育？"

"财富和社会地位是男性立足之本。"黄老先生波澜不惊，不屑地冷哼，"你们女人不用懂，会生孩子就够了。"

"噢，视亲情为无物也可以？"

"你不过他随便找来蒙混我的。没资格跟我说话。"黄老爷子有点动怒，冷冷笑了笑。

他以为我会惊讶，羞愧，然后手足无措？

可惜我压根不在意这些。

"难道你看不出来？他的性格，越是针对，就越是在意，然而你一次一次把他推得更远。你说是你教育了他，或许你的经商教育算成功，却也让他变成了一个……"不会爱的人。

黄老先生眼看就要发火，有人插了进来，平息了即将迸发的战争。一杯绿色加冰的果汁递到了我手上。有人牵起我的手，是黄锦立。

"我们进去，这边晒。"

黄锦立握住我的手。

这番话说得相当不客气，不知道黄锦立听到了多少。

我有些紧张，担心他不开心。黄锦立神色看似平静，只在感受到我的视线时，投来略微复杂的目光。我心里有点打鼓，悄悄试着挣脱了一下，却被握得更紧。

"你们不用继续在我面前演戏。"黄老先生不咸不淡地看着我俩。

"演戏？"黄锦立挑眉，"你觉得你重要到我需要因你演戏？"

他看了看天："奢望那种叫作'父爱'的东西？的确有吧。大概在我五六岁的时候。但现在想来，真是太好笑了。"

他失笑般摇摇头，好像在笑自己怎么会有这么天真的时光。

那一刻，黄老先生像是被风吹熄的大火。那张衰老的脸上生出凛冬的萧条。

我想，每一个人生来都是含着期待的，父爱、母爱、爱情……最想要的时候求之不得，久而久之，反而会开始讨厌想要这些的自己，因为渴求的姿势总是太卑微。

我被黄锦立带回房间，他拖着我，走得有点快，但我们的手牵得紧紧的，一旁的用人装作目不斜视。

"我要喝果汁。"

我想让他放开我，黄锦立笑嘻嘻，却换了只手握住我。

我哭笑不得，他肯定是故意的。

"到底让不让我喝？"

"我有种预感，我这次一定比谭寒榨的好喝。"黄锦立凝视着我，靠得非常近，他缓缓道，"因为我一直很用心。"

我有些不敢与他对视，低着头，仿佛自己对果汁很感兴趣。

"微微，我很高兴你刚刚为我说话。"

他摩挲了一下我的手指，我感觉一股电流从背后腾起。

"那什么，"我心跳加速，掌心冒汗，我别开眼，"我对你家的事不感兴趣，随口说的，别在意。"

转身想走，却被黄锦立一把拉住。

"爱到底是什么呢？

"我……其实怕自己变成我爸那样。也怕心爱的女人变成我妈那样。"他看着天花板，好像费尽力气才说出心里的这番疑惑。

"这世上有真爱存在吗？我怎么感觉比创造一个品优娱乐还要难。"他试着笑了一下，却有点苦涩。

太让人心疼了。

越是接近他，我的心就越忍不住动摇。

可是……

"我也不是很懂。"我僵硬地说，"我们，只不过是假扮情侣。"

黄锦立脸上的笑容闪了一下，我快速抽出手："演戏就只是演戏。不必弄得那么复杂。"

黄锦立静静看着我，他的眼睛那么迷人，任何女人只要被他看一眼都会心动。

"的确，我对你不是没有感觉。"胸口发涩，我用手遮住眼，艰难地说，"这些困扰着我，让我动摇。然而，爱就像生火，要有木炭、助燃物才可以。我对你的爱或许余温还在，可永远都无法再燃烧得那么热烈了。"

那个时候，我是真的想爱你。

不管什么金钱事业，哪怕跟你一起被风暴凌迟，我都能很勇敢。

可是、可是……

那些最伤心的时刻已痛得我不想去回忆。

我们之间有太多的问题，现在很甜蜜，只不过是平和的假象。你只用冲我一笑，我就会觉得甜蜜，你一个微微失落，我就会心疼，但我也知道，这些都是泡沫……

外面一片阴影飘来，整个大厅的光线迅速变暗，黄锦立的眼睛好像在难过地闪动。我将果汁塞回他手上。吸管也是他特地挑选的，心形的、粉色的。杯壁上还夹着一片柠檬，柠檬片切得厚薄不均，却能感受到对方认真而愉悦的心情。他花着心思，而我始终没有勇气再看一眼。

"没有木炭，没有助燃物，是不是就永远点不着了？但如果，最原始的火种还在，如果从头开始……这样的爱是否可以再次燃烧？！"

过了几秒，黄锦立在身后大声说道。

我的身影顿了顿，心被狠狠地揪住。多么想不顾一切，多么想再爱你一次……

谭寒发了条新闻链接给我，点开一看。我和黄锦立被拍到了。我在黄锦立家睡着了，黄锦立在给我涂防晒油，非常亲密，令人浮想联翩。

谭寒问照片是不是假的。

我低声："真的。"

几天未跟谭寒联系，谭寒的声音听上去都生疏了，心里有点莫名惭愧。

手机那端陷入沉默，过了好一会儿，他的声音才再次响起："我会去处理。你什么时候回来？"

"过几天就回。"

我下意识做出保证，等转头一看，发现黄锦立正站在我背后。

他瞥了我手机一眼："谭寒？"

我给他看了下新闻："谭寒正在处理。剩下几天，我们注意下距离。"

大概黄锦立也没想到我们会被偷拍，看到之后也是一愣，皱了皱眉，我心想，果然他其实也并不希望我们这样的关系被曝光。

黄锦立道："这种事不用交给他。我来处理。"

我"噢"了一声。

大概知道他会怎么澄清了。

也是，本来就是假的，我到底在暗暗想什么呢？想到黄锦立背后是品优娱乐，发通稿、公关能力也的确比工作室强，我就点点头同意了。

第二天，还睡得迷糊的我被一大堆电话炸醒，连向来冷静克制的谭寒都十分失控。

"微微，上网。"

发生了什么？我打开电脑，看到新闻，我倒抽一口气，整个人顿时不好了。

"黄锦立承认：女友是宋微。"

"黄锦立表示宋微是自己女朋友，两人早已交往。"

"话题女王宋微劲爆恋情，男友是品优娱乐总裁黄锦立！"

整个娱乐圈炸了，从不承认有女友的黄锦立，首次公开宣布他的女友是我。

简直要晕厥了。

我从床上一跳而起，跑到黄锦立房间，揪住他的衣领："说好的处理呢？你看看你干的好事。"

天啊，他怎么能、怎么能……

没想到黄锦立仰着脸，按下我的双手，将一杯果汁递到我手上。他挑眉，微微一笑："新闻三要素：及时、准确、真实。我是确保了真实性。"

我："……"

他望着我笑，睫毛浓长。我可以暴打他一顿吗？

平静的演艺事业再次被推到风口浪尖，微博热度、公众号话题不断。

"黄锦立肯定只是玩玩的。他们怎么可能娶圈子里面的女星？"

"但这是黄锦立第一次正式对外宣布吧，会不会宋微手段特别高超，真让黄锦立喜欢上自己了呢？"

"反正我不看好。"

心情复杂。

媒体记者要求采访我，谭寒也希望我发个声明，我明白谭寒的用意，现在澄清还来得及，真的被捆绑成女朋友，以后被黄锦立甩掉只会被更多人看笑话。

我火急火燎，黄锦立却磨磨蹭蹭。终于在客厅爆发一次争吵。连黄老爷子也被小女朋友拖出来围观，脸上也显示出几分对最近新闻的不喜和难耐。

我对黄锦立道："你对媒体说下，那些只是谣言，他们弄错了。"

他这两天莫名地愉悦，连黄老先生都快看不下去了。听到我的要求，黄锦立挑了挑眉："噢，弄错？我不觉得他们弄错了。"

我手扶着眉头："我会让谭寒去澄清。"

"又是谭寒。"黄锦立的语气变得很冷淡，"做我黄锦立的女友就让你这么反感？"

他说他能确保新闻真实性的样子还历历在目，那一刻我的确很心动。

"如果有可能，我真的不希望弄成这样。"

我说。

"可是，你的感情会持续多久呢？你觉得你钦点我，我应该感到荣耀吗？然而，你是否考虑过，一时的特别，带来的只是无尽的嫉妒与不看好。一旦分手，无论我以后事业是成是败，都要一直背负着你前女友的烙印，这一点，你考虑过吗？"

我自嘲一笑。

"差点忘了，你还能将我最珍惜的事业送给林弦，甚至没有一句道歉。"到如今我还记得那晚突如其来的变故，记得那种羞耻感，"抱歉，我不想成为别人日后感情史里用来做注脚的女星。"

一想到他以后还会有新恋情，会与林弦或是其他女人结婚，而每一次，我都可能会被媒体盘点成过往情史，被邀请当众说恋情祝福、结婚祝福，我的心就会痛。

所以明明被公布是女朋友，明明是喜悦的事，却让人如此害怕。

黄锦立抬起头，沉默着，他低低道。

"我就这么让你没有安全感吗？

"其实后来，我准备好好补偿你，但你一次也没来找过我。甚至、甚至头也不回地要离开我身边。"

我默不作声。

一只宝蓝色盒子被他修长的手指托起。

"如果以前的事，让你感到伤害，那么，这个呢？能代表我的心吗？"空气凝滞了，我呆住，他眼睛弯起。

"我觉得这个应该很适合你，如果不喜欢，我们也可以一起再去挑。"

深呼吸了几次，我再也忍不住。

"你到底受了什么刺激，黄锦立？如果你不爱我，就不要再让我喜欢你。"

这样的你。

这样的你我根本无法拒绝……

我转身欲走，手被他用力拉住。

"你说过，你只剩余温，可我想让它再次烧起来。

"或许你对我没有信心，但我知道，我不想让你从我生命中离开。

"微微，接受我。"

胸口再次重重一击，整个人都在发抖，我快哭出来了。

不知是喜悦还是矛盾的泪水在眼眶里打转。黄锦立长长的睫毛下，瞳仁深情，心在战栗，万分纠结。不要用这种眼神看我，不要用这样的声音对我说话，我真的会无法控制自己、会沦陷的……

阿 Ken 从国外打来电话。

"嘿嘿，现在全世界都知道品优娱乐太子被我们家微微拿下了。连我都觉得风光无比。好多人往我这儿求内幕，我说，那是，我们家微微百年来就这么一个，太子追求她不是理所应当的吗？"

我摇头失笑。

阿 Ken 的风格一如既往地浮夸，接着就听到旁边有高傲的女声："百年来就这么一个，敢情我倒是寻常得很？"有人连忙讨好："你是世间难得，难得。"楼夕之这才饶了阿 Ken。

看来两人现在过得不错，我会心笑了起来。

"果然最后还是你。不过当初也只有你，让我觉得是最大的威胁。"楼夕之接过电话。

"我当时只是一个小艺人罢了。"

"所以才更可怕。一旦盛放，无人能对抗你。"

"你这么说是在意我，还是在意黄锦立？"我调侃。

"别想挑拨我和阿Ken的关系。"她立刻有点紧张起来。

知道她是真在意阿Ken，我也放心了。

"再说了，黄锦立被你收了，我挺高兴的，免得再去祸害别人。起码，我没得到的，其他女人也没有得到。"

"还是有点不甘心？"我笑。

"那当然，凭我楼夕之的魅力，居然也会失手。"她郁闷。

"也有可能，你知道你的真爱不是黄锦立。"我解释。

楼夕之闻言沉默了一会儿。

"虽然你总是跟我不对盘，碰到你我就没好事，不过这一次你说得没错。"

我有些失笑，却欣赏她的骄傲。

"虽然你总是坑我，还挖走了我工作室的总监，但看在你真心爱着他的分上，我就不计较了。"

"啧啧，真是一恋爱连口气都大了起来。"

我们双方都笑了，过去的心结已放下，一切尽在不言中。

真正的强者总能相互欣赏。

"倒是林弦，"楼夕之的语调沉了沉，"连我都一直没抓住过她的把柄。"

我应了一声"嗯"，知道楼夕之这是在提醒我。

"你们还没说完吗？快让我说说。"阿Ken不知从何处插了进来，"我们男人最了解男人，我要爆黄锦立的料。"

"喂喂，你这样不怕楼夕之生气？"我打趣。

"夕之啊，就是要给她一种，即便我在她身边，也有可能会走掉的危机感，她才永远离不开我。"

没想到阿Ken倒是狡狯地笑了笑，但口吻中多了跟以前不一样的幸福感。

"你们真是知己知彼，日久情深。"

"哈哈，"像是面对女儿要出嫁的父亲，阿Ken多了几分慈爱之情，"太子这个人还是不错，不过有过感情创伤的男人，总会艰苦一些。"

"你就这么确定我一定会嫁给他？"我笑。

"人是没有办法欺骗自己内心的。"

停顿了几秒。

是啊，无法欺骗自己的心，所以他和楼夕之时隔这么久，还是会在一起。若两人命中注定相爱，那么最后一定还会再次相遇。

我知道黄锦立不愿意承认爱上一个人，这里面有他的心结。可是他说，他愿意为了我再去试一次。我想，这是不是一个男人为了女人做出的最大改变？尽管这样的勇气和幸福让我觉得如此不真实。

"谭寒你打算怎么办？"

"啊？"阿 Ken 提到谭寒，我猛然愣了一下，有点支支吾吾。先前对谭寒保证马上会回去，结果现在一下子进展成这样。

"谭寒对你的感情比你想象的还要深。"

一时之间不知该说什么好。

外面的夜风吹着树叶发出细微的响声。或许从一开始，我藏在心底的那个人便是黄锦立，所以我的眼睛望向的人只有黄锦立。我对谭寒的感情比朋友多一些，但达不到男女之情。

"不如都收入后宫好了，反正你是宋微你做什么都对。"阿 Ken 又恢复成嬉皮笑脸、老不正经的口吻。

"不错，全部收入后宫。"干脆把这恼人的问题丢一边，我也乱侃起来。

"噢，那包括你吗？"楼夕之的声音幽幽地响起，"微微，我先挂断。这边有个男的需要我调教调教，他才知道自己归谁所有。"

我情不自禁大笑出声。

而阿 Ken 透着愉快的惨叫声从手机那端传来，看来这两个人下半辈子会过得很甜蜜。

跟阿 Ken、楼夕之聊完之后，我的心情像被晚风吹过，变得明澈起来。星光偶尔也会暗淡，但繁星漫天时，所有的过往都能放下。因为星空是那么静美辽阔。

我和黄锦立是否能将以前的伤害当作教训，从中领悟、相互珍惜？

外面关于我俩订婚的消息传得沸沸扬扬，黄锦立每天如沐春风，所有媒体记者说他如今连看人的眼神都变了。热搜话题"人生赢家宋微"迅速席卷整个网络。

黄锦立搂住我，下巴搁在我肩上。我的腰被他环着，近来他很喜欢这些黏糊亲昵的小动作。他把我往他怀里带，还蹭了蹭："我要娶的女神是人生赢家。还是我比较赚。"

我轻笑地拍了一下他的头。

很多艺人私下恭喜我，林弦也亲自到黄家送上礼物。来时依旧一身雪白，虽然看上去冷淡而客气，但心意到了。大抵是因为她长得像林萱，黄老先生多看了她几眼，之后还摸着下巴阴郁地端详了我几次。黄锦立趁机偷偷告诉我，说老头子这动作多半是在想坏招，叫我离他远一些。我笑笑没说话。

再次接到谭寒的电话。

"你是不是决意跟黄锦立在一起？"他的声音依旧稳重，只是似乎夹杂着失落。

这种语气让我心情有点沉重，好像自己欺骗了他。明明对他说，不会再跟黄锦立在一起，然而话说得再狠，黄锦立的一个眼神还是会让我动心。无法控制自己不爱他。

"我们今晚见一面。"谭寒道。

"今晚？"我迟疑了一会儿，很犹豫，"今晚……"

黄锦立今晚约了我，似乎有什么惊喜要给我。

"我有很重要的事情要对你说。如果你还没决定要跟黄锦立在一起，那就推掉。"

他最后那句话透出的强势让我有点担心。整个下午我都有点恍惚，心不在焉，黄老先生瞅了我好几次。

衡量了一下，我给黄锦立发了条微信，告诉他今晚我有事。

"什么事？"一个扁嘴不开心的表情。

"工作室的事啦。"我想了想，没提谭寒。

"不会是见谭寒吧？"哭笑不得，这是男人的直觉吗？

"哈哈……不关他的事。"

"不要骗我。"

我缩了缩肩。

谭寒很早就等在工作室，今晚他穿得十分正式，越发显得眉眼深邃，神秘的忧郁像朦胧的雾笼罩在他的周身。

看到我来，他黑色的眼睛笑了。我坐到沙发上，前面一张小圆桌，听到榨汁机的旋转声，我想起这段时间都是黄锦立为我榨果汁。

果汁递到我手里，我正要喝，谭寒淡淡道："听说现在每天都是黄锦立为你榨的。"

我捏了捏手上的杯子，没有再喝，重新放下。

"你们不一样的。"

谭寒看向窗外，好像对我这句话不在意。外面万家星火，那么温暖，又是那么孤独："最初是黎雪让我过来跟你。因为带着目的，所以即便被吸引，也无法开口。"

我握着杯子的手紧了紧，好像有点明白他要说什么了。我不自然地笑了笑，想打断他。

　　"你听我说完。" 他自嘲一笑，"而后又有了那次角色事件。你已经开始信任我，我却做出这样的事。"他伸手，揉了揉微红的眼，"当时我想，既然再也不可能有什么交集，那就什么也别说。

　　"再次回到你身边，你一定不知道我的心情。"

　　这一刻，我瞥见谭寒颈间的领带。条纹的，那样眼熟。那是我曾经挑给他的。

　　"阿 Ken 离开时，我心里对自己说，这一次我要陪你一辈子。"谭寒眺望着窗外，"以前的每一个晚上，我一个人在这里办公，但我内心很踏实，因为我所处理的每一件事都在参与你的未来。"

　　谭寒脸上流露出短暂的满足。

　　"而现在，我每晚都会想，你跟黄锦立在城市另一端，你和他在做什么？"

　　我下意识想解释些什么。

　　黄锦立的电话响起："微微你在哪儿？"一边是黄锦立笑嘻嘻的语气，一边是谭寒沉郁的神情。一个自信满满，一个沉默无声，他们拉扯着我，分裂着我。

　　我半侧过身，声音压低："现在有事，不方便说，回去找你。"

　　黄锦立追问："你在哪儿？没骗我吧，没跟谭寒一起吧？"

　　我迟疑了几秒，话到嘴边，又吞了回去。我如何在谭寒面前，对黄锦立说，谭寒正对我表白？那太伤一个男人的自尊心了。

　　我撒了个谎，道："没有。"

　　黄锦立顿了顿，什么都没说，挂了。

　　我有些疑虑地看了看手机，总觉得好像有哪里不太对劲。

　　谭寒再次抬眸："是你说，你不爱黄锦立。"

　　我开不了口，嘴唇颤动，想编个理由却编不出。

　　"如果你喜欢他，我会离开工作室。我无法看着你跟黄锦立在一起。"

　　"工作跟黄锦立没有冲突。"

　　"他在，我就会离开。"谭寒声音微涩。

　　你这是在逼我选择？我心中发涩。阿 Ken 那句"他对你的感情比你想象的还要深"，冲击着我的脑海。

　　我涩涩道。

　　"你们不冲突，你们一个是我的战友，一个是我的……"等这些话脱口而出，我才意识到自己说了什么。原来在我的心里，我很清楚他俩分别对我意味着什么。

对于黄锦立，我不希望他为我做什么，我只希望他爱我。而对于谭寒，我从不希望我们之间的关系变得复杂。

我的话戛然而止。

因为谭寒已将最后那两个字堵在了我的唇间。

我挣扎着，想阻止他，谭寒的眼睛怀着卑微的希望又满是绝望。我用力推着他："够了，谭寒，放手！"我打他，"你这样过分了！"

一道强烈的目光投射在了我们身上，那视线蕴含的情绪太强烈。我猛地望过去。黄锦立就站在门边，脸上充满着被背叛的心痛，他努力地弯起一抹轻笑："这是第二次了。"

他声音沙哑得令我心疼。黄锦立似乎想对我做出一个讥笑的动作，然而他脸上的悲伤快要溢出来了。我挣扎着，想跑过去，想告诉黄锦立不是那样，谭寒却死死摁住我，捧着我的脸说。

"你本来就是为了报复黄锦立，何必同情他？"

我不可置信，震惊地望着他。

谭寒却继续冷冷道："钻戒也好，绯闻也好，不是你让我安排爆料的吗？"

黄锦立像被狠狠揍了一顿，脸色发白，他快步朝我走近，愤怒得想把我撕了。我身体发抖。他停在了我面前，手握成拳，越握越紧。黄锦立的眼神伤心欲绝，怒火交织。有那么一瞬间，我以为他会打我。

"原来你一直想复仇，是报复那时我为了林弦对你的伤害吗？"

他哀伤地笑了笑。

不，不是的。我拼命摇头。

"你的演技真好。"

他不信。

"我真的当真了。你是第一个成功骗走我心的女人。"

黄锦惨笑，深深看了我一眼，转身离去。

不——

我撕心裂肺，内心号叫。很想对黄锦立的背影伸出手，却什么也喊不出来。

我是不喜欢林弦。是不喜欢只有林萱在你心中独一无二。

可我从没有想要复仇……

黄锦立。黄锦立……

"为什么污蔑我？"我哭吼着，扯着谭寒的领带。他低头看了一眼，那条我送给他的领带被扯得皱巴巴的，我顾不上这些，我恨不得不曾认识他，"这就是你的目的？蛰伏这么久，再陷害我一次？！你给我滚，离开我的工作室，再也不要出现在我面前！"

我脸上带着泪痕，想要去追黄锦立，澄清这个误会。谭寒一言不发，只是死死拉住我。

"我没有叫他来。"

我甩了他一巴掌。

"滚。"

第七章

凋零

我疯狂地开着车，四处找着黄锦立。别墅不在，公司不在，平时去的酒吧也不在，你到底在哪儿，黄锦立？

　　撞到了不少记者，被拍了不少照片。从晚上8点一直到凌晨1点，整个城市快被我翻遍了，却还是找不到他。我一遍又一遍打着他的电话："黄锦立，你在哪儿？""接我电话。""我没有……"

　　没有骗你。我对你也是真心的。

　　本来穿得也少，越到半夜，气温越是低。整个人冻得哆哆嗦嗦，夜空只剩下几颗星子，孤单寒冷。

　　深夜1点半，陆瑜给我打了一个电话："我送黄锦立回来。"

　　"先前打电话给你，怎么不告诉我？"

　　"他不想我说。"

　　一口气提在胸口，我开车找了整整五个小时，生怕他出意外。但是一瞬间又觉得，只要黄锦立没事，就好了。

　　顿了顿，口气软了下来，我疲累道："算了，人平安就好。"

　　陆瑜把黄锦立扛回别墅，黄老先生从楼上看着我们，皱着眉。黄锦立浑身酒气，脸颊微红，衣衫凌乱。陆瑜把黄锦立扛进门，就像扔沙袋一样，把黄锦立扔在沙发上，黄锦立闷哼一声，东倒西歪。看到他被陆瑜这样扔，我连忙跑过去："你轻点"。

黄锦立闭着眼，很难受的样子，嚷着头疼。我把他的头搁在腿上，按摩着他的太阳穴。陆瑜盯了我好一会儿，说："你对他并不是没有感情对吗？"

心中苦涩。

黄锦立到底对陆瑜说了什么，连陆瑜都认为我不爱黄锦立吗？我垂下眼眸，手上的动作没有停："现在说这些，没有意义。"

刚刚疯狂找他的那五个小时，我的头脑被冷风也吹得清醒了。若是我和黄锦立感情深厚，彼此间的信任又怎会如薄冰，轻轻一踩就碎裂？我们之间的感情，本身就不坚固，不是吗？

临走前，陆瑜又看了我两眼："但也只有你能让他失控成这样。"

我摩挲着黄锦立的脸："我们之间，到底是孽缘，还是什么？"

如果是爱，为何总让人心里揪得疼。

我搀扶着黄锦立回房，走得跟跄跄跄。黄锦立一直东倒西歪，男人怎么会这么重，我累得气喘吁吁，而对方还在不断地嚷着。

"微微，宋微……你这个狠心的女人。

"我再也不要对你有感情。

"你是坏女人，你个骗子。"

我的心隐隐作痛，但还是把他小心地放倒在床上。黄锦立在床上翻来翻去，扯开自己的衬衫，露出泛红的胸口。

黄锦立不停哼哼，哼完又在床上翻动着，消停不下来。他双目闭紧，眉头紧皱。

"为什么……为什么我都愿意为你改变了，你对我还是没有感情？！

"我再也不想见到你。"

我拧了块热毛巾，仔细地擦着他的脸，如果你不想见，那我们就不要见。今晚把你照顾好后，我就会走，却被他一把搂住腰。

黄锦立依旧闭着眼，眉头不安地蹙着，他难过地蹭了蹭我："谭寒那浑蛋背叛过你，你还信任他。为什么……你却不爱我？是不是我不配得到你的爱？"

我抚过他的眉眼，虽然是无意识地呢喃，但看着他痛苦的神情，我的心再次被刺痛："你跟他怎么会一样？"

连我自己都知道我偏心。

"明明你要的，我都给你了。"黄锦立眼睛紧闭，带着苦涩，把枕头当作一个欠揍却又舍不得下手的人，流露出又恨又爱的神色，"那么多女人想要的，你却不屑不顾。"

他的声音越来越微弱、低哑，像个满是委屈与不甘心的小男孩。因为得不到回应，脸上挂满了伤心。他像一个把所有宝藏拿出来的国王，然而对方依旧熟视无睹。卧室的灯光晕黄暗淡，他无意识地眯了眯眼，看着我，有些迷茫。他瞳仁乌黑，散发着脆弱、难过的气息。

"不准爱上其他人。"他仰着脸，长长的睫毛不安地颤动着，"只准爱我一个。"

黄锦立，原来你内心并没有那般胸有成竹，你也会害怕，怕我拒绝你，怕我看不到你的付出，怕我对你不是真心的，是不是……

想起很久以前，我跟阿Ken曾谈论过你。那时你养了一条狗，你每天给它洗澡，带它散步，狗狗帅气，你心情都会好。狗狗扑向你，你会笑得极其迷人、柔情，满肩阳光。后来狗狗死掉了，你整整一周都很难过。

那时阿Ken说太子真喜欢这条狗。我说，是啊，你是一个一旦喜欢上就会很深情的人。阿Ken复杂地看了我几秒，说，我们看太子，首先想到他的身份、地位，再看他做了什么。但是微微，你在看他的灵魂……

黄锦立眉头蹙着，一下子清醒，一下子迷糊，不断叫着我的名字。

"为什么你就是不肯信我？

"微微，微微。"

一声一声透着心碎。

我伸出手，想要抚平他眉心的"川"字。原来只是被念着名字，就可以感受到另一个人无限的深情，无限的难过。黄锦立仿佛感受到了什么，他在昏暗中摸索着，抓到我的手，紧紧扣住："微微，不要走。"

为什么他每一个眼神，每一个神情，都会挑动我的心弦？为什么不断地否认自己爱着他，却时时无法控制住自己的心？这痛苦而深情的呼唤，让我丢盔弃甲，根本无法抵御。

我颤抖着把手搭在了他的手掌中。他的身体带着烈火般的热度，天旋地转，仅仅一触碰，火苗"噌"的一下，将我的肌肤都点燃了。他的气息灼热，而黑夜充满了蛊惑。他强健的手臂紧搂着我，散发出浓浓的男人味，这些味道叠加在一起，是最危险深邃的夜，我浑身发热，脸红心跳，想用力推开他，一连串深情的细吻却落在我的脖颈上、耳垂上，他眼神时而清醒，时而凌乱，月光透过落地窗，他如此俊美。

"微微。"他黑色的眼眸里映着我，唇角翘起，呼唤着我的名字。

"放开我。"无力抵挡他的魅力,却知我们之间不应该再进一步。

"不要,我要占有你。"他的声音是慵懒的海潮,渗透进入我的肌肤,"绝不把你让给其他人。"狂热而充满占有欲的吻再次落下,十指被他紧紧扣住,黄锦立不停呢喃,"微微,不要走,微微……"巨浪般危险神秘,一切那么猝不及防,又那么顺理成章。从一开始我就为他倾倒,而现在他似乎也为我做出改变,学会付出。我们依偎在一起,他滚烫强悍的躯体,他有力的心跳,是那么迷人,那么充满安全感。

"微微,别离开我。"他把头埋在我颈间。

"嗯。"我承诺着。不离开,只要你爱我,我就不会离开你。

他眉宇舒展起来。星光轻轻洒下,仿若永恒。整个世界静谧得只剩下爱,美好到虚幻,仿佛只是我的一个梦境,除了他含笑的睫毛和紧拥着我的手臂。

以前我觉得世上最美好的事,是你喜欢的人终于注意到了你。现在当我在黄锦立的怀里看着晨曦一点点亮起,觉得世上最幸福的莫过于,你在心爱之人的臂弯里迎接新的开始。

黄锦立还在熟睡之中,他英俊的侧脸是世上最好看的样子。黄锦立无意识地搂着我,我内心无限温柔,连他浓密的睫毛都觉得迷人得不得了。我偷偷地想,等醒来他会不会故作委屈地撒娇:"都这样了,微微你必须答应我的求婚,不准对我始乱终弃。"

我抿嘴笑,只是想想,就觉得羞涩而甜蜜。

手机突兀地振动了一下,原本不想去拿,但一连响了好几下,促使我伸出了手。

身体刹那间一冷。

屏幕上是黄锦立和林弦的照片:他们搂抱在一起的,他们亲密的,黄锦立为林弦戴上林萱项链的,林弦亲吻黄锦立的。

浑身发抖,手机都快握不住。

这不是真的,这怎么会是真的?

肯定是林弦故意发来的。

想破坏我和黄锦立的感情。

可是、可是……黄锦立他本来就迷恋林萱,移情气质相似的林弦也是再正常不过。

我"啪"地翻过手机,不想再看一眼。

这种手段别想对我使。我不会信的！

胸口起伏不定。

手机再次响了一声，我绝不会看，但这一次是黄锦立的手机。

那是一张照片。

林弦："戒指很好看，但宋微怎么办？"

我像被人狠狠打成内伤。

筋脉尽断。

"微微。"身边的人呢喃了一声，此刻却变成了噩梦。

盯着黄锦立熟睡的脸庞，相信，怀疑，各种情绪在我脑海里混乱冲击着，我该弄醒他质问他吗？我伸手就要摇醒他，告诉我不是真的。

然而，手伸到空中，迟疑了。

如果，如果他承认，我该怎么办？若一切真的是我自作多情，若一切就像那时角色宣布一样，林弦就是那个我的不曾料到，怎么办？若黄锦立再一次选择林弦，怎么办？

寒气如蛇一样缠住了我。

但残存的理智告诉我，我应该信任他，等他醒来看看他怎么说。

浑浑噩噩地下楼，中途差点踩空。

我心情不好，而黄老先生已坐在餐桌前喝着咖啡，用着早餐。用人做着各自的事，刚想打起精神给黄老先生道早，却被他截住了话。

"他喜欢的不是你。"黄老先生看着报纸，目不斜视。

"我不相信。"

虽然没什么底气，但我要等黄锦立亲口对我说。

黄老先生放下咖啡，翻过一页报纸，淡淡道。

"他爱的是别的女人。我以为你有自知之明。"

不同于前几天的剑拔弩张，这个曾经叱咤风云的老江湖，仅用一句疏离的话，就击败了我。就连疏远的黄老先生都知道，黄锦立迷恋林萱，甚至将这份心转嫁到和林萱面容相似的林弦身上。他要我爱他一人，那他呢？

乌云在天空中翻滚，树木上沾着层层细密的水珠，空气快湿得滴出水珠。

没人看好我和黄锦立，这我知道，然而这一刻，这句话还是撕裂了我已再无法承受任何打击的心。我明白他话语中的驱逐，明白黄老先生的暗示：不用再在这儿浪费时间，做无谓的挣扎了。

这里会让我窒息，我不想再待在这儿了。

谭寒过来了，他一夜未睡，眼睛满是红血丝，脸上被我昨晚掌掴的残痕还在。他的视线在我颈间停留了两秒，那一瞬间，他喉结动了动，似乎异常难受。我拢了拢领口，意识到那里可能有黄锦立留下的印记，然而我什么也不想说。车上气氛很压抑，谭寒紧握着方向盘，极力克制自己的情绪。我看似漠然，实则内心麻木地坐在副驾驶，那栋大得撼人的豪宅不断后退，越来越小，花树疏影飞快掠过车窗。

浴缸的水淹没身体，我冲洗着自己的身体，但是无论怎么清洗，还是有着黄锦立的味道。

昨晚的触感，昨晚的眼神，昨晚的热度，笼罩着我的肌肤，怎么也洗不掉。终于崩溃了。也直到这一刻，眼泪才夺眶而出。我听到了最深情的情话，却也看到了最令人心碎的照片。

黄锦立，我还能再信任你吗？

黄锦立，我还能等到你亲口对我的解释吗？

不想做哀求的弱者。

可赌上自尊按下的电话，迎接我的却是一次又一次的无人接听。微信发了很多消息，什么也没得到回复。

若是一直没有人接，我可以认为只是没有听到，但为什么最后是关机？是真相逐渐被证实了吗？不，我不信。

我要黄锦立亲自对我说。

我只信他说的。

可能有两天没吃东西，或是三天，黄锦立终于打来电话。我连忙起来接听，一起身，头晕眼花。眼前一片黑暗。

耳边是他的声音，非常憔悴、沙哑。

我咬着牙，忽略身体不适，急着想把这些天的疑惑、紧张、害怕，尽数道出，寻求他的答案。

但是他抢先了。

他说："微微，其实突然觉得，我们也许并不是那么合适。你还是跟谭寒在一起吧。"

"我和谭寒不是你想的那样！"握着手机的手颤抖得可怕，似乎下一刻手机就会滑落，摔得粉碎。

雷声"轰隆"而来，大地都在震动。

"你和他怎么样，我已经无所谓了。"

窗外狂风骤雨。

"可能你之前拒绝过我，所以我才对你这么上心。但为一个女人低三下四，终究不是我的作风。"

他的声音像是忍着痛苦，又故作释怀。

心陡然跌进深渊。

这是什么意思？！

是在否认那晚的话？是想告诉我，他对我的感情不是爱，只是一时的不甘心？

可是，深信你的我该怎么办？

心痛得好像不是自己的，泪水从眼角流出，快告诉我，黄锦立，你现在说的不是真心话，是我理解错了。

只要你说，我就会信你。

"林弦，她现在更需要我。"

下一秒，世界被冻结了。

所有开口想说的话、想问的事，再也说不出口。

暴雨砸着玻璃，闪电撕裂天际，亮白的光震得屋子惨白。

那个人曾说喜欢你，曾说愿意为了你改变，而现在他说，另一个女人更需要她。

嘴唇颤得几乎无法开启。

一旦开口的话，声音一定会破碎不堪。眼眶发热，狠狠憋住泪水。

绝不能被他察觉，绝不想被他发现一点痕迹。

我是谁，我是宋微。

我能在最悲伤的时候演出最快乐的样子，也能在最绝望的时候演出最不在乎的神情，而这一生我演的最多的就是，我对黄锦立这个人一点也不爱。一点也不爱。

视线已经模糊到看什么都是重影，只有这一点，是我无论如何也要保守的秘密。

"那么，黄先生，很高兴我们终于默契了一次。我和谭寒之间本就不用你操心，也祝你……祝你和林弦百年好合。"

我在电话那端，强撑地勾起一个笑。

雷电狂闪，大雨倾盆。

不断地失眠、头痛，精神状态越来越差。尽管每天早上起来，我对着镜子里重重黑眼圈的自己说，这算不了什么。然而一到半夜，玩世不恭的黄锦立、自信满满的黄锦立、满脸深情的黄锦立，还是会不断在我脑海里翻涌浮现。

很想好好爱这个人，可醒来后的现实永远提醒着我，这个男人不爱我、不属于我。痛彻心扉的感觉四面八方地涌来，对他的爱恋越深，就越无法忍受这样的自己。

出席活动，给品牌站台，走红毯，我的妆越来越浓，尝试的造型也更多。有浓艳的深红色，中性利落的黑白西装，在摄影师的镜头前，我是嚣张百变的女王，外人眼中的我曝光率飙升到极点，站在镁光中心，我闪耀到了极点，浓烈到了极点，全网的流量令我称王称霸。

时尚专栏写："你以为宋微只是皇后，没想到她还可以提着利剑、身披战甲告诉你，她是披荆斩棘的女皇；你以为宋微是高贵的湖中仙，没想到她还会宣告：你们都错了，老娘还可以做黑暗森林的邪恶女巫！即便被她亲吻后你要沉睡一万年，也挡不住这种夺人心魄的邪恶之美。"

不过也有人写："看她越艳得触目惊心，就越觉得惶恐。仿佛极盛过后，下一刻就迅速凋零。"

我的私人化妆师也有些捉摸不透："微姐，你这段时间妆面有点浓啊，是要给黄总不同的新鲜感吗？"他还不知道黄锦立和我的后续。

黄锦立最后那通电话，本该在娱乐圈掀起一个巨浪。我都可以想得出报纸上会怎么写，好一点是"黄锦立宋微订婚取消"，但通常会是"黄锦立甩宋微""宋微豪门梦破碎"，然后被八卦内幕，沦落成为所有人的笑柄。

但奇怪的是，这些新闻并没有出现，所以很多人不清楚我和黄锦立之间究竟算什么关系，只以为是先前那些订婚传言变得低调了而已。

"我不一向是时尚女魔头吗？"我对着化妆师笑，镜子里的自己艳丽得看不出一丝颓废。

但我不会承认我虚弱。

我被众人称赞的就是内心强大、无所不能。再痛苦我都可以露出无懈可击的笑容，我不会承认我会痛。若是连这些都没了，那我宋微还剩什么呢？我暗示自己，妆越浓丽，自己就越会不在乎。

谭寒送来新剧本，是一个颇有名望的导演的新电影，竟是关于影后林萱的。名人们跌宕起伏的一生本就是一部令人动容的伟大电影。想想这个导演的风格，还有林萱传奇般的人生，把她拍成文艺片的确是理所当然的事。

只是，不太想接。

林萱是国际影后，是传奇女性，我钦佩她的演技，唏嘘她的人生，但诠释大家心目中的神话，从来就不是一件讨好的事，何况黄锦立对她又是那样的……

"有一定难度。但对我们来说，是很好的机会。"谭寒冷静地分析，"工作室短平快，容易发挥我们的优势，更有主动权，不过也失去了很多大电影资源。电视剧只是赚热钱，大荧幕才是我们的咖位根本。"

谭寒依旧专业，为我打理工作，可那晚的事情还历历在目，一次两次的欺骗，让我们的关系再一次回到冰点。我对他说，我已经不信你了。你不配得到我的信任。爱走就走，要留就留，但我们从今往后，只有工作关系。

没想到，他竟留了下来。

我内心冷冷嘲笑，等待着他的下一次背叛。但他太内敛太深藏不露，他像没有任何感知，在工作室拼命工作着，仿佛把我的事业看得比他的人生还重要。捉摸不透。

谭寒点到而止，我明白他的意思。这位导演小众、独立，但口碑票房很不错，如果能上他的电影，对我这段时间在国内电影的空白，也是个很好地填补。我揉了揉额角："让我想想。"

谭寒"嗯"了一声，把剧本放在我的手边："我帮你按摩一下。"他微微前倾，我反射性地抬手阻挡："不用！"

这一出口，我们都有点惊讶。因为我的声音是如此充满着防御。谭寒身形僵硬了一下，低垂眼帘："那我先出去了。"

剧本刚看两天，品优娱乐传出消息，说林弦很有可能出演这部电影，理由是还有谁能比她更像林萱。不过导演想找最适合的女演员，专门邀请我们试镜。

"以前我最大的敌人是你，最作的是黎雪，但只有林弦是最令我讨厌的。"楼夕之在电话那头吐槽，她现在怀孕待产，"她像林萱？我都怀疑她是不是照着林萱整的！"

"宝宝想好取什么名字了吗？"我转移话题。

"你一定要去，让她知道什么叫演技。"楼夕之骄横地"哼"了一声，"我们这一行不是什么整容女都能混成影后的。"

"我挑了些宝宝的衣服，好可爱，你什么时候有空，我带过去看你。""别歪楼。"楼夕之沉声，替我分析，"如果黄锦立在背后加把劲，说不定这个角色真落到林弦手上，到时她就把林萱的名声用到了极致。"

我和黄锦立的事，除了谭寒，现在只有她和阿 Ken 清楚。告诉他们的时候，我的口吻很平静。阿 Ken 十分生气，恨不得要打死黄锦立，楼夕之连连冷笑，说他会知道自己失去了什么。他们替我打抱不平，要去找黄锦立算账，被我拦住了。我说，在感情里被抛弃的那方，才会对赢家死缠烂打，你们想让我连最后的姿态都不好看吗？爱是奋不顾身，但心也是会难过的。我只保留自己最后的尊严与体面。

我淡淡道："如果他要为她出力，那么随他。"

心痛得已经麻木了。我想我可以不在乎他了。

楼夕之在电话那头重重叹气。

林弦即将扮演林萱的消息传遍全网，好像除了她已找不到更合适的人选，而低调的林弦也终于在微博暗示："轮回。"

下面一堆水军庆祝："哇，女神要演影后了。""除了你，谁也无法演得出林萱的神韵。""女神人美演技也好，根本就是林萱转世！"

我望了一眼家里书柜上一排排的影碟、林萱的新闻与采访，以及其他资料，为了磨炼演技，我用心地研究过林萱演绎的每一部电影，每一个角色。这样一位伟大的女性，真的应该被林弦饰演吗？

林弦在试镜的地点看到我后，平静从容的神情蓦然一惊，这是她最失色的一次。我透过 Dior 墨镜，狐疑地看了看她。这个时候难道她不应该是很有信心吗？为什么跟见了鬼一样，难不成真以为感情受挫就能让我一蹶不振？

我漫不经心地打量了一下她，她躲了躲我的眼神，还挽了挽黄锦立的胳膊。我的目光往下移了些许，在两人相交的手臂处蜻蜓点水般点了点，而后露出一个惯有的笑容："你们也来了啊。"

这段时间烈火红唇已经成为我的标志之一。林弦在气场上被我压了下去。浮云在地上投下阴影，黄锦立也戴着墨镜，看不清他的眼神。倒是林弦见到他站着不动，像是反应过来，瞬间变回林萱模式："导演说我的气质比较像。"

她的确粉黛未施，看上去不食人间烟火，跟我的超强气场有着天壤之别。我说："可惜不是本尊。"

林弦露出一抹受伤的神色，轻轻说："我没整容，虽然很多人不信，但冥冥之中真的有命中注定。"她望向黄锦立，"就像锦立说，他第一眼就觉得我很熟悉。"

我道："你们高兴就好。"

我感到黄锦立的视线一直透过墨镜凝在我身上，但他从头到尾没有说一句话，那只被林弦挽着的胳膊不知什么时候已不露痕迹地抽了出来。

嘴角扯了扯，我打算离开。

林弦硬是要多说一句，她望向黄锦立，却对我说着："我很抱歉。其实是我们对不起你。"

我转回身，道。

"不，该说抱歉的是我。你们今天注定白跑一趟。这个角色你们拿不到——因为拿下这个角色的，会是我。"

导演让我们从剧本挑一段发挥，林弦挑的是林萱怀有身孕、对方却不承认那一场，黄锦立闻言，飞快抬头，神色复杂地看了她一下。

林弦开始试镜。她眼里蓄着泪，将落不落。因为工作人员的安排，我还是跟黄锦立坐在一起。

并不想看他。

这个男人在我心里已经死了。

他却频频透过墨镜看向我。

心烦。

那边林弦用手捂住小腹，这一场戏是，林萱站在荣光之巅，被众人嫉妒羡慕，然而只有她自己知道背后到底是什么。

"你是不是恨我？"黄锦立突然开口。

一时惊了，连林弦的台词都没听清，我强装着沉稳，手指却不由自主地捏紧剧本。他是什么意思？

"如果我说……"

他正要说些什么，那边林弦"啊"地惊呼了一声，下一刻她摔在地上，还滚了几圈，像剧本里那样顺着台阶滚了下来。她身体抽搐，断断续续地喊着："孩子……我的孩子……"眼泪顺着她的眼角落下，柔弱的身体奄奄一息，黄锦立狠狠一滞，嘴唇紧紧抿成了一条线。

导演笑着喊了一声："Cut，就到这儿，谢谢。真摔了，真敬业。"

林弦再次露出林萱式的浅笑。这段剧情虐身又虐心，即使她诠释的方法稍显张力不足，但那张相似的脸已足够让人产生怜惜，为之心疼。

她回到座位上，坐在黄锦立的旁边。

黄锦立再次一言不发，眉头蹙着，林弦道："让我欣赏一下微姐的演技吧。林萱是国际影后，微姐也是金柏奖影后，都值得我好好学习。"

闭了闭眼睛，再睁开，是一片淡淡的神情。收敛起坚毅、美艳的特质，脱掉人格，把宋微的特征全部丢掉。

从这一刻起，我是林萱，外冷内柔。我也有感情，有对一个人的感激，有命运对他不公的愤怒，有对这个人保护过自己，而自己只能眼睁睁看着对方被践踏天赋的不甘心。

　　我选的剧情是云修把最好的角色让给了好友，对方从此青云直上成了影帝，而他因对方的恶意打压，一部戏都接不到，快要生存不下去。怀孕、流产，这些固然令人怜惜，但我并不想让观众同情一个角色，我更愿意在观众面前展现一个角色的人格。

　　"您帮帮他吧。"像是要用自己的心来做证，我恳求着不存在的角色，仿佛对方就在我眼前。我的声音有一点点焦急，眼神透着一点点祈求，"他演技真的很好。"

　　这么有天赋的人却无法演戏，是多么悲哀的一件事，这个圈子不应该这样。哪怕一个角色也好，让他知道，只要他坚持还是有希望的。

　　终于，对方答应了她。

　　"太好了！太好了！"喜极而泣，泪水不断地滑下嘴角，一连快速地说了两遍，"谢谢您。"之前强撑着不流泪，是不愿对命运屈服，现在终于落泪，是对人间还有温情的感激。

　　目光渐渐不聚焦，透过回忆，看到那时被大佬强压着喝酒的自己，在场的男友不敢出手，对凉薄的人心绝望的自己，若不是因为杜云修，又怎么可能还在娱乐圈？若不是他，生命里还有什么，是自己还可以相信的？这个人对自己的意义，不仅是当初救了自己这么简单，他还是一道光。

　　眉头微蹙，浅浅露出一个笑，手按在胸口处。我脸上的神情，又淡然又缥缈，又怀念又有对命运的感谢。这才是林萱，不止高冷，而是很多细腻，甚至相互矛盾的微小感情，所有这些构成一个完整的她，才使得她的演技看似极简，实则细致深长。

　　全场非常安静。

　　我看向导演，笑了笑。只不过这一次，宋微的笑意回到我的脸上。

　　导演久久才回过神来，还徘徊在刚才的场景里，恍惚着，他露出一丝怅然，那是对林萱的怀念，他缓缓地摇了摇头。

　　"要不是你主动出戏，我差点以为林萱回来了。"

　　我柔和地看他。

　　导演再次深深看了我一眼。

　　林弦好像已经知道自己要输掉这个角色了，她看了看我，同林萱如出一辙的

123

脸上却透出一种微妙的胜利感。工作人员让林弦过去导演那儿。她离开座位后，我才拧开矿泉水，慢慢喝了一口。

"你该不会又动用什么关系，直接内定吧。"

黄锦立一愣，意识到我联想到以前他把我的角色给林弦的事。

"没有。"

轻微点了点头，算是表示了解。

"你演得很好。"这次是黄锦立先开口，"已经不输给林萱了。"

没有说话，默默含了一口水在口腔。

以前想被他承认，而现在，我已不想与他讨论，我是否输给另外一名女性。"你一定会成为非常耀眼的国际影后。"

为什么现在被他祝福，我的内心却升起一丝无处发泄的愤怒？是因为我被抛弃了很可怜，所以才被"宽容"地承认演技，才被"肯定"吗？

"噢，你觉得你的认可对我来说很重要？没有你的这句话，我就当不上国际影后？"

我平静地，压抑着心火道。

"微微，我……"墨镜后的他眉心颤动，似乎有千言万语，最后却化成一句，"我只希望你过得好。"

一口吞掉矿泉水，微微仰头。

"一次又一次被你弄得痛苦不堪，而现在你告诉我，你只是希望我过得好？黄锦立，你做得可真够好。"

黄锦立脸上浮现出激烈争斗的神情，他的眼睛里狠狠挣扎着什么。

心又开始隐隐作痛。

"你跟她的那些……"而我竟然还想给彼此一个解释的机会，"只是误会对不对？我相信你。"

手指触摸着他熟悉的脸颊，闻着他身上熟悉的男性气息，曾经那么靠近，真正分手后，才明白什么叫思念噬骨。快被你逼疯了，快被我自己逼疯了，你知不知道？

黄锦立抬起手，指尖有些发颤，他犹豫着，最终抚上了我的脸。他摩挲着我的手指，他捧起我的脸。时间一秒一秒过去，他的眼神却越来越苦涩，最后他轻轻道。

"不，是……你想多了。"

心再次被摔得粉碎。

唯一支撑自己的自尊心被摔得粉碎。爱情里即使是输家姿态也要好看，我终是放下了最后的尊严，却换来一身的狼狈不堪。

　　林弦轻盈地回来了，她看了眼几乎摇摇欲坠的我，似乎知道一切，又似乎什么都不知道。

　　林弦看着我的眼，浅笑："恭喜，我觉得这个角色微微姐应该十拿九稳，她的演技优秀，我自叹不如。

　　"而且，上辈子我只在意事业，作为女人我觉得很遗憾。"她牵过黄锦立，幸福地凝视他，"这辈子我只想好好爱一个人。

　　"一个女人如果得不到心中所爱，会抱憾终身。"

　　我麻木地听着。

　　"噢，是吗？那恭喜你们……命中注定，天生一对。"

　　我望向黄锦立。他的墨镜阻挡着我们相互之间的视线，但我用眼神无声地告诉他。

　　好，是我输。

　　不属于我的，我不会再要。

　　我承认你们缘定三生，我才是那个多余的人，你们现在可以放心了吧。

　　去车库的路不过几分钟，却像走了漫长的半个世纪。随时都可能一头栽倒。谭寒一把搀住全身无力的我，惊慌失措："你脸色怎么这么差？"

　　无意识地看着谭寒焦急的模样，我摸了摸我的脸，我以为自己已经装得足够平静了。想露出一个笑，却发现这次即使用上最高超的演技，也真的办不到了。

　　谭寒，我想忘尽这个人。

　　一个月后，林萱的角色归我，这在大家的意料之中。只不过随着角色公布，另外一条消息立马踩过它的热度，蹿升为热搜第一名："黄锦立林弦疑似交往，两人异常亲密。"

　　比起大众关心的林萱扮演者，全网更兴奋我、黄锦立、林弦的恋情关系。当时没有爆出来的事，现在终于来了。

　　"黄锦立的女朋友不是你吗？难道你们已经分手了？"

　　"是不是连订婚也取消了？"

　　"你们为什么会分手？是感情不和，还是其他……"

　　网上纷纷出现这样的舆论："宋微被黄锦立甩了。"

　　"拿到角色又怎么样，还不是感情失败。"

"男人喜欢的，最终还是清纯的女神。"

已经无所谓了。

站得越高，跌下来的时候，要承受的，自然有奚落与嘲笑。

但我不在乎。我经历过了很多次，不在乎多一次。

我还有我的事业，还有其他人拿不走的实力。

我对自己说，宋微，我允许你伤心一阵子，但你要知道，你并不是因为他人的肯定而存在于这个世界。

所有娱乐热点都成了黄锦立与林弦。我获得电影女主的消息已丝毫不见踪影了。林弦没有拿到角色，却成为比我还成功，风头完全盖过我的女星。

是的，有什么成绩比在恋情上打败一个女人更值得骄傲？

记者追问："黄总，请问你和林弦是什么关系？你们在一起了吗？"

黄锦立并没有回答。

"你和宋微分手了吗？林弦是第三者吗？她插足了你和宋微吗？"

新闻发布会上，黄锦立终于开口："不，跟林小姐没有关系。我和宋微小姐是……和平分手。"

和平分手。

看着直播的我，在手机这端笑了。

谭寒担忧地看着我。刚想回一个"我不在意"的表情，一阵反胃感突然冲出。我赶忙跑到洗手间，想吐却什么都吐不出来，直到十多分钟之后，才稍微平复了一些。

拧开水龙头，用水拍了拍脸，反思着是不是吃了什么食物，但看镜子里苍白而瘦削的自己，一个炸雷般的想法划过脑海。

不会吧……

镜子里的人，震惊而慌张地睁大眼睛。

第八章

告别

谭寒看着我，从我出来后，他一直沉思，不知在想什么。谭寒眼眸闪了闪，开口："没事吧？"透着担心。

"没事，能有什么事。"

试图不动声色地瞒过他，手却不自觉抚上平坦的腹部。

媒体疯传黄锦立与林弦的新恋情，而我则被说成"最失败的女人""豪门梦破碎"。

我卸载了微博。

我知道我现在的方向，我现在必须做好的事——演好电影，揣摩人物才是此刻最重要的事。

那些爱恨我不想管，也不要了。

这阵子我埋头研究剧本，不适感却越来越频繁。多希望那只是错觉，然而算了算时间，也的确两个多月了。

又一次深夜，背着台词的我冲到洗手间，呕到眼眶发红、憔悴不堪。我终于颤抖着看了看验孕棒的结果。抱着膝盖，生平第一次手足无措，恐慌不安，我竟已经是一个母亲了。我肚子里有一个小生命了。

公寓电视的光一闪一闪，屏幕上黄锦立林弦牵手同框。这是女人生命中最重要的事，许多人都是怀着爱意，欣喜期待这个消息，我却是在这种情况。

我抱紧肚子。

一旦我怀孕的消息传出，会造成什么后果？黄锦立会觉得我真是"一个聪明的女人"吗？会说他爱的是林弦，不能给我名分，但冷笑着说，他可以出赡养费，问我想要多少，还是更想要资源？

然后我宋微就成了这样的女人。

所有人将不再记得我拍过的电影，我演过的代表作，大众只记得这场绯闻闹剧之下，我未婚生子，豪门梦破碎。

我给我的影迷们留下的将不再是荣耀，不再是一个女性的自我实现，而是不堪入目的卑微背影。

还有以后，只要我在这圈子一天，黄锦立、林弦在这圈子一天，我的孩子就会终生成为八卦旋涡的中心，被人议论着、被有色眼光打量着、被狗仔盯着，不断询问感受……

我连给宝宝提供一个可以健康长大的环境都做不到。

一想到未来的这种场景，就揪心万分。

再者电影开拍在即，我的身体只要出现一点点问题，说不定就会立刻换演员，更说不定还会让林弦补上，到时我连这场电影角色都没有了……

什么都没有。

不，不能让这些发生。

我看向腹部，还不算明显。一个新生命孕育在这里，可它带来的，不是幸福，而是苦涩，不是相爱的结晶，而是朝夕不保的痛苦。一个连父亲都不会期待的孩子，是不是不应该来到这个世界？眼泪一次又一次冲刷着我的眼眶，我像死过一次那般难受。

很多夜晚，我被孕吐弄得精疲力竭，痛苦不堪，然而到了白天，我还是那个演技精湛的宋微，不露任何破绽。

我、谭寒、导演谈完角色，电影几天后开拍。我斟酌了一下，道："可以两周后吗？我还想再更好地进入一下角色。"

导演脸上划过一抹迟疑。

"不用两周，十天就好。"我装作尴尬地解释，"最近媒体盯得紧，造成了一定的困扰。不过剧本里林萱那时也被媒体围剿，说不定我会产生新的感悟。"

导演露出一抹了然，显然也知道我们三人的新闻，他反而温和地安慰起我来：

"女艺人在演艺圈总是遭受更多。你不要放在心上。"

"嗯。"我笑笑，喝了口水压下反胃感。

倒是一旁的谭寒，不着痕迹地看了我的腹部一眼。

回来路上，还是被记者们堵到了。

"宋微，黄锦立和林弦在一起，你伤心吗？有什么话想说？"

"你们本来快要订婚了，是什么原因闹翻的？"

"是不是黄锦立跟外界传言一样，是个渣男？"

"如果这次反而是黄锦立跟林弦在一起了，你会不会送上祝福……"

身体越疲惫，我越强打起十二分精神。

"好了，大家请手下留情。"我半开玩笑，"我的角色已经拿到。不需要用这件事帮我炒热话题。"

有些记者摇头笑。

怀着前任的孩子，回答他跟现任的问题真的很讽刺，但我并不想露出崩溃虚弱的姿态，博取大众同情。

我继续道。

"大家都写了我这么久新闻。我什么性格，你们比我家人还清楚。如果他们、他们在一起，我会送上祝福，祝他们幸福。"

只是没想到，最后还是打结了一下。

做出回应后，记者们才肯放我们走。还没开拍，精神、体力却好像快被拖垮了。肚子里的孩子好像在吸食我的生命力。我交代谭寒："这十天我不会接电话。会在家好好揣摩角色。一切开机见。"

谭寒目不转睛地盯着我，我不自觉地有些慌张，手指再次不由自主抚上腹部。

"你是不是要去引产？"

脸上的血色"唰"一下消失，他什么时候知道的？

"你以为两周就能恢复？两周后就能强撑身体在片场开工？微微，你就这么不爱惜自己？"他指责着我，目露心疼。

"你、你在说什么？"我慌张地掩饰，语速飞快，"虽然我跟黄锦立是分手了，这段时间身体也是有点不舒服，但随随便便这样臆测，谭寒，是我平时对你太宽容了吗？"

谭寒进一步逼近，逼我和他的眼睛对视。

"需要你说我才知道吗？

"我一直凝视着你的身影，跟你凝视着他的一样多。

"一直以来，看到有他的商业消息你会情不自禁微笑，看到他跟别的女人在一起，你会表现得格外风轻云淡。

"这段时间你经常不舒服，看到有宝宝的图片，就会面露不忍。以你的演技，试镜之前就早已严谨筹备过，还需要额外多花时间去揣摩？

"看着我的眼睛，告诉我，这两周如果不是去引产，是什么？"

他逻辑清晰，一步一步拆穿我的谎言。

已经那么努力去掩藏了，为什么一个两个都来逼我？逼我承认被甩，逼我送上祝福，逼我说祝他们幸福。

伪装被戳破，再也无法遮掩。

我只想一个人在暗处舔伤，为什么非要让我把伤口撕给你们看？淌血的感觉是不是不痛？

"恭喜你，全部猜对了。你高兴了，你得意了吧？"泪水溢出眼眶，我无处藏身，"不去引产，你来告诉我应该怎么办啊？

"是要我当着林弦的面，苦苦哀求，还是用孩子去要挟黄锦立，说，你看，我怀了你的孩子，你不娶我我就全网哭诉你是渣男？"

流着泪，自嘲地说出一切。

心痛如刀绞。

"看我狼狈不堪，你们是不是很得意？是不是一定要我承认自己很失败，你们就很开心？

"为什么……连最后一点尊严都不能留给我？"

已经撑了很久，撑得很累了。

只想回到自己黑暗却安全的洞穴。

谁都不要看我。

谭寒眼里溢满了心痛，他一把搂住虚弱得摇摇欲坠的我，痛苦地说："他不喜欢你，可我爱你啊。

"微微，让我保护你。我不会让任何人再伤害你，我绝不会让你伤心。"

震惊不已。

跟谭寒对视的眼神都慌乱了。

"你知道你在说什么吗？！"我凌乱了，"我不需要这种方式的安慰，我不需要你的同情。"

"这不是安慰。"越用力挣脱，谭寒把我搂得越紧，他深深凝视着我，"听好，微微，这不是我的安慰。

"对你，我自始至终，只有一种感情，那就是爱。"

谭寒的手扶住我的肩膀，低头看我，像要把我看进心里。

"可是……"

下意识摇着头，我拒绝着。

这不对，这样做是不对的……

现在的我根本没法好好思考这些事。令人精疲力竭的爱情，我不想再靠近。爱太沉重，也太痛苦。而跟另外一个我不爱他的男性结婚，让他做孩子的爸爸，这，我也没办法接受。对他也非常不公平。我不能欺骗他。

"你不需要现在就接受，我只是把我的感情告诉你。"

谭寒似乎清楚我的想法，一字一句地说着。

"你可以要强，可以不服输。可是微微，我还是心疼你。

"我还是告诉你，你可以依靠我。"

我几乎快忘记，谭寒也是一个让很多女人倾心不已的男人。被这样真诚地表白，说没有一点感动那是骗人的。

如果从一开始，喜欢的人就是谭寒该多好，那样就不会伤心至此。

"答应我，不要引产好吗？"他向我要着承诺，"这对你的身体非常不好。"

我没有说一句话。

不想这么脆弱，可是也想偶尔这么依靠一次，只是一次。

离电影开机只剩十天，尽管谭寒一再向我求婚，让我嫁给他，不要伤害身体，所有的事情他来解决，我依旧犹豫不决。

倒数第十天，我坐立不安；倒数第九天，反胃感不断涌上；第八天，脑海里闪现一个酷似黄锦立的孩子，仰着小脸问爸爸为什么不要我？

没多少时间了，到时真大着肚子被媒体追问孩子父亲是谁，我该怎么回复？

低头抚摸着腹部，它是无辜的，没有丝毫抵抗力，却从一开始就要承受这些。然而，我又怎么能让一个软绵绵的孩子，面对这个世界的恶意。

对不起，是妈妈不好，是妈妈让你来到这个世界，却又无法保护你，你的妈妈是全世界最不好的母亲。

曾经幻想，要给我将来的宝宝买粉红色的小衣服，买最好看的婴儿床。如果是小男孩，会偷偷给他扎揪揪扮成小女孩拍照，等他长大了再拿给他看，看他小脸臭臭的样子，到时全家乱笑一通，他的小脸颊会气鼓鼓的，然后爸爸就会把他抱在膝盖上，我会亲吻他的脸，爸爸妈妈都很爱你。

对不起，对不起……

泪水蒙眬了眼前的世界，我拿起帽子、墨镜，套了件灰色风衣就要出门。门一开，谭寒竟伫立在外面，不知几天几夜了。

他叹着气："你还是担心你无法给孩子一个健康的成长环境，是吗？"

谭寒竟猜中我的想法。

"别拦我。"我避开他的视线，径自走往电梯。

"微微。"

谭寒拉住我，我甩开他的手。

"连你都想得到以后会是什么样，那为什么还要让它发生？"我没有看他，狠心道，"既然无法给它一个健康成长的环境，不如从一开始、一开始就扼制这个错误。"

谭寒还是牢牢抓住我。

"放手，这事跟你无关。"

我再次命令。

谭寒的眼神却非常坚定，他执着道。

"嫁给我。

"嫁给我，微微。让我来照顾你。虽然我不够富有，但我一定会爱你和孩子，保护你和孩子。"

"我的情况你不是不知道，谭寒，真的不用你做到这个地步。"

"我是认真的。"

谭寒的眼神理智而沉着。

"很久以前就想对你说这句话，现在只是不断说出来而已。"

他把我的手放到他的胸前，刚碰到他的胸口，那是心脏的部位，我的指尖就被烫到般缩了一下。

谭寒道："这里，已经爱着你很久了。它一直在等一个女主人。

"我们结婚，给宝宝一个家。你不用担心会影响电影，电影里林萱有个阶段也怀着孩子。只要部署一下，刚好可以安排在同一时段。不要打掉它，你不是想给它一个家，让它健康成长吗？你真的愿意伤害自己的身体，看着一条小生命死去？"

我捂住嘴，哽咽着。

"这对你不公平。

"你本可以娶一个全心全意的女人。"

谭寒凝视着我，把我慢慢地圈在怀里："微微，你就是我此生最爱的女人。"他沉稳的气息像一个令人安心的避风港。

电影《林萱》举行发布仪式，同时爆出的还有林弦跟黄锦立疑似订婚的消息。发布会上，记者问的问题几乎跟电影无关了。

"宋微，林弦和黄锦立据说要订婚了，你有什么要说的吗？"

"你觉得他们合适吗？"

"林弦跟林萱长得这么像，结果角色却不是她，你有什么想法……"

这是我主演电影的开机仪式，却被问着黄锦立与他人订婚的感受。他们是不是忘了我是最专业的演员。

"谢谢大家的关心，我们还是把注意力放回电影上吧。"

我刚说完。

"请允许我插一句。"谭寒从侧边跨出，他沉稳地扫视了记者们一圈。我疑惑地抬眸。

"身为宋微小姐的工作室总监、经纪人，我非常感谢大家前来参加这部电影的开机仪式。"

谭寒一顿。

麦克风划出一道刺耳的声音，却因为刺耳反显得他接下来要说的一番话异常重要。

"现在，请允许我以另外一个身份，向大家宣布一个消息。"

他弯起一个镇定的笑容，后退一步，单膝跪在了我面前。

我心一跳。

"虽然稍稍有点遗憾。"谭寒抬头看我，目光柔情，仿佛一个动情的男人最开心却羞涩的模样，"本来我希望开机仪式结束后，正式告诉大家的，但是没关系了……"

所有记者不断按着快门。

我脸上显露出有些惊喜的不敢置信，好像自己与谭寒之间的关系一直很亲密。

谭寒仰头看我，从西服口袋里掏出一个天鹅绒小方盒，在场人再傻也知道里面装的是什么。

"微微，从见到你的那一刻，我的心就不由自主被你吸引。现在这份深深的吸引变成深深的爱。我再也无法掩藏我的心意，你愿意嫁给我吗？跟我一起有个家吗？"

跟黄锦立的那些记忆在我眼前飞快回闪。他打赌让我挑战自己，他为我向封景争取机会，他学着做"绿巨人"果汁，他为我吹头发，他说我做的巧克力很好吃，他说让我不要离开他，他说只剩余温的爱是否还有再次燃起的可能……

媒体骚动起来。

我脸上带着最幸福的笑，只有指尖微不可见地颤抖着。

我要忘掉那个人。

我要好好照顾宝宝，从这一刻起，我会努力爱上谭寒，真心爱他。

终于，我如同所有被求婚的女人，轻盈而幸福地伸出手，让谭寒把订婚戒指套在了我的手指上。我眼神流露出比任何时候都感动都幸福的光芒。

黄锦立，我会忘掉你。

订婚戒在阳光下闪着银光。

记者们惊叹着、震惊着，拍个不停："宋微真的订婚了？"

"宋微跟她工作室总监订婚了，还跟黄锦立林弦是同一天，真的不是故意的？"

"可是人家订婚戒都选好了，说是巧合，那也太巧了吧。"

脸上是从容大方的笑容，我要维护谭寒的尊严，肚子里孩子的未来，我不可以任性胡来。

那个时候的黄锦立，为了让我戴上他的戒指，想了那么多法子。那晚的黄锦立在我拒绝时，像大男孩一样委屈，在我点头后，眼里露出欣喜的光芒。他说，如果我不喜欢戒指的款式，我们可以一起去挑。而现在，再也不用了。你的戒指，我会丢掉。

戒指的光刺得我眼睛有点痛。一滴泪水划过脸颊。

有记者眼尖："宋微，你哭了？"

谭寒立刻替我解围。

"之前没有告诉过她，我今天会求婚。说实话，连我都有点拿不住会发生什么。"谭寒与我十指交叉，把我们的手举起来，对着镜头，"我的求婚成功了。而且我们的戒指刚刚好。"

我眼睛含着泪水，回应着谭寒。

"这是幸福的泪。

"能与你相遇，能与你有个家，我感到很幸福。

"谭寒，谢谢你，还有，我也……爱你。"

后来电视回放上，我们交握的手、我手指上的钻戒被特写镜头放得满屏。粉色礼花从天飘下，落在谭寒和我的肩上。他低头看着我，眼睛与嘴角幸福而温柔。

他曾说，他凝视着我的背影，跟我凝视黄锦立的一样多。现在再也不会了。不想辜负你对我的爱，我想回报你的爱。我在心里说，我们会在一起。我们眼中会看到同样的风景。阳光一缕一缕漏下，如圣光，清风轻轻推着浮云。

待在家中，喝着谭寒煲的汤，听着谭寒买的胎教音乐，翻着谭寒整理好的怀孕注意事项，偶尔有点发呆地看着手上的银色指环。我和谭寒订婚了，我们是这样的关系了。

门快被敲破，保安一脸慌张："宋小姐，抱歉，对方、对方……"

黄锦立双眼通红，盛满了愤怒而沉重的火焰。

"你要跟谭寒订婚？！"黄锦立突兀地笑了一下，"砰"地将保安关在门外。

关门声几乎使我心惊肉跳。

下意识后退了半步，我用手护住肚子，肚子里的宝宝让我坚定下来，我淡淡地说："不是要，是我们已经订婚了。"

我将手升在半空中，展露戒指，我让他正视我已订婚的事实。黄锦立眼皮如被针扎，猛地一颤，好像这样就能不承认。

"他为我挑的这枚戒指我很喜欢。以后我们会过得很幸福。"我缓缓说着。

黄锦立脸上痛苦而纠结，带着想要毁灭一切的气息。

我冷淡地与他保持距离。

只不过一个戒指，你就如此反应。那怀着孩子的我，可想而知，当时用了多大力气，在众多等着看好戏的人面前，笑着接受回应你和林弦的恋情，送上对你们的祝福。

"我跟林弦之间不是你想的那样！"

"你已准备和林弦订婚了。"

"当初你说，你和谭寒不是我想的那样！"

"是你祝福我和谭寒在一起。"

黄锦立目光逼人，他一口咬定："你爱的是我！你的心在我这里！"

"哈哈，"我扬扬头，眼眶发烫，"黄锦立，你真可笑，居然把自己跟谭寒相提并论。"

我像是被击中痛处的幼兽。

"你父亲这辈子都不会对一个女人专情，而继承了同样基因的你，又怎么可能知道什么是爱？而我，又怎么可能爱上一个不懂爱不会爱的人。

"你说说看，你哪点值得我爱。

"哪点让你如此自信，是你的公司，你的财富，你的社会地位吗？除此之外，你告诉我，女人还爱你什么？"

黄锦立身形一震，不由自主后退了一步。他嘴唇颤抖，想开口，却吐不出一个字。

我凝视着他。

是啊，我的这颗心曾为你炽热，为你跳动，而你用最残忍的方法让它熄灭，让它千疮百孔。

愿赌服输。

所以这一次，让我先把你从心底剜走。

"我不可能爱上你。"

黄锦立摇着头，无声反驳着，然而面对我决绝的语气，他的脸上透出动摇。

我太了解黄锦立了。

他很聪明，很有魅力，对任何事都运筹帷幄。他唯一不确定的，就是他人对自己的真心。

不给黄锦立任何喘息的机会。

"不故意引起你的注意，就不能成全我的事业。哪个围着你转的女人打的不是这个主意？我也不例外。虽然最终没有成功，但我也算受益匪浅，所以还是谢谢你，黄锦立。"

抹去任何爱过你的痕迹，说着滔天的谎话，否定一切对你的期待与感情。如果谎言说一千遍就能成真，那我愿意说一万遍。

黄锦立钳住我的肩膀，神情激烈。

"你拒绝所有潜规则，拼命提升演技，难道不就是为了堂堂正正让我看你一眼？你为什么要否认过去的自己？为什么要否认那些？"

这些话让我重新回忆起过往的快乐与坚持。我的视线有些恍惚，曾经的我认为，你的尊重是比世间所有名利更重要的事。

但是我推开他。

"你的一眼，能跟几千万的代言费相比？能跟影后宝座相比？"我抬起眼皮，语气轻佻。

"当然，舍不着孩子，套不着狼。"

垂了垂眼，我似笑非笑，手抚上小腹："我演技这么精湛，做戏不做全套，你又怎么可能会当真？"

黄锦立神情惨烈："我不相信！"

我不为所动。

"抱歉，我爱的就是谭寒。这部电影拍完，我们就会结婚。"

"够了！谭寒谭寒，你只知道谭寒！"黄锦立大手一挥，愤怒地吼道，"我不想从你口中听到任何男人的名字！我不会允许你跟别的男人结婚！"激烈而悲伤的气息在空气中流动着，黄锦立痛苦得快要号叫，把我逼到墙角牢牢禁锢着我。

"就算、就算……"黄锦立痛苦而艰难地开口，"你爱的不是我。就算你只是想利用我……

"如果你想要名利，那我给你更好的资源，如果你想要地位，那我给你更好的角色。只要是你想要的，我全部给你！

"但是，你不要跟他结婚，好不好？谭寒他给不了你这些。"

我震惊了。

黄锦立英俊非凡、年轻有为，最注重底线，现在却撕裂着自己的原则，连他过往最痛恨的，被女人利用他出名都可以接受。

他怎么回事？

可是我们之间已经不可能了。

胸口深深起伏，我艰难地别过眼："不可能。"

整个空间瞬间炸了，浓浓的痛苦转成扭曲的爱恨交织，黄锦立近乎狂怒地质问我："说到底，你就是要跟着他是不是？"

"是！"

"你宁愿一而再再而三地原谅谭寒，却从头到尾都没真正爱过我，是不是？！"

"是！"

一连两个"是"让黄锦立如同一头愤怒的、红了眼的狮子。黄锦立恨得咬牙切齿："宋微，你好狠的心，你再说'是'试试！"

我迎着他通红的双眼。

"怎么？玩不起这种感情游戏？你一个堂堂娱乐公司大老板，还会在乎这些？"

"对！我就是在乎这些。"声音低得快要听不见，"我就是在乎……你。"

时间仿若静止了。

过了很久很久，我听到自己说。

"可我……一点都不在乎你。"

"砰"的一声，我下意识闭上眼睛。

凌厉的拳风擦耳而过，有那么一刻，我深知，只要是男人一定受不了这种羞辱，我接受这种结果。我只想快刀斩乱麻，对我和他都好。再牵扯下去，肚子里的秘密就遮不住了，到时我们彼此还会痛苦，谭寒和其他人也会被我们伤害。

"好！很好！"黄锦立仰头大笑，我没有事，只是墙壁上留下了可怖的血迹。黄锦立的手皮开肉绽，不断有血往下淌。

我心痛到不行。

我以为他会打我，然而他只打向墙，惩罚他自己。他最讨厌女人借他上位，现在却对我的一切照单全收。有那么一刻，我的心一阵刀绞。

黄锦立深深地看着我。

"微微，你就故意气我吧。你就故意在我面前不断说爱别的男人吧。但是，你别以为这样我就会放手。"

他走了，只有带血的印记留在了墙上。

外面腥风血雨，我对一切充耳不闻，只是不要命般的拍着电影。摄像机的镜头对着我的脸。

"你难道以为我们还会复合？"那是她的前任，看着大佬逼迫她陪酒，却只是别开脸去。

"不可能了。"

她跟那个男人背道相驰。擦肩而过的一刹那，对方身上熟悉的味道令她的眼角不由自主地颤动起来。这个男人带给过她那么多的欢乐，也埋葬了她对爱情的所有向往。

"我知道是我不好，可我绝不是故意的。我承认，我也会怕，我表现得不像个男人，但是林萱，求你给我一次机会，再遇到这种事我一定保护你……"

对方痛哭流涕，挽回着，做着许诺。

她却仿佛没有听到。

裙子在夜风中飘荡，她朝着漆黑的路口走去，一步一步，盛满眼眶的泪水终于滚落下来。她问自己，尝遍所有爱恨，眼泪依旧是烫的，为什么心却结了冰？

电影拍到半程，卡隆国际电影节邀请我出席。这是最高殿堂级别电影节，只是摸了摸肚子，已快四个月了。报纸上有消息说我发胖了，谭寒为我解释，说剧组需要拍摄林萱怀孕的戏，所以才在体型上做相应调整。

谭寒像个最尽职最可靠的丈夫，为我准备营养餐，为我按摩浮肿的小腿，牵着我的手慢慢散步，甚至还会为了缓解我的心情，读一些冷笑话给我听。起先我是那么不适应，觉得他都不像他了。我认识的谭寒，只是工作能力很强，沉稳可靠，为人沉默寡言的男人。

谭寒什么也没说，背地里买了一大堆孕妇须知的书，不停做着笔记，写着要注意的事项。看到家里冰箱上，他的手机提醒上，都是这些，很感动又觉得很对不起他。

谭寒为我整理行李，因为身体不方便，这次一切从简，只收拾了四个箱子。首饰因为担心遗失，决定直接在卡隆本地选择赞助商的品牌。本来谭寒是最应该陪我一起去的人，然而嫁入豪门的黎雪过得非常不快乐，家暴自残的消息不断，在医院里嚷着要见谭寒，不见就割腕自杀。

一开始谭寒并不想理会，但他的养父母求到跟前。接通黎雪的电话，黎雪发疯地咒骂着谭寒："都是你害的！凭什么我这么痛苦！每天看着他劈腿，玩弄别的小明星，她们居然敢骂我过气骂我丑，你们却开开心心。"

我听着这些，背后发凉，曾经说话娇滴滴的黎雪，如今又尖锐又疯狂。谭寒终是拂不过养父母的恩情，让助理务必好好照顾我。临走前，他握着我的手，眼底有些温柔有些青涩："等你回来，我们就正式在一起好吗？"

卡隆，这座百年历史的海滨城市散发着它的优雅与古典，咸咸的海风是情人的手拂过发丝，港湾停泊着白色游轮，白色船杆在透明的阳光下闪闪发光。

我和助理、造型师等人下了飞机，住进预定好的酒店。时值国际电影节，所有酒店爆满，也不知道谭寒是怎么订到的豪华套房。我们住得很舒服。服务员送来一束沾着露水的白玫瑰，竟有谭寒亲笔写的纸条："To 微微，你是最美的女神。祝卡隆之旅愉快顺利。"我的脸上不自觉带上了笑容。

心情变好。行李整顿好后，我来到卡隆一家古老的珠宝店。这家店的历史跟卡隆一样悠久，过去只有贵族才可以享有他家的珠宝。我跟店主认识，关系非常不错，一进门就受到他的热烈欢迎，英俊的店主亲吻了一下我的手背："Hi, Vivi！"

凌影也在，这次凌影担任品牌代言人，也会走红毯，陆瑜全程陪伴。见到我后，她一脸欣喜，我拥抱了一下她，微笑起来。

我们一边聊，一边为彼此试着珠宝。

门口风铃响了起来，这个世界上我最不愿见到的两个人出现了。我准备立刻就走。"噢，我刚来你就要走，就这么害怕我？"但在黄锦立咄咄逼人的眼神下，我硬生生地停住脚步，内心的傲气让我维持着自然站立的姿势。

我准备随便挑一套，然后保持着冷静的姿态离开，然而，当我指向一串蓝色宝石项链时，林弦立即跟我指向了同样的珠宝："我想试试这个。"

古董珠宝通常只有一件，偶尔的确会发生这种抢手的情况，店主愣了愣，随即笑道："这是宋微小姐先挑中的，抱歉。"

"Frank，她俩明明是同时选中的。"一旁的黄锦立却笑着开口，"我觉得这条项链，配……"他的目光在我和林弦脸上来回转动了几圈，最后视线定格在了林弦身上，"还是更配她。"

我目不斜视，凌影看了看我，又看了看黄锦立，似乎对这种做法颇有微词。

"既然这样，那我就让给这位小姐。"我淡淡道，收回目光，重新挑了一枚戒指，"请把这个给我看看。"

"我也想试这个。"林弦再次开口。

"抱歉小姐，你不能总抢别人的东西。"Frank略微有些生气。

"Frank，你太严肃了，她不是只想试戴一下而已吗？"黄锦立眼神挑衅地看着我，纵容着林弦的所作所为，"我现在就把那款戒指买了。"

凌影不敢置信地看着黄锦立，我依旧微扬下巴，不去看他们两人。

"黄锦立你怎么能这么做？"凌影为我打抱不平，她身旁的陆瑜也看不下去了："闹够了没，为难一个女人有什么意思？"

"我乐意，怎么样？"黄锦立嘴硬。

"既然你这么喜欢林弦……"陆瑜眼睛里闪动着一抹光，突然冷笑道，"那就干脆当着我们的面，给林弦戴上这枚戒指，对她承诺，你会爱她一生一世。"

"陆瑜你在说什么啊？"凌影惊叫了起来。

"我想怎么做，不用你管！我想爱谁就爱谁。"黄锦立也"唰"地怒视陆瑜，两人互相较着劲。整个珠宝店的气氛僵滞，漂亮的宝石失去了它们的色泽，披上了一层黯然的悲伤。黄锦立强制性地让我与他对视，他的目光里是只有我们才懂的讯息。

放弃谭寒，跟我在一起。

不可能。

再给你一次机会，跟我在一起！

不可能！

谭寒为我做到这种地步，我怎么可能不考虑他的感受，让他难堪？

黄锦立的眼神变得又愤怒又绝望，终于，一秒，两秒……安静的店里响起黄锦立的声音。

"好！宋微，这是你逼我的！"他一把抢过戒指，看也不看，就要往林弦手上戴，一直冷静若仙的林弦承受不住黄锦立突如其来的粗暴，惨叫："啊，你弄痛我了。"

黄锦立听也不听，继续粗暴地套着她的手指。

所有人别开脸，已经看不下去。他将林弦戴着戒指的手扯到我眼前："看到没，宋微，你不是想要这枚戒指吗？它永远都不会戴在你手上。"

"是，"我看着他的眼睛，重复着他的话，"它永远都不会戴在我手上。"接下来，是不是要在我面前对她说，你会爱她一生一世？

一滴泪悄然滚落。

黄锦立陡然一滞，整个人都僵住了。

"黄锦立你还是不是人？"凌影哽咽着，不顾陆瑜的阻拦，朝黄锦立吼道，"当年公司女艺人纷纷被挖走，是谁坚定地站在你身边？当年你跟陆瑜联手暗中运作国外项目，又是谁为你顶住压力？她被那么多人抨击污蔑，还白白浪费了自己最宝贵的电影机会。到底是谁一次又一次负她，把本属于她的好莱坞角色让给别人？黄锦立，你太让人心寒了。"

我眼睛噙着泪水，淡淡地笑，安抚凌影。

"没关系，我们，两清了。"

黄锦立猛地把林弦的手一扔，像是猛地意识到自己做了什么事。他眼神颤动，对我欲言又止。他低低地喊着我的名字，微微。而我只是淡漠地转过身，挺拔着背脊，忍受着腹部的阵痛，一步一步走出这家店。

那些曾经为你做过的事，我没有后悔，但我再也不想我们的人生有任何交集。

全球最瞩目的国际电影节上，各国一线女星佩戴着昂贵珠宝，那些炫目的光芒射向每一台黑色摄影机，而我，除了一对简约的耳坠外，什么都没有。因为昨晚的关系，我来不及选珠宝首饰。

黄锦立的视线在我身上扫了一圈后，怔一怔，随即流露出无比悔恨的神色。他身边的林弦戴着价值连城的钻石项链，配着白色长裙，仙女一样。

吹拂了几百年的海风，托着我波浪般的长发，我双手轻轻提起浅紫色抹胸长裙，柔软的轻纱顺着裙面拖地散开。赞叹声，尖叫声，充满着喜爱的崇拜声，形成巨大的海浪。

我朝那些叫喊着我名字的人挥着手。海风飞扬，云层快速掠过，我站在高处，向着众人微微一笑，浅紫色纱裙仿若古希腊神祇飞舞。

黄锦立把曾经给予过我的一切都收走了，什么也没有留下。可至少，我还有这颗高傲的、不认输的心。

黄锦立找到我，对我道歉："微微，我、我太混账。昨天我……"

我含着笑，眼神温柔："知道为什么我一点都不生气吗？"

我十分清晰地知道自己将要做什么。我牵过黄锦立的手，抚摸上我的腹部。他好像预感到了什么，我第一次在他脸上看到恐惧。

他应该预感到了。

我逼近他，贴紧他，很柔情地笑。

"你不需要道歉。因为我已经有了新的开始。这是我跟谭寒的孩子，请你不要再来打扰我们的人生。"

"不——"黄锦立像个陡然间失去一切的人。

回国之后，凌影的风光，我的从容，以及黄锦立的颓废被媒体记者拍到。过了不久，黄锦立林弦订婚的消息再次传出，媒体还做了一份"细数黄锦立绯闻女友"的报道，说我和其他女星只是千帆过尽，林弦和他才是天生一对。

林弦的知名度再一次提升，品优一姐的头衔稳当当，但我已经不在意这些了。任何时候媒体问我态度，我都直接送上祝福："天生一对，命中注定，一生一世，早生贵子。"

"我去，林弦能跟宋微比？林弦有过什么作品吗？传得神乎其神，一部都还没见上映！"

"林弦这种女人除了会跟黄锦立谈恋爱，还会什么？"

"长着那样一张脸都没有被导演叫去拍《林萱》，你们家主子演技厉害，怎么主角不是她啊？"

大家怒气冲天，喷完报道后，又跑到林弦微博下狂喷，娱乐圈其他人叫道："宋微粉跟林弦粉掐起来了！天啦，宋微粉好凶残，把林弦喷得关闭评论、退出微博了。"

林弦的粉丝被掐得招架不住，最后反击只有一个方向："对待感情，林弦比宋微认真多了。"

这句话被别有用心的人弄成各大网站头条。一时之间，全网的人都想看我会怎么反应，但我很少发微博，直到一个影视大V号爆出我和谭寒牵手散步的偷拍。

微博写着："宋微素颜，戴着口罩，似乎已有身孕。途中宋微似乎有点吃力，谭寒主动脱下外套，铺在树下石凳上。宋微坐下休息了一会儿，谭寒蹲下，把手放在她的肚子上，宋微一直微笑看他。"

"怀孕？"

"天，不会是真的吧？！"

"宋微要结婚了？不过之前谭寒也的确向宋微求过婚。"

随着愈演愈烈的关注，我依旧没有接受任何采访，只是转发了这则爆料。配了天使宝宝与合掌的表情。

"宋微怀孕！"

"宋微即将成为人母！"

"宋微：谭寒是我的幸福。"

这下不再是两边粉丝互掐，整个娱乐圈都疯狂关注了起来。这个承认让大V的爆料迅速荣登话题榜第一，平台服务器都卡顿了。

"天啊，我的手机什么都刷不出来。竟一片空白。"

"平台卡了，程序员小哥哥被紧急叫过去加班。"

"不敢相信。"

"真的要结婚了？总觉得很不可思议。"

"祝福，也是不容易……"

影视大V："我的阅读数竟达到了几十亿。呆若木鸡。宋微流量太强大了。"

"林弦比宋微对待感情更认真"的话题已没有了意义，已经没有人再在意它。而林弦自从被掐退微博后，很长时间没有新消息。

我没怎么关注，偶然想到才去看了看。的确连黄锦立的公司微博也好久没有她的新消息。似乎林弦的一切活动都停止了。

兴许黄锦立已准备和她结婚也说不定。

我想了想。

那日在卡隆得知我怀有谭寒的孩子后，黄锦立痛心欲绝的神情再一次浮现在我的脑海。

谭寒细心照顾着我，他削苹果给我吃，还削成了小兔子形状，我们仿佛世间最正常最幸福的家庭。我想，这样安稳的温情，已经很好很好了。

电视娱乐报道一闪，竟出现黄锦立的影像。我微微一怔，谭寒立刻想要关掉电视，还是晚了一步。

"我跟林弦小姐没有任何关系。林弦小姐是我公司旗下一名敬业的女演员，之前的绯闻，到近期的订婚，只是传言而已。特再次郑重申明。希望大家以后多多关注她的演艺事业。"

没有任何关系?

之前的绯闻,到近期的订婚,只是传言而已?

当所有人眼睛是瞎的吗?

我再次诧异,已经完全搞不懂他在想什么了。

摄影师给了黄锦立眼睛一个特写,我几乎觉得他快透过屏幕看到我的眼底。我的心直跳。黄锦立的嘴角微微沉了一下,像一抹巨大的悲哀。

"啪"的一声,电视插头直接被谭寒拔掉了。

面无表情的谭寒在我前方走了两步,环顾四周想找水果,兜兜转转了一圈,最后发觉水果就在他手上。

他看了看我,眼睛里闪过痛苦。他半跪在我面前,用额头抵着我的手。沉默了好半晌,才抬起头。

他很想显露平静,然而声音仍在打战。

"是不是……你就要回到他身边?毕竟他才是孩子的……"

伸手止住他即将说出的那几个字。

"不会。"

"可他都做到了这一步。"

谭寒肩膀的线条很紧绷,像在防御一个强敌,却知道自己根本斗不过对方。

我轻轻抹去他眉心的紧张。

"卡隆那天,我亲口跟他说清楚了:我不会再跟他有任何瓜葛,要跟我结婚的是你。"

谭寒猛地抬头,眼底竟有水光在闪烁。他像听到全世界最好的消息,竟激动地把我横抱而起。

"微微,你让我成了全世界最幸福的男人。"

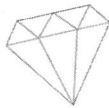

第九章

挽留

黄锦立找我，我直接换了手机号；黄锦立在片场久等，我直接躲进保姆车；黄锦立来工作室堵我，我从 VIP 通道直接走掉；黄锦立来我的公寓，我直接换了栋私人别墅，换了业界最有名的保安公司。

　　尽管如此，有天晚上的敲击声还是把我惊醒了。

　　外面瓢泼大雨，黄锦立被淋得浑身透湿，巨大的雨珠从他头发上、鼻梁上拼命滑落。

　　"开、门。"他的眼睛在黑夜里触目惊心。也只有在这样的大雨夜，保安才会出现一丝漏洞。

　　树叶被雨水无情冲刷，我搂紧单薄的真丝睡袍，门一开，暴雨携着风势袭来，睡袍马上就湿了一片。

　　"这是在玩苦肉计？"

　　假装不齿。

　　"如果这样能够挽回你。"黄锦立冷冰冰道，雨水在他脚下湿成一团，打湿了地板，不知道他到底淋了多久。

　　"几次三番骚扰我，私闯住宅，我希望这是最后一次。"我严厉地说，"以你社会名流的身份，想必很清楚后果，下次我会向法院直接申请禁令。"

生铁一样的手抓过我的手，雨水的寒气从他身上侵袭到我的心底，我立刻打了一个寒战，然而他的眼神比这些还要寒冷、还要疯狂。

"为什么？我都宣布跟林弦没有关系了，为什么你还是不肯回到我身边？"黄锦立像一个想破脑袋都找不到答案的人，他疯狂地质问我，"那晚你去跟谭寒见面，又骗我，我很生气，想到你们还接过吻，我就火大，喝了很多酒。第二天醒来，林弦、林弦……在我床上。父亲说是林弦扶我回来的，整晚照顾我，我应该对她负责，不要让她遭遇林萱那样的宿命。我想找你！但林弦当时情况很差，每天都要住院治疗，后来、后来她说她有了我的孩子。"

我差点站不稳。

林弦有了黄锦立的孩子……

但那晚和他在一起的不是我吗？

"后来她说她流产了。可我还是取消了订婚。在电视上公布我和她没有关系，我知道我很渣，我对不起她，我认了！但我不爱她！"

我愣住，望向黄锦立。

前一夜照顾黄锦立的是我，为什么林弦第二天早上在那儿？就连当时那些照片，现在想来也很可疑，尤其是，黄老先生为什么要做伪证？简直像两人联手的连环套。

事情的真相渐渐清晰。

"你希望我心里不再有林萱的影子，不要再跟林弦有任何关系，我做！就算你有谭寒的孩子，也没有关系，我会当他是亲生的。公司、股份、地位、角色，还有这颗心，只要你开口，我都可以马上送到你手上。但是……你能不能不要再说两不相欠，不要说不想再与我有任何交集……"

湿漉漉的黑发搭在额前，他眼中闪动着痛苦和一闪而过的脆弱。长长的睫毛像是濡湿的凤尾叶。他离我很近很近，近到可以看见他瞳仁中的自己。我几乎快被他呵出的悲伤冲到无法站稳。

要是、要是更早些听到这些真心话，该有多好啊……

黄锦立。

我看着他，指尖发颤，想要抚摸他憔悴不堪的面容，但下一刻，又立即把手藏在身后。不想让他察觉。

现在的境况已经不可能了。

谭寒当着那么多人的面向我求婚，外界都以为我怀的是谭寒的孩子，如果悔婚，外界会怎么看待谭寒，会把他置于何种处境？就算他不怪我，而我又如何能不为谭寒考虑？这个陪我度过最无助最惶恐时期的男人。我不能对不起他。

垂眸，撒谎。

"可我对你已经没有感情了，黄锦立。"

"不可能！微微，我知道你爱我。我知道我错了很多。"他的神情更加慌乱，急匆匆掏出一枚钻戒，"这枚结婚戒指是我自己设计的。我很早就想把它戴在你的手上。"

的确非常精美。

无数瑰丽的细钻拼成"V"，那是我的名字，只看一眼就感到了设计者的爱与深情。那些付出的感情并没有白费，那些夜晚的难受与眼泪渐渐离开。

外面的暴雨变成沙沙细雨。

"黄锦立，你仔细想想，其实我们不一定适合彼此。"终于，我看着他的眼睛，平静地说，"我们总让对方伤心，难过。你说得对，我不敢坦诚自己对你的感情。害怕你知道我爱你后，被你嘲笑，令自己失去骄傲，失去最后的防线、最后的尊严。尊严对我很重要。"

不想当一个死皮赖脸，失去尊严的女性。

"而你，也不曾真的信任我。

"林弦和你之间，我已经知道是怎么回事了。但你是否想过，为什么发生那样的事，你从未想过与我商量，让我们共同承担？而是把我推给谭寒，说我和他很配，祝我们幸福……

"也许，我们都没有学会如何好好地爱一个人。就算没有林弦，也会有别的事情，来打垮我们。"

我哀伤但平和地凝视着他。

林弦的"孩子"只是用来拖延黄锦立的借口，怕被拆穿就说流产了。但横跨在我和黄锦立之间的恰恰是我们自己。是我和他之间没有足够的信任、足够的沟通。是我们自己的爱情观还不够成熟，还不懂如何真正地爱对方。这才是其他人打垮我们感情的根源。真正的破坏从来都是从内部开始发生的，外部只是诱因。

黄锦立沉默了很久，他的脸上出现深深的悲恸，眼里一片水光。细雨和着月光，有些淡，有些凉。

"可是……"

良久的停顿之后，他抬起眸，艰涩地开口。

"我还是很爱你。

"就算我还不知道如何正确地爱一个人，但我还是很爱你。我还是……根本就不想放手！

"是不是不懂得正确爱你的我，有感情缺陷的我，就不配爱你了？"

"你不要这样……"

手再次抚上肚子，黄锦立强烈的气息令我无法招架。可太多太多现实原因横在了我们之间。

艰难地别开眼。

"但我不可以没有你。"

空气静止，闪电划过，触目惊心。

黄锦立突兀地一笑，冰冷刺骨。他强横逼迫我与他对视，修长的手指抬起我的下巴："宋微，我曾想为你努力做回好人。我不信任人，不信爱。为了你，我一而再再而三打破我的原则，但你告诉我，我不懂如何正确地爱一个人。"

他仰头，像来自地狱，自嘲大笑。

眼眸再次直视我。

"或许你说得对，但现在，我不会再放过你。

"宋微，你做好准备。"

冰凉的雨水气息从他的手指传了过来。剔透的黑眸在深夜中危险得发亮。他从暴雨中来，又消失在暴雨之中。

新闻报道，黄锦立高烧不止，肺炎。品优娱乐不再由黄锦立坐镇，是陆瑜在打理。媒体报道说，黄锦立一度高烧到四十多度……

我关了电视。

谭寒停下手中的动作，黑眸看了看我。他正在搜索丈夫陪妻子去的临产体验中心。尽管怀孕才五个月，可能最近心情并不是很好的缘故，体重只增加了6斤，肚子怎么也不显大。

我勉强朝谭寒笑了笑："我没有在意他。"

谭寒看了我两秒，低眸，说"我信你"。

过了几天，我收到一封信，拆开，手竟立刻被割伤。血迅速蔓延，竟是满满一封锋利的刀片。谭寒赶紧把我送到医院包扎。

不久后，我去工作室，发现谭寒正让人处理一个大型玩偶。成为母亲后，我不舍得扔掉毛茸茸的玩偶，何况还是粉丝送我的礼物。刚抓过熊宝宝的一条腿，谭寒和工作人员齐齐变了脸色。

"干吗扔掉啊，不是挺可爱的……啊！"

熊宝宝"砰"地落地。它被开膛破肚。一只眼睛被扯出。

"怎么回事？"看到玩具的肚子被剖开，还有干涸血迹，我心里非常不好受，身体控制不住地哆嗦。

谭寒让工作人员赶紧丢掉。

"可能是一些黑粉、anti（反对者）干的。"他安慰我。"送来的东西，我们不要就是。"

这时泄露太多的恐慌只会让谭寒为我担心而已。

"是的，一个恶作剧罢了。"我连忙装作镇定，摸摸肚子，"瞧我大惊小怪的。"

谭寒在我身边增加了五个经验丰富的保镖。所有送过来的东西要经过层层检查。他没有告诉我到底检查出什么东西，但无意中听到被拦掉的东西不少，还很血腥。

不会有事的，我抱着肚子。

直播正在放黄锦立参加凌影新片的首映式。第一眼我几乎快认不出他来。大病之后，黄锦立瘦削很多，原本风流俊美的脸颊都没什么肉了。以往有他在的地方就闪烁着幽默与自信，现在却透着肃杀的寒气。

"林弦跟黄总未来有没有可能呢？"有记者八卦。

黄锦立不近人情："没有。"

"那黄总喜欢哪种类型的女性？长发，高冷，林萱那样的吗？"

黄锦立撇了记者一眼，记者缩了下脖子，不敢追问。

"宋微那样。"他却开口。

我顿时心惊肉跳，幸好谭寒不再旁边。

没看到这一幕。

黄锦立往镜头一扫，仿佛对准我的视线。

前排记者喧哗了起来，场面开始混乱，话筒纷纷被伸到黄锦立面前："宋微那样？"

"但、但宋微小姐和谭寒的孩子不是快要临盆了吗？"

"黄总对宋微的心意，宋微本人知道吗？不是已经和平分手了吗，难道准备再度复合？黄总、黄总再说一下……"

陆瑜长腿跨过，挡住记者，力挽狂澜。

他干笑着。

"我们黄总也是蛮拼的。为了这部电影，什么噱头都敢打，我也很感谢微微对凌影的照顾。以前当妹妹一样照顾指教，现在还继续为凌影拉票房，谢谢！谢谢！这么好的女人，不光凌影、黄锦立想娶她，全世界都想娶她。"

自从怀孕后，我有意降低曝光率，不过还是经常被时尚杂志邀约。我说我都有孩子了，他们说你的孕妇照也大受欢迎。我只是笑，不过成名之路没少过他们，于是让谭寒去跟他们协商。

谭寒谈好了拍摄时间，照常将果汁放在我面前，但手往后躲了一下。我皱皱眉，直觉有些不对劲，让他把手伸给我看。

"怎么回事？"

谭寒的手背上竟出现几道凶狠的抓痕，他目光闪躲了一下："一个比较激烈的粉丝弄得罢了。"

"对不起。"我立刻道歉，肯定是因为我的事。

对方的恶意都从伤口中渗透出来了。

我很内疚："我帮你上药吧。"

谭寒同时开口："宝宝出生后，我们就举行婚礼吧。"

啊？我完全没有料到。

谭寒似乎鼓起了全部的勇气，手不由自主地握紧了拳头，手背上的伤口显得更加狰狞。

"没关系，要是觉得太快了，一直这样也很好。"

他怕我勉强自己，连忙补充。

我垂了垂眸，内心激烈挣扎。

黄锦立的面庞不断在我脑海中闪过，或许我和谭寒结婚了，他就能认清现实，我们也就能淡忘曾经，彼此不再痛苦。

人总是要往前的。

"微微、微微……"谭寒轻轻摇着我。

他在等我的答复。眼眸又期待又不敢显露，又隐忍又怕听到答案。

我温柔地看向他："婚礼定在什么时间？"

"婚礼？微微，你、你是说……"饶是谭寒那么沉稳帅气，一瞬间也惊呆了，他的脸上先是震惊，接着是欣喜，最后是止也止不住的笑意，他再三确认道，"真的吗？真的吗？！"

"微微，你要成为我的妻子？"谭寒深情地看着我，声音竟有点哽咽，像从没想过这个可能。

他这幸福而激动的样子，令我眼眶也隐隐发热起来："是真的。谭寒，我想成为你的妻子。"

得到我的许诺后，谭寒简直开心坏了。每天意气风发，柔情满满，经常打交道的记者惊呼："遇到什么喜事？这么高兴。"谭寒口风还是很严，但私下给我看了一堆收集的资料：婚礼场地、请帖样式，挑得我眼花缭乱，他却还觉得不够。

谭寒修长的手指在 iPad 上滑动着图片，给我一一展示着，我躺在沙发上，只用懒懒地看着就行。

"我再搜集一些。"他嫌少。

"够了够了，这些半个月都看不完。"全世界的案例都快被他搞到了，4500颗施华洛世奇水晶做成的婚礼现场，幸福指数最高的国家不丹皇家婚礼仪式，还有打造成精灵王国仙境的婚礼现场，我被他这样谨慎而紧张的作风弄得想笑。

"我在，就是整个婚礼最重要的。有这点不就够了吗？"我打趣道。

"想起最初做你经纪人。"谭寒眼眸深情，嘴角轻扬，"你就是这种个性，自信、骄傲、让人又爱又恨。"

我也跟着陷入回忆。

那时虽然只是二线，却始终相信自己不会止步于此，自信得好像天不怕地不怕。我拧起谭寒的耳朵，从没对他使出这样亲昵又坏坏的小动作。

谭寒一愣，我却笑了。

"不光是以前，以后也是。要永远夸我最美，每天给我榨果汁，谁叫你榨的好喝呢。洗衣服做饭我是不会的，不过我品位好，可以给你挑好看的衣服，你的衣品我来承包……"

谭寒听着听着，闷闷笑出声。

"笑什么？记下来没，每天起来给我背三遍，以后这就是我们家的家训了。"我捶他。

谭寒脸上的幸福感遮也遮不住，声音夜风一样好听。

"遵命，我的老婆大人。"

半夜，谭寒走到床前，帮我掖了掖被角。半梦半醒之间，我还能感受到他投掷在我身上深深的视线。

谭寒以为我睡了。

他看了我一会儿，用手指轻轻摩挲着我的脸。

"微微，我时常在想，一个人怎么能这么爱另一个人？我有很多话想对你说，但只有你睡着了，我才说得出口。

"我从小是孤儿，看养父母一家很羡慕。我最大的心愿就是想有个家，可我不曾幻想得出会是什么样。遇到你之后，我时常在想，那一定是这样的。每天早上我给你煎鸡蛋，你只喜欢吃心形的，五分熟，等你有了小宝宝，你们会一起坐在木质长桌前，她会长得很像你，你们一大一小，睡眼蒙胧，双双打着哈欠。我给你一份吐司，给她一杯甜牛奶，你会说，可恶，为什么我需要保持身材，而她会把甜牛奶喝得满嘴都是可爱的泡沫。"

他想了一会儿，低低地笑，握住我的手。

"你很霸气，很酷炫，戏演得特别好。我只用在幕后支持你，帮你打理事务。你信心满满，在星空下拿下影后小金人，笑着说'这是我的实力'，你霸气得像女皇，开心单纯得像小女生。"

他透着笑意，随即，声音又有点怅然若失。

"从小到大，养父母不在意我穿什么，但成绩、事业一定要优秀，不能给他们丢脸。可你带我去了你最喜欢的时装店，一边对我说'这是你谁也不告诉的店'，一边把你觉得最适合我的领带在我身上不停比画。你说你以后会帮我选衣服，想到我日后的西服、衬衫、领带、鞋，都是你精心为我选的，微微，真的，我就觉得自己是世上最幸运的男人。"

谭寒好像看到了什么景象，每一个字都飘着幸福。

"微微，能够娶到你，我何德何能。能与你共组一个家，是我一生最大的运气。你圆了我所有的心愿。"

微微，微微。

他不断念着我的名字，情深几许，最猛烈的爱，或许是最难能可贵的，但细水长流的爱，一定是最永恒的。

杂志封面的拍摄日到了，谭寒开车载我到拍摄地点。他撑开遮阳伞，挡在我头上防紫外线。我戴着墨镜，用宽大的衣服遮挡我的肚子。

"我还是觉得我好胖。"低头看看自己的大肚子。

谭寒笑道："这不是胖，这是伟大。"

最近他笑的次数越来越多。

一个保安过来说车不能停这儿，谭寒重新停车，让我在这儿等他，我点点头。

秋日的阳光有些大，石子路地面一片白光。等孩子生下后，一定要赶紧恢复身材，我百无聊赖地等着，又拿起白色手包，挡住自己的脸，免得在人生最胖的阶段被粉丝们认出。

一抹瘦削的身影渐渐出现在秋日银杏叶中。高挑，却带着生人勿近的寒意，连那双标志性的桃花眼都冷酷了起来。谭寒从沉默寡言变成微笑幸福，而黄锦立从风趣幽默变得不近人情。

"怎么你的护花使者抛下你一个人？"他冷哼，往四周望了眼。

"他去停车了。"

黄锦立看了眼旁边的大厦："给杂志拍照？拍怀孕期营造幸福的形象？"口吻也有些嘲讽。

"我不想跟你吵。"

我往旁边挪了挪，准备换个地方。

"只不过祝贺罢了。你现在可是人生赢家啊。今年的金柏奖还有这么好运就好。"

什么意思？

微微蹙眉，我停顿了一下，思考后回应道。

"林萱这个角色我付出了很多心血。黄锦立，我相信你不会做无聊的事。就像我相信那些恶作剧也不是你的手笔。"

黄锦立微微一怔，眼神复杂。

"你就这么肯定？"

谭寒停好车，朝我走来。看到黄锦立站在我旁边，笑意从他脸上消退。我朝谭寒挥了挥手，谭寒很快恢复之前的心情。

突然。

"微微，小心！"他大惊失色。

我被人用力一带，被对方紧紧护在怀中。好像知道我有孕，对方不敢把我往别处推。与此同时，"砰"的一声！花盆摔得四分五裂，植物、褐色的土、厚重的瓦片全数落了满地。

谭寒赶了过来，脸色紧张到了极点。我抱住肚子，我受到的冲击力并不大，力量都集中到对方身上了。谭寒仔仔细细检查了我好几遍："有没有受伤？！微微，你有没有事？我去叫救护车！"

我在谭寒的搀扶下，重新站稳，依靠在他身上。回头发现黄锦立一动不动地盯着我和谭寒，看着我们相互依偎。眼神阴沉，但额头淌着血迹。

我惊呼："你流血了！"

血滴不断从他额角往下流淌，马上就汇聚成一条血线，明显伤得不轻。我意识到，黄锦立刚刚为了保护我被花盆砸中了，但他只是目光沉沉地盯着我，一个字都不说。明明受伤了，怎么能对伤势一点都不在意呢？

心骤然揪在了一起。

"谭寒，打120，他受伤了！"

黏稠的鲜血滴进黄锦立的眼睛里，他瞥了眼谭寒，蹦出两个字："不用。"

"不要逞强。谭寒，快帮忙打个电话！"他额头上伤势最重，脸上、手上的擦伤也不轻，"小心脑震荡有后遗症。"

"我说了不用！"黄锦立愤怒瞪我，用手一挥，"我说过，我不想从你嘴里听到别的男人的名字！"

他头一晕，明显晕眩了一下。我一颗心提得老高。他扶着太阳穴，身形都快不稳了。地面还残留着花盆的碎片，如果这些刚刚从高空坠落，砸到我头上，很可能现在一尸两命的就是我。

是黄锦立最后救了我。

谭寒拿着手机，但怔怔地一直没动。不知在想什么。我从他手上抢过手机，一边拨着120，一边扶住黄锦立，对他吼着。

"给我闭嘴。

"都什么时候了，还这么幼稚！其他东西再重要，也没有你的命重要。"

黄锦立被我训斥，黑眸燃着一抹火，想回嘴，被我一瞪，又憋回去了。

我和谭寒一直等到陆瑜和救护车过来才离开。回去的路上，谭寒在前座开着车，树影倒映在车窗上，不断后退。

谭寒像说服自己般，对我道："他救你，你担心，也是人之常情。你不用放在心上。"

我愣了愣。

惭愧地垂下眸，把手中紧握的手机放到一边。直到刚才，我都还在与陆瑜密切联系，不断确认黄锦立的伤势。担心的心情不受克制，占满了我全部的思绪。

对不起，谭寒，我不想让你不安。

这个圈子迎来了很多届金柏奖。外界传言这是我最后一次参加，今晚会得奖加冕，封后息影。很多媒体问我是不是这回事，我一概只微笑，但在我和谭寒的计划里是有这样的打算。

谭寒正在试西服，英俊的脸上透着喜悦的光芒。镜子里面的他，眼睛格外有神，充满着对未来的期盼。这是他心情最外露的一次。

我笑着帮他调整了下袖扣。摸了摸肚子，这几天睡得并不好，总觉得有什么事会发生。

阿 Ken 说,是我放不下演艺圈。他从国外打来电话,微微,要是你能放下这个圈子,你早就退了,没有人比你更适合这圈子。

是吗?好像的确是。

一看到精彩的影片、精彩的角色,就恨不得自己也去演一场,将人物角色淋漓尽致地演绎一遍。天生就有的激情一点就燃。

但是……

谭寒侧过脸,冲我一笑。他精心选好了的西服,衬得他神采奕奕,只是领结不是最适合的。

"换一个吧。"我提议。

谭寒的嘴角抿了抿,眼底闪着幸福流光:"这是你送的。我要戴着它。"

他的手机又在茶几上拼命振动。我们同时看了手机一眼。有次振动太多,竟生生把他手机电量耗光。有点不正常,但谭寒告诉我,因为在筹备婚礼,所以很多人在联系他,很多粉丝也在找他,让我不用在意。我想想,好像也在情理之中。谭寒拿起手机,厌恶的神色一闪而过,我有点狐疑。见我视线瞥过来,他跟我说出去接电话,我点点头。

我的手机最近也被人打爆了。那个人是黄锦立。

"你不会真的要退出演艺圈吧?你不是最爱演戏吗?

"你真的要为谭寒退出?你竟然愿意为他做到这步!

"微微,我的心里已经没有任何人,除了你。你走之后,我心口每晚都是空的。你好狠心。可为什么我还在想你……

"宋微,别以为我会想你。你这种女人,有什么好想的……我、我只是放不下,不甘心。别以为我昨晚说的就是真的,那是我喝酒了。告诉你宋微,退圈想都别想,别以为你可以跑到我看不见的地方。"

打开微信。

黄锦立刚刚发来的最后一条。

"如果封后之后,你就要退出,那么我绝对不会让这一刻来临——就算你从没爱过我,我也要你待在我看得见的地方。"

我熟练地朝媒体、粉丝们微笑挥手,走过星光熠熠的红毯。谭寒不在我身边。他途中有事,说随后就到。不过他说,他一定不会错过我的封后之路。他会牵着我的手,让我没有遗憾地离开这里。

放眼望去,镁光如海,我眼睛有点潮,在这一刻竟有点不舍。

以前觉得太过喧嚣,现在却是满满怀念。

记者们冲着我大声问："宋微，你真的要退出影坛了吗？"

"我还是很喜欢看你演的电视剧电影！"

"你在《当年明月在》演的杀舞陌，我到现在还记得……"

明明是很久远的事情了，然而听他们这样说时，又仿佛近在昨日。

鼻子一阵阵发酸。

那些曾是我在这条路上吃过的苦，流过的泪，满足的笑，曾以为这些心情只是我一个人的回忆，原来他们也被我饰演的角色感动过，因我演过的电影哭得撕心裂肺过。他们有看到我的蜕变，他们喜欢我的演技，他们爱我演的角色……

"宋微，不要离开好不好。"

"你走了，这个圈子就没有独一无二的宋微了。"

"宋微你不是女王吗？女王走了，你让她的臣民们怎么办……"

我脸上带笑，却步伐匆匆。

再听下去，我怕后悔，更怕自己反悔。

未来的生活会让人平静，安稳固然很好很好，可我知我的天性，我追求的并不只是这些。

人影一闪，黄锦立拽住我的手。根本不管我身上的华服，昂贵的珠宝，就将我拖到私人休息室。他压住我，下巴胡楂都没有剃干净，他眼睛带着残酷的、绝望的光，像快要燃到极点的炭。

"今晚你是不会得到影后的！"

我不由得往后退了一步："为什么？因为不喜欢我演的林萱？"

这次我第一次正面说出"林萱"两个字。我想也会是最后一次。

黄锦立果然别过眼，顿了顿，低声。

"你、你……当然还比不上她的演技。"

我把手放在肚子上，沉默了一下，深红色的晚礼服有些凸显："嗯，毕竟我不是她。"

以往我总是反驳，总是不想被黄锦立比较。但现在，我竟能平心静气地承认，同时也清楚地说出这个事实。

我的确不是她。

我虽不是她，但为了演好她，我也的确吃了很多苦。

伸手，摸了下他的脸，我平静地继续开口。

"黄锦立，我就要走了。

"你以后多多保重，要好好照顾自己，受伤了不要再逞强，会有人为你心痛的。"

顿了顿。

"有很多好女孩，她们并不贪图你的财富地位。"

原以为说出这种话，一定特别困难。

然而看着他如同笼中困兽，活活折磨自己，我也真的心疼了。也真的不想再掩饰自己的心疼。最后的离别之刻，我只愿他余生顺遂、幸福，被人所爱。

哪怕，那个人不是我。

黄锦立却更急了，他抓过我的手，黑眸焦急闪动。

"不要，不要对我说些。哪怕你骂我，恨我，都比说这些好。

"微微、微微……

"我刚刚是故意气你的，你的演技不比她差了。我是很欣赏她，但我也终于明白，那只是带着敬意与唏嘘的欣赏，而你，你无时无刻不牵扯着我的心，吸引着我的注意力。

"别走，微微，别离开这个圈子。"

我眼睛闪着泪，在这一刻，我们终于不再彼此伤害。

"谢谢你，谢谢你黄锦立，告诉我这些。

"爱过你，我没有后悔，我希望以后会有更好更好的人替我爱你。"

空气近乎停滞，黄锦立湿润的眼睛闪动着。

"可我不要其他人爱我，我只要你爱我，对我来说，你就是最好的那个人。

"所有人都比不上你。"

他后退了一步，却更紧紧地抓着我的裙子。

"别以为说几句好好保重，好好照顾自己，我就会祝你幸福。"

他悲伤而倔强地仰着脖颈。

湿漉漉的黑眼看着我。

"你以为我是那样的好人吗？以为这样就能好好告别？我告诉你宋微……根本不可能。"

我被黄锦立死死摁住，他手指越收越紧，指结发白，像一个受尽折磨在人间停留了三千年的幽魂，却因为一个残念不得超生。

他的脸搁在我肩上。有湿热液体打湿我的礼裙。

"我黄锦立要什么样的女人没有，你以为我不想风度翩翩，不想放你离去？可是只要一闭上眼睛，一想到你身边那个人不是我，心这里就像被挖空了一样，憎恨得想要毁灭全世界。"

黄锦立笑中带泪残酷地说着。

"你想一走了之，你想祝我幸福，可没有你，我根本得不到幸福。"

他摇着头。

"宋微，我不会让你走的。

"如果我说的话让你痛苦，我愿意封住我的唇。如果我做的事情让你难过，我愿意砍掉我的手。如果我整个人让你讨厌，我愿意变成透明的魂魄陪你左右。可如果……我的爱让你痛苦，我只能让你陪我一起痛苦。因为我无法收回我的爱，那是即使像我这样不懂爱的人，也想要给你的东西，想给你的全部。"

黄锦立将我搂紧，把我的手带到他的胸口。那里有一颗心脏强有力却悲伤地跳动着。我能感觉他的心。那样的一颗心，虽不完美，却将它所能给的一切都给了我。深红色礼服被沾湿变成更深的颜色。手袋中的手机再次疯狂振动着。

微微别离开我……

微微。

他像个脆弱的孩子，嗓音沙哑。我的眼泪顺着脸颊滑落，滴在黄锦立的脸上。

奖项一个一个颁发，大屏幕放映着提名影片的精彩片段，我眼前浮现的却是我跟黄锦立在一起的那些过往。

最初从我这里拿到林萱项链的他，看似漫不经心却变着法子帮我澄清不实消息；而后我跟楼夕之闹了矛盾，他把我推荐给了云修；试镜失败后，他调侃我，用打赌的方法激励我，让我鼓起勇气再次尝试；我拍戏落水，他舍身跳入冰河，并赌气问我为什么不去看他；楼夕之联手竞争公司对付他，挖走重要艺人，他碍于自尊，在最艰难的时刻也不愿向我开口……

雾气一次又一次地弥漫在我的眼眶，却一次又一次被我强压下来。就是这么别扭的人，就是有着这么多缺点，然而每对他多一分了解，对他的感情就更深一分。

这种爱不是因为他完美，不是因为他睿智果断，不是因为他迷人有魄力，那些天生的光环都不是他真正的样子。他就是恶劣、自大，他的一切缺点，才构建成了这样的他，就像断臂维纳斯之美，缺陷成全了他的举世无双，也因此对他的爱才更强烈、更深沉、更矛盾。

爱是扑向岩石摔得粉身碎骨的海浪，但也只有爱才能让浪潮归于平静缓和。我深呼吸了几下。

快颁到最佳女主角，主持人宣布着今年提名的女演员，我、凌影等五位女艺人。当念到"宋微"两个字时，周围明星纷纷向我投来善意的目光。

"祝福啊！"

"得奖了，微微要请我们吃饭。"

"宋微姐现在有人疼，事业爱情双美，好羡慕啊！"

我心绪有些不定，但依然微笑着接受他们的祝福。有摄影机扫过来，我朝镜头笑了笑。

主持人在台上介绍着，不知为什么，我突然一阵不安与焦急。目光再次转向身旁深红色座椅，上面贴了一张嘉宾名字"谭寒"，然而直到现在，这个位置还是空的。

谭寒怎么到现在还没出现？

会不会赶不上？

不，不会的。

谭寒答应过我。这世上最不可能食言的就是他了。

"下面，本届金柏奖最佳女主角就是……"急促揪心、充满悬念的倒计时响起。主流媒体都预测这届金柏奖的影后一定是我。评价我演绎的林萱可圈可点、细腻感人，是如同教科书一般精湛的演技。预测我将蝉联影后，风光退圈。"本届金柏奖最佳女主角就是、就是——"主持人朝着嘉宾席方向看来，已有三五个男女明星想向我道贺，"就是——凌影！"

"啊——"全场嘉宾哗然。

"居然不是宋微？"

"是我听错了吗？"

饶是大部分明星都见多识广，这一刻依旧反应很大。那几位欲恭喜我的明星，神情错愕至极，非常尴尬："抱歉！抱歉，我以为会是……毕竟宋微姐你这次演技这么好。"

就连凌影也越过重重人群向我看来，她的神情万分内疚，非常不安。

指尖颤抖了一阵。

毕竟为这部电影花费了很多心血，我对自己的演技也很有信心。大家惊讶、叹息、惋惜着，视线错综复杂地交织投射在我身上。

"听说是得罪了黄锦立？"

"莫非黄锦立爱的还是林弦，记恨宋微抢了她的角色？"

"品优娱乐还是照顾自家的艺人，肯定要帮凌影争啊，宋微只不过是他们的垫脚石……"

我扯出一个笑，安抚刚才想祝贺我的人。楼夕之那届，他给了我，这次算我还他。在逞强这方面，我从来不是输家，更不会让人看笑话。不过一场虚名，一场大梦。

手机不断振动，应该是谭寒打的吧。

在这个时候最可靠的也只有谭寒了，一想到他知道这个消息，必定比我还要失落，我甚至已经在想怎么宽慰他。失神间被左边的嘉宾不小心撞了一下。白色手机悄悄地滑落，弯腰去捡，肚子却卡住弯不下去。我伸张了手指，试了好几次都很困难。

一双长腿停在我面前，黄锦立身体一侧，修长的手指就把手机拿了起来。他帮我捡起手机，把手机还我，沉默着看了眼是谭寒的来电，对我说："接吧。"

中间耽误得有点久，谭寒已经挂断电话了。

我握着手机，突如其来便心绪不宁，有些慌……就像无意中失去了很宝贵的东西。

我想要避开黄锦立渴求的视线，给谭寒回电话。

"你不要退圈了，行不行？"黄锦立突然难忍地开口，黑暗中拉着我的手，顿了顿，"不要退圈。你以后还会有第三个、第四个影后。你的演技这么好，你应该一直演下去。"

我想起很久以前的那个晚上。我赤着脚，坐在羊毛地毯上，看他小时候的DVD影碟。小小的黄锦立强忍着泪水，小手拉着他爸爸："求你了，爸爸，不要离开我……"

我闭了闭眼，缓缓地，从他手掌中抽回自己的手，哀伤道。

"任何电影都有落幕，黄先生。"

我们相爱的时光如此短，伤害那么长，以至一点点幸福就要花很大代价。

现在，就让我们开始正式的告别。

黄锦立成了一座百年孤独的雕像，我没有去看他，一步一步离去。我知道他看着我，更不能回头。

外面风浓雾重。

浓浓的雾气像一层白纱披在我的肩头。想要逃离黄锦立悲哀的眼神，却撞上早已熟悉多年的闪光灯对着我猛烈闪烁，黑色话筒对着我。我一身深红色晚礼服在他们中间穿行。

"宋微小姐，没有拿到影后，你会不会觉得很遗憾？"

"没有遗憾。"

"是准备就这样退出影视圈，还是拿到桂冠再退出？对评审们将票投给凌影，你有什么想法……"

"我会退出。我和凌影合作过，她很有天赋，我祝福她。"

手机再次振动。

我接了，那端声音嘈杂，不断有人在喊着什么。我握着手机的手，也抖得越来越厉害，越来越听不懂对方的话语。

真奇怪，他们怎么会知道谭寒在哪里？

肯定是骗人的。

这一切肯定是骗人的。

泪水"哗"一下冲刷而下。

不可能……

不可能！

谭寒怎么可能会……

泪如泉涌，我眼眶通红，几乎快要崩溃。我越走越快，好像只要离开这个地方，刚刚听到的这个消息就是假的。好像只要离开这儿，今晚所有的一切都是假的。

"唉？宋微怎么突然哭了？"

"她怎么手机都不要了？"

"发生了什么……"

我跑了起来，人群中，记者们迷惑不已。

而我已无法思考丝毫……

好痛，好痛苦。

内心在嘶吼。

明明说过今晚会带我离开这儿，明明答应过我，明明很开心，明明……怎么可能？！

"宋微请你回答一下这个问题？"

"宋微你真的要就此退圈，跟谭寒结婚吗？"

依然有无数摄影师扛着器材，依然有无数黑洞洞的镜头对准了我。

雾气是悲伤的阴影，笼罩在我头顶。

刚刚电话里的男音分外清晰，不管我说几次他打错了，肯定不是我，他都不听，一遍又一遍重复着那个消息。

"骗子——"

我终于不能自已，重重摔倒在地，崩溃哭吼。手指死死地抓着地，抓到指骨发痛。眼泪将世界刷得一片模糊。

肚子上传来阵阵难忍的痛感。

长裙在暗中是一摊血。

我哭喊着。

"我才不相信你说的！谭寒怎么会死？谭寒怎么会死？！"

无数雪花从天空簌簌落下。深色的夜幕成了一个巨大坟场，我泪流满面，身体蜷缩，浑身冰凉，血液迅速流失。

无数人影像虚焦的镜头，奔涌过来，镁光闪动，冰冷的、残酷的。

谭寒不在了。

谭寒不在了……

意识开始涣散模糊，嘈杂声忽远忽近。

我感觉自己像在梦里又像在电影里。摇摇欲坠的夜，深红色的血，直到这一刻，我才明白，比绝望更深的是死亡。

"啊，这么多血！"

"宋微会不会死掉了？"

"天啊，她不会是流产了吧？好可怕，血越来越多……"

那样的谭寒，那样的笑，那样的沉默。

他挑着西服，他目光温柔地看我，他说戴那个领结，因为是我送他的。当时的我踮起脚，帮他系好，他说今晚一定会陪我走最后一次红毯。可是，说这话的你到哪儿去了？为什么你不守承诺了？你不是一直都想我答应你，跟你好好在一起吗？

我做到了！为什么你却做不到了？

谭寒。谭寒！

哭到眼睛都不是自己的了。

他们一定是在骗我对不对？你怎么可能会死，你还这么年轻？

你一定会过来接我的对不对？

我仿佛看到了谭寒，从远处一步一步走来，他沉默的脸上流淌着眷恋，我朝他伸出手……

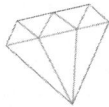

第十章

救赎

"宋微——"有人冲入人群，疯狂呼喊着我的名字，然而空气像失真一样，听不真切。他为什么要那么伤心，那么害怕？我努力收缩着瞳孔，下一秒又想放弃抵抗。谭寒已经过来接我了，其他人不重要了。

　　"微微你醒醒，坚持住。"

　　那人颤抖地扶起我的肩膀，在我耳边大喊，声音竟带着哽咽。好像我是个破碎的娃娃，稍微不小心就会随时消失。我靠在他怀里，虚弱地抬起眼皮，想看清到底是谁。男人红着眼眶，发狂了一样向四周大喊："救护车！救护车呢！"

　　我摸着他的脸，无意识地呢喃，想让他别伤心。

　　黄锦立把我的手放在他的脸颊上。我没有力气，手沾染着血迹，不断往下滑落。

　　黄锦立眉毛狠狠揪起，眼神都快要碎了。他心痛地、死死地握住我的手，脸上、衣服上，被擦得全是血。他眸中含着湿气："你不是一心想退圈吗？那就给我坚持住！坚持住……我放你退圈，放你和谭寒一起。"

　　黑色夜幕下，他黑色头颅低垂，整张脸痛苦不已。但强有力的手指一直稳稳抓着我的手。若是可以续命，毫不怀疑他会把命传给我。

"你不会有事的，一定不会有事。微微，我不会让你有事。

"救护车马上就要来了。"

我看不清他的脸。周围的人物、景色在我眼前，只是一块块模糊的色斑，一个都看不清楚，唯独朝我走来的谭寒那么清晰。

他朝我伸出手，眼中露出期待的神情。他等那么久，等得很久，他从没说过，但是我知道。我答应过他，所以我会做到。我想把手放入谭寒的掌心……

"嘀嘀嘀！嘀嘀嘀嘀——"电子仪器声凌乱响起，警报般充斥整个房间。"病人心律下降。"

"心律已经下降到最低值。"

"准备除颤！"

"给我醒过来！醒来，微微！"

白色制服的医护人员制止着那个男的。那人眼眶通红，像负隅顽抗的野兽，狂躁又悲伤地朝我吼道。

"谭寒已经去世了，宋微，难道你想让他的孩子也跟着你一起死吗？！"

难以想象，他到底是以什么心情说出这样的话……

"心律回升。"

"冷静一点，请冷静一点，你这样会刺激到病人的。"

有人哭了，很压抑，焦急而紊乱，呼吸急促带着痛苦。

破碎的声音仿佛近在耳边。

"宋微，我答应你，我真的答应你。

"只要你醒来，无论你想干什么，就算离开我身边，我也会同意。"

嘶哑的、隐忍的声音断断续续。

"之前我只想把你留在这个圈子里，哪怕你不在我身边。只要能远远看你一眼，我就能强迫自己忍受。

"但是现在，比起你活着，其他什么都不重要了。

"真的。"

朦胧的梦境之中，谭寒伤心欲绝地看着我。他的面容渐渐模糊，我想去拉他的手，却怎么也够不到，谭寒飞速后退，身影越变越淡。

不！不——

不要离开我，我哭喊着，泪流满面。

"只要你能活着，哪怕我此生再也见不到你……"黄锦立忍住泪，"我也愿意。"

"病人已有苏醒迹象。"

"心跳正常。"

"检查瞳孔。"

医生们围着我专业而细致地查看医疗仪器数据。在他们后面，是刚刚被制止在墙壁边，面容憔悴，满是胡楂的黄锦立。见我清醒后，他双手抱头，露出不敢置信又欣喜若狂的眼神，脸上还有未干的泪迹。

"我不想见到你。"

我流着泪对黄锦立说。

谭寒从我梦里彻底消失了，我辜负了谭寒，他一定很恨我。

黄锦立脸上，还没来得及褪去的欣喜变成了惨白，奔踏而出的脚步冻结在了空中。那一刻我好像听见了他的心掉在地上的声音。黄锦立嘴唇动了动，却发不出一丝声音，最终，他挤出一个难受又勉强的笑。

"没关系，只要你醒过来就好。"

灰蒙蒙的细雨淋得整个城市晦暗又萧索，树木显得异常沉默，无声肩负着沉重的哀悼。灰白色墓碑在灌木丛中若隐若现。这里经年肃穆压抑，这里是生与死的交界，这里凝聚着所有人的思念与眼泪。

空气中有种令人悲伤的凉意。我一身全黑，站在灰色墓前。黑白照片上，谭寒罕见地笑着，他眼神很温柔。只一眼，我的心就像被活活挖去了一块。

阿 Ken 为我撑着雨伞。黄锦立特地让他从美国飞回来陪我。清醒之后，黄锦立日夜照顾着我，原本想帮我安排谭寒的葬礼，听闻后，我那时疯了一样质问，你有什么资格？你有什么资格？如果不是你，我早就接到了谭寒的电话。如果不是你，说不定谭寒就不会死……

那时的我神志不清，只是无比痛恨自己、无比内疚。每到夜晚，内心的罪责感就越发加重。

输液管在剧烈的动作中被扯掉，我看着自己的红色血液立刻溅了一圈。溅射到墙上，触目惊心。心中却只有一个念头，为什么死的不是我？为什么我还没有死……

我对不起谭寒。

旁边电子仪器乱叫一通，黄锦立一边按铃喊医护人员，一边求我镇定下来，不要伤到自己，不要伤到孩子。他怕我情绪过于激动，甚至举起双手表示自己没有恶意……

最后他勉强笑了笑，说："那我叫阿 Ken 来陪你。答应我，就算是为了谭寒的孩子，你要好好对待自己的身体……"

直到如今，他都以为我怀的是谭寒的孩子。

那些病床上的日子，我已不想回想了。

我望了望天，眼泪从内眼角流下来。

雨珠顺着伞骨一滴滴滑落，透明的雨水从上方跌进草地、泥土。冰冷的空气钻进我的鼻息。

牧师在墓前祷告："他为人真诚，处处为人着想。他是我们永远的朋友，我们会永远怀念他。"

照片里，谭寒又用他那双黝黑的眼睛看着我。泪水蓄满了眼眶，我觉得自己十分对不起他。

他打了我那么多电话，我却一个没有接到。

你怪我吗？

怪我是应该的。你肯定不会原谅我了……

穿着黑色传教袍的牧师祷告完毕，他的脸上透着庄重与圣洁，仿佛悲天悯人的上帝化身。大家相互扶握住对方，一一上前把手中的花虔诚地放到墓前。花朵代表着我们对逝去之人的爱与怀念。

我脸上挂着泪水，手里拿着一枝白玫瑰，一步一步走上前。墓碑上的谭寒看着我，而我希望此刻的时光走得慢一点，慢到我依旧能记起他的气息。

突然，尖锐的女声划破雨帘。

"宋微，你有什么资格站在这里——"

白玫瑰花瓣被惊掉了一地，阿 Ken 一只手撑着黑色雨伞，一只手把我往身后带护住我。

大家纷纷惊诧地看向声源。如今的黎雪简直骨瘦如柴，她额头包着厚厚的白色纱布，渗着殷红血迹。脸颊、额头全是擦伤，有几道深褐色疤痕甚至很深。黎雪一拐一拐向我走来，唯独一双眼睛睁得大大的。满是癫狂、锐利的光芒。

墓园似乎因她的到来而寒冷了起来，我不由得护住肚子，往后拉开距离，警惕地看着她。

一阵风吹过，黎雪道："宋微，你为什么不去死？谭寒就是因为你才死的！"

瞳孔剧烈收缩。

这个指控几乎让我眼前一黑，愧疚感再次涌上。

阿 Ken 一改往日风格，冷声严肃道："黎雪，宋微对谭寒的感情天地可证。倒是你家，今天他的葬礼，我们几次邀请，你们拒而不来。现在一来就闹事，怀揣什么心思？"

黎雪和谭寒是一起发生车祸的，谭寒开的车，最后撞上了迎面而来的货车。谭寒当场死亡，黎雪身受重伤。谭寒养父母一直认为是他害得黎雪受伤毁容。他们起先并不想让我筹备谭寒的葬礼，阿 Ken 从中斡旋了很久，才同意交给我这个"未婚妻"。之后，无论我们怎么打电话，他们都表示拒绝参加谭寒的葬礼。

我当时道："黎雪是你们的子女，谭寒难道就不是？活着的黎雪还会继续在你们身边，而死掉的谭寒，你们后半辈子再也见不到他一眼。你们不想见他最后一面吗？你们不会心痛吗？不会难过再也见不到他吗？"然而回答我的，只有一串挂断后的忙音。

今天谭寒养父母没来，黎雪却来了。她逮着我的痛处，眼中含着讥笑："他当时给你打了几次电话你都不接，不是你害死他，是谁？！"

她要掐住我，我反手去挡。黎雪看上去瘦弱，力气却大得像被打了狂躁针的疯牛。阿 Ken 脸色大变，黑色雨伞往地上一丢，扯起黎雪的胳膊，把她往旁边扔。

黎雪摔在地上，很快被雨水淋了个透彻。她阴森森地抬起眼皮，精神病般笑起来。黑色雨水疯狂下落，整个墓园仿佛置身恐怖电影。她爬起来，泥水溅得她满脸，朝我笑："你以为谭寒爱的是你吗？

"别做梦了。他爱的是我。从前爱的是我，死的时候爱的也是我，自始至终爱的都是我！你以为他是怎么死的？他死到临头，发生车祸，依旧不忘保护我。"黎雪露出病态般不正常的陶醉，她眼神一偏，阴恻恻盯向我，"我才应该站在这里，我才应该是他的未婚妻，我才应该是影后！被你抢走的，我全部要抢回来……"

阿 Ken 挡在我身前，可那冰冷刺骨的眼神依旧冷飕飕地袭向我。我护住肚子，脚却踩在碎石上，不小心一崴。冷汗瞬间惊满背脊。下一刻却被稳稳扶住。不知何时，黄锦立已来到了墓园，他把我小心地交到阿 Ken 手上。

黄锦立冷眼看着黎雪。

黎雪往后缩了一下，眼里的光却不怀好意地闪了一下："怎么？你也要维护这个杀人凶手？"

"要么诚心哀悼，要么给我滚。

"谭寒对宋微的爱，任何一个长眼睛的人都看得到。这里是谭寒的葬礼，轮不到你大放厥词。"

黎雪被他堵得说不出话来。

过了好一会儿，她又幽幽地看着我："怀着谭寒的孩子，却依旧有男人为你说话。宋微，你命真好。但这也没用，你最爱的谭寒他只爱我。"

墓园的冷风吹来，树木轻轻摆动。灰色墓碑上谭寒的笑容一如既往，阿 Ken 有点担心地看着。

走到黎雪面前，她依旧恶意满满地瞥着我。

一扬手，"啪"地扇了她一记耳光。

黎雪被我打得一偏，她捧着脸，不可置信地看着我。

"这一耳光是为谭寒打的。你的命是谭寒用性命换回来的，你不懂知恩图报，却大闹他的葬礼。"

"啪"又一记耳光。

"这一记，是为我和谭寒两个人打的。谭寒爱不爱我，我自己清楚，请你不要玷污他的感情。"从前种种，看在她父母将谭寒养大的分上，我不追究，但是今天所有在谭寒葬礼上闹事的人，我不会容忍。

雨越下越大，整个墓园在一片浓郁雨雾之中。闪电劈过天空，"轰隆隆"的雷声跟随而至。

"哈哈哈哈——"黎雪仰头大笑，像是被雷声触动了神经，"宋微，你不是想知道谭寒到底怎么死的吗？不错，谭寒是我害死的。那些威胁信、刀片、砸你的花盆，都是我弄的。凭什么他们那样爱你，谭寒、黄锦立都爱你，不甘心我不甘心……"

疯狂的大雨里，黎雪脸上是胜利而歹毒的笑。

我痛心不已。

为谭寒痛心不已。

"他十几年如一日对你好，爱护你、保护你，为什么你要这样对他？"大雨打在我脸上、身上，密密麻麻地痛，我扯着黎雪的胳膊，把她压到谭寒墓碑前。

墓碑被雨水淋成深灰色，上面的谭寒目光清晰明亮。

"看着他的眼睛，给我看着他的眼睛。"我使出平生最大的力气，把她的脸摁向谭寒的照片。

黎雪头发凌乱，睁眼看到谭寒，像是受到极大的惊吓："放开我，放开我……我不要看，我不要看！啊——"

她闭眼凄厉地大叫。

他曾经那样保护你，视你如妹妹，视你如亲人，而你、你们一家是怎么待他的？

"那是他罪有应得！他死了活该！"

事到如今，竟然这样说。

"这件事不会就此了结！"我憋着发烫的复仇之泪，"我会查，黎雪，若真是你害死谭寒，我定要你抵命偿还。"

黎雪眼神躲躲闪闪，身体哆嗦着，尖叫着逃跑了。

全身力气消耗殆尽。

刚刚绷紧的神经如卸闸的洪水，黄锦立想一把扶住我，被我甩开，在谭寒面前只要跟黄锦立站在一起，我都觉得罪孽深重。我站到离墓碑最近的地方，用指尖抚摸着谭寒的照片。

"我不会再让她来打扰你。再也不会。"

其实，我也有罪，我也该死。

葬礼之后，我发烧咳嗽。那天的雨水、冷风、怒气还有愧疚，交织成明晃晃的火在我体内烧着。整座城市也进入雨水季，那是忏悔者罪恶的眼泪。

因怀着身孕的关系，很多药物不能服用，我强忍着一切，却不忘命令阿 Ken 动用我这些年所有的人脉财力，帮我调查那晚究竟发生了什么事。

阿 Ken 劝我先养病，我口头答应着，但心底时时记挂，彻夜难眠。半个月过去，依旧咳得双颊犯红。头由于剧烈咳嗽引发疼痛，有时整夜整夜睡不着。夜里只听到树枝不断摇晃的呼啸声，我时常躺在床上想，谭寒临死前听到的是不是同样的声音……

我睡在床上，眼泪无声从眼角滑下。最后与其说睡过去，不如说是昏沉过去。后来，常有人在深夜抚摸着我的头，拭去我的泪迹，为我祷告，说我和孩子都会平安。他的气息沉稳有力像海边的礁石，风浪雨雪皆可抵挡。微微，没事的，谭寒他希望你平安。那人一遍一遍在我耳边说着，一遍一遍拍抚着我的背，我会保护你。梦中的不安最后都会被一片温热抚平。

每日清晨都在恍惚中醒来，那人已先离去，但他的温暖还未散去。我多么希望是谭寒，然而我知道，那是我熟悉而不愿面对的气息。深夜匆匆而来，天亮就撤离的那人，我一直知道是谁。

娱乐圈仍然兵荒马乱，我的息影本应是个句号，然而余波阵阵。阿 Ken 说，宋微，你不在江湖，可江湖依旧有你的传说。他说微微，你才是真正被粉丝念念不忘。

我靠着白色窗台眺望远方，心思全然不在上面。阿 Ken 告诉我，黄锦立和陆瑜在处理金柏奖那晚的后续，他们把我维护得很好。他们告诉我的粉丝们，说宋微有情有义，爱恨分明，是当之无愧的影后。

我静静地看着阿Ken，就像在听一个旁人的事情。他嘴里说的那名女性，有着自己的骄傲、尊严、独特人格，可如今的我，虚弱无力，深度失眠夜，偷偷落泪。阿Ken口中说的那个人，是我吗？

一种釉质，表面光彩照人，内心却满是裂痕。现在的我就像它，哪天一碰，便会碎裂。

我听见自己的声音在空气中散开，说我不关心那些，我只想知道谭寒怎么死的，是不是黎雪害死的。多次询问阿Ken，可他只让我多多休养，说我操太多心，对肚子里的宝宝不好。

这些事他来处理，可我觉察到阿Ken在这件事上并不积极。有次半梦半醒间，透过百叶窗，甚至看到他竟跟黄锦立在密谈，两个人像是在等待什么。主治医师皱着眉心，捏着一份报告，门没合严实，模糊听到"孕妇""抑郁症""要避开"。

他们之间不是敌对关系吗？什么时候变得这么好？难道连阿Ken也不能信任了吗？

我没有拆穿，只是自己找了私人事务所。私家侦探每周会带来一个牛皮纸袋，有黎雪的偷拍照、近况资料。照片里的她伤口已愈合，背着丈夫跟人鬼混。

捏着照片的手指隐隐泛白，心痛得无法言喻。谭寒是为了你而死，活下来的你，却做着这样的事？

几张照片从纸袋滑落，抽出一看，是车祸现场照。不知对方从哪儿弄到的，其中一张是当晚车痕照。小雨把车痕清晰地保留了下来，原本笔直行使的轨迹，突然间变得极度扭曲。

肯定有问题。

我立刻打电话让他们再去查，不管开价多少。

阿Ken推开病房门，提着我借故支开他的鸡汤回来了，黄锦立跟在其后。我立刻把材料塞进白色被子里。

"微微，太子来看你了。"

阿Ken把黄锦立带来的百合花插了起来。我静静留意着他的每一个举动，原来两人之间的线索这么明显。

是我一直浑浑噩噩，什么都没注意到。

"医生说你要加强营养。妈妈身体好，宝宝才会健康。"黄锦立说了一堆关于孕妇如何照顾自己的知识。

我听得心烦，想到以前的画面，谭寒给我说这些，谭寒去体验生产中心，谭寒为我煨汤……

"再怎么健康，孩子也与你没有任何关系。"

口不择言。

阿 Ken 眼睛瞪大，黄锦立身影一滞，顿了两秒，才找回先前的表情。他太会装了，仿佛没有听到我这句话，反而维持着耐心，将盛着新榨果汁的玻璃杯递给我。

手颤抖了一下。

果汁"啪"地被打翻在地。

阿 Ken 忙问："怎么了？"黄锦立用背挡住他的视线："没事，我手滑了。"

越是这样，我的负罪感就越重。

在阿 Ken 面前，我尚能保持心情稳定，可一见到黄锦立，他的每一样都像一根引线，"轰"地引出我情绪最差的一面。

无力承担这种罪恶感。

我不知道该怪我自己，还是该怪黄锦立，虽然我知道黄锦立是无辜的，可我还是朝他吼，丝毫不顾他的心意。

"那些是谭寒为我做的，从来不是你。你以为你能替代谭寒吗？"

谁来救救我……

其实真的不想这样说话，不想这么暴躁抑郁……

黄锦立眼帘飞快垂落，那一刻，我甚至无法去看他受伤的样子。过了好一会儿，黄锦立语气故作轻松。

"是我不好，你别气了。"

从前高高在上的他，现在连一点台阶都不给自己留，被我说得体无完肤也不反驳一声。

"是我的错，你生气是应该的。

"你先喝汤，我回公司，有什么事叫我。"

他的身影消失在了病房门口，而我连一声"再见"都吝啬说。

外面的天色阴沉，枯瑟的树枝微微摇曳，阿 Ken 看了眼窗外，又看了眼我，顿了顿，叹了口气："唉，这是何苦。太子他其实真心为你好。"

我偏开脸，对着窗外。

我知道他为我好。所以每当意识到这一点，就更厌恶自己。谭寒死了，我却被黄锦立呵护着，这算什么呢？我情愿被所有人唾弃、痛骂，也不愿在谭寒去世后这样活着。

八个月了，肚子很沉。原本情况还不错，然而最近一两个月什么都吃不下。即便逼迫自己强行吞咽，也无法吸收，时常一吃完就吐了。似乎身心都在强烈排斥。

人越来越消瘦，肚子却大得可怕。焦虑、抑郁折磨着我，如果不是黄锦立每晚悄悄过来，哼着安眠曲，拍着我的背，我知道我肯定撑不过去。

人真是奇怪的生物。自我厌恶让我心生黑暗的火焰，可黄锦立的气息使我生出一丝求生欲，于是这样畸形的关系被秘密持续下来。夜晚我装作不知道他来，白天我们绝口不提这事。

若是没了黄锦立，我可能早就是一副行尸走肉，只是自己何时才能正视在深渊边紧紧拉着我手的黄锦立？

我问着自己，却不知道答案。

私人侦探带来最新消息，一个接一个令人震惊不已。有个幕后之人先以雷霆之势把黎雪夫家逼到绝境，随后在风口浪尖之时，爆出黎雪跟其他男人的丑闻，财经界轰然大震。

黎雪本来就花钱花得很凶，现在更是让她丈夫脸面无存，被净身出户，扫地出门。黎家原有些权势，恼羞成怒，正待还击却突然被人举报，黎父被双规，全家一时地位不保，落魄不堪。

"每个节点，步步为营，这么严密的战略，哪是一般人能做到的。黎家是不是有什么死敌？"私家侦探说。

当时我并没有深究这句话，我只是希望找出害死谭寒的那个人，虽然凶手还有一个——那就是我。

我没有在金柏奖那晚接他的电话。无数个夜晚我都在想，如果那时接到了，如果早点发现了什么，一切都会被改变。

怀孕的第九个月，我被阵痛、水肿折磨得奄奄一息。黄锦立依旧厚着脸皮来看我，特护病房里绿色小盆栽、绘画画册，还有婴儿可爱的小衣服都是他带来的。

如果你认识现在的黄锦立，你一定想不出他曾经是那样地摒弃真爱。这是时间、爱情，还是生命其他的不可承受之重，改变了一个人？我不知道，大家都变了。

黄锦立看望我时，脸色一如既往地沉稳、耐心，然而背向我，与阿 Ken 眼神交汇，他脸上会充满浓浓的担忧。我盯着头顶上的天花板，是担心我生产时会死吗？其实我已经能猜出来了。虽然医生、你们都瞒着我，但我清楚自己情况非常不好。

那天，我像是预感到什么，把阿 Ken 支走，第一次认真对黄锦立说："你留下，我有话要对你说。"

我的病床侧面是窗户，透过它，我能看到树木的枯枝和下面的花园。每天都有病人在那儿散着步，他们在长椅上晒着太阳。偶尔会扬起虚弱的脑袋，看看蔚蓝的天空，他们脸上流露着复杂的心情，但我知道他们的心情。即便是乐观的病人，也会在独自一人时，有那么几秒，神色沉重。那是死亡的压力。这些人有的死掉了，有的活了下来。

黄锦立被我留下。他一下子反应不过来，不是撞翻了凳子，就是把茶壶带到了地上。

我无奈摇了摇头，拍拍床畔："坐吧。"

黄锦立像个小男童，乖乖坐了下来，神情期待，却手足无措。

我这才意识到，原来我们很久都没有和平相处过了。

黄锦立的眉眼还是那么挺俊，鼻梁如山，让人怦然心动。这就是我少女时代第一次爱上的人啊。

那时的我想追上他的脚步，想令自己变得更好，想有一天，他能真正看到我，为美好的我倾倒。透过虚无却甜蜜的回忆，我脸上浮现长久以来的一抹笑。

我摇摇头，追忆道："早知道会喜欢上你，我一定会避开你。"

黄锦立道："这世上很多事，我都很擅长。但要是知道我会爱上你，我一定早早去学如何成熟地爱一个人，让我爱的她不难过、不受伤。"

暮色中的回忆是一杯酿了很久的酒，甜的、苦的、无奈的、心酸的，我和黄锦立坐着，仿佛我们本该如此。

肚子里的孩子踢了我一脚，我眉头一蹙，黄锦立立刻倾身紧张问："怎么了？"

"没事。"我虚弱地往后靠了靠，黄锦立将一只枕头垫在我的后腰上。

我静静看着黄锦立，手抱在肚子上，时不时地抚着。黄锦立意识到我的打量有些不对劲，神情疑惑。

我摸着肚子，从没告诉黄锦立这个孩子是谁的，更没有让他看它一眼、感受过它。

"你想摸摸它吗？"我抬眼问。

黄锦立闻声一愣，迟疑了两秒："好啊。"

我轻轻握住他的手腕，肌肤相交的一刹那，我和黄锦立皆不由得颤抖了一下，然而我们都回避了这个瞬间。我指引着他的手去摸宝宝胎动的地方，过了不久，宝宝果然又动了几下。

"动了动了！"黄锦立先是一惊，接着高兴起来，像当了爸爸一样。他抬眸朝我叫着，我也一时忘了克制，微笑回应："是啊，可调皮了。"我们相视一笑。说罢，又陷入了沉默。

黄锦立垂眸，强行欢笑道："你和他的宝宝会很健康的，会茁壮成长的。"

我们都知道那个他是谁。

没有马上回应，我只是抚摸着肚子，问："你会爱护它吗？保护它吗？"

对不是"爸爸"的人要这种承诺，很强人所难，这我知道。

空气沉默了一会儿。

半晌，黄锦立凝视着我的眼睛，哀伤却充满爱意。

"会的，因为它是我爱的女人的孩子。"

我别过脸，眼前有些模糊。

"虽然你和阿 Ken 一直说我情况不错，不过我问过医生了，他们说我这种情况不容乐观，大人和小孩可能只能保一个。"

用手背抹了抹眼睛，笑了笑，努力保持声音平静。

"到时、到时……请务必保住宝宝。

"还有谭寒的事，你一定要查清楚。如果我不在了，请帮我照顾宝宝……当作你自己的孩子。"

黄锦立张着嘴，眼里流露出一抹悲伤，他没有答应我，只是盯着我的肚子看了很久，慢慢地把头放在我的肚子上。我伸出手，摸着他黑色的短发，像在摸一个小男童。黄锦立听着宝宝的动静，双臂缓缓环住我们，像动物保护着自己的雌兽与幼兽。

"我不会让你们有事的。

"微微，我不准你有任何意外，否则我、我……"我感到一片晕湿的热泪，他哽咽着说不下去了，手指紧紧揪住我的孕妇服，"在我心里，你就是我的妻子，它就是我的孩子。"

离预产期只剩三周，我挺着肚子，下床都很困难，头时常眩晕。阿 Ken 和黄锦立在的时候，我发挥出最好的演技，想让他们不要为我担心，然而我能感知得到体力、生命像河水一样从我体内流逝。

我低头抚摸着肚子，只希望宝宝能平安出生。这个季节多雷雨，乌云大片大片涌动，混着不祥席卷而来。有些艰难地关上窗，这两天我的精神不是很好。

突然，手机屏幕猛地一亮，来电显示竟闪动着"谭寒"二字。

连忙去抓手机，腿一下磕在凳子上，痛得我直皱眉，但我顾不了这些，对方是谁？怎么会有谭寒的手机？在谭寒遗物中消失了的手机。

"喂？！"

对方停顿了一下，笑了一声，我的瞳孔急剧放大——是黎雪。

"没想到谭寒的手机在我这儿吧。"

"怎么会是你？"当初谭寒给我打过好几个电话，车祸现场却没有找到他的手机，我一度以为是弄丢了，没想到……

"他实在太讨厌了。"

那边传来咬牙切齿的声音。

"明明跟我在一起，还不停打着你的电话。哈，既然这样，我干脆让他永远别打了！"

脑海中有根神经"噌"一下断了，我情绪一下子激烈起来。

"你对他做了什么？！"

"做了什么？"她笑声中掺杂着尖锐的凄厉，"我做了什么……我只不过不想让他娶你。他爱的明明是我，凭什么跟你结婚？"

她语速很快，好像不能自已。

"他以前很听我的话，为了我，他利用你、欺骗你，可是为什么这一次他不肯听我的，不愿意在婚礼上抛弃你，跟我私奔？！"

黎雪又迷茫又愤怒，还伴随着神经质的笑声。

"你是不是给他下了什么迷魂药？一定是你搞的鬼。

"我恐吓他，他却让我不要放肆。我威胁他我要去死，他宁可让我继续被那个浑蛋欺负，也不肯带我私奔——就因为要跟你结婚！你不过是个人尽可夫的女人，他凭什么为了你这个狐狸精这样对我？有眼无珠。那就一起死吧……"

"黎雪你这个疯子！你这个疯子。"

"哈哈哈，是我撞歪方向盘，让他撞向大货车。金柏奖之夜，未婚夫跟初恋情人私奔殉情，这样的头条你还喜欢吗？想想就很刺激……"

我红着眼哭喊，胸口剧烈起伏。

"哈哈，在最后一刻，他还想着给你打电话呢。你知道他当时伤得多重吗？额头、眼眶全是血。车马上就要爆炸了，我爬出来了，他被卡在车里。可他眼里只有手机。他拼命去够手机，想给你打最后一个电话……"

黎雪轻声笑了笑，柔声说。

"于是，我当着他的面，把手机拿走了。把他拨给你的号，当着他的面，掐断了……"

再也控制不住，汹涌的眼泪破堤而出。

心脏像被人活活撕碎了百遍。

"黎雪，"我满脸泪痕，悲愤溢满胸腔，快要呼吸不过来，"为什么要这么狠……为什么要这么狠……"

连最后一刻，都不让他瞑目。

下腹坠坠得痛，羊水好像破了。

医生，医生在哪儿？

"哈哈哈哈……"那边再度传来她张狂的冷笑，"我胜过你了，宋微。你对谭寒下不了狠手，但是我可以。我很早就说过，我一定要你向我下跪。"

她的声音鬼魂一样幽冷。

"你指使黄锦立，把我弄得身败名裂。我不会放过你们，我会送你最后一份大礼。"

窗外的风声一下变得很大，夜被闪电撕开一道口子，整个天际瞬间刺亮，"啪"的一下。

"宋微，你猜我现在在哪儿？"

一部手机从空中掉下。

风"砰"地撞开窗户，白色窗帘疯狂涌起，仿佛死神的招魂幡。一身红衣的黎雪头部朝下狠狠坠落，眼睛却在一刹那，透过窗户死死盯着我，释放出最狠毒的恶意。

"我诅咒你孩子不得好死。"

她说。

"啊——"紧接着，一声惨叫和重重的落地声传来，有病人大喊，"有人跳楼了！有人跳楼了！"

巨大寒意侵入我的后背，我被刺激得完全无法动弹。

被铃声叫过来的护士看到我，吓得托盘都掉了，脸色大变："宋小姐，你流血了！"

地上已经有一摊血迹。

白色窗帘依旧翻飞涌动，巨大的雨水从天而落。

我陷入昏迷。

医生们把我推上急救床，送入手术间。脚轮和脚步声飞快响动，整个通道充满着焦急压抑的气氛。仪器连上我的脉搏，电子数据不停跳动。不知道过了多久，耳边好像有人在叫："用力、用力。"

"孕妇好像不行了怎么办？"

"完全没有求生意志，只能强行剖腹，大人小孩保一个。"

一个巨大而朦胧的光圈，我看见自己拿着金柏奖，成为影后，谭寒朝我笑着。他没有食言，他系着我送的领结。画面转换，空气里扬着轻柔的音乐，我们拍了结婚照，我生了一个女宝宝。一家人幸福地生活在一起。

只是耳边不断传来一个男人的哽咽声。

"微微，坚持。坚持下去。

"宋微，你不是想知道谭寒死亡的真相吗？我告诉你，他还有一封信是写给你的。难道你就不想看吗？你醒来，快点醒来，我就拿给你。"

"黄先生，你不要这样……"

"是保大人，还是保孩子，不能再耽误了。"

"不，她不会有事。不会有事的！"沙哑的声音含着巨大的隐忍，声音像从躯体爆发出来。

"黄先生，你不要这样，你控制下自己！"似乎是医生的声音，"宋微小姐不是说了吗？若是真发生这种情况……"

男人沉默了一两分钟，却极其强力地命令着。

"保她！

"我不管她醒后会怎么想，如果真的只能保一个，那就保她！"

"真这样，宋小姐醒来会恨死你。"

"恨我一辈子也无所谓。我情愿她活着恨我，也不要她冷冰冰地躺在地底！"

男人似乎重重捶了下墙，又转过脸朝我命令道。

"宋微，给我醒来。你不是想保住你孩子吗？你不是最坚强的女人吗？那就给我醒来！醒来我就给你看谭寒的信，否则你就再也见不到你的孩子了——"

光圈突然跳转到车祸那一刻。

冰冷雨水淋湿了柏油路，空气弥漫着极浓的汽油味。红色车灯垂死挣扎，谭寒昔日干净的脸上，一片血肉模糊。他指尖抽搐着，是那么想要够到手机。

生命垂危之际，他仍想给我打最后一个电话。

我猛地抱住谭寒，他却怎么也感受不到。他艰难地睁着眼，用尽所有生命，用指尖按下拨号键。

我抱着他，眼泪都快流干了。

"谭寒，我来了，我来陪你了。我说过会跟你永远在一起……"

所有对你说过的话，我一定会做到。

谭寒眼睛动了动，好像感知到了我。他渐渐看向我，眼中闪过一丝亮。他费力地伸出手，想要抚摸我的脸。我抓住他的手，贴在脸颊上："我在这儿、我在这儿。这一次，我们再也不分开了。"

谭寒笑了笑。

还是那么体贴。

"我只是想最后再听一次你的声音。"他说。

眼泪再次狂飙。

"没有遗憾了。"他说。

我摇着头，死死抱紧他："不，不——"

他笑得很柔。

"微微，这里不是你该待的地方，回去吧。"

"不，不，不要赶我走。"我哭得稀里哗啦，"我们说好了要在一起的。"

心里有种预感。

这次走了，就再也见不到他了。

我的眼泪疯狂落在他脸上、身上。每落一颗，谭寒的伤口就愈合了一些，渐渐地，他脸上可怕的血污伤口消弭，显露出他原本干净英俊的脸。

他凝视着我。

"微微，我只希望你能幸福。从前我奢求这个人能是我，不过现在，不，其实我一直都知道，有一个人比我更爱你，更能让你幸福。"

"不，我不走，别赶我走，谭寒……"

他推着我，把我推向一个光亮的点。

我拼命拉着他，不肯放手，他却心酸而坚决地微笑着，把我送往那边。

细雨轻轻飘落，光亮越来越近。

他的神情带着诀别，又带着幸福。他掰开我拉住他的手指，我哭得肝肠寸断。你走之后，每个夜晚我都很后悔来不及看你最后一眼，来不及见你最后一面，请别赶我走。

"不要内疚，微微，这跟你无关。你带给我的，从来都只有快乐与幸福。离开这儿，这儿不是你该待的地方。黄锦立、阿 Ken、宝宝，还有你的影迷们都等着你，那边才是你的世界。"

仪器尖锐地鸣叫。

"心脏衰竭。"

"大出血。"

"糟糕了，大人和孩子都保不住了！"

阿 Ken 跪在地上祈祷。

黄锦立痛苦奔泪，嘶吼得撕心裂肺。

"微微，你就一定要这样惩罚我？让我眼睁睁看你死去却什么都做不了？"

字字滴血。

穿着绿色手术服的医生护士们检查着生命迹象，忙碌地递着手术刀。

黄锦立抓过我的手。

"你有没有考虑过宝宝的感受？有没有想过你死了，它会怎么样？"

宝宝在肚子里隐隐作痛，好像也在问我，是不是不要它了。

对不起，对不起，泪花蓄满了我的眼眶。

"微微，求求你，求求你快点醒来……"

车子在身后"轰隆"爆炸，一片火光惊人的蘑菇云直冲天际。整个夜晚被瞬间照亮。

谭寒用背部抵挡住爆炸的气流，再次把我送往那道光明之门。他朝我笑："微微，我知道你会陪我，可真正需要你的人在那边。"

眼前再次被泪水糊满。

"回去吧。

"这样我才能真正安心。"

谭寒把我推过那扇光门，我噙着眼泪，眼睁睁地看着一道白光打下，谭寒的身体逐渐变得透明，最后消失在光里，直到最后一秒，他都是那么温柔地看着我。

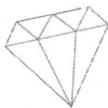

第十一章

深爱

"哇——哇哇——"一阵婴儿的啼哭，世界多了一个新的生命，我睁开眼睛，医生护士欣喜得爆发出一阵欢呼："醒了醒过来了！"

黄锦立眼中又喜又泪，脸上神情剧烈地变化着："太好了，太好了！微微，你终于、终于……"

竟哽咽得说不出一句完整的话。

阿 Ken 也是又哭又笑，胡楂深深，欣喜若狂，比我更像一个从死亡边缘回来的人。

我看着黄锦立，他也看着我。生死交界，仿佛已过完一生。护士把宝宝抱过来，放在我视线看得到的地方。我转头看他，他小小的，小脸皱皱的，像只小猴子，眼睛紧闭着。

"好丑……"我小声说。

周围的护士医生们都笑了："宝宝刚生出来都是这样。"黄锦立破涕为笑，眼神疼爱地看着宝宝："不丑不丑，以后会越来越帅。"

笑了笑。

光线落进我的眼睛里，第一次感觉到这个世界的真实，这么有生命力。

在医院又休养了一两个月。

阿 Ken 告诉我那时情况特别凶险，几度心脏骤停，心电图上一条直线，几乎要一尸两命。

黄锦立整个人差点倒下。明明是这个世上最绝望的人，却硬撑着对医生坚定道，她不会有事，救她。阿 Ken 说他毫不怀疑，假如我死去，黄锦立会当场疯掉。

我看了眼在旁边削水果的黄锦立。他终于不那么憔悴，眼里不再布满血丝。他用一根手指逗着宝宝。宝宝睁着黑溜溜的大眼睛，笑嘻嘻地吐泡泡。宝宝软软的小脚丫踩在了他鼻子上。

这段时间宝宝基本上是他在照顾。我大病初愈，太虚弱，奶水也不够。宝宝饿得大哭，后来喂的还是奶粉。偶尔经过走道，看着墙壁上贴着提倡母乳喂养的海报，其他宝宝津津有味地吸着妈妈的奶水时，我总是特别难过，觉得特别对不起宝宝。

不久后，黄锦立将一封信递给我，说这是谭寒写给我的。当时在手术室里，黄锦立说过我活下来的话，会把这封信给我看。

我认出这是在产前培训中心时谭寒写的。那时他陪我学习生产姿势、注意事项，培训中心的老师鼓励丈夫和妻子一起上这些课程。为此谭寒不得不在肚子上塞一个球，体验当孕妇是多么辛苦。回想起那时，我唇角拂过一抹温柔。后来还有一个任务，让爸爸写信给妈妈和宝宝，会在宝宝出生后寄出。谭寒写的时候，表情认真又幸福。我想看他还躲着不让我看。

视线有些模糊。即便谭寒在梦里告诉我不用担心，他很好，但一提起他的名字，我的心依旧隐痛。拆开浅色信封。映入眼帘的，是谭寒清俊的字迹，一笔一画就像他人一样英俊而沉默。

亲爱的微微：

没有想到第一次给你写信，是在这种情况。千言万语，不知从何下笔，有些紧张，又有些开心。

紧张是因为这是我第一次做爸爸。看见你疼痛会紧张，听见老师讲孕妇的意外会紧张，担心宝宝会紧张。你总是那么坚强，就连不舒服也忍着，不想让我发现，我也只好装作不知道，这样的你总让我十分心疼。

然而我又很开心，陪在你身边，像做梦一样美好。美丽善良的你决心跟我在一起，一定是我上辈子做了很多好事，这辈子才遇到这样的幸福。让我非常期待我们的未来。

我们的宝宝一定有着黑黑的眼睛，像你一样漂亮美丽，会是这世上最调皮也是最可爱的宝宝。我们一家三口会住在一起，有温暖明亮的房子，我会给你们做想吃的饭菜，你会给我们织毛衣，你什么都很厉害，不过我猜，你织毛衣肯定笨手笨脚，会不会从这个冬天织到下一个冬天才织好？到时我就可以"取笑"你，对宝宝说，宝宝啊，你看麻麻这么笨，所以我们要照顾好麻麻……

我想照顾你，从这个冬天到后面很多的冬天。

从没对你说过，但跟你在一起，时间总像偷来的。幸福到我都在想，这会不会是一场梦，害怕梦醒。我从没想过你会选择继续信任我，甚至愿意为我退出娱乐圈。

我知道你总觉得你对我还不够好，没有回报我同样的感情，但是，微微，真的，不用这么介怀。你已经为我做了很多很多。跟你在一起，我才明白幸福是什么，温暖是什么。

与你和宝宝在一起，我才有了一个真正完整的家。这是我的梦想。是你给了我这些。我奢求上天让我成为那个给你幸福的人，神一定是听到了我的愿望。在我心中，你是这个世界上最美好最值得幸福的女人。我想用整个生命去爱你。

我心爱的微微，
你永远的
谭寒

眼泪浸湿信纸。

谭寒。

你连走了都还这么温柔，你才是那个最值得幸福的人。

宝宝长得很快，开始还闭着眼，小脸皱巴巴的，不过几天眼睛就能睁开，亮亮的，黑葡萄一样。小手、小脚丫子白白的，肉肉的，特别可爱。只有看着他的时候，我的心才会充满柔软和平静。

又过了一段时间，我回到自己的别墅。原以为会脏乱一片，没想到庭院葡萄缠着树藤爬满了架子，还有为宝宝新修的小泳池、小秋千，还有一个角落作为宝宝的专属游乐场。

婴儿房墙壁是浅蓝色，地中海风格，舒适的婴儿床上吊着供宝宝玩耍的旋转飞机。曾经我和谭寒在这儿讨论过，如果是女孩子就装修成粉红色，男孩子就是蓝色的……

阿 Ken 说只是让人帮忙打扫了，但我知道这一切是黄锦立派人做的。这两个月我天天抱着宝宝，一点都舍不得离开他。拍了很多宝宝的照片，笑着的，哭着的，吐着泡泡的，睡着的，光着小屁股的，穿着可爱宝宝装的，有时我还会给他穿小裙子。宝宝睡着时像个安静的小天使。

我不再禁止黄锦立出入，虽然依旧很少交谈，但已不再像过去那样。我们都成长了。大概是在了解生命的辽阔与脆弱之后。黄锦立会带来新款的玩具、足球、飞机模型，还有十分有趣的小衣服。

与我能给宝宝的不同，宝宝见到他很开心，有时黄锦立会把宝宝举高高，装作要飞起，宝宝很爱这个，笑得如银铃。两弯大桃花眼，两弯小桃花眼。

阿 Ken 后来对我说，黄锦立也很不容易。我知道他希望我们和好。道理我都懂，只是做起来，心里还有很多过不去的坎。谭寒去世了，而我如何在他死后，与黄锦立幸福地在一起？其他人期盼的完美结局，未免对谭寒太残忍……

宝宝在白色羊毛毯上追着小球，突然摔倒了。宝宝眼眶一红，撇嘴要哭，我和黄锦立一下紧张地站起来，结果两人身体撞在了一块儿。宝宝见我们这样，转哭为笑，又无辜地睁着小桃花眼。

"你呀，小机灵鬼……"我摇头笑，结果宝宝奶声奶气叫了一声："麻……麻麻……粑粑……"

我的心顿时都融化了。

难怪人人都说，做母亲是最伟大最幸福的事。当有这样一个小生命全心全意信赖着你，爱你，你真的愿意为他付出所有。

平日叱咤风云的黄锦立，激动得不知所措，他一把握住我的手，指了指我，又指了指自己，俊脸呆呆的，竟结结巴巴："宝、宝宝叫我们了！叫我们了！"直到我看了一眼他的手，他才"噢噢"地抽开，我们都佯装忘记这个小插曲。

黄锦立蹲下，对着宝宝诱哄着："再多叫几遍麻麻粑粑。"宝宝不理他，撅着小屁股对着他，只顾着玩小球。黄锦立就跟在小屁股后面，好话说尽："再叫一声。宝宝乖，叫了给你买小飞机。"都不顾宝宝是否听得懂，超级幼稚，简直是个大宝宝，我忍俊不禁。

再大一点，黄锦立会带着宝宝在外面庭院里玩。宝宝歪歪倒倒地去抓蝴蝶，每次快要摔倒的时候，黄锦立就一把帅气地抓过他，扛在自己的肩上，宝宝笑得超开心。

宝宝周岁时，我、阿 Ken、楼夕之、凌影、陆瑜、黄锦立，还有其他几位圈中密友，跟宝宝过了一周岁的生日。生日蛋糕是我亲手做的，中途做坏了好几个，自己也累得半死。黄锦立看到，说我们定做一个吧。我只是笑，摇摇头。他不再说什么，只是陪我一起研究蛋糕书。我们穿着围裙，搅拌奶油，设置烘焙时间，最后裱花，点缀水果。我们两人一起写上"祝宝宝生日快乐"。那晚大家非常开心，几个大男人在庭院里幼稚地放烟花。烟花一束一束飞上天，深蓝色的夜幕上烟花特别漂亮。宝宝小嘴一直张成"O"状，黑眸映着五彩缤纷，兴奋得直拍小手，大家陪着宝宝唱生日歌。

"宝宝有没有大名啊？"有人问。

我想了想："宋寒。"

气氛微微一顿，大家连忙拍掌，叫着"许愿许愿""许完愿大家都会幸幸福福、顺顺利利"，把刚刚那一瞬间的停滞带过去。一片热闹欢乐中，我看到黄锦立在半明半灭的烛火里，眼睛里有抹挥之不去的伤感。当他发现我在看他之后，马上扬起大大的笑容，抱起宝宝，起哄得更大声："宝宝，许愿啰！要祝麻麻幸福快乐，永远美丽。宝宝要永远爱麻麻。"宝宝似懂非懂，乐呵呵地吹着小蜡烛。

众人欢呼。

"好棒！""宝宝真厉害！""来，姐姐香吻一下，长大后要娶姐姐吗？""凌影，你够了……"

大家在嬉笑之中切分着蛋糕，凌影、楼夕之她们逗着宝宝，男人们陪在她们身边。

香槟喝完了，我去取了两瓶新的。回时路过露台，那是半弧形的欧式阳台，仰头能看到星空，下面对着水池喷泉。黄锦立和阿 Ken 两个大男人正待在外面，正想问他们是否还需要加点香槟。

"你怎么还没有行动？"阿 Ken 低声说，透着焦急，"她都快走了！她的机票是明天。"

脚步停止。

是的，我已经悄然办理好了去国外的机票。

黄锦立半晌没有说话，我正准备撤退，他低低哑哑的声音飘了过来。

"你以为我不知道吗？我天天陪着她。"他的声音微苦，微涩，"她给宝宝拍了那么多张照片。她看着宝宝的眼神是那么不忍，那么留恋……我怎会不知道她要走？"

阿 Ken 睁大眼睛："那你还？"

星空上的星子孤寂无边，黄锦立脸上挂着笑，暖黄色的灯光随着欢声笑语飘了出来，越发显得这个笑容分外悲伤。

阿 Ken 着急道。

"要不要告诉她实情？谭寒的死因是你调查的。是你替谭寒复仇扳倒黎雪那边。谭寒的信，我都让你不要给了。那封信写得那么深情，我一个大男人看了都受不了。微微看了只会更记住谭寒的好。你做了那么多，却不对她讲，只会让她继续误会你。"

"不，不要跟她说。"

"为什么？难道你舍得让心爱的人误解你，离你越来越远？"

"不是那样。"

"做这些是我自愿的。她一直把谭寒的死归结在自己身上，觉得是自己没有及时接到他的电话，没有做到答应谭寒的事。她重情重义，什么都不肯说。继续下去，只会把她自己逼死。"

"可是你做了那么多她并不知道啊。"

黄锦立仰望了下天空。

"如果是以前，我恨不得让她看到我所做的一切，让她知道我多爱她，但是现在，我已经不这么想了。爱一个人，并不需要让她知道你的付出，你只要单纯地爱着她就好。"

"这对你不公平……"阿 Ken 唏嘘。

"谭寒的信，我很开心能亲手交给她，让她看到这个男人跟我一样深爱着她。他并不想让她自责内疚，归罪于自己。我曾吃醋，敌视这个男人，然而现在我只有感谢。在我做错那么多事时，是他陪伴着她、爱着她。"

黄锦立的声音越来越轻。

"可是她下定决心离开这里了！黄锦立，你可能有生之年都再也见不到她了！"

阿 Ken 焦急成忧。

黄锦立的脸上悲伤到了极致，那是让人只看一眼就再也舍不得说什么了的神情："我知道，所以跟她在一起的每一分每一秒，我都当作生命的最后一天……"

我左手轻轻捂住嘴，有些哽咽着离开露台，香槟瓶都快拿不稳，只剩下男人的声音在风中模模糊糊。

"然后在新的一天，拼命祈祷结束永远不要到来。毕竟，我还是一个自私的男人。我会给她空间，但我再不会爱其他人。"

晚上宝宝睡在我身边，他今天玩得好开心，一会儿就打着小呼噜睡着了，露出了可爱的小肚子。我把他的小衣服拉下来，盖好了小被子。宝宝的睫毛特别长，睡相纯真，像世上所有还未尝过疾苦的小孩子。我愧疚极了，亲吻着宝宝的额头，亲了一遍又一遍，怎么也亲不够。

天一亮，我就会离开，然而不能带你走。

比起情绪依旧不稳定的我，你真正的父亲才是最适合照顾你的人。他会把你教育成令人骄傲的小小男子汉。

黄锦立说得没错，怀着罪恶感，并迁罪于他身上的我，心结并未全部解开。现在的我，还不能好好处理这段感情。我无法坦诚地思考我和黄锦立之间到底是什么关系，无法面对其他人看待我们的目光，更过不去我心底深处的道德罪恶。谭寒爱我，可我不可能因为他说希望我幸福，就毫无愧疚地带着孩子接受黄锦立，这样自私的事我做不出来。

我搂着宝宝，合着眼，想把这最后一晚的模样牢牢印在脑海。门被轻轻打开，熟悉的气息让我知道来人是黄锦立，我赶紧装作自己睡着了。

黄锦立以前是个很自我的人，不体贴，也从未伺候过别人，可现在他轻手轻脚，担心吵醒我和宝宝。他走到床边，凝视了好一会儿。搬回别墅之后，他经常来看我，怕我们着凉没睡好。只是这一次，我意识到，他待的时间有些久。

"今晚我想多看看你，把你记得更久一点。我知道，天一亮你就会离开，而我连与你告别的权利都没有。"

空气被悲伤浸润着，我屏住呼吸，假装一句都听不到。

沉默了很久之后，他才接着道。

"我害怕婚姻，我性格很烂。我父母的婚姻充满争吵、金钱、欺骗，没人投入过真心，一直以来，我很怕我的小孩也被我养成那样。我的婚姻也是如此……"

我想起曾经那个小小的、哭泣着的黄锦立。

"这么烂的我却被这么好的你喜欢过。"他缓了缓，声音很轻很轻，"我却没有好好珍惜。对你做了那么过分的事，所以得到惩罚是应该的。"

我闭紧眼睛，睫毛却情不自禁地颤抖着。我一只手紧紧拽住被子，怕一不小心就泄露出心底的情绪。

"你难产的时候，我脑子里一片混乱恐惧。你心跳停止的那一刻，我竟然异常平静起来，才发现自己心中早就做出了决断……"黄锦立的语气一瞬间冷静到极致，"要么陪你生，要么陪你死。

"但生死或许容易。可是，只有微微笑着的你，发脾气的你，做鬼脸的你，活着的你的世界，才是我爱的世界。若是你死去，我的世界也会死。"

佯装翻了个身，侧过脸，泪水打湿了枕头。

"真不想让你走。"黄锦立再度深深吸了口气，声音都在发颤，我的喉咙堵塞着，连想象他的表情都不敢，"我还能再见到你吗？你会回来的对吧，微微？"

可是良久，都没有人回应他。

黄锦立吻了下我的额头，缓缓地、深情地，那一刻，我甚至能知道，他心中希望时间在此刻暂停。

黄锦立终于慢慢退出了房门，我反身蜷缩着，脸上一片湿漉漉，拼命用手堵住快哭出来的声音。

不能被他发现，不能被他发现。

光听着他的声音就舍不得，如果睁开眼，看到他的模样，我一定没有勇气离开他。

房门再次关上，再次恢复黑暗。

我泪如雨下，跳下床，猛地冲到门口，手握住门把就要打开。然而最后一秒，硬生生止住动作，凝固冻结般，我的身体慢慢顺着门板滑落。栽到地上，失魂落魄。惨淡的月亮挂在孤独的天际上，宝宝突然大哭不止，我流着泪，在黑暗中哄着宝宝，不要哭不要哭，泪水却落得更凶。

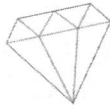

第十二章

吻

飞机在曙光里飞上三万英尺高空，耳中传来高空中特有的轰鸣声。打开遮阳板，外面是一望无际的蔚蓝和洁白的云层。我带着自我放逐，以及对人生的探思。

　　楼夕之帮我找了洋房，我在法国定居下来。她很懂我的风格，很清新很温馨，文艺复兴风格的家具、vintage 盘子、黑胶唱片机等。她时常寄礼物给我，有天鹅绒阔口礼帽、最新款香水和精致的小玩意。

　　我时常会在露天遮阳伞下点一杯拿铁，思考自己过去的人生与感情。或在森林公园的木质长凳上坐一坐，看小孩子们嬉笑、玩耍。他们金色的头发，白嫩的肌肤，一个个像小天使。没有人认识我，没人知道我的过往，这里一切很好，适合清空回忆。

　　我学烘焙、煮咖啡，然而做得一塌糊涂。厨师是个有着湛蓝眼睛的法国帅哥，他问我中国女人应该很聪明，为何唯独我笨手笨脚？我笑着说，对，我是最笨的那一个。她们都比我优秀。

　　邻居是一位优雅的老太太，头发雪白，养了一只猫。猫的岁数很大了，经常在她怀里打盹，偶尔才睁开碧绿色瞳仁。除了老太太的怀里，它哪里也不爱去。老太太宠溺着它，她劝我，我也应该养一只宠物，猫或狗，马也不错。我想象着那个画面，笑着摇摇头。

公园里的小孩开始跟我混熟，他们会在万圣节当晚，穿着小恶魔装找我要糖果，也有小屁孩学着法国骑士，小嘴唇亲吻我的手背，说女神小姐姐，我要守护你的一生，你嫁给我好不好？法国厨师最终也没能教会我做出一个好看点的蛋糕，却做了不少点心送我。情人节那天他教我做浓情巧克力，说我如果没有男朋友送可以送他，我笑笑说我心中早有人选。

我把手工巧克力送给了老太太。她牙齿快掉光了，吃到巧克力，衰老的脸上却回溯着少女的甜蜜。她抱着她雪白的波斯猫，乐呵呵地讲述着她过去是如何追她老伴的。他与她像法国所有的情侣一样，亲密过，浪漫过，也争吵过。后来她的老伴得了老年痴呆症，先是忘记事，再是忘记人，最后把她也忘记了。她每天将美丽的花束插在床前的玻璃瓶里，不厌其烦地对他讲着属于他和她的故事，不论是好的、坏的，细小的回忆都闪闪动人。老伴还是去世了。她看着棺材里被白玫瑰包围的他，微笑流泪，说你还是那么英俊，我知道你的心从没忘记我。那一刻在场的人都哭了。

离开后，不敢让自己落泪，害怕失去了离别的意义，然而这一晚我潸然泪下。她抚摸着她的白猫，那只猫已经很老了，就跟她的爱情一样。她说，爱情是上天赐予我们最宝贵的礼物。爱得越炽烈，爱得越浓情。

老夫人在摇椅上渐渐睡去，猫在她怀里打着盹。它的名字跟她丈夫的名字一模一样，每个人都在漫长的时光中流传着爱的思念。我趴在窗户上，望着夜空，12月冬，窗外细雪。簌簌白雪将整个城市洒白了，世界柔软而圣洁。黄锦立，宝宝，你们可好……

谭寒的忌日快到了。买了飞往国内的机票，我特地提前一天来墓园，避免见到其他人。墓园里树木葱绿，时光凝固成了琥珀，不再像下葬那天风雨交织，风云愁苦。

我带了一束雏菊。照片上的谭寒，眼底泛着浅浅温柔，依旧那么年轻、沉着。微风轻柔地吹拂着小雏菊，白色花瓣随风摇曳，仿佛是他在跟我打着招呼。

弯下腰，将白雏菊放到灰色墓前。身体却不由得停滞，他的墓前有着一大一小两束花。

眼眶一热，心里隐隐发酸。

除了你们，还会是谁呢？怕撞见我，才提前来扫墓吧。

风摇晃着树叶，沙沙地响。那个下午我倚靠在谭寒墓前，像靠在他的肩膀上，说了很久很久的话。

第二年我搬离巴黎，那段时间，我接触到心理学方面的书籍，还有哲学书。渐渐意识到过去不曾回想甚至逃避的问题，一直以为自己的坚强能够扛过这一切，然而长久以来的压力、产后抑郁症已经偷偷侵袭了我，孕期的不顾一切，孕后的忧郁难安，不仅伤害了身边的黄锦立，也伤害了自己。当我敢于承认这一点后，才是真正治愈的开始。

我开始随兴所至，不断挖掘自我。看书、喝点红酒，在拍卖行买下自己喜欢的艺术品、名画。当演员当久了，爱好时尚与文艺已经刻在骨子里了。然而，还是感到自己并不完整。每次无意中翻到影迷们对我的怀念，看到他们说"要是宋微还在就好""要是这个角色是宋微来演"，身为令她们失望的自己感到非常抱歉。

我看了很多摄影展、油画展、街头艺术展，一天，路过一栋百年建筑。顶灯将半面粗糙石墙照得宏大而肃穆。巨大海报上一个女人面容庄严，看着远方，夜阑人静，她身后是一座座城堡，右下角用白色字母写着舞台剧的名字，这张海报有种镇定人心的力量。

我鬼使神差地买了这场舞台剧的票。跟几十亿票房的电影相比，舞台剧受众太有限，然而当灯光、声效、角色出现时，那种近距离的真实感，人物台词的震撼力，肢体语言的呈现张力，让整个人类的灵魂都在战栗。

苏格兰被攻破，将军跟刚死了丈夫的皇后产生了情愫。上一幕两人还在调情，下一幕将军残酷地强迫她与敌对政敌结婚，理由是为了所谓的"和平"。将军让她投降，她拒绝了。将军怒斥，你是整个苏格兰的寒冷，你是苏格兰的冬天。这是对一个女人最严厉的指控。因为她也曾说过，请不要把我当女巫、皇后，我只是一个女人。她只是一个女人，却没有人懂她。

对命运投降的将军最终颓废地离开这个国家，苏格兰皇后却没有，最后一幕，她站在儿子尸身浸血的裹尸袋旁，她的脸上是世上最沉重的恸哭，让人看一眼心脏就像被狠狠拧烂一般，然而只过了几秒，她胸腔急促跳动，接着平复似常，在半明半灭的光影里，她重新定格成一个只属于苏格兰皇后的庄严威仪的身影。即便丈夫、儿子皆被杀死，她也绝不会屈服。

全场谢幕，舞台上的演员鞠躬。掌声犹如海浪一波一波久久不歇，我的心也被一支震撼的利箭射穿！我的体内充满着一种迫不及待的力量，有什么东西像挣破囚笼的种子一样，再次在我心底生根猛窜、苗壮成长。我在人群中拼命地鼓掌，为舞台剧、为演员、为悲恸却不会屈服的苏格兰皇后。

血液里有种疯狂的激情破冰而出，它们被尘封了很久，直到这一刻，强壮的生命力才热切地显露出来——不演戏的宋微，不是真正的宋微。

演戏对我有股致命的魔性，只有演戏时候的我，才是真正的我，只有身在银幕上的我，才是彻底释放束缚的我。生命力、真实感、天地的恒阔与人性的激情，拥有这些的我，才是真正完整的我。

后来世界很多地方留下了我的足迹：日本宝冢，美国百老汇，英国皇家歌剧院，震撼人心的艺术击穿了人类的灵魂，我成为一棵树，充分而猛烈地吸取精华，而当我行至北极冰岛、亚马孙水域、非洲大草原、阿拉斯加雪山，当我看着山上的那些冰川标记，看着大自然的恢宏，我的内心像被圣水灌溉洁净过。

我拥有的已经很多，为什么我还不好好珍惜当下的每一刻？未踏过荆棘破血之人，何以称王，我不需要称王，我只要无愧于心，肆意飞扬。想了很多。想到阿 Ken 说，你就是影后。想到封景、云修曾说，你天生适合这个演艺圈。终于有一天，从午后到黄昏，整整思考了四个小时之后，我向黄锦立发出了这两年的第一条消息。

"到现在，我还是无法回应内心深处的道德质问，但我不会再逃避，不会再回避我对你们的心情。我会跟大家保持联系，可以的话，也请让我知道宝宝的情况。你们，还好吗？"

以前不敢承认，可实际上，真的很想他们。烘焙的香气每每让我想起与黄锦立在一起的时光，公园里那些金发小天使无数次让我想起宝宝，万圣节我多么希望黄锦立和宝宝来找我要糖吃，情人节我压抑自己的想法，不敢送一块巧克力给黄锦立……

很久以后，阿 Ken 说那天还在开会的黄锦立，"唰"一下站起，手足无措，手机连续两次掉在了地上。紧张得仿佛这条微信瞬间会消失，黄锦立不敢相信自己的眼睛，抓着他狂问是不是错觉，得到肯定答案后，黄锦立捧着他的脸就是一口猛亲。

阿 Ken 对着电话吐槽，说他当时就不好了，觉得这个世界怪里怪气！心疼自己，连楼夕之看他的眼神都怪怪的。

黄锦立每天发宝宝的照片、视频给我看。发了很多，但他什么也不多问，给我时间，等我做好足够的心理准备。宝宝快 3 岁了，长得好快。宝宝现在一个人就能干掉两小碗面条，面条被他吸得稀里哗啦的，可会吃了。黄锦立给他买了辆能开的玩具车，他满院子乱开，可高兴了，真是迷死人的小帅哥。他还会飞吻，睁着葡萄一样的黑眼睛，"吧唧"一亲手手，飞来一串串吻，我被宝宝逗乐了。

5 月第二个星期，黄锦立录了一个视频。里面的宝宝歪着头，跟着黄锦立，学得有板有眼："麻麻，祝你母亲节快乐。"他傻笑着伸出小手，仿佛透过镜头能抱到我。我的眼泪一下就流下来了，那一刻我恨不得冲过屏幕，抱起宝宝，告诉他麻麻在这儿，麻麻再也不会离开гой。终于，我第一次开口问："黄锦立，你现在过得怎么样？"黄锦立好像不会说话了一样，良久，他点头："你开心比我重要。"

黄锦立，为了你和宝宝，我想重燃我的生命之火，我想以更好的状态重新回归。我想带给你们力量与快乐。

美国。

我匿了以前的资料，甄选上了一部美剧角色。我的演技让国外制作方诧异，演完约定集数后，他们开出200万美金的条件，问我愿不愿成为剧中的常规演员。200万美金，对于不知道我资历的人，的确是一个非常高的价格。他们觉得我潜力无限，很喜欢我的性格、自信与幽默，能与人很快地打成一片。现在的我皮肤、身型都更加健康，笑容也随之更明亮。

我朝着他们明朗一笑，说："我不能答应你们。因为不久后，三年，不两年，你们会在国际电影节上看到我，那时我不是作为商业大片的配角出现，我会是主角。"

美剧导演和监制大笑摇头，语气充满善意，告诉我："两年太快了，除非足够幸运，得到名导青睐。不过 Vivi，我相信你到时会成功的。"

"那我们就打个赌。"我露出宋微招牌式的笑容，举起啤酒瓶，豪爽地跟他们碰了一下，"我赌我绝对赢。赌注是你新买的那辆兰博基尼。"

"Vivi 你太狠了，这可是他的最爱啊，疼得跟老婆似的。"监制哄笑。

我想起很早以前的一件小事。

"有个人曾跟我打赌，说赢家要满足输家的一个条件。"

"有这样的赌约吗？"

"哈哈，那你肯定是赢家，因为他知道你准能赢。"

原来那么早的时候，黄锦立就对我信心满满，全心支持着。我脑海里浮现出他一脸得逞却英俊的脸庞。远处海面闪着一波一波金色曲线，大气层澄澈干净，未来一片明亮。

"赌就赌！"导演豪言壮语。

"记住，到时你们会在国际电影节上看到这个名字——Vivi Song，宋微。"

I'm Back。

我引用了一句经典电影台词，粉丝们突然一下子狂炸了。

"宋微回归"话题顿时蹿升热搜排行第一，就这么几个字，瞬间转发2000万，点赞6000万，留言无数。

我的手机都卡住了。

阿Ken笑着说："你把人家大型门户网站的服务器又弄瘫痪了，知不知道。"

"我不介意帮他们测试一下上限。"

我正面迎向他。阿Ken哈哈大笑，眼睛里却含着一股湿意，闪着感动、怀念。他鼻翼抽动了两下，伸开双臂紧紧地抱住我，家人一样。

微微，欢迎回家，他说。

媒体全面报道"宋微复出，影后再临"。不少导演、制片人纷纷问候关心："你个小丫头，怪想你的。""人回来了就好，不要再让演艺圈寂寞了。"

还有媒体记者竟给我发微信红包："没有你的娱乐圈，我们头版头条都少了好多。给你发个红包，后面的你看着办……还有，你回来，真好。"

很多粉丝都哭了："微微你回来了！""微微，微微！"好像只是喊着我的名字，就能传达出他们心底所有的思念与爱。

我回来了。

真正的我回来了，我不会再让你们失望！

新电影发布会引起极大关注，很多媒体记者即使没有座位也不在意，坐在地上也要采访。大家都很亲切，似乎因为缺席了很久，所以更加有种弥足珍贵的感觉，像多年未见的老朋友。

在后台听见几个记者私下闲聊："今天的发布会黄锦立应该会向宋微求婚吧。这几年黄锦立等了这么久，等的肯定就是宋微。"

"是啊，林弦那样明示暗示，还跑去幼儿园接宋微的儿子放学，后来不知黄锦立对她说了什么，林弦从此看到他和宋微儿子就吓得直躲。"

"她那茬，搁前几年是锦上添花。到现在还没新作品，空有新闻，就让人厌倦了。想要长久，还是得靠演技和作品啊。"

"不过你们没觉得宋微的儿子跟黄锦立很像啊，尤其那眼睛简直……"

我整理了一下妆容，多年前第一次演戏，青涩却充满勇气的我，对着镜子鼓励道，微微加油！你会成为很优秀的女演员，他会注意到你的。十年之后，我踏过泥潭，路过峥嵘，然而梦想不变，初心不改，原来我已到达星光的彼端。

"微微，是什么让你决心重返演艺圈？"记者们提问。

我郑重地微笑。

"因为明星、艺人、演员这些词中，我最喜欢的还是演员。"

"这次新电影你有信心吗？票房会不会有10亿？"

"预测票房不是我的专职。"我笑，大家也跟着一阵哄笑，我的眼神定了定，"但我的目标是不断向最高演技发起挑战。"

"摘得卡隆国际影后？"

"我只要无愧于心。"

会场大门被推开，俊美的男人领着小小的男童，一大一小，在阳光下走了进来。他们皆有桃花眼，他们的脚步声像心跳传入我的耳膜。两人身着西服，正式挺拔，为了去见生命中最重要的人。

黄锦立深邃的目光一动不动凝视着我，仿佛为了这一刻久等了千年。而小小的男童早已迈着小短腿，伸开小手臂，"噔噔噔"朝我跑来。

"是黄锦立！"

"黄锦立带着宋微的儿子过来了。"

"妈妈，妈妈……"

小男童呼唤着，冲过来，一把将头埋在我怀里。他小手紧紧地抱着我不放，小身板动也不动。过了半晌，才抬起小脑袋，眼睛早就通红得跟兔子似的，他颤动的童音叫了一声："麻麻。"

"麻麻在这儿。麻麻就在这里。"

"我很想你。"男童扁着小嘴，蹦出一颗小眼泪，"我们很想你。不要再离开我们了好不好？"

"是妈妈不好。"我道着歉。

"她是全世界最爱你的人。"

黄锦立出现在他身后，替我回答了这个问题。他的视线胶着在我身上，他的眉眼轮廓更刚强，也更加成熟迷人。

"她想变成最好的妈妈，再回到你身边。"

男童似懂非懂，点点头，牵起黄锦立的大手，又牵起我的，将我们三人的手叠在一起。

宝宝抬起清澈的眼眸，小脸认真道："不过麻麻，无论你在不在，寒寒和爸爸都好爱你。"

我的掌下是黄锦立的大手，结实有力，我的手背上，是儿子软乎乎的小手，三只手温暖地叠在一起。

我哽咽着，疼惜地看着他们，用力点头，黄锦立黑眸凝视着我："爱的人在身边，就是全世界最好的爱。"

"黄先生，你准备什么时候向微微求婚？"一个男记者发问，"微微，从你一出道我就开始跟你的新闻。人可以装一时，但装不了一世，这也是我越来越敬佩你的原因。

"你们感情这么多年长跑下来，也该开花结果了吧。"他看向我，笑着说，"你息影这三年多，我天天有盯黄先生，我可以替他证明他的忠贞与清白。"

下面再次一团哄笑。

"拍女明星拍到替人家看男朋友有没有乱来，真爱啊。"

"我就不信你们没跟过黄锦立。"

那人摸摸鼻子："嘿，我还真跟过。"其他记者也凑热闹似的，纷纷举手："我跟过！""我也跟过！""我也是……"

众人大笑。

"微微，我们用长镜头向你保证，太子是个可以结婚的男人。"

我被他们逗乐，向他们笑了笑，感谢他们多年来对我的关照、关心。

"微微你考虑一下嘛。"

"你看看他的项链，他一直带着这个。"

他们不依不饶，极力撮合我们。

我看了一眼，就不忍再移开视线。黄锦立的颈链是用一条银链和一个戒指穿成的。而戒指就是他曾经为我设计，碎钻拼出"Vivi"字样的那枚。这三年多，他一直将它久久地挂在胸口。黄锦立的视线与我相撞，他的眼睛海水一样辽瀚，又如春风般深情。

"微微，你就嫁了吧。"

"黄锦立是个好男人。"

"答应吧，要是以后他敢欺负你，我们替你揍他。"

我想避开这个问题，却还是抵挡不住他们的热情。黄锦立深深看了我一眼，拿过话筒，说："我来替她回答这个问题吧。

"既然大家替我向她催婚，我想这个权力我还是有的，是不是？"

大家笑。

他拿着话筒，深深看了我一眼。

"曾有个男人，第一次，他不懂爱，伤害了心爱的人。第二次，他以为用物质就可以换取爱。第三次，终于明白，爱是呵护她、宠爱她、尊重她的自由与独立。"

黄锦立垂了垂眼眸。

"不懂爱的人，只会一味地伤害自己心爱的人。爱成了毁灭。

"但是，"黄锦立重新抬起头，"现在我已明白，爱就是不奢求、不强求，爱只是爱就好。"

他再次深深地看了我一眼。

指尖微颤。

我知道，我都知道，我很感动。因为我听到你对阿 Ken 说过，你想用尽一生来保护我、爱我。

记者席也是感动一片。

"谢谢大家的关心。"

我看向黄锦立的眼眸深处，现在那里有真正的爱、真正的我，他真正看到了我的灵魂深处。在那里，我不是物质，不是某个角色，不是其他人，我就是我，我就是宋微，其意义、其人格。

接过话筒，我第一次坦露这几年的心声。

"是的，我真的非常、非常爱黄锦立。"

记者们很吃惊，黄锦立甚至疾速转头，想要确认话确实从我嘴里传出。他似乎根本不敢想象我会这么承认。但毋庸置疑，从始至终，我都爱着这个人。就算他曾带给我伤害，而我又何曾没有伤害过他。可是，从最初的相遇到最后的离别，我都深爱着他，我们双方都相互爱着对方。

记者席欢呼，黄锦立望向我的脸部线条也忍不住颤动着。

我望向记者们，继续道。

"跟他结婚，我会收到大家的祝福，我一定会非常幸福。"

顿了顿，我看向门外，看向更广阔的方向。

"但是我也明白，从今往后的宋微，不再只是一名演员。

"你们会称她为黄夫人、黄锦立的妻子。在一开始，大家都会觉得新鲜。但是更久以后，我会被更多地关注私生活，我们是否吵架、是否离婚。这当然是人之常情，我完全能够理解，但是身为女演员的我，光芒一定会暗淡下去。"

会场陷入沉思。

"可我不想这样，我真的很爱演戏。

"这个圈子从不缺绯闻，我并不想变成被人翻过即忘的爆点头条。我想成为一名真正的演员，会被载入影坛史册的实力演员。我不在乎是否得奖，是否有高收视高票房。我不希望被人说，你看她嫁了豪门，你看她是黄太太，你看她果然要离婚了。我更希望被人说，我看过她的电影，我喜欢她演的角色，她演得好棒啊，我真的好喜欢她的演技啊……"

座下一片安静。

大家的目光有些复杂，又藏着敬佩。

黄锦立也隐忍克制地看着我，想给我的戒指在他胸前晃着光，我把眼底的湿气眨掉，看向下面的记者们。

"可是这样，就有些委屈我深爱的这个男人了。"

黄锦立一颤，几乎要克制不住自己。

"所以我要很正式、很正式地向大家宣布——我很爱黄锦立。我很爱他。我爱他，像他爱我那么多。

"我也想讲一个故事，一个女人只会伤心三次。第一次她想要爱，但不被公平对待；第二次，她退而求其次，只想要一份尊重，她的努力却被践踏；到了第三次，她已经什么都不想要了，只想为自己加冕为王……却发现，对方早已学会了如何去爱一个人，开始默默地爱着她。而她也始终爱他。"

会场半晌无声，良久之后，有记者率先向我竖起了大拇指，笑赞："这才是黄锦立会爱上的女人啊。"

"我们追了多年的影后宋微啊。呜呜呜……"

全场所有人憋着眼泪却含着祝福的笑一个劲鼓掌，掌声震天。

我和黄锦立相互凝视着对方。

手牵到了一起。

原来在我看清自己的这三年里，你也更加认真地看清了爱。你曾说过，你会成长，你会改变，原来你真的都做到了。外面微风浮动，银杏树树梢拥抱阳光。

谢谢你，黄锦立。

我也会敢于坦诚面对自己的心，我爱过你，爱着你，而现在的你让我更爱你。因为最初的你，才有了现在的我。

我踮起脚，吻了吻他的脸颊。

这是这么多年后，我主动靠近他。黄锦立微微一颤，我们之间曾经错过了很多，不过未来，我们还有更多更多的时间。

宝宝拉了拉我们的衣角，黄锦立抱起宝宝，我们一家三口相视一笑。黄锦立，有你在，我觉得自己无所不能。他一手搂住我，一手搂住宝宝，像世界上所有被爱与拥有爱的男人一样充满着力量。

这段爱与自我的旅程，就是我的宋微之路。

想起很久很久前的月光。很久很久前的初遇。

不知名树上开着花，白色花瓣落了一地，是薄薄春雪。

你我在夜色中相遇，

你的眼里有满满深情。

从此，

你是我所有甜蜜，所有愉悦，所有守护。

爱你。

我是宋微，微微一笑的微。

谢谢深爱着我的你。

【全文完】

番外

尾戒

　　黄锦立一直随身戴着那枚指环。他虽没说，我却默默看在眼里。时逢卡隆电影节，品牌方邀请我参观他们的制作间，百年工艺历史名不虚传。品牌方问我是否愿意亲自设计试试。

　　不久后，他们发布了我设计的新品，颇受喜爱。黄锦立满眼都是"我老婆好厉害"，夸我夸到天上去，宝宝还有样学样。

　　我哭笑不得："别把宝宝带歪了。"

　　黄锦立把宝宝高高举起："我们才没有对不对？"

　　宝宝笑嘻嘻："对。"

　　黄锦立："麻麻就是很厉害，对不对？"

　　宝宝鼓掌："对。"

　　黄锦立："麻麻品味超级赞，对不对？"

　　宝宝欢呼："对，宝宝是麻麻的超级粉丝。"

　　黄锦立："不对，我才是头号 big fan。"

　　"我才是。"

　　"我才是。"

扶额。一大一小竟为了这个争起来了。

夜晚，黄锦立哄宝宝入睡。

磨磨蹭蹭，我晃了好半天，终于把一个丝绒方盒放在了他面前。

"给你。"

没有别的，只有两枚款式简约的尾戒。是这次新品之外，我单独设计的。从此之后，我和黄锦立手上各多了一枚小小的尾戒。

上面镌刻了两个字母：H&S。

番外
100% 的爱

过分地钻研角色，有些走火入魔。我没有开口诉说压力，黄锦立却马上察觉了我的不对劲。若放在以前，我会一个人承受，不想暴露弱点，现在却觉得可以倾吐一下。

"最近一直在精分，快要变成神经病。"

黄锦立摸摸我的头："在我看来，角色和你都是宋微，只是配方不同。"

我问："配方？"

黄锦立："对。拍戏的时候，是 80% 的角色加上 20% 的宋微，现在是 50% 的宋微加上 50% 的角色。我家微微就像混合果汁，想什么味道就什么味道，哇，每天充满着令人期待的新鲜感。"

我"扑哧"出声，没想到他能扯出这样一番解释。不过被他这样一弄，这段日子过度沉浸角色的心被渐渐拉回现实世界。

杀青之后，我发微信问他："猜我今天是百分之几的宋微？"

黄锦立发出开心的表情。

"不管百分之几，都是我老婆 [坏笑][坏笑]。小妖精，今晚洗净在床上等我 [坏笑][坏笑]。"

我一口果汁快喷出来。

"你乱看什么霸道总裁剧本！"

那边立刻回了一大串娇羞的爱心。

"人家只想 100% 属于宋小姐嘛。"

你赢了，黄先生。

原来爱一个人，不仅有了铠甲，有了欢乐，还有了全世界。

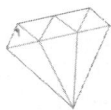

番外
愿赌服爱

很久以后，黄锦立生日，他依旧帅得令人怦然心动，而他看着我的眼神永远写满了深情。

生日过后，他抱着我，耍赖不肯放手。说，他以前只想征服全世界，而现在，他愿意保护全世界，只因我和宝宝在。

心中幸福发甜，于是糊了他一脸奶油。

宝宝笑出呵呵笑。黄锦立佯怒，奶油大战玩得不亦乐乎。最后全家人哈哈大笑。一大一小，两双桃花眼。

12点，黄锦立许愿，从前有个赢家说要答应输家一个心愿。那么我希望她和宝宝永远被爱，永远幸福。他凝视着我，两人一同回忆起从前，然后深吻。我上传了两张照片到微博。一张是生日蛋糕照，一张是我、他、宝宝，三人的手。大手牵小手。微博文字是："心可以伪装，爱却无法掩藏。"

过后。"对了，锦立，你从没觉得宝宝跟你长得很像吗？"

这个男人顿时傻住了，接着抱着头，哇哇大叫，说我就觉得，我就觉得，可我不敢想。这个曾想征服全世界的男人，在他人面前永远最英俊最厉害的男人，而在我面前，只是全心全意爱我的深情恋人。

那时黄锦立收到宋微的消息，想要看宝宝的视频。可宋寒小朋友很早就偷偷发现，这两人每次都一副舍不得挂电话的模样。黄先生更是连报告自己长了新牙都能用上半个小时。

宋寒小朋友偷问黄先生："希不希望有更多的事与麻麻聊？"

黄先生投给他一个眼神："表现好，下个月就给买滑轮。"

于是……

宋寒小朋友的报告马不停蹄地多了起来。

"锦立爸爸，今天幼儿园老师夸我了。"

"锦立爸爸，小红亲了我一口。"

"锦立爸爸，隔床的小辉也亲了我一口。"

黄先生："……"

于是两人又叽里咕噜聊了很久。

于是寒宝宝收获了滑轮、拳击手套、帆船……

"还想要 NBA 球星签名的篮球。"

寒宝宝最近喜欢上了打篮球。

黄先生刚挂完与宋微的视频，薄唇一勾：“你知道该怎么做。”

驾轻就熟。

于是发布会上，寒宝宝用软糯糯又可怜的童音，替粑粑开口：“我们都很想你。”麻麻一听将自己抱得更紧了。

再接再厉。

“想要麻麻留在我们身边，麻麻我们都好爱你……”

搂紧麻麻，抹着小眼泪。

他好爱她。

眼泪抹完了，麻麻也不会离开了。

宋寒小朋友终于放下心，同时没忘记对黄先生比“V”：“麻麻回来了，锦立爸爸，想要我为你说好话的话，要多给本宝宝买玩具噢。”

黄先生挑眉一笑。

小腹黑的基因可是遗传自大腹黑。

“行，只要你麻麻同意。”

后记

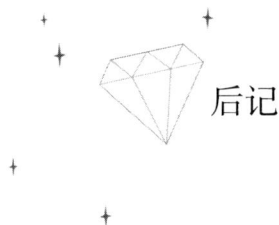

　　《彼端》这本书断断续续写了五年。初稿经历了两个春夏秋冬，修稿反而比较漫长。人在成长之后，对过去总会审视得慢些、细致些。

　　有位图书人曾说，看我的作品，感情代入非常强烈，好像这些角色是真实的。角色没有原型，但他们一点一滴细微变化，我都在心中细腻地、反复地体味过。我想这是他们如此真实生动的原因。我很爱我的角色。

　　宋微身上体现着现代女性的独立思想。每一位女性可以选择任何她想要的生活方式。罗曼蒂克的爱情与内心宏大的世界，并不矛盾，这是我赋予宋微的自由精神。我爱她明媚的眼神，也爱她英姿勃发的心魄。爱的光芒贯穿她的身体，她对爱情有向往，也能与所爱之人一起迎接风暴。

　　黄锦立在这版修改了很多。现在的他更富有魅力，更有男人真正的担当。他最后对宋微说了三句话："第一次，他不懂爱，伤害了心爱的人；第二次，以为用物质就可以换取爱；第三次，终于明白，爱是呵护她、宠爱她、尊重她的独立自由。"对爱三个阶段的领悟，也体现了他的爱情观的逐步成熟。

　　有段时间，我行走了一些国家、城市，欣赏了烈日下的埃及神庙、亘古的尼罗河，抚摸了3000年岁的周柏，倾听了黄河源头瀑布轰鸣，禅拜了云冈石窟、龙门石窟，去了西班牙、葡萄牙，马德里、巴塞罗那。在世界第三大教堂，我仰望神圣的哥伦布灵柩被四位国王抬起，敬佩着人类探索欲的崇高。

神庙、古树、航海家、宗教、石造像，人性、神性与佛性让我内心有了更深沉淀。曾经历过抑郁，但我并不想太消沉。世界治愈了我，我也同样想为这个世界做些什么。我始终为我对写作极度热爱的初心而自豪，同时也意识到，这份初心应随着岁月而新增年轮。我的生命也需要厚度。

这两三年，除了旅行，又修完了十四门心理学专业课。并对哲学、社会学产生了浓厚兴趣。爷爷是校长，家中藏书不少，小时候我反而在母亲的化学实验室跑来跑去。高中读的理科，大学却读的文科与商科双学位。似乎一直在受多学科的交叉影响，但我想这并非不好，我的作品也因此会兼具科学性与艺术性。

这一版修稿，花费了很多心神。调整了初稿角色一些不合理的信念，让他们更好地接纳自己。你们可以选读任何一本书，产生任何想法。但若从这本书中，你们能感受到宋微、黄锦立的人生态度，启发了一些思考，内心更清楚自己想成为什么样的人。这本书的力量也就达到了。

人格魅力只会因真实而更具吸引性，我希望做到这一点。最后，在创作过程中，我不断收到你们学业进步、恋情甜蜜的喜讯，我可爱的扇团与读者们，你们很棒。

青罗扇子
于四月，龙门石窟

图书在版编目（ＣＩＰ）数据

星光的彼端：全2册 / 青罗扇子著. -- 南京：江苏凤凰文艺出版社，2018.10（2023.6重印）

ISBN 978-7-5594-2859-2

Ⅰ. ①星… Ⅱ. ①青… Ⅲ. ①长篇小说 – 中国 – 当代 Ⅳ. ①I247.5

中国版本图书馆CIP数据核字(2018)第202641号

书　　　名	星光的彼端
作　　　者	青罗扇子
策　　　划	北京记忆坊文化
统　　　筹	姚　丽
责 任 编 辑	白　涵　刘洲原
特 约 策 划	暖　暖
特 约 编 辑	诗　杰朱　雀
营 销 编 辑	杨　迎
封 面 设 计	80零·小贾
封 面 绘 图	Eno.
版 式 设 计	天　缈
出 版 发 行	江苏凤凰文艺出版社
出版社地址	南京市中央路165号，邮编：210009
出版社网址	http://www.jswenyi.com
印　　　刷	环球东方(北京)印务有限公司
开　　　本	670毫米×970毫米　1/16
字　　　数	506千字
印　　　张	27.5
版　　　次	2018年10月第1版，2023年6月第2次印刷
标 准 书 号	ISBN 978-7-5594-2859-2
定　　　价	65.00元（全二册）

影视版权抢订热线　010-57194853

江苏凤凰文艺版图书凡印刷、装订错误可随时向承印厂调换